EL OJO BUENO

Julio Emilio Moliné

Diseño de Portada:
Michael Maglio

Índice

"No habían la fraude, el engaño ni la malicia mezclándose con la verdad y la llaneza. La justicia se estaba en sus propios términos, sin que la osasen turbar ni ofender los del favor y los del interés, que tanto ahora la menoscaban, turban y persiguen."

Don Quijote de la Mancha
Miguel de Cervantes Saavedra

Capítulo 1

Martes, 12 de agosto, 1975

Lautaro Urbina, detective de la Brigada de Homicidios, meneó la cabeza para indicarle al viejo que siguieran subiendo. El viejo dio media vuelta y trepó por un sendero lleno de piedras con su perro a la rastra. Urbina pensó que este viejo debe estar cerca de los setenta años y sube como si tuviera quince. A pesar del frío, a los cuarenta y cinco minutos Urbina transpiraba por el ejercicio y lo tentaba sacarse el chaquetón.

—¿Falta mucho?—preguntó.

—Noooo, ya 'tamos cerquita, ahí no má.

Al rato llegaron a una planicie del tamaño de un par de canchas de fútbol. No había árboles y a esta altura de la cordillera hasta los matorrales escaseaban. Las laderas ensombradas mostraban restos de nieve de la última tormenta. El paisaje era imponente pero poco acogedor, con tierra entre café rojizo oscuro y diversos tonos de gris. El viejo se detuvo, abrió su bolso de cuero y sacó una vieja bota. Tomó un trago y se la ofreció a Urbina.

—Gracias—contestó Urbina y empinó la bota. La acidez lo sorprendió. El viejo casi sonrió al ver la cara agria que puso el detective.

—Es que le pongo un poquito de vino al agua pa' matar los bichos—dijo.

—Está bien, gracias—dijo Urbina, pensando que hubiera sido mejor saber de antemano. O ponerle un vino menos avinagrado.

—Hay un regimiento de milico aquí cerquita—dijo el viejo. —Dicen que se 'tan alitando por si noh invaden los ché. No vé que por aquí, por esto mimo sendero se llega pa' la Argentina.

—¿Y porque no les avisó a los milicos entonces?—interrumpió Urbina,—así no hubiera tenido que venir yo hasta acá, mire que apenitas llegó mi Fiat.

1

—Noo poh. Capá que lo milico me peguen un balazo. Con lo nervioso que andan—dijo el viejo.

El viejo miró montaña abajo. A la distancia, una oscura frazada de humo y smog cubría la ciudad. El centro de Santiago estaba solo a unos treinta kilómetros pero por aquí había poquísima gente. El frío, la falta de transporte colectivo y los pésimos caminos disuadían a los curiosos. Ese invierno de 1975 había estado lluvioso y los matorrales en las faldas de la cordillera de Los Andes, acostumbrados a sobrevivir con poca agua, estaban pesados con hojas y retoños. Siguieron subiendo y después de una media hora el viejo se detuvo.

—Allí—apuntó el viejo con la Regalona, su vieja escopeta española de un tiro. Estaba serio, lejos el esbozo de sonrisa de hace unos minutos. Urbina miró hacia donde el viejo había apuntado. No vio nada.

—¿Dónde?—preguntó.

—Ahí detrá de eso quillay hay como una zanja. Ahí no má tá. Allí hay algo muy negro...allí... muy feo...

—¿Feo como qué?—preguntó Urbina. Sin contestar, el viejo pateó una roca tres veces con la suela de su alpargata y se persignó con palabras que Urbina no alcanzó a entender. Miró al viejo extrañado, con un poco de impaciencia.

—Vamos, muéstreme lo que encontró—dijo Urbina.

—Nooo, vaya uste no má, aquí me quedo yo con el Roni—dijo el viejo apuntando a su perro—ahí dejé yo unos saco'. Roni miraba con intensidad hacia el lugar donde el viejo había apuntado con la escopeta.

—¿Qué?—preguntó Urbina—¿qué me iba a decir?

—Noo, le digo que tenga cuidao...porque cuando yo la cubrí con los saco' había olor de azufre...como que el diablo 'tuvo por ahí —Urbina mantuvo la seriedad pero se preguntó, ¿me estará agarrando pa'l hueveo este viejo?

—Bien, quédese aquí y me espera y bajamos juntos—dijo Urbina y caminó hacia la planicie. El viejo y los picos nevados rodeando el retirado valle eran los únicos testigos de un hombre pequeño caminando sin mayor preocupación, quien pensaba que si no fuera por el viento helado, este sería un lugar ideal para venir de caminata. *Viento, dile a la lluvia...* empezó a silbar la popular canción de moda a fines del 69. El viejo debe estar esclerótico del cerebro, pensó. Aquí uno se siente bien. No se ve nada feo.

Sus primeros recuerdos de Santiago eran de cuando llegó con su madre a la Estación Central. Dos días sentados en duros bancos de madera en un vagón de tercera clase arrastrado por una locomotora de vapor fabricada en Inglaterra, de las más veloces de esos tiempos, por lo menos en Chile, porque en Europa ya reinaban las locomotoras diesel o eléctricas. Durante el viaje no pudieron abrir las ventanas por el frío así es que el humo de los fumadores les quemaba los ojos. En una maleta portaban todo lo que tenían de valor. Menos los huevos duros y el pan amasado que viajaban en una bolsa que fueron alivianando durante el viaje.

A su madre Estela le habían prometido un trabajito de empleada doméstica en el barrio alto, sirviendo a una pareja de edad avanzada que necesitaba ayuda para hacer todo en su hogar, la limpieza, la cocina, lavandería, ir de compras, en fin, de todo. Por esto recibirían comida, habitación y pago decente para esos tiempos. Y lo más importante, le habían dicho que Estela podía traer a su hijo de ocho años. Eso fue lo que la convenció. Lautaro hasta podría ir a la escuela, y no ser un simple campesino sin futuro. Estela estaba harta de vivir en el campo. No veía forma alguna de salir de esa especie de esclavitud a los dueños de fundo a menos que partiera a la capital. El Pancho Urbina los había ayudado con los pasajes. Él era conductor de tren, padre de Lautaro, y buen vividor. Se había interesado en la figura de la joven Estela durante un fin de semana cuando su tren quedó varado en las afueras de Temuco. Después de eso, viaje tras viaje, la había trabajado con promesas dulzonas y regalitos baratos. Hasta que al final la pobre Estela le regaló de vuelta lo que tanto le interesaba al conductor, y a los nueve meses apareció Lautaro, y desapareció Pancho Urbina, con su pelo engominado y su chaquetita color vino

3

tinto ajustada en la cintura. Por lo menos le había dejado su apellido a Lautaro y ahora se había puesto con los pasajes. Y si no se veían nunca más, Estela no se moriría de tristeza.

A pocos metros de los arbustos que escondían la zanja, le empezó a llegar la hediondez familiar en su profesión, y no era azufre. Ya van por lo menos tres días, pensó. Si no fuera por el viento y el frío las moscas harían nata. Frente a los matorrales se detuvo y miró a su alrededor. Desde el sendero, el viejo y su perro lo observaban inmóviles. Un cóndor volaba dando círculos perezosos.

Saltó un último matorral y cayó parado en la zanja hecha por las lluvias. Ahí vio un bulto cubierto por lo que debían ser los sacos del viejo, afianzados en las esquinas por piedras grandes. Se acercó, movió las piedras y levantó los sacos. Estaba boca abajo. Tenía el pelo largo, rubio. No parecía teñido. Nuevamente miró a su alrededor, moviendo solamente la cabeza para no dejar rastros innecesarios en el lugar. Ya pensaba que esto era el resultado de un crimen. El entorno mostraba rastros de actividad humana, quizás de lucha.

Urbina tenía años de experiencia con homicidios. Había buscado y rebuscado cómo estudiar los últimos avances en criminología, y se las había arreglado para que libros y artículos le llegaran de Europa. Tuvo que refrescar lo poco que sabía de inglés y francés para entenderlos, pero valió la pena. Era la forma moderna de estudiar el crimen. Desde Francia le había llegado un manual de medicina forense y con el francés que aprendió en el Instituto y un diccionario francés-castellano había logrado entender la mayor parte. Su viejo profesor de francés, el pollo Fuentes, habría estado orgulloso. Su dedicación, y bueno, talento, para resolver homicidios le pudo haber causado problemas cuando los militares se tomaron el poder, pero su jefe había convencido a los que había que convencer que Urbina sólo investigaría las muertes que le correspondieran. O sea, las que no complicaran a los militares. Hasta el momento eso los había librado de problemas.

Se acercó al cadáver cubriéndose la nariz y al arrodillarse escuchó un disparo. Parándose, vio al viejo corriendo tras su perro. El viejo se agachó, y segundos más tarde también se paró. Con un brazo extendido y sonriendo, le mostraba un pequeño animal colgando de las patas traseras. Parece que cazó una liebre, pensó Urbina. Me cayó bien el viejo. Se las arregla solito aquí en la cordillera.

Acercándose nuevamente al cadáver, sacó un pañuelo de su chaquetón para envolver su mano. Giró la cabeza de la mujer unos centímetros hacia la izquierda. Su cara estaba desfigurada, con una severa marca de impacto bajo el ojo izquierdo. El hueso parecía fracturado. Contusiones, sangre, un ojo azul abierto, casi saliéndose de la cavidad ocular, y el otro cerrado como un corte en una papa al horno. Los labios estaban hinchados en un costado, con moretones en la mejilla derecha. Recordó de su manual de medicina forense que ese tipo de moretones indicaban que los golpes sucedieron con la víctima todavía viva. Después de la muerte, decía el libro, los golpes no causan moretones. Más sangre. Marcas en el cuello. Quizás estrangulada, pensó Urbina. Menos mal que el viejo la cubrió con los sacos, si no la habrían hecho pedazos los animales. Su ropa parece importada. Cara, y de última moda. Su blusa había sido levantada hasta el cuello, dejando al descubierto un sostén casi transparente. Esta chaqueta de cuero que tiene me costaría más de un mes de sueldo, pensó. Y con unas finas botas que parecen hechas del mismo cuero. Hurgó los bolsillos para ver si había identificación, o algo que ayudara a determinar quién era la bella. No encontró cédula de identificación, pero sí ochenta y dos mil pesos. Suficiente para vivir una semana en buen lujo. Se los metió al bolsillo. Ella ya no los necesitaba.

Levantó el cadáver un poco por la cintura. Más sangre. Pueden ser cortes de arma blanca, pensó. Sus bluyines estaban abiertos en la cintura. Atisbó un calzón del mismo material fino del sostén. De figura delgada. Debe haber sido por lo menos una palmada más alta que yo. Espectacular tiene que haber sido esta rubia. Pero se ve bien joven. No le echo más de veinte. ¿Tendría

5

unos dieciocho? Se parece a las del programa de la tele, Música Libre. Tanta violencia contra una persona tan joven.   He visto víctimas de crimen violento pero nunca hasta este punto, pensó. ¿Configura odio en el atacante? ¿Enfermedad mental?

Examinó las manos de la víctima. Tenía las uñas pintadas de color rosado con escamas doradas.   Dos de las uñas en la mano derecha estaban quebradas. La piel de sus manos era suave, sin callos ni manchas que indicaran trabajo manual. En la muñeca derecha encontró una pulsera de lapislázuli con un símbolo incrustado en plata: ƆC.   ¿Y esto? ¿tendrá algún significado? se preguntó. Escuchó un motor. Y gritos.

Salió de la zanja, y sin pensarlo, se echó la pulsera en el bolsillo trasero del pantalón mientras caminaba hacia donde estaba el viejo.

Capítulo 2

La patrulla del ejército había llegado en una de esas camionetas Chevrolet C-10 verde oliva que aparecieron por todos lados después del golpe de estado de hacía un par de años, o como preferían llamarlo los militares, el "pronunciamiento militar." Tenía neumáticos pantaneros, una larga antena de radio y asideros de metal en la parte trasera para que se agarraran los conscriptos, quienes ahora formaban un círculo alrededor del viejo. Un joven teniente, de unos veinticinco años, con ojos azules, boina negra flamante y uniforme recién planchado, examinaba la escopeta del viejo mientras el sargento hacía lo mismo con el bolsón. Deben venir del recinto militar cercano, pensó Urbina. ¿Habrán escuchado el escopetazo? se preguntó.

—¿Qué es lo que pasa?—dijo, acercándose lentamente.

Al levantar la vista el teniente vio a Urbina, un hombre que con zapatos apenas llegaba al metro sesenta y cinco, de unos treinta y cinco años, de pelo negro y piel ligeramente morena, con rasgos indígenas. Vestía un terno gris oscuro bastante usado, una camisa blanca sin corbata y una gorra jockey de tartán escocés verde, azul y negro. No era precisamente flaco, pero cerca, con pinta atlética, como de boxeador. El teniente le pasó la escopeta a un soldado y desenfundó su arma de servicio.

—¿Que te hay imaginao, indio huevón?—dijo con voz nasal, como si le molestara tener que contestar y levantó lentamente su arma, apuntando a la cabeza de Urbina, que ahora estaba a unos dos metros del teniente. Lautaro José Urbina Catrileo miró al oficial de frente, tranquilo, y respondió.

—Bueno, una de las dos cosas es cierta. Seré indio, pero no tiene para que tratarme de huevón si ni siquiera me conoce.

El teniente levantó una ceja y puso la vista en la cordillera. Si la respuesta lo molestó no dejó que se notara.

—Altanero, ¿aah?...,—dijo mirando a Urbina después de una

corta pausa—vamos conociéndonos entonces— y disparó su arma dos veces, una vez a la izquierda y una vez a la derecha de la cabeza de Urbina. El sonido de los disparos hizo eco en las montañas que rodeaban el pequeño valle. Urbina trató de esconder el efecto del retumbe en sus oídos.

—¡Muéstrame tus documentos, y yá! Y sácate ese gorra que no te corresponde, indio payaso—dijo el teniente.

Urbina se sacó su jockey, lo dobló y se lo puso en un bolsillo de su chaquetón. ¿Porque estará tan saltón este milico huevón? se preguntó, con los oídos todavía timbrando. ¿Será por la escopeta del viejo? Esa está tan destartalada que de milagro le achuntó a esa liebre. Pero hay que reconocer que este último año los milicos se han puesto muy duros con los que andan con armas... disparan primero y preguntan después. Aún así, al lado de los enormes fusiles de asalto FAL de los pelados, la escopeta del viejo se ve como mi Fiat al lado de una flota de Mercedes último modelo.

Los conscriptos, pelados casi al rape, jóvenes y con pinta de desubicados, estaban más curiosos que asustados. El viejo seguía con la vista clavada en sus alpargatas. El sargento le devolvió su bolsón, en el cual crecía una mancha de sangre de liebre. Con cuidado, Urbina sacó una vieja billetera de cuero de su chaquetón y la abrió, mostrando su placa de detective.

—Muéstrame tu carné, antes que na'— ordenó el teniente. Urbina se lo pasó.

—Lautaro José Urbina Catrileo, residente de La Reina—leyó el teniente,—Detective de la Brigada de Homicidios—dijo mirando la placa de servicio de Urbina—¡Sargento Salas! Revísemelo a ver si anda con armas.

—A su orden, mi teniente—dijo el sargento y se acercó a Urbina. Le abrió el chaquetón y le tanteó los bolsillos. En un bolsillo interior encontró una pistola. La sacó cuidadosamente y se la pasó al teniente sin decir nada.

—¿Y esto?—preguntó el teniente.

—Es mi arma de servicio—contestó Urbina.

—Ésa si que no te la creo. Nunca he visto a nadie con una

arma de servicio como esta...a ver que dice aquí...—con dramatismo exagerado el teniente buscó la marca del arma—...Beretta. Esta pistolita ni cagando te la dieron en Investigaciones. A menos que te hayan dado una pistola de juguete por ser tan chicoco,—dijo, y miró a su tropa esperando risas de aprobación. Esperó en vano.

Urbina se encogió de hombros y dijo:

—La compré con mi propio billete y fui autorizado por mi superior para usarla en vez del arma que me dieron.

El teniente la examinó por unos momentos más y se la guardó en uno de los bolsillos de su chaquetón de servicio. Urbina lo miró sin protestar.

—¿Y qué andan haciendo por aquí? ¿Que no saben que todo esto es del Estado de Chile, custodiado por el ejército chileno?

Urbina hizo un gesto con la cabeza hacia la zanja. El teniente lo miró perplejo,

—¿Que hay ahí?—preguntó el teniente.

—Mejor que vea usted mismo—le contestó Urbina.

El teniente empujó su boina hacia atrás y miró hacia los matorrales con los binoculares.

—No se vé ni peo— dijo. Urbina mantuvo silencio.

—¿Quiere que vaya a ver mi teniente?—preguntó el sargento.

—¡Quédese ahí no más!—ordenó el teniente. Dudaba. Urbina no lo había desafiado abiertamente pero tampoco le estaba mostrando el respeto que se merece un oficial del ejército de Chile. Algo raro se trae este indio huevón, pensó.

—¿Y éste viejo, quién es?—le preguntó a Urbina, cambiando de tema con tono sarcástico—¿también de Homicidios?— nuevamente miró a sus subalternos esperando risa general, pero los jóvenes soldados estaban más interesados en como el viejo acariciaba a su perro, como lo calmaba lentamente, nervioso el pobre perro al no estar acostumbrado a grupos de humanos. Por su parte, el viejo sabía que lo que más le convenía era quedarse callado y que se aburrieran luego de él.

—Él fue el que la encontró y fue a avisar a la comisaría—

dijo Urbina—de ahí nos llamaron y mi subprefecto me mandó a investigar porque vivo más o menos cerca.

—¿La encontró?—preguntó el teniente—¿quién es "la"?—dijo, por fin dando una señal de que esto podía interesarle.

—Como le dije, mejor que vaya a ver usted mismo—contestó Urbina. El teniente lo miró con desconfianza.

—¿Y tú que andabai haciendo por aquí, viejo cartucho?—dijo el teniente.

—Nooo, yo vivo allí abajito en una casucha que me armé—contestó el viejo respetuosamente, sin levantar la vista—pa' cá vengo a cazar no má.

El teniente lo miró con desprecio, dio media vuelta y ordenó:

—Sargento Salas, deje a dos acá y el resto que me siga—concluyó el teniente—ya, vamos—le dijo a Urbina y se dirigió a los matorrales.

El viejo dejó de acariciar a Roni y miró al sargento, quien se dio por aludido.

—¿Mi teniente, qué hacemos con el viejo?—preguntó el sargento.

—Que se vaya, mándemelo pa' abajo no más—exclamó el teniente sin parar de caminar.

Dirigiéndose al viejo, casi sonriendo, el sargento le ordenó:

—¡Partiste! La sacaste barata hoy día. Agradece que no te confisco la escopeta—entregándole la Regalona.

El viejo se paró, y rápidamente se fue montaña abajo con su perro. *Como perdonando el viento, se va nuestro querido viejo,* pensó el sargento, recordando la canción. Y se fue en siga del teniente.

Al llegar a los matorrales Urbina le dijo al teniente:

—Mejor que venga usted solo. Mientras menos desorden, mejor.

—¿De adónde saliste que me podís dar órdenes, indio pitufo? —exclamó el teniente.

Urbina lentamente giró la cabeza hacia el teniente, y en voz baja le contestó:

—Es una sugerencia, no una orden, y ya van tres veces que me insulta gratis. A la próxima le va a costar.

—Uuuuuy, que miedo que me da—dijo el teniente, mientras se ajustaba el cinturón de su arma de servicio—¿que te cagaste los pantalones que hay esa hediondez?

Urbina pensó, este milico huevón está nervioso porque no sabe con qué se va a encontrar. Si le sigo pisando el palito aquí no vamos a terminar nunca.

—El único motivo por el que le digo que deje a la tropa aquí, es porque no conviene desordenar los alrededores—explicó Urbina —quizás podamos encontrar algo que nos ayude a entender lo que pasó. Venga y le muestro.

El teniente meditó un par de segundos.

—Quédense aquí ustedes—le dijo a sus soldados, sin mirar a Urbina.

El detective tomó la delantera. Cruzaron el matorral y se metieron a la zanja. Urbina escuchaba la respiración agitada del teniente a sus espaldas. Y luego, una arcada ronca.

—Mier...!!!

Urbina lo miró. El teniente estaba blanco, petrificado.

—¿Quién es? —susurró después de un minuto.

—No lo sé. No le encontré identificación. Pero que viene de familia con billete, de eso no hay duda. Use su radio y comuníquese con el Servicio Médico Legal. Ellos tendrán que venir a buscar el cadáver.

El teniente se demoró en reaccionar. Pero al fin respondió, pero ahora no tan seguro:

—¿Que no te dije que no me dierai órdenes?

—Es importante que se lleven el cadáver luego para ver si el médico forense puede encontrar algo en la autopsia—dijo lentamente Urbina—si no, con esta descomposición...

El teniente lo interrumpió:

—¡Sargento Salas! Que se lleven a este huevón sublevao bajo guardia a la camioneta. Manténgamelo VI-GI-lao.

—A su orden mi teniente.

—¿Qué hace? Esto solo va a dificultar la investigación—dijo Urbina.

—¡Que investigación ni la concha de tu madre, huevón!—poco quedaba del aspecto marcial del teniente. Sólo quedaba su arrogancia. Y la confusión causada por el cadáver. —Te advertí varias veces que te dejarai de darme órdenes.

A Urbina se le achicaron los ojos. A su madre nadie la insultaba. Dio un paso hacia el teniente pero el sargento se interpuso y con la culata de su fusil lo empujó en el pecho hacia el borde de la zanja. Urbina trastabilló y cayó sentado al suelo barroso.

—Ya, vamos a la camioneta,—ordenó el sargento, pero sin el tono insultante del teniente.

Urbina miró al sargento sin mostrar emoción, se paró, trató inútilmente de limpiarse los pantalones embarrados y salió de la zanja.

El teniente se quedó atrás estudiando los desfigurados restos de la bella víctima. Después de unos momentos dio media vuelta y los siguió.

Capítulo 3

La camioneta saltaba entre piedras y hoyos en el pobre camino. En la cabina iban sentados el teniente, el sargento y un cabo, que manejaba. Atrás, tendido en el suelo de la camioneta, Urbina trataba de ver hacia donde lo llevaban. Los pelados con sus fusiles, parados dándole la espalda, no lo dejaban ver el camino. Sólo veía los picos nevados. Tiene un poco de absurdo esta situación, pensó. Me mandan a investigar una muerte anónima al mismo tiempo que siguen apareciendo cadáveres en plena vía urbana y nadie los investiga. Ayer no más encontraron uno en el río Mapocho muerto a balazos frente a la Clínica Santa María. Si uno fuera malicioso pensaría que los milicos prefieren que de vez en cuando aparezcan estos cadáveres anónimos en el medio de la ciudad para que así la gente ande con más miedo. Y si a alguien le sirve que la gente ande asustada es a ellos.

¿Y ésta muerte, ésta víctima para ser más preciso, tendrá algo que ver con los milicos? ¿O es diferente de alguna forma? Es difícil creer que este pelotudo de teniente tenga algo que ver con esto. Su reacción de asco pareció auténtica. Difícil pero no imposible. ¿Será pura coincidencia que haya un recinto militar cerca? ¿Y que aparezca una patrulla tan rápido?

Se movían a menos de veinte kilómetros por hora. El cielo seguía nublado, los pelados seguían aburridos, y Urbina tenía ganas de mear. Me tengo que aguantar, pensó. No puedo darle a ese teniente hijo de su madre el placer de verme con los pantalones mojados. ¿Podré aguantar? Quien sabe cuánto falta, y con este camino tan malo... tengo la vejiga que explota. Cerró los ojos. Meditación zen. No puedo, no puedo. Se acordó de la gracia que le contó un tío de cuando jugaban partidos fútbol en las canchas de potreros. En el entretiempo, su tío se acostaba de costado como descansando, le daba la espalda al resto de los jugadores y a los escasos espectadores, se sacaba la verga y muy inocentemente, mirando al cielo, soltaba el chorro. ¿Se darán cuenta estos pelados? Y por último, ¿qué me importa si se dan cuenta?

Un minuto más tarde el manchón lentamente empapaba las maderas del suelo de la camioneta. Y empezaron a descender. Con los frenos en ronco chillido avanzaron hasta llegar a un camino un poco más decente. La camioneta aceleró a unos cuarenta y en unos veinte minutos pararon. Mirando hacia arriba Urbina vio a dos soldados armados con fusiles de asalto en los andamios de una torre de madera junto a enormes reflectores. Oyó los gritos del teniente, y luego los del sargento ordenándole a los pelados que se bajaran de la camioneta y que llevaran a Urbina a la sala de guardia.

—Bájese—le dijo un pelado—si no nos huevea, aquí nosotros tranquilitos. Pa' llá vamos—dijo el cabo apuntando a una construcción de madera de un piso a unos treinta metros. Mientras caminaban, Urbina miró a su alrededor. Muchas de las construcciones eran poco más que casetas. Todas de un piso, todas de madera. Intercaladas entre las casetas habían barracas más grandes, también de madera. Una cerca de alambres de púa de unos dos metros de alto rodeaba el recinto. Cada cuarenta o cincuenta metros de la cerca habían torres como la de la entrada. Se veían soldados construyendo más casetas y aplanando los senderos que las conectaban. No se veían oficiales.

Cuando llegaron a la caseta de guardia el sargento Salas los esperaba en la entrada.

—Pase no más,—dijo Salas. Urbina entró a la caseta. Había un escritorio donde se encontraba otro sargento, un archivero de cinco cajones, un par de sillas, y una banqueta de madera. En la pared detrás del escritorio colgaban una foto de la junta de gobierno, una pequeña bandera chilena, y casi escondido, un banderín del Colo-Colo.

—Siéntese aquí—le dijo Salas, apuntando a la banqueta—¿le ofrezco un cafecito?—preguntó.

—Sí, muchas gracias—contestó Urbina—¿no sabe cuanto rato me van a tener aquí?

—Noo, no tengo la más puta idea—contestó Salas, mientras

ponía dos cucharadas de Nescafé en una taza trizada. Tenían un pequeño horno eléctrico calentando una tetera.

—Seguro que mi capitán le va a querer conversarle—dijo el otro sargento—de ahí cacharemos más.

Salas le pasó la taza.

—No tenimos azúcar—dijo el otro sargento—pero igual sirve pa'l frío.

Urbina tomó un sorbo.

Sí, por lo menos está caliente, pensó Urbina, pero hubiera preferido té.

—¿No habrá un sanguchito de pernil por ahí?—dijo, insinuando una sonrisa.

—Sánguche de poto le vamos a dar—contestó Salas siguiéndole la corriente. Las tallas ayudaban a dejar atrás el culatazo de la zanja. Parece buen tipo este Salas, pensó Urbina. Por lo menos cuando no anda cerca el teniente.

—Y de potito caliente, de ese potito...mmmm—contestó el otro sargento—que daría yo por un sabroso poto calientito,—claramente motivado por otro apetito.

Sentado en una de las sillas Salas estudiaba a Urbina con mucho interés.

—Yo sé quién es usted,—dijo Salas después de unos momentos. —Yo lo conozco.

El otro sargento miró a Salas con curiosidad. Urbina seguía concentrado en su café.

—¿De veras que lo conocís, Salitas?—preguntó el otro sargento.

—No, de conocerlo en persona, no, pero sé quién es. Cuando dijeron que vivía en la población allá en La Reina, ahí me cayó la teja—dijo Salas.

Urbina seguía en silencio. Miró a Salas sin expresión.

—Yo tengo parientes que viven por ahí—explicó Salas—ellos me contaron que el detective que había pillado al "asesino del Maipo" vivía con su mamá en esa misma población.

—¡No huevís!—dijo el otro sargento, golpeando la mesa—

¿éste es famoso?

—Hasta en la tele salió. Media balacera que hubo y aquí nuestro famoso detenido hizo la captura a mano limpia—dijo Salas mirando a Urbina,—especialista en combate sin armas, decían en el diario. ¿O no?— le preguntó a Urbina.

Urbina asintió con la cabeza y tomó un sorbo de café.

Se abrió la puerta violentamente y entró el capitán seguido por el teniente.

—¡Aten---ción!—gritó Salas. Los sargentos se pararon, firmes. Urbina siguió sentado tomando su café.

—¿Que cagada me han armado acá, detective …? ¿cómo se llama?—preguntó el capitán, girando hacia el teniente.

—¡Urbina, mi capitán!—contestó el teniente—Lautaro Urbina Catrileo.

—¿Catrileo?—se rió el capitán—¿Catrileo de los de Arauco? ¿o de los de más tierra adentro?

El teniente le celebró la gracia al capitán con una risita. Los dos sargentos seguían en posición firme, serios. Urbina mantenía su cara de piedra, observando su taza de café como si fuera lo más entretenido en la habitación.

—Descansen—dijo el capitán, un hombre de ojos claros, bigote, apariencia formal y flamante uniforme. Los sargentos se relajaron, curiosos de ver cual sería la reacción de Urbina. Éste miró al capitán, asintió lentamente con la cabeza, y le dio otro sorbo a su café.

El capitán miró al teniente, cuestionando la mínima reacción de Urbina.

—Párese—ordenó el teniente. Urbina se paró. Los dos oficiales eran por lo menos diez centímetros más altos. El capitán soltó una carcajada.

—Con razón no se quería parar. ¡Si mi sobrino en la primaria es más grande!— el capitán seguía riéndose. —¿Que acaso están contratando enanos ahora pa' detective?—el teniente soltó una carcajada y los sargentos sonrieron. La atmósfera se estaba alivianando.

Urbina respondió relajadamente, marcando sus palabras con cuidado, con un ritmo dejado, lánguido.

—Sí, hay algunos que somos bajos de estatura. Es que en los exámenes de admisión se concentran mucho en lo que tenemos aquí, —dijo, dándose una pausa para tocarse la frente con su dedo índice —porque en nuestro trabajo es requisito principal el uso de la razón. Por eso muchos de los que no pasan el examen después deciden ir a postular a la Escuela Militar.

Un silencio fúnebre invadió la caseta de guardia. Los sargentos lo miraron de reojo, aterrorizados. La piel del capitán subió de tono, y su mentón empezó a temblar de ira. Afuera soplaba el viento, y uno que otro martillazo se unía a su silbido. El capitán estaba inmovilizado, y buscaba palabras inútilmente. Para los uniformados la falta de respeto había sido mayúscula, lo que generó una situación insólita que se hacía más y más incómoda con el correr de los segundos. Justo antes que el capitán explotara Urbina ofreció una sugerencia.

—A lo mejor sería bueno que llame al Ministro del Interior...mi subprefecto conversó con él antes de mandarme para acá. Parece que tienen interés en la víctima.

El capitán reprimió su ira con dificultad.

—No, no voy a llamar al Ministro—dijo el capitán. —¿Y porqué van a tener interés en la víctima?— preguntó cuando le entraron dudas.

—Por el momento no se sabe... pero que viene de familia con billete, eso es obvio para cualquiera que la vea, ¿nosierto teniente? —dijo Urbina, pasándole la bola al teniente, que dijo que sí con la cabeza, molesto porque Urbina lo había hecho parte de su explicación al capitán. Hasta ahora me ha resultado la chiva del ministro pero en cualquier momento me van a cachar, pensó Urbina.

—¿O quizás se podría poner en contacto con mi subprefecto Carlos Roncaglia en el cuartel general?—continuó, como tratando honestamente de encontrarle salida a la difícil situación.

—Dice que trabaja para la Brigada de Homicidios de Investigaciones—aclaró el teniente.

El capitán lo miró y se tardó unos segundos en decidir qué hacer. Los sargentos de a poquito habían dejado la posición de descanso. Ahora nuevamente estaban firmes. Bien firmes.

—Que no se mueva de aquí—ordenó el capitán, dio media vuelta y salió de la caseta. Antes de seguirlo, el teniente se dirigió a los sargentos.

—Y me van sacando inmediatamente ese banderín de rotos de mierda—apuntando al banderín del Colo-Colo.

—Sí, mi teniente—contestaron los sargentos en unísono.

El teniente salió de la caseta tras darle una mirada de odio a Urbina. Sentado en la banca, Urbina tomó otro sorbo de café, e hizo una mueca.

—Se entiende que no haya azúcar, pero por lo menos me lo podrían recalentar—dijo, mirando su taza con disgusto fingido.

Los sargentos salieron de un trance para entrar en otro. No podían creer lo que habían visto. Salas se acercó a Urbina en silencio, tomó la taza en sus manos y lo miró.

—Ni siguiera sabe la suerte que tiene... —le dijo Salas al otro sargento, todavía sin entender como este tipo se había librado de consecuencias mayores.

—Lo pilló de sorpresa al capitán,—ofreció el otro sargento meneando la cabeza—esa es la única explicación.

Los sargentos se miraban consternados. Salas se acercó a la tetera y el otro sargento se sentó con parsimonia. Después de unos segundos le salió una risita mientras descolgaba el banderín.

—A la escuela militar, le dijo...—y en voz baja le susurró a Salas musicalmente—a la escueeela miliiitar...

Salas lo miró con la tetera en mano y respondió en voz baja:

—Porque no pasan el examen... —y se largaron a reír.

Urbina los miraba con serenidad, escuchando el viento.

La pareja que empleaba a su madre había usado sus influencias para que Lautaro fuera admitido al Instituto Nacional, la escuela pública más prestigiosa de Chile. El patrón, a quién Estela llamaba don Alberto, la había convencido que era una

18

oportunidad única para Lautaro. El viejo le tenía afecto al chico. En su profesión de abogado don Alberto había adquirido un buen prestigio, en parte por siempre tener la intención de ser honesto con sus clientes, aunque a veces las circunstancias lo obligaran a tomar pequeños atajos. Era un abogado de renombre dentro de la capa adinerada de Santiago. Acostumbraba a tomar sus onces con sus colegas en el Café Santos, en los elegantes pasajes subterráneos de la calle Ahumada, y pertenecía a los masones. Le gustaba que lo reconocieran por ser un hombre fiel a su palabra, eficaz, y lo más importante, de buena familia, tal como su esposa.

Lamentablemente no tenían hijos, y esto era un detrimento en su posición social. En su ámbito, toda familia bien debía, tenía, que continuar la estirpe. Si no, Chile poco a poco estaría lleno de indios y rotos, y ya se ha visto lo que pasa cuando les entra la idea de sublevarse. Esa era la opinión mayoritaria en su círculo social.

Quizás por la falta de hijos don Alberto le había tomado afecto a Lautaro, pero es más probable que vio la chispa en los ojos del niño. Dueño de una mente curiosa, don Alberto agradecía tener un acompañante en sus viajes intelectuales. Le gustaba leer libros históricos, sobre las artes marciales de Asia, sobre ciencia, y por sobre todo, las novelas de misterio de Sherlock Holmes y Agatha Christie. Gozaba cuando los protagonistas solucionaban crímenes usando métodos científicos o cuasi científicos. La lógica, le predicaba a Lautaro. El uso de la razón, eso es lo que vale, Lautaro. Y le pedía que se sentara en sus rodillas. Lautaro escuchaba con atención, pero entendía a lo más un tercio.

Lo segundo que le predicaba don Alberto era el uso correcto del idioma castellano. Que para eso tenemos la Real Academia de la Lengua Española, le decía a Lautaro, quien escuchaba muy concentrado, porque la atención disciplinada a los sermones de don Alberto era a veces premiada con un caramelo de menta o con alguna otra pequeña sorpresa. El correcto uso del lenguaje te puede ayudar mucho en la vida, le repetía, mira que no tuviste la suerte de nacer blanquito de piel pero igual puedes pasar si hablas correctamente, y evitas andar hablando como la gente de la calle. A

19

propósito, se dice puedes y no podís. Se dice estás, y no estai, así hasta que el pobre chico, luchando contra el aburrimiento, daba señales de haber entendido la lección. Y se ganaba su caramelo.

Por el resto de sus días, a Lautaro le quedó la costumbre de pronunciar bien el castellano y usar la gramática correcta, lo que a menudo causaba confusión por la incongruencia entre su apariencia física y su forma de hablar. De repente, cuando se sentía muy cómodo con quien estaba hablando o quería aparecer más de pueblo, usaba modismos populares pero al poco rato las lecciones de don Alberto repicaban en su inconsciente y volvía a hablar como profesor universitario.

Casa, comida, un salario un poco mejor de lo acostumbrado, educación para Lautaro, todo ayudaba para que la situación fuera provechosa para Estela y su hijo. Había un solo inconveniente: don Alberto tenía las manos largas. Más de una vez, Estela había sentido una caricia oscura, una mano hambrienta entre sus piernas buscando su pubis mientras ella servía los platos del almuerzo o la cena. Y los sábados por la mañana cuando la señora salía de compras con sus amigas, don Alberto insistía en que Estela le sirviera el desayuno en cama. Ella trataba de ignorar como esa misma mano furtiva, ahora bajo la sábana, se movía agitadamente mientras ella le servía el té con leche. Lo único que había impedido que don Alberto se le apareciera durante la noche era que Lautaro dormía con ella en la misma pieza. Don Alberto.

Al volver a la caseta el capitán se había calmado un poco. No así su teniente, que lo primero que hizo fue verificar si todavía colgaba el banderín del Colo. Satisfecho con la ausencia del símbolo del equipo popular, se dedicó a mirar a Urbina con ojos de perro rabioso.

—¡Ya! Hablé con su jefe y me pidió CO-MO FA-VOR... — dijo el capitán, recalcando *como favor* como si los presentes tuvieran dificultad en entender el concepto— ...me pidió que lo mandara de IN-ME-DIA-TO al cuartel de investigaciones. Él se va a encargar de usted. En vista de que su superior me mostró el debido respeto, y me aseguró TER-MI-NAN-TE-mente que su actitud aquí, Catrileo Catrileo, tendría las más duras consecuencias, accedí a su pedido. Así es que párese y márchese de aquí inmediatamente. ¡Sargento Salas!

—¡Sí mi capitán!

—Llévese a este pobre recuerdo de nuestro ilustre pasado araucano, el único pueblo de las Américas que resistió a los españoles hasta que los mandamos de vuelta pa' su casa...esta diminuta bosta... esta... — y hasta ahí no mas le llegó el vuelito. Las palabras del capitán habían llovido como el agua del Salto del Laja, compensando el silencio pasmado de hacía un rato. Todos sospecharon que había preparado los insultos a Urbina durante el tiempo que se ausentó de la caseta. —Me lo deposita donde lo encontraron y de allí que CA-mi-ne pa' abajo.— Y ahora dirigiéndose a Urbina, —y si me lo vuelvo a encontrar por aquí, ni la santa madre lo va a salvar de su castigo. Tengo un par de brutos entre la tropa y a ellos le voy a ordenar PER-SO-NALmente que le preparen una buena peladilla.

El sargento Salas, en posición firme, esperaba que terminaran los vituperios, pero desafortunadamente, la vertiente de insultos se había secado sin que él se percatara.

—¿Y qué espera, su pedazo de imbécil?—le preguntó el capitán.

—¡Sí mi capitán, al tiro mi capitán!— contestó Salas, y trató de agarrar a Urbina de un brazo obligándolo a pararse. Con actitud aburrida, Urbina sacudió su brazo y Salas lo soltó. Urbina inclinó la cabeza hacia el capitán como dando un saludo de despedida y se dirigió hacia la puerta. Esperó hasta el último momento, justo antes de salir, se dio vuelta y dijo:

—La verdad es que no me puedo ir. Los reglamentos son muy estrictos: dicen claramente que no puedo abandonar este recinto sin mi arma de servicio.

El capitán lo miró extrañado.

—¿Qué?—miró a Urbina, quien se encogió de hombros. Miró al teniente, quien de repente parecía incómodo—¿De qué está hablando este desgraciado?

Silencio. Luego de un momento interminable, durante el cual Urbina se hizo el desentendido, el teniente contestó:

—Yo le confisqué su arma, mi capitán, antes de saber que era un arma de servicio.

—Bueno, devuélvase pues hombre, pa' que se largue de una vez...

Con mucha dificultad, y con los sargentos sumamente atentos, el teniente sacó la Beretta de su bolsillo y se la devolvió a Urbina, quien la revisó con mucho cuidado, verificó que todavía tenía sus balas, y se la puso en el bolsillo de su chaqueta donde la había encontrado el sargento. Sacó su gorra jockey de su otro bolsillo y con exagerada lentitud se la acomodó en su cabeza. Los dos oficiales lo miraban con furia creciente.

A sus espaldas escucharon al capitán apenas salían de la caseta, —¡habráse visto! a la próxima una buena lección le vamos a dar. ¡Ni que fuera comunacho!— El teniente y el otro sargento no se atrevían a respirar. Cuando estaban fuera de la caseta el sargento Salas se relajó un poco y le indicó a Urbina que lo siguiera.

Cuando se estaban subiendo a la camioneta vieron aparecer al teniente, quien miró fijo a Urbina y se pasó un dedo por la garganta como si se la estuviera cortando con una navaja. Urbina le devolvió la mirada con inocencia mientras el sargento hacía andar el motor.

—Como el Colo Colo no hay...—dijo Urbina, asegurándose que el teniente lo pudiera oír.

—¡Olrái!—dijo el sargento Salas entre dientes, asegurándose que solo Urbina lo pudiera escuchar. Puso la camioneta en primera y partieron en camino.

Minutos después la camioneta negociaba las piedras del sendero dirigiéndose a la pequeña planicie donde se había encontrado a la bella víctima. Salas conducía concentrado en la ruta, con Urbina sentado a su lado. En la parte de atrás dos pelados con sus fusiles de asalto trataban de no quedarse dormidos parados.

—Menos mal que usté también es hincha del Colo, ¿ah?—

dijo Salas alegremente.

—Noooo... a mí me aburre el futbol—contestó Urbina.

El sargento lo miró detenidamente y sacudió la cabeza, confundido. Un golpazo de una rueda en un hoyo lo obligó a concentrarse en manejar.

—¿Quién será esa mina, oiga?—preguntó el sargento después de un rato de camino.

—No tengo idea. Pero no aparentaba ser de esos extremistas que ustedes andan persiguiendo por todos lados—Urbina miró de reojo al sargento, midiendo la reacción a sus palabras. Salas no se inmutó.

—Ésa es la pura verdá. Y entonces, ¿qué cresta andaba haciendo por acá?—preguntó Salas—si por aquí no viene nadie.

—Lo mismo me pregunto yo. Una vez que sepamos quién es se abrirán mas puertas.

Al llegar al lugar donde el viejo había cazado su liebre Salas detuvo la camioneta.

—Hasta aquí no más llegamos. Trate de no volver más por acá porque mi capitán le tomó bronca. Y mi teniente pa' que hablar. Ése es el peligroso. No es la primera vez que se le arranca la moto. Mi capitán es buena gente hasta que se le suben los monos.

—Sí, eso me quedó claro—dijo Urbina bajándose de la camioneta—por lo menos de aquí me toca pura bajada.— Y empezó a caminar escuchando a sus espaldas el motor de la camioneta. Vio a Salas esforzándose para dar una vuelta en "u." Cuando por fin Urbina oyó que se alejaba, dio media vuelta y se dirigió a la zanja.

Casi al llegar a los matorrales que escondían el cadáver notó que había huellas frescas de neumáticos pantaneros. Éstas no estaban antes, pensó. Bajó a la zanja y la bella ya no estaba. Alguien se había llevado el cadáver. ¿Y ahora qué hago? No tengo víctima, no sé quién era, y dudo mucho que a mis superiores les interese esta investigación. Sólo se tardó unos segundos en decidir que trataría de seguir investigando. La joven había sido asesinada, de eso no le cabía duda. Y de que venía de familia acomodada menos todavía. No parecía ser de izquierda, pero eso había que dejarlo de lado por

23

el momento porque era solo especulación. La forma en que murió, la violencia exagerada, lo remoto del lugar, la desaparición del cadáver, y sobre todo, la apariencia de privilegio de la víctima, todas esas cosas lo tenían rascándose la nuca. Lo más fácil sería partir en mi autito, irme donde mi jefe para que me llame la atención y olvidarme de todo lo que vi. Seguro que me va a decir que hay gente que desaparece o se muere todas las semanas, y a los milicos nadie les puede pedir explicación. ¿Y yo? ¿Yo que hago? Nuevamente pensó en irse caminando montaña abajo, y no hacer nada, absolutamente nada, acerca de lo que vio. Pero algo lo molestaba, tenía una piedrita en el zapato. Quizás no puedo hacer mucho acerca de esas muertes, las políticas, se dijo, pero me tinca que ésta es diferente.

Nunca lo voy a entender: ¿Porqué soy tan porfiado? Lo único que se me ocurre es que nunca me gustaron los matones, y esta rubia fue víctima de un matonaje *in extremis*.

Una mancha oscura marcaba el lugar donde estuvo el cadáver. Se dedicó un buen rato a examinar los alrededores. La tierra estaba pisoteada, y algunos de los matorrales tenían ramas quebradas. Quienes se llevaron a la víctima la arrastraron una corta distancia y después deben haberla levantado. Aquí. Huellas de pisadas de por lo menos cuatro individuos se dirigían hacia las huellas de los neumáticos. Aquí la colocaron en un vehículo, jeep, camioneta o lo que fuera. Caminó varios pasos y descubrió otras huellas de neumáticos, esta vez de motocicleta, y por la impresión que dejaron, tiene que haber sido una de esas de motocross. Siguió la pista algunos metros y vio que los neumáticos pantaneros del vehículo en el cual supuestamente se llevaron a la víctima cruzaban por encima de las huellas de la motocicleta. Esta moto pasó por acá antes del vehículo, se dijo. Sacó una libreta y un lapicero y con sus dedos midió el ancho de las huellas. Anotó las dimensiones en su libreta, y comenzó a dibujar la impresión con más detalle. Tenía calugas bien pronunciadas este neumático. Luego siguió la pista para ver de donde provenían. Perdió la pista en un área rocosa cerca del sendero por el cual habían llegado con el viejo esa mañana.

Volvió a la zanja y arrancó una página de su libreta. Con ella hizo un pequeño envoltorio en el cual depositó una pizca de tierra rojiza. El sol, ahora por debajo de la capa de nubes, iluminaba la nieve de los picos con un color rosado. Urbina puso el sobrecito en su bolsillo, se subió el cuello del chaquetón y caminó con prisa hacia el sendero. Menos mal que tengo este escabroso sendero para guiarme, pensó. Si no seguro que me perdería una vez que oscurezca.

A lo mejor el viejo estaría esperándolo cerca del Fiat. Tenía un espíritu calmante ese viejo, pensó Urbina. Viviendo por aquí, en la cordillera, se mantenía anclado, sin quebrar su lazo con el terruño. Pero el viejo no lo había esperado. Comprensible, pensó Urbina. Estará comiendo la liebre que cazó. Seguramente se imaginó que los milicos me tendrían detenido quizás hasta cuando.

Era ya de noche cuando partió de vuelta a la ciudad en su auto. Los débiles focos del Fiat apenas servían para evitar los hoyos y piedras del camino. Urbina recordó lo tranquilo que estaba esa mañana cuando llegó a encontrarse con el viejo. Esa tranquilidad inocente se había esfumado, reemplazada en menos de un día por una incierta tensión nerviosa. Urbina no acostumbraba a sentirse así. La muerte de la rubia y la desaparición de su cadáver atentaban contra su equilibrio.

Al Instituto Nacional llegaban estudiantes de todo Santiago, ansiosos de obtener el prestigio de una educación institutana. Familias trepando la escala social trataban que sus hijos fueran aceptados al colegio de los presidentes de Chile, el primer foco de luz de la nación, como decía su escudo.

Era un colegio sólo de hombres, muy común en esos tiempos, y la ausencia de mujeres marcaría en gran parte como los alumnos verían al sexo femenino por el resto de sus vidas. Seres extraños. Deseados pero peligrosos, por misteriosos y hechiceros.

Al viejo edificio en el centro de Santiago llegaban los estudiantes con su uniforme de pantalón gris, camisa blanca, corbata y chaqueta azules. Venían de todos los de rincones de la ciudad y de todas las escalas económicas, trayendo las patologías propias de cada clase social. Muchos de los que provenían de clase trabajadora, de la Gran Avenida, de Independencia, de Puente Alto, traían la ley de la calle, y esperanzas mezcladas con violencia reprimida. En su mayoría, los que venían del barrio alto llegaban con su arrogancia y su piel blanca. Ellos se reconocían por códigos misteriosos y resistían mezclarse mucho con los demás. También habían estudiantes de clase media, que derivaban entre los polos opuestos, buscando alianzas que los protegieran, mientras aprendían a sacar la vuelta para terminar su paso por el Instituto invirtiendo el menor esfuerzo posible.

Y habían algunos que no cabían en ninguna de las categorías. Unos, los menos, se tomaban en serio los estudios. Otros, como Lautaro, eran tan exóticos que costaba clasificarlos. Él venía del barrio alto, donde viven los que tienen billete, pero ignoraba los códigos secretos que los de su área usaban para comunicarse. Tampoco sabía de la ley de la calle. Y cuando se supo que uno de sus apellidos era Catrileo, quedó clasificado para siempre como indio mapuche.

El problema se agudizó porque siempre fue más bajo de estatura que el resto de los alumnos. Junto con su pasado mapuche, esto le significó ser el blanco de constantes abusos de parte de algunos compañeros que se las daban de matones. Con el pasar de los años se fue quedando estancado en el metro sesenta y tres y para defenderse de los abusos se dedicó a leer los libros de artes marciales de don Alberto y a practicar algunos ejercicios sencillos de auto defensa. Más que nada, esto le daba oportunidad de soñar con el día cuando sería capaz de defenderse solito, sin que tuviera que intervenir un profesor o uno de los odiados inspectores disciplinarios que merodeaban por los pasillos.

Unos meses después de comenzar el séptimo grado, un vecino le preguntó a don Alberto si el muchacho estaría dispuesto a cuidar sus perros cuando él tuviera que ausentarse. El trabajo era fácil: sacarlos a caminar una vez al día, comprobar que tenían agua, y a las seis de la tarde, darles la comida que su dueño les *había dejado. Con el tiempo Lautaro les tomó afecto, cada perro con su carácter distinto. Lautaro descubrió que el trabajo tenía una ventaja más: el vecino había sido boxeador profesional y hasta había sido considerado para los juegos olímpicos de 1948 en Londres. Negociaron que el ex-boxeador le pagaría no en dinero, sino que en clases de boxeo. Y ahí sí que empezó a aprender a como defenderse. En sesiones nocturnas, el vecino le enseñó el agache, el balanceo, el esquive, el jab, el uppercut, el quiebre de cintura, pero lo más importante, le enseñó la disciplina de un guerrero. Cómo no caer en las trampas de los adversarios, cómo no tenerle miedo al dolor, de la importancia de mantener la sangre fría, y de no perder el auto control. Y subrayándolo todo, la preparación física. Lautaro empezó a correr diariamente, primero solo un par de cuadras, pero ya a los seis meses podía correr diez kilómetros a un buen ritmo sin terminar agotado.*

El el ex boxeador le enseñó mucho más que los rudimentos de la defensa personal. Le permitió aprender los fundamentos de una filosofía de vida. Que el respeto a los demás empieza con el respeto a uno mismo. Que no importa quién pega primero; lo que importa es quién termina parado. Pero no le ayudó en nada a aprender de las mujeres. Eso vendría más tarde.

Hasta algunos de los profesores del Instituto participaban de las burlas a Lautaro. Pero en esto no discriminaban. Las tallas, los sobrenombres, el abuso verbal era generalizado. Todos tenían su apelativo, algunos más despectivos que otros. Chocolito le decían al moreno. Chancho al chico gordo. Ciego al que usaba lentes. Pero ninguno de los estudiantes sufría la cantidad de abuso que le llegaba a Lautaro. Nunca le dijo a su madre ni a don Alberto. Su madre estaba bajo la ilusión que la educación que estaba recibiendo era de primer nivel. Hubiera estado angustiada al descubrir la pesadilla que vivía su hijo.

Lautaro aprendió durante esos días que es mejor no depender de nadie. Tenía escasos amigos porque nadie quería acercarse a él y terminar siendo blanco accidental de los insultos. Aprendió a desconfiar de las ilusiones que propagaban los profesores. El profesor de historia y su revolución francesa, de igualdad, fraternidad, libertad. O el de literatura, de las corajudas victorias de los héroes de la literatura clásica. Aprendió a no confiar en los demás, y que para sobrevivir tendría que luchar solo, sin ayuda de nadie. Como en la novela que habían leído en el séptimo grado, El Colmillo Blanco, de Jack London. Le gustaba compararse al perro-lobo, defendiéndose a muerte de perros y humanos. Trataba de no responder a los insultos, y la mayoría de las veces, los que lo molestaban se aburrían por la cara de piedra que les mostraba. Su antipatía hacia los matones y abusadores sería parte de él por toda su vida.

Lautaro adquirió una coraza fuerte. Cuando lo atacaban verbalmente, sus movimientos eran sin prisa, como en cámara lenta. Las pocas veces que trataron de atacarlo físicamente su cambio de velocidad fue impresionante. Al comenzar la secundaria un tal Bobadilla, un estudiante flojo y pendenciero de sobrenombre "Chupón," que disfrutaba humillándolo diariamente, decidió cruzar la frontera verbal. Urbina lo ignoró durante el recreo mientras Bobadilla le gritaba el menú completo de insultos, que en su mayoría sacaban a relucir sus raíces indígenas. La falta de respuesta a los insultos frustró al matón. Bobadilla agarró a Lautaro de la corbata y hacer que se arrodillara.

—Anda copiando a tu tatarabuelo el indio Lautaro, arrodillado frente a los españoles...

Rápido como un flash de fotografía, Lautaro subió sus brazos y los bajó violentamente sobre el brazo extendido de Bobadilla, quien soltó la corbata. Lautaro dio un paso atrás, saltó como si tuviera resortes en las piernas y plantó un feroz suelazo en el pecho de Bobadilla. Este trastabilló, y cayó de culo. Lautaro lo miró sin expresión mientras se arreglaba la corbata. El resto de los estudiantes quedó atónito, pero luego empezaron a soltar tallas y burlas a costa de Bobadilla. Urbina se alejó caminando solo. En un mundo más justo, esto le habría bastado para ganarse el respeto de los demás y terminar con los insultos, pero no fue así. Uno de los inspectores que vigilaban a los alumnos alcanzó a ver la feroz *patada y se llevó a Lautaro de una oreja a la oficina del rector del Instituto a recibir su castigo.*

En camino al cuartel de Investigaciones Urbina tuvo la tentación de pasar por su casa a comer algo. Desde la mañana que no comía y el cafecito que le habían ofrecido los sargentos era lo único que engañaba a su estómago. Pero sabía que si paraba en su casa, su mamá lo demoraría mas de la cuenta. Se acordó de un boliche a un costado de la plaza Pedro de Valdivia. Decidió parar ahí.

Ya eran casi las nueve de la noche cuando se sentó en una mesa con vista a la plaza y pidió un sándwich de ave con palta y un jugo de fruta. Con eso le alcanzaría para el resto de la noche. Mientras comía, por la ventana del boliche veía que a pesar del frío la plaza estaba llena de chicos jugando a la pelota, jubilados conversando y parejas escondidas en los rincones más oscuros de la plaza robándole besitos y caricias a la noche. Todavía quedaban unas horas hasta que empezara el toque de queda y la población quería aprovechar la libertad de poder salir de sus casas sin peligro de ser detenidos. En el cine frente a la plaza estrenaban El Exorcista, una película que no había visto y que no tenía ganas de ver. Basta con lo que vi hoy día, se dijo, no tengo necesidad de digerir horrores fingidos.

Terminada su merienda, le compró fichas para el teléfono a la cajera. Llamó a su cuartel, se identificó y pidió hablar con su jefe, el subprefecto Carlos Roncaglia.

—¿Aló? ¿Hablo con Urbina Catrileo?

—Si, Carlitos, soy yo.

—¡Nada de Carlitos! Ahora no estamos de amigos. Me hay dejado la tremenda embarrá por estos lados...

—Si mi subprefecto, como usted ordene—le contestó Urbina.

—No te pongai hueón tampoco. ¿Donde estay?

—Aquí en la Plaza Pedro de Valdivia, me voy de inmediato al cuartel.

—Apenas lleguís acá, firmái el libro de partes y te vaí pal Blanco y Negro, que ahí vamos a estar celebrando el cumpleaños del guatón Rosales—terminó Roncaglia y colgó.

Parece que hoy no llego a comer a la casa, se dijo Urbina. Al llegar a su Fiat se fijó en un par de chicos forcejeando la puerta de pasajeros.

—¿Y me pueden decir que están haciendo?

—¡Aprecué!—gritó uno de los chicos, que a los mas tendrían doce años. Y trataron de arrancar. De un salto Urbina se interpuso entre los chicos y su ruta de escape.

—¿Con que de lanzas, ah?—dijo Urbina, agarrando a los dos por el cuello de sus camisas, porque andaban sin chaquetón. —Para que vean,—agarró a los dos con una mano y con la otra abrió la puerta del Fiat,—no tenían para que forzar la cerradura porque no le pongo llave.

Los chicos lo miraron con odio.

—Para que vayan sabiendo, soy detective de la Brigada de Homicidios y ando de buena así es que por esta vez los voy a perdonar—dijo Urbina, recordando que también a él lo habían perdonado hace algunas horas. —Pero a la próxima les va a llegar. — Urbina los soltó, y los chicos trataron de huir nuevamente. — ¡Epa!—exclamó Urbina pescándolos de los brazos.

—¿Para dónde tan rápido? ¿qué andan haciendo por aquí? no creo que ustedes vivan por estos lados.

—No... vinimo a cuidar lo auto de lo que van a la película.

—Vaya forma que tienen de cuidar,—sonrió Urbina.

—Eh que tenimo hambre. Hoy no hemo sacao niuna propina.

—Y me hubieran dicho, yo les pasaba una luca para un sanguchito.—Urbina extrajo su vieja billetera, vio los ochenta y dos mil pesos que había confiscado de la víctima, y les pasó un billete de mil. A los chicos se les abrieron los ojos como platos cuando vieron el dinero en la billetera.

—Aquí tienen —les dijo. —Y mejor dedíquense a ir a la escuela en vez de cuidar autos.

—¿No tendrá un cigarrito, oiga?—preguntó el mas atrevido

de los chicos.

—¡Oye que eres patudo!—y le pegó una suave patada en el trasero al atrevido.

—¡Yá! partieron,—dijo Urbina.

Un mozo del boliche que había observado todo le dijo a Urbina:

—Acaba de desperdiciar sus mil pesos. Seguro que se lo van a gastar en cigarrillos. Igual van a estar mañana aquí, robándose lo que puedan.

—Puede ser—le contestó Urbina—pero es lo menos que se podía hacer si es que andan con hambre.

—Y si 'tan mintiendo? —preguntó el mozo.

—Mala pata no más, pero con lo flaco que estaban, dudo que coman mucho.

Capítulo 4

Se fue bajando por Francisco de Bilbao, pasando al costado de lo que hasta hace poco había sido el sitio del Regimiento de Caballería "Cazadores." En las veredas la gente caminaba rápido para escapar del frío. Las paradas de buses estaban llenos de señoras con bolsos, escolares con sus libros, y trabajadores camino a sus hogares. Urbina conocía bien el barrio, que había cambiado este último tiempo. Los rayados políticos, tan comunes antes del golpe militar, habían desaparecido. Ahora nadie quería vivir en un edificio con murallas que decían Poder Popular, o Compañero Allende. Cualquier cosa, por pequeña que fuera, despertaba las sospechas de los militares o de sus informantes. Santiago era una ciudad atemorizada, pero el miedo no existía por igual en todos lados. En algunos barrios, los más acomodados, los días eran tranquilos y pacíficos, mientras que en los barrios populares, donde los enemigos del gobierno militar eran más numerosos, los allanamientos, redadas y arrestos eran el pan de cada día.

Al llegar a la Plaza Italia, cruzó el río Mapocho frente al edificio de arquitectura neofascista de la Escuela de Derecho y siguió hacia el viejo Santiago. El tránsito de autos y buses en su gran mayoría iba en sentido opuesto, oficinistas vaciando el centro de la ciudad. Pocos eran los que seguían su misma dirección a esa hora. El toque de queda casi había exterminado la vida bohemia, que en sus mejores tiempos era la única gracia del Santiago nocturno. Pero todavía existía uno que otro antro de perdición, más necesitado que nunca por sus seguidores, y entre esos estaba el Blanco y Negro, el bar al cual iría Urbina en unos minutos a celebrar el cumpleaños del guatón Rosales.

Urbina estacionó su Fiat frente al cuartel de Investigaciones en General Mackenna, entró y le pidió al oficial de guardia el libro de partes. En forma concisa escribió lo que había descubierto, la descripción física de la víctima y su "visita" al recinto militar. No incluyó su requisa de la pulsera de lapislázuli y los ochenta y dos mil pesos.

Fue al pequeño escritorio que le servía de central de trabajo y en un cajón puso la pulsera, el sobre con tierra y el dibujo de las huellas de neumáticos que hizo en la cordillera. Luego fue a la oficina desierta de su jefe Carlos Roncaglia y desde una repisa atorada de libros y revistas sacó una llave escondida detrás de un libro. Con ella se dirigió a un armario detrás del escritorio, lo abrió, y extrajo una cámara Polaroid SX-70. Era el orgullo de Roncaglia, lo último en tecnología fotográfica. La única pena era que los cartuchos de película eran carísimos. Urbina había quedado impresionado cuando Roncaglia le mostró la flamante cámara, recién llegada de los Estados Unidos, y de inmediato pensó en lo mucho que les serviría en sus investigaciones. A la primera oportunidad confiscó un par de cartuchos de un cajón de películas recién llegado que todavía no había sido registrado en el libro de haberes.

Con la Polaroid y uno de sus cartuchos tomó fotografías de la pulsera y del dibujo de las huellas. Decidió no desperdiciar película en la tierra roja. Caminó a devolver la Polaroid con las fotos frente a sus ojos, mirándolas mientras se revelaban. Era mágico como la imagen iba apareciendo de la nada. Escondió la llave del armario en la repisa y se fue al Blanco y Negro con las fotos en su bolsillo.

Se graduó del Instituto Nacional en el año 1958 sin sobresalir ni en lo bueno ni en lo malo. Sus compañeros de curso aprendieron a cederle el paso. Ninguno quería enredarse en esa intensidad silenciosa, y mucho menos encontrarse con el lado violento de Lautaro José Urbina Catrileo. Su parecer tranquilo, hasta pasivo, engañaba a los incautos. Y algunos aprendieron en forma dolorosa, porque su habilidad en las artes marciales seguía creciendo. No tenía grandes amistades pero hizo un par de alianzas. Una era con un estudiante judío, Feinstein, que era tan bajo de estatura como él. Por ser chico y por ser judío, era también el blanco de abusos de parte de sus compañeros. Y sufría aún más que Lautaro porque no tenía las argumentos físicos para defenderse. Lautaro lo apreciaba, en parte porque era un genio para las matemáticas, pero principalmente porque tenía un sentido del humor oscuro, ácido, difícil de seguir, pero genial para el que lo entendía. Era una alianza de partes interesadas: Feinstein ayudaba a Lautaro con las matemáticas y Lautaro defendía a Feinstein de los matones que trataban de abusar de él. La defensa a las agresiones contra Feinstein raramente tuvo que pasar de las palabras. Lautaro sólo tenía que bajar la voz, casi hasta llegar a susurrar, y hablar muy lentamente. Eso ya era suficiente advertencia, la calma antes de la tormenta. Y la amenaza del matón o matones se diluía, como por magia. Con el pasar del tiempo los dos formaron una especie de amistad, y Feinstein hasta lo invitó a su fiesta de cumpleaños. Eso fue lo más cercano a una verdadera amistad que tuvo Lautaro durante sus años de institutano.

Don Alberto trató de convencer a Lautaro de ir a la universidad a estudiar leyes luego de obtener su diploma de la secundaria. No tuvo éxito. Y cuando su madre fue víctima de un asalto callejero, eso dejó una marca profunda en Lautaro. El incidente no fue mucho más que un susto para Estela, pero al poco tiempo Lautaro decidió seguir una carrera en las "fuerzas del orden." Él se consideraba el protector de su madre y el incidente lo traumatizó harto más que a Estela. Desde ese día, por muchos años, tuvo pesadillas en las cuales su madre sufría de amenazas y peligros y él no llegaba a tiempo a protegerla. Se prometió que por el resto de sus días combatiría el matonaje y la delincuencia.

Cuando don Alberto se enteró de sus planes, hizo varios intentos de disuadirlo diciéndole que sería un desperdicio de su vida, que para progresar como oficial "hay que venir de buena familia, y él, bueno, por muy inteligente que fuera su familia dejaba mucho que desear..." Lautaro no le hizo caso. En cambio, cuando Feinstein se enteró de que Lautaro planeaba ingresar a la Escuela de Carabineros y Lautaro le explicó sus razones, Feinstein expresó su admiración, y le dijo que si hacía por otros lo que había hecho por él, sería un héroe. Estaba bromeando un poco. Pero después de *unas risitas incómodas, Feinstein le dijo:*

—Sinceramente, fuiste mi salvador. Nunca te voy a olvidar. Si algún día necesitas algo...

Lautaro lo miró sin emoción.

—Para mí, nunca más las matemáticas.

Iba a cruzar el umbral del bar cuando salieron corriendo dos tipos de mala facha con varios hombres persiguiéndolos, entre los cuales reconoció a colegas del Servicio. Uno de ellos trastabilló y Urbina alcanzó a sujetarlo justo antes de que la nariz de su colega se plantara en la vereda.

—¿Qué pasa que tanto escándalo?—preguntó Urbina al ver que su jadeante colega abandonaba la persecución.

—Gracias por agarrarme, hueón,—dijo el colega, y miró a Urbina. Al reconocerlo le habló como si Urbina fuera un niño,—es que estos patudos se fueron sin pagar y eso aquí no se permite.— Urbina reprimió una sonrisa. Muchos de sus colegas acarreaban en el bar una cuenta pendiente de años que probablemente nunca sería cancelada, pero el "póngamelo en mi cuenta" todavía les daba resultados. Su colega continuó:

—Nosotros con mucha honra somos de Investigaciones y en cualquier lado nos podemos ir sin pagar, pero aquí... aquí pagamos. Porque esto es como nuestra casa. Así es que eso no se puede permitir.— Urbina entendió, así se guardan las apariencias, y entró al bar.

El Blanco y Negro era el bar y restorán preferido del personal de Investigaciones. Estaba a pocas cuadras del cuartel en un viejísimo edificio de tres pisos en la calle Catedral. El bar y restorán ocupaban el primer piso. En el segundo piso había unos pequeños negocios y oficinas que solo atendían durante el día, entre ellos una sastrería en la cual era rarísimo encontrar al sastre, una oficina de seguros de escasa clientela y un contador que se pasaba la mayor parte de sus días abajo, en el Blanco y Negro. Si alguien le preguntaba, contestaba que estaba trabajando, porque a pesar de tener en frente una botella de vino tinto, estar en el bar le daba un suministro constante de personal de Investigaciones. Curiosamente, el ser expertos en las trampas grandes y chicas que nos hacemos los unos a los otros los ponía cómodos con el contador "güeno pa'l trago" y muchos se convertían en clientes.

Al tercer piso sólo se podía subir por una escalera de madera ubicada en el patio trasero, cuya entrada era restringida por los empleados del Blanco y Negro. Luego de hacer una pequeña donación al fondo común, los de confianza podían subir, y allí encontraban unas habitaciones pequeñas con catres y sillas de madera. Ahí llegaban los detectives a los cuales se les había pasado la mano con el trago, o los que temporalmente estaban desalojados de sus casas por esposas poco comprensivas. Y en este último tiempo no faltaba el que estaba obligado a quedarse porque no alcanzaba a llegar a su casa antes del toque de queda. Así se evitaba un encontrón con las patrullas militares. Los detectives tenían salvoconducto pero a pocos les gustaba usarlo porque a las tres de la mañana, los balazos de advertencia a menudo terminaban hiriendo o matando al advertido, como sin querer queriendo. La conclusión era que el famoso salvoconducto, ¿servía de algo si uno tenía que presentarlo con una bala en la espalda?

Las piezas tenían otro uso, que le daba fama picaresca al Blanco y Negro. Cuando llegaban las niñas de la noche en sus inevitables rondas, con una pequeña donación a Miguelito, el barman, las piezas se podían usar por un par de horas para amores escondidos. Y más de algún pasado de listo se había traído a su pololita, cosa que no se permitía, haciéndola pasar por puta. El motivo por el cual se permitían putas pero no amantes tenía que ver con los líos que se armaban entre las amantes y las esposas de los detectives, pero no así entre las esposas y las putas. Esta paradoja no la entendía nadie, pero la veda de amantes empezó una vez que llegó una señora pistola en mano, indignada buscando a su marido y gritando que los iba a matar a balazos a él y a la perra de su amante. Esa fue la última vez que se permitieron pololitas.

Al Blanco y Negro se entraba por una doble puerta de madera con vidrios que no se habían lavado desde que las culebras cantaban. Empolvadas botellas de vino chileno barato cubrían una repisa bajo un espejo amarillento. Al medio de un largo mesón de madera oscura había un incrustado de azulejos blancos y negros como un tablero de ajedrez que le daba nombre al establecimiento. Y el nombre le quedaba bien al lugar por reflejar la filosofía de vida de muchos de los concurrentes de Investigaciones: un mundo nítidamente dividido entre el bien y el mal, izquierda y derecha, justos y pecadores.

Frente al mesón se encontraban mesas y sillas de madera, unas pocas sin cojera. En una de las pocas mesas con clientes Urbina divisó al subprefecto Roncaglia, al guatón Rosales, y a otros dos detectives, el negro Ramírez y el pelado Infante. Sobre la mesa había restos de lo que parecía haber sido un plato con pedazos de queso, aceitunas y papitas fritas. Tres botellas vacías de Cabernet Concha y Toro y una de pisco Control completaban la comparsa.

—¡Urbina Catrileo y las entretelas del mono!—exclamó Roncaglia cuando lo vio.

El guatón Rosales se paró, y con formal seriedad, extendió su mano. Tenía los ojos rojos y se bamboleaba como bote en alta mar. Rosales era un hombre fornido, de hombros anchos y enormes manos. Era más alto que el promedio de los chilenos y al lado de Urbina parecía un gigante. Tenía la piel blanca, los ojos café claro, y algún día fue considerado buen mozo. Eso fue antes de desarrollar la enorme panza que le generó su apodo, panza que no le presentaba obstáculo cuando había que pelear. Urbina se le acercó y en vez de darle la mano lo abrazó.

—Que me cuenta compadre, vengo a desearle un muy feliz cumpleaños,—dijo Urbina.

—Shih, a la hor...hor...horita que llegai hueón—dijo Rosales.

—Perdone compadre, es que me mandaron donde el diablo perdió el poncho y acabo de llegar de vuelta.

—Sírvase un traguito, colega Urbina—le dijo Infante, pasándole un grasiento vaso con pisco.

—No si este hueón sigue sin tomar—dijo Roncaglia. —Es más fome que bailar con la hermana.

—Gracias pelao—dijo Urbina—igual se le aprecia el gesto. Carlos, ¿podemos conversar un ratito?

—Putah este hueón que no termina nunca—se quejó Roncaglia, dirigiéndose al resto de los presentes. —El famoso capitán no sé cuánto me subió y me bajó por teléfono. Le tuve que prometer que aquí yo te iba a arreglar apenas llegarai, así que me debís una del porte de un buque.

—Lo único, único, que puedo alegar en mi defensa...— Mirando la botella de pisco, Urbina pausó para aumentar el drama— es que el verdadero pisco... es peruano.

Los insultos y gritos lo llevaron a cubrirse las orejas.

—Paz, hermanos. Paz. Es hueveo—dijo Urbina.

—Señores. Les pido un minuto de silencio—dijo Roncaglia —por la tremenda barbaridá que ha dicho Catrileo. Por favor, detective, ¿cómo se te ocurre decir semejante perversidá?

Murmullos alrededor de la mesa. Codazos. Intentos de bronca fingida. Al final, un acuerdo silencioso. Bien. Se acepta la disculpa. Es hueveo.

—Carlos,—indicó hacia otra mesa con la mano y dijo— vamos y nos sentamos ahí un par de minutos y lo pongo al tanto de lo que ocurre.

Se sentaron en una mesa en el rincón. Roncaglia trataba de ponerse sobrio para poder seguir la conversación.

—Ya, Urbina Catrileo, cuéntame que fue lo que encontraste que este capitán está tan mosqueado.

—Acuérdese Carlos, que nos llamaron de una comisaría en La Florida diciendo que se había encontrado el cadáver de una mujer joven—Urbina miró a Roncaglia, quien dio señales de que comprendía. Urbina continuó.

—Pasé por la comisaría y ahí me dieron los datos de donde tenía que ir a encontrarme con el arriero que hizo la denuncia. Cuando llegué allá, en la concha del mundo, el arriero que la encontró, un viejo de unos setenta, me llevó caminando cordillera arriba a mostrarme donde estaba.— Urbina pausó para asegurarse que Roncaglia seguía escuchando. —Era una joven rubia, que cuando viva debe haber sido muy linda, pero el cadáver estaba muy maltratado. Por la ropa me pareció que venía de familia con billete, —Roncaglia levantó una ceja. Urbina afirmó con la cabeza y continuó,—ahí estaba yo examinándola cuando de repente llega una patrulla de milicos y me llevan detenido a un recinto que tienen cerca.

—¿Y que hicieron con el cadáver?

—Ahí quedó. Yo les dije que llamaran al médico legal pero ahí justo fue cuando el teniente cabeza de ladrillo se enojó y me llevaron detenido al recinto militar.

—¡Bué! Hay que avisar entonces pa' que vayan a recoger el cadáver.

—Ése es el meollo del asunto. Cuando me soltaron los milicos...

—Después de que les dije que yo me iba a encargar de ti...

—Sí, gracias de nuevo. Después que me soltaron me fui escondido de vuelta a examinar el cadáver y sus alrededores.

—¿Y?

—No estaba.

—¿Quién?

—El cadáver. Alguien se lo había llevado durante las horas que me tuvieron detenido los milicos.

Se quedaron en silencio. Roncaglia asombrado, con un dolor de cabeza anunciando su pronta llegada, cortesía del pisco y el vino. Urbina esperó con paciencia mientras Roncaglia consideraba la situación.

—¿Hasta cuando pololean los descarados?—desde la otra mesa les llegó el grito de Rosales.

—Ya vamos hueón, no te pongai celoso—le contestó Roncaglia, que durante el relato había recuperado parte de su sobriedad. Dirigiéndose a Urbina, le dijo en una voz casi inaudible: —En estos tiempos se escucha mucho que desaparece alguien y luego aparece el cadáver. O desaparece alguien y nunca se encuentra el cadáver. Y siempre la hueá termina siendo por motivos políticos con los milicos metidos a fondo. Pero esto… esto está patas arriba.

Que yo sepa, es la primera vez que aparece un cadáver y después de descubierto... desaparece. Está al revés. Increíble. Pero en estos tiempos, ya nada me sorprende.

—Esa es una de las razones que me da la tincá que esto no es político.

Roncaglia lo miró sin comprender. Hizo un gesto de hastío.

—¿Qué me podís decir de la víctima?

—Por ahí van las razones,—contestó Urbina—como le decía, una belleza rubia de ojos azules de unos dieciocho, diecinueve, alta de estatura, estupenda, y con ropas caras y de última moda. Que yo sepa los extremistas con esa pinta son rarísimos, si es que existen.

—Por algo les dicen rotos upelientos—dijo Roncaglia. —Pero esto tiene que ser custión de milicos, no hay vuelta que darle.

—Yo creo que no. No creo que sea cuestión de milicos. Más aún, nos conviene investigar lo que le pasó a esta joven.

—Nos querís meter en un tremendo cacho, Urbina Catrileo. No sabís ni quién es la víctima, no tenís cadáver, la encontraron cerca de un recinto de milicos.... —Roncaglia miró al techo como tratando de recordar motivos adicionales por lo cual una investigación sería muy mala idea, además de una pérdida de tiempo. —¡Ah!—se acordó,—más encima el capitán me dijo por teléfono que no te quería ver más por allá. Un cacho redondito es el que me querí ensartarme.

—Por lo menos deberíamos averiguar quién era. Una lola de familia con billete no desaparece así no más. Le voy a apostar que en menos de una semana va a haber escándalo en los diarios y la tele cuando no aparezca. Ya lo veo, en primera plana: "La Misteriosa Desaparición de la Bella Rubia" —dijo con voz de narrador dramático.

—Y aunque así fuera, ¿porque sería problema de nosotros? Toma en cuenta que nosotros no andamos a la siga de minas que se pegan la volá. Somos la Brigada de HO-MI-CIDIOS.

—¿Y esto qué es entonces?

Roncaglia lo contempló con silencio agrio.

—Por lo menos déme autorización para investigar quién es la víctima. Yo creo que en un par de días debiéramos descubrir algo. Porque el escándalo va a ser más grande todavía si alguien se entera que nosotros sabíamos del cadáver y no dijimos nada.

—Un cacho, Urbina Catrileo, un cacho ma-yús-culo. Tendría que estar aún más curao todavía pa' dejarte continuar con esta hueá...

—En eso quedamos entonces—dijo Urbina, aprovechándose de la pizca de ambigüedad contenida en las palabras de Roncaglia. —Mañana a primera hora me dedico a llamar a las comisarías y a los retenes del barrio alto para que nos avisen de inmediato si alguien anda preguntando por una rubia que no aparece. Y si eso no resulta...

Roncaglia iba a contestar pero un escándalo de gritos y sillas volteadas los interrumpió.

—¿Cómo que no, mijita?—el guatón Rosales se esforzaba en abrazar por detrás a una mujer de apariencia sensual, de mediana edad y pelo teñido rubio. —Si sabí de más que te quiero—le dijo en la oreja mientras le manoseaba los abundantes pechos. La mujer trataba de soltarse. Infante y Ramírez intentaban tranquilizar a Rosales sin ponerle muchas ganas. Los tres estaban que se caían de curados.

—¡Ni cagando voy con vos guatón de mierda!—gritó la mujer—la última vez lo queríai gratis y yo por esas cochinadas que te gustan cobro el triple.

—Desde cua...cua...cuando tan exquisita ... te hay puesto muy difícil y te voy a tener que...

—Suéltela compadre—le dijo Urbina con voz suave, tomando las dos muñecas de Rosales—acuérdese lo que me prometió.

—Esta es distinta compadre. A ésta sí la quiero.

Urbina le hizo un gesto a la mujer como diciendo, ten paciencia, esto tiene arreglo. Ella entendió la sutil sugerencia y cambió su actitud.

—Yo también te quiero, guatoncito—dijo la mujer—pero así

como estay no te podís ni parar y menos vai a poder parar el pirulín. — Rosales ignoró los esfuerzos de Urbina pero las palabras de la mujer lo hicieron aflojar un poco su abrazo. Los detectives, nuevamente sentados alrededor de la mesa, se reían a carcajadas burlándose de Rosales mientras la mujer se escurría.

—¿Cierto que me querís, Quenita?—preguntó Rosales, ignorando a sus colegas.

—Cierto mi amor, pero esta noche no puedo quererte como corresponde—y fue deslizándose hacia la puerta principal mientras le daba un beso al aire en dirección de Rosales hasta que desapareció.

—Vamos compadrito, yo lo llevo para su casa. Igual ya nos llega el toque—Urbina lo abrazó y tambaleándose caminaron hacia la entrada. Casi al llegar Urbina se dió vuelta hacia la mesa y dijo en voz alta.

—Bueno Carlos, mañana empiezo con los telefonazos.

Roncaglia lo miró con ojos vidriosos que se le cerraban, sin entender de qué le hablaba Urbina. Y antes de que pudiera contestar, Urbina y Rosales estaban afuera, en la vereda frente al Blanco y Negro.

Urbina hizo parar un taxi, empujó a Rosales hacia el asiento de atrás y se sentó al lado del taxista.

—Vamos cerquita, al cuartel de Investigaciones—le dijo.

—Chhii, y pa' eso me hizo parar—dijo el taxista.

Urbina lo miró lentamente, extendió el brazo hacia la visera del taxi donde el taxista tenía su permiso municipal. Urbina lo tomó y lo leyó.

—¿Que hace oiga?—dijo el taxista.

—Quiero acordarme de su nombre en caso de que algún día usted necesite que le haga un favor. Sergio Inostroza Marín,—leyó en voz alta,—muy bien.

El taxista lo miraba con sospecha mientras conducía las cinco cuadras hasta el cuartel.

—Aquí no más nos deja—dijo Urbina cuando llegaron— ¿cuánto le debo?

—No, váyase tranquilo no más. A lo mejor algún día necesito ese favor—dijo el taxista,—¿y por quién pregunto?

—Lautaro Urbina Catrileo, Detective de la Brigada de Homicidios.— Se bajó del taxi y ayudó a bajarse a Rosales.

—Buenas noches—se despidió Urbina.

—Buenas—le contestó el taxista y se fue, anotando en un papelito el nombre de Urbina, pensando que nunca se sabe cuando se va a andar necesitado.

Medio tirando y medio empujando, Urbina llevó a Rosales al pequeño Fiat. Abrió la puerta y lo depositó en el asiento de pasajeros. Los noventa y ocho kilos de Rosales hicieron que el pequeño auto se inclinara hacia su lado.

—Si sigue creciendo compa ya ni me va a caber en el fito—dijo Urbina.

—Gracias compadrito. Que Dios se lo pague... porque yo no tengo niún peso—dijo Rosales.

—No se me aflija, en un ratito lo tengo en su casa—dijo Urbina cerrando la puerta. Mientras caminaba hacia la puerta del conductor, se les acercó un Chevy Nova de cuatro puertas. No tenía patente y sus cuatro pasajeros, todos hombres entre treinta y cuarenta años, parecían estar de mal humor.

El Chevy se paró a centímetros de la ventanilla de Rosales. El conductor lo examinó mientras Rosales daba cabezazos de ebriedad.

—¿Que mirai hue...hue...hueón feo?—tartamudeó Rosales, abriendo la ventanilla cuando se dio cuenta que alguien lo observaba. El conductor lo ignoró y dirigió la vista a Urbina, preguntando ¿qué es lo que pasa? con un movimiento de cabeza.

—Te están habla...hablaando, mono reculiao—insistió Rosales.

Urbina se apuntó a él mismo con el dedo, luego a Rosales, y luego al cuartel de Investigaciones. Al ver la amenaza pintada en las caras de los del Chevy, juntó sus manos como para orar, pidiéndoles perdón, y luego encogió sus hombros diciendo que le vamos a hacer, está con carrete. Segundos más tarde el Chevy partió rápidamente.

—Más tranquilo compadre, esos son peso pesado,—dijo Urbina subiéndose al Fiat.

—Que me la chupen...

—Con la DINA no se huevea, guatón, eso ya le debiera haber quedado claro—le dijo Urbina, echando a andar el Fiat.

—Que se vayan a la conchesumadre. Porque con la de sus hermanas me quedo yo. Hueónes malas pulgas.

—Duérmase mejor, compadre. Falta poco para el toque de queda y me va a alcanzar justito para dejarlo en su casa y partir a La Reina.

El toque de queda comenzaba a la una de la mañana. Durante la última hora libre las calles de Santiago pertenecían a los conductores locos, todos tratando de llegar a sus destinos antes que las patrullas militares salieran de ronda. Nadie paraba en los semáforos. Los más tímidos disminuían un poco la velocidad pero ni siquiera ellos respetaban las luces rojas. El gran misterio era cómo no había más accidentes durante esas desenfrenadas carreras de última hora. Se decía que a los jóvenes soldados que patrullaban les daban anfetaminas para mantenerlos despiertos. La droga les hacía temblar el dedo del gatillo y historias circulaban de civiles cuyos autos tuvieron problemas mecánicos durante las horas restringidas y terminaron baleados por una patrulla militar. Si sobrevivían o no era lo mismo, porque los nombres de los desafortunados nunca se verían en los medios de comunicación. Esas cosas no se mencionaban debido al miedo a represalias de los militares. Ahora, todo era "secreto de estado."

Pero igual se sabía. Los balazos despertaban a los que vivían en el barrio. Vecinos miraban asustados detrás de las cortinas. Cuando al día siguiente contaban sus versiones del incidente, eran multiplicadas por el "General Rumor." La noche daba miedo. Y el día también.

Casi al llegar a la intersección de Monjitas con Miraflores el mismo Chevy Nova de hacía unos minutos apareció velozmente por un costado y les cortó el camino. Antes que Urbina pudiera echar marcha atrás para arrancar los cuatro sujetos del Chevy los tenían rodeados. Dos de ellos abrieron la puerta del pasajero del Fiat y sacaron a Rosales del auto de un tirón, botándolo al pavimento.

—¡Te queríai hacer el vivo, guatón culiao!—gritó uno mientras le pegaba una feroz patada en la espalda a Rosales, que trataba inútilmente de pararse, inmovilizado más por el vino y el pisco que por los golpes—¡Habla ahora pos hijoeputa!

Urbina se bajó del Fiat y arremetió contra los dos restantes. Uno desenfundó su pistola Walther P-38. Urbina le dio una patada estilo karate en la rodilla izquierda y el tipo se desparramó por el suelo. Urbina le pisó la mano que tenía la pistola y cuando éste la soltó, Urbina pateó la pistola, que se deslizó por el pavimento hasta los pies del cuarto sujeto, un tipo tan blanco que parecía albino. Cuando éste se agachó a recoger la Walther, sus dedos ya casi envolviendo la culata, Urbina le pegó un feroz rodillazo en la cara que lo tumbó.

Urbina miró hacia Rosales, tendido en el suelo medio inconsciente. Uno de los autores de la paliza apuntaba a Urbina con una metralleta.

—¿Me lo echo, jefe?—le preguntó el de la metralleta al albino, que se paraba lentamente. Sacó un pañuelo de su bolsillo, lo afirmó contra su nariz y miró a su alrededor. En el paraderos de buses, transeúntes medio muertos de frío miraban de reojo lo que ocurría, haciéndose los tontos, mientras esperaban rogando por que pronto llegara el bus en su último recorrido. A esta hora, tendrían que subirse a empujones porque vendría lleno. Pero ni empujones ni súplicas los librarían de una paliza –o peor– si mostraban interés en el conflicto frente a sus narices. Ignorar lo que sucedía era el mejor seguro de vida.

—El problema no era con vos hueón, era con tu amigote el gordo, pero igual la teníai que cagar—respondió el jefe.

—¿Por que no le dice a su sobrino que no me apunte con su arma y arreglamos esto como gente decente?—contestó Urbina levantando sus manos, y mirando al de la metralleta le dijo con voz calmada,—si es que se atreve...

Un bus se detuvo en el paradero. Venía repleto. El albino

hizo un cálculo rápido de la cantidad de civiles que serían testigos si eliminaban a estos dos insolentes. Y más encima eran detectives, lo que les causaría un problema burocrático. Decidió dejarlo para otro día, diciéndole a Urbina:

—Aquí y ahora te quedai advertido: me las vay a pagar. Vos y el hipopótamo de tu amigo. Y tenís hartas patas de venir a hablar de gente decente con la pinta que te mandai, porque esa gorrita no te quita pa' na' lo indio.

Sin decir una palabra, como si se comunicaran telepáticamente, tres de los cuatro se subieron al Chevy. Cuando ya estaban sentados, el de la metralleta también se subió y se alejaron haciendo chirriar los neumáticos.

Rosales seguía tendido en medio de la calle sufriendo los efectos de la paliza y el alcohol. El bus partió con pasajeros colgando de las puertas. Con una fuerza que ni él sabía que tenía, Urbina ayudó a Rosales a pararse.

—Putah compadre, tengo que reco...recono...reconocer que usted me lo advirtió, usted me dijo que no les recalentara los mojones—balbuceó Rosales,—pero como que se les andu...anduvo pasando la mano...

—Tranquilo no más, compadre—contestó Urbina, escondiendo lágrimas de rabia—un par de aspirinas y queda como nuevo.

Se subieron al Fiat y siguieron su camino.

—Hueones rese...resentidos, compadre. Ni una miserable talla saben aguantar—dijo Rosales,—mala clase total...¿sabía compadre que estos hueones terminan en la DINA porque no consiguen pega en niún otro lado?

—Puede ser, pero algunos de esos antes del golpe pertenecían a Investigaciones.

—Eso debe ser lo único bueno que hicieron los milicos, que se llevaron del Servicio a los más mierdas que trabajaban con nosotros.

—No tanto. Todavía quedan algunas bostas. ¿O no?—dijo Urbina, pero ya Rosales estaba a cabezasos con el sueño.

Sí, se llevaron a muchos, buenos y malos, pensó Urbina, y si a ellos se les suman todos los que ya no están por las purgas del último par de años, es un milagro que todavía se investiguen casos. El personal de Investigaciones había sido más que diezmado. Detectives, técnicos, secretarias, jefes, subprefectos, a todos aquellos que tenían olor del gobierno de Allende fueron empujados hacia la puerta de salida. Así fue como el actual jefe de Urbina, Carlos Roncaglia, ascendió como cohete tres escalafones hasta llegar a Subprefecto, cargo para el cual no tenía preparación alguna. Su compadrazgo con gente bien conectada y su actitud de camaleón en cuestiones políticas fueron más que suficiente para su ascenso.

Casi sin personal experimentado, la Brigada de Homicidios era un edificio de papel. Urbina era uno de los pocos detectives eficientes que todavía investigaba casos. El resto del personal lo toleraba a medias, considerándolo un ingenuo hijito de su mamá que para lo único que servía era para resolver homicidios, sin ni siquiera entender que los tiempos habían cambiado. Adáptate a los tiempos Catrileo, le decían los colegas más pacientes. Por su parte, el subjefe Roncaglia le daba los casos más difíciles de resolver y después lo ignoraba.

Urbina ayudó a Rosales a caminar hasta la puerta del edificio de departamento en Avenida Matta donde vivía y tocó el timbre para que la Rosa Rosales viniera a ayudar a su marido. Se subió al Fiat antes que ella llegara y le partió para no verse obligado a explicar lo que no tenía explicación. Trató de olvidar lo sucedido, racionalizando que con una metralleta apuntándolo nada podría haber hecho. Cierto que era una injusticia total, un abuso de poder, un... le faltaban las palabras. Era mejor olvidarlo. Todo. Pero lo que no iba a olvidar eran las caras de los que patearon a su compadre. Y a ese albino. Algún día se encontrarían nuevamente y ahí el cuento sería otro. Algún día será.

Se concentró en el camino a seguir, Avenida Matta, para después enflecharse hacia arriba por Avenida Grecia. Si no le aparecían nuevos obstáculos, llegaría fácilmente a su casa antes del inicio toque de queda, sin siquiera tener que apremiar el enano motor de su auto. Esas noches frías eran ideales para el Fiat, que en el verano sufría problemas de recalentamiento. Urbina volaba por las avenidas ya casi sin autos donde solo aparecía uno que otro solitario transeúnte sacando a su perro a la calle para que hiciera sus necesidades. Los pobres estarían encerrados hasta las seis de la mañana, cuando terminaba el toque de queda. Las horas de encierro forzado eran difíciles para los perros santiaguinos.

En Avenida Grecia pasó al costado del Estadio Nacional. Hacía poco más de doce años se había hecho famoso internacionalmente por ser la sede de la final del mundial de fútbol de 1962. Ahora era más conocido por su fama como campo provisional de concentración de presos políticos. A Urbina esto no lo afectaba. Él era el ejemplo perfecto del dicho bíblico: al César lo que es del César y a Dios lo que es de Dios. Para Urbina, el César eran los milicos y Dios..., Dios era..., eran..., ¿los milicos también? Esa pregunta ahondaba demasiado en filosofías inútiles.

La vida espiritual y religiosa de Urbina Catrileo era más complicada de lo que aparentaba ser. Los que lo conocían estaban convencidos que Urbina era un cristiano evangélico, al igual que su madre Estela, fieles seguidores de Jesucristo. Urbina dejaba que esa impresión continuara, y hasta su querida madre estaba engañada. El subterfugio libraba a Urbina de situaciones difíciles. Por ejemplo, si sus colegas o conocidos lo presionaban para que se tomara unos tragos de pisco o de vino, el decía que su creencias no se lo permitían, librándose así con una buena excusa. Cuando él quería servirse una botella de buen vino, se la tomaba solo, o en compañía seleccionada cuidadosamente, a menudo la de una mujer con precio. A Urbina no le gustaba perder el control en público. O en privado. Se enorgullecía de tener sus pensamientos, acciones, emociones, en fin, todo bajo control. Era su mejor arma contra el mundo. Una más de sus murallas.

¿Pero esto de quién era Dios y la relación con el poder de los milicos? Pregunta con aristas. Hubo un día en el cual pensó que podía servir a Dios y a su prójimo luchando por la justicia. Esa noción fue quedando atrás con el pasar de los años, diluida por las muertes sin sentido que veía diariamente en su trabajo. Lo único que le iba quedando era su tenue conexión con las víctimas. Algunas de ellas, la minoría, inocentes y poco merecedoras del trágico final que les llegó. Esa conexión con las víctimas era frágil pero todavía existía.

Su pragmatismo era extremo: sabía que él solo no podía hacer nada acerca de las muertes relacionadas con los militares. Pero todavía existía el homicidio común y corriente, el causado por celos, por codicia, por venganza, por locura, por las razones primordiales de miles de años. Eso era lo que le atraía de su trabajo: el rompecabezas, el trabajo mental de solucionar un homicidio común y corriente. Era razón suficiente para levantarse todos los días y trabajar como burro. Con o sin milicos. Con o sin Dios.

Al llegar a su casa no le sorprendió ver las luces encendidas. Su madre Estela estaba sentada en la cocina con Elisa, una prima de Estela que había llegado a vivir con ellos un par de años antes.

—Que horas mijo... Señor mío, no habrás estado trabajando todo este tiempo—dijo su madre cuando entró a la cocina.

—No mami, estaba con el guatón Rosales y otros compañeros de trabajo. Hoy era su cumpleaños y lo querían celebrar—contestó Urbina mientras se sacaba el chaquetón.

—¿Quiere que le caliente algo sobrino?—preguntó Elisa— nos quedaron tallarines con carne del almuerzo.

—No gracias tía...

—Oye, vino la María Teresa preguntando por ti,—dijo su madre—quería saber si la podías llevar de compras en tu auto este fin de semana.

—Tan simpática que es la María Teresa,—añadió Elisa sonriendo.

—Veremos—dijo Urbina,—capaz que tenga que trabajar. Me voy a ir a acostar. Hoy fue un día durísimo...—dijo Urbina.

—¿Porqué? ¿que pasó?—preguntaron las dos a la misma vez.

—Noo... es que... mañana les cuento. A propósito, miren lo que le pasó a mis pantalones: me caí, y quedaron todo embarrados.

¿Se los encargo?

—Por supuesto, deja el terno en tu pieza no más, yo me encargo de que quede limpio. Ahí vas a ver que ya te dejamos tus camisas blancas bien planchaditas—dijo Elisa.

Urbina besó las mejillas de las dos primas,—¿me despiertan a las siete?

—Como no, hijo, que duermas bien. No te olvides de orarle a nuestro señor Jesucristo, nuestro único salvador—dijo Estela.

En su habitación se sentó en la cama, se sacó los zapatos y su viejo terno. Sin desvestirse más se tendió y se durmió de inmediato. Minutos después lo despertó la figura de Elisa buscando sus pantalones embarrados. Ella ya estaba en su ropa de noche, que dejaba ver sus pechos pesados y sus amplias y redondas caderas en silueta contra la luz del pasillo. Lo único que me faltaba, pensó Urbina, que a mi tía se le ocurra hacer la movida. Se hizo el dormido, rogando que no fuera esta la noche que su tía se le ocurriera pasar de las insinuaciones a los hechos. Ya había notado las miraditas y los abrazos apretados que le daba Elisa cuando Estela no andaba cerca.

El interés de Elisa no era difícil de entender. A pesar de su baja estatura, Lautaro Urbina Catrileo tenía atractivos físicos bien definidos. Su cuerpo no tenía un gramo de grasa, y tenía cierto parecido con los cuerpos de gimnastas, con músculos largos y duros. Sus rasgos eran simétricos, con una nariz recta y ojos café negro profundo. Se podía decir que tenía un cierto "sex appeal" para aquellos que no tuvieran prejuicio contra sus obvias raíces indígenas. La piel oscura, el pelo lacio, los pómulos altos, todo eso delataba su origen. Desde sus días en el Instituto Nacional, sabía que sus relaciones personales siempre empezarían teñidas por la historia de sus antepasados. Eso ya no le importaba.

Elisa no es fea, se dijo, pero Catrileo Catrileo, ¿te imaginas el circo que se armaría el día que mi mami se dé cuenta que me estoy afilando a su prima? Más que circo sería un infierno. Voy a tener que pensar seriamente si puedo seguir viviendo en esta casa. Y se durmió.

Capítulo 5

Miércoles, 13 de agosto, 1975

Ese miércoles apareció un sol débil, que si bien no calentaba mucho por lo menos iluminaba la sala de detectives del cuartel de Investigaciones. Eran los últimos días de un invierno largo e incierto y la temperatura adentro era un par de centígrados más alta que en la calle, gracias a dos estufas eléctricas en esquinas opuestas de la sala. El guatón Rosales, en su chaquetón, dormía con la frente apoyada en el escritorio. La parte visible de su rostro no mostraba efectos de la paliza. El pelado Infante leía el matutino La Tercera con los pies arriba del mismo escritorio. Urbina estudiaba una carpeta anillada con los números telefónicos de las comisarías y retenes de la región metropolitana.

Urbina marcó uno de los números en el teléfono y lo anotó en su libreta.

—Aló, comisaría Las Condes?— preguntó Urbina, y escuchó la respuesta. —Sí, habla el detective de la Brigada de Homicidios Lautaro Urbina. Podría hablar con el oficial de turno, por favor.

Esperó unos minutos, mientras leía en la portada del diario del pelado Infante que este año habría un día más de feriado para las fiestas patrias. Un nuevo día feriado en homenaje al pronunciamiento de las fuerzas armadas. Más abajo había un artículo con opiniones del público acerca del reciente cambio de la moneda nacional del escudo al peso. La opinión favorable era unánime, como todas las noticias que aparecían en los periódicos sobre decisiones del gobierno.

—Sí, mucho gusto, mire, llamaba para saber si han recibido alguna consulta acerca de una joven rubia que no ha regresado a su casa.— Escuchó. —Sí, entiendo, pero ésta no es una de ésas.— Escuchó nuevamente. —¿Le podría pedir un favor? Que si reciben un llamado con una consulta parecida, ¿que nos informen aquí en

Homicidios? Sí, muchas gracias. Detective Lautaro Urbina. ¿Tiene el número de la brigada? Ya, muy bien, hasta luego.

El pelado Infante había dejado de lado el diario y lo miraba con curiosidad.

—¿A cuantas vai a llamar, huevón? —preguntó.

—A todas las del barrio alto. Me tinca que de por ahí partió la cosa—y marcó otro número en el teléfono. Mientras esperaba que contestaran, anotó el número marcado en su libreta.

Un poco después de las dos de la tarde había terminado de llamar a las comisarías y retenes de los barrios de la clase media y alta. Durante los últimos treinta años las viejas familias adineradas, la aristocracia criolla y los nuevos beneficiados de la naciente industria nacional habían arrancado del centro de Santiago, dejando atrás las elegantes mansiones de principios del siglo XX, que ahora o estaban en pleno deterioro, o habían sido convertidas en oficinas o locales comerciales. Mientras más dinero, más arriba, más cerca del cielo querían estar. Urbina y su familia de mínimos recursos eran una de las pocas excepciones, porque vivían en La Reina, en la falda de las montañas. Con su sueldo de detective y los ahorros de su madre apenas les había alcanzado para comprar una casa en una de las últimas poblaciones para gente de bajos ingresos que se construyeron en los barrios altos.

Se acordó del viejo viviendo en la cordillera, preguntándose cuánto tiempo le duraría la soledad. Mientras la ciudad siguiera creciendo para ese lado era inevitable que pronto perdería su aislamiento. ¿Perdería también su conexión con el cielo después de perder su ancla en la tierra? Urbina se molestó consigo mismo por perder el tiempo en estas pajas mentales que no conducían a nada.

Decidió llamar al Servicio Médico Legal para averiguar si había aparecido el cadáver de una joven rubia y alta. Hasta ahora nada, le contestaron. Dejó el mismo recado que había dejado en las comisarías, que por favor lo llamaran si aparecía alguien con un cadáver con esa descripción.

—Llegó mi hora preferida compadre, la hora de almuerzo— lo interrumpió Rosales —vamos al Blanco y Negro a ver que delicias ha preparado la señora Lidia.

—Vaya usted no más, compadre, y me trae un sanguchito de vuelta.

—Nooo, por ningún motivo. Usted va a venir conmigo. Yo invito, parte de pago por haberme depositado en mi casa anoche, y por haber impedido que los gorilas me dieran el bajo—insistió Rosales, cerrándole un ojo.

—Bueno, vamos,—contestó Urbina, no de muy buena gana.

Cuando salieron hacia el Blanco y Negro el cielo se había nublado. Urbina se puso su acostumbrada gorra escocesa y en el camino le fue contando a su compadre Rosales lo extraño que encontraba el caso de la bella rubia. Rosales escuchaba atento, haciendo preguntas para entender mejor el relato. A pesar de su gusto por el trago, los asados y las mujeres de la noche, Rosales era uno de los pocos detectives en quien Urbina confiaba completamente. Sabía que Rosales no era una marioneta de los militares, y que era amigo leal como pocos. Hasta podía ser buen detective cuando le daba la gana, que no era muy a menudo, y esta situación había despertado el interés de Rosales.

—¿Y que hizo con las hueás que coleccionó donde encontraron a la víctima?—preguntó Rosales.

—Ahí las dejé en el cajón de mi escritorio. Les saqué unas fotos con la Polaroid nueva de Carlos Roncaglia.

—Ese hueón del Ronca que se atragante con su cámara nueva, con lo que se cachetonea con su juguete.

—Aquí las tengo —sacó las fotos de su bolsillo y se las mostró a Rosales. Al ver la foto de la pulsera de lapislázuli Rosales hizo una mueca. Urbina lo quedó mirando.

—¿Qué?—preguntó.

—Esto, compadre, ¿no sabe lo que es?—preguntó Rosales.

—Una pulsera de lapislázuli.

—¡No hueón! El símbolo en la pulsera.

—No tengo idea —dijo Urbina. Rosales siguió mirando la foto.

—Yo lo he visto en algún lado... pero dónde ni me acuerdo—

y se la devolvió a Urbina.

Ya estaban llegando al Blanco y Negro. Rosales agarró el brazo de Urbina alejándolo de la calle. Buses y autos pasaban peligrosamente cerca de la angosta vereda, y uno casi había golpeado a Urbina, que iba tan concentrado en la conversación que casi no se dio cuenta. Urbina se metió las fotos en el bolsillo.

—La otra cosa que me dejó metido es que el cadáver estaba relativamente cerca de ese recinto militar—dijo Urbina. —Puede que sea coincidencia, pero igual es raro. Me gustaría saber más acerca de ese recinto.

—Pregúntele al gato Arancibia poh, el que estaba antes en Identificaciones. Ahora trabaja con los milicos—sugirió Rosales.

Urbina negó con la cabeza.

—Mejor que no. Le tengo poca confianza al gato, y menos ahora que anda con ellos. Imagínese: dudas tengo de esto tiene que ver con los milicos, pero si están metidos aunque sea solo un poquito, de inmediato me van a poner problemas. Ya me basta con que Carlitos Roncaglia no esté muy entusiasmado con esta investigación.

—Chh! Ni que fuéramos de Investigaciones—ironizó Rosales. —Y a propósito, ¿que tiene de especial esta hueá que se le metió entre ceja y ceja, compadre?

—Ni yo me lo puedo explicar. De lo que sí estoy seguro es de que la víctima no salió de la nada. Su familia debe estar sufriendo porque no saben su paradero. Alguien debe andar buscando a esa pobre rubia. Y compadre, si viera como le pegaron. Usted sabe que a mí siempre me han caído mal los matones.

—Lo que yo no entiendo compadrito, es qué es lo que la hace tan especial pa' usté. Porque en estos tiempos, familias sufriendo por el matonaje las va a encontrar en todos lados. La piel de la vida tiene espinillas y esta es una más.

Urbina no contestó porque habían llegado al Blanco y Negro. Buscaron y encontraron una de las pocas mesas desocupadas. El local estaba lleno de oficinistas, empleados de los tribunales y personal de Investigaciones. El humo de cigarrillos se mezclaba con el olor de cerveza derramada y vino añejo. Urbina era una de esas personas con olfato exquisito, y a pesar de que la mezcla de olores no era de los mas agradable, ya estaba acostumbrado, y lo asociaba con momentos de relajo. Un mesero se les acercó.

—Caballeros, ¿qué les sirvo?—preguntó Juanito, el mesero, con la formalidad que era la especialidad de la casa. Los que trabajaban en el Blanco y Negro tenían algo en común: un amor profundo a las apariencias. Vestían chaqueta blanca y corbata negra. O blanca en el sentido de que algún día fue blanca. El orgullo institucional insistía que en este local la atención al cliente era mejor que en el Hotel Carrera Hilton. Aparentaban servir con esmerada atención, pero como los meseros nunca anotaban los pedidos, las tres cuartas partes de las órdenes llegaban o incompletas o equivocadas. Pero esto no hacía mella en la autoestima de los meseros. Si el cliente se quejaba, trataban de convencerlo que lo servido era lo que se ordenó. Si el cliente seguía sin convencer, argumentaban que lo que servido era mucho mejor de lo que el cliente creía haber pedido. Si el cliente insistía con su pedido inicial, los meseros generalmente decían que ya no quedaba, se acababa de terminar. Les gustaba eso de aparentar. El mito de la esmerada atención al cliente viviría muchos años sin que importara la amplia evidencia en su contra.

—¿Que hay de almuerzo del día, Juanito?

—De entrada, ensalada de lechuga con jamón y quesillo, de segundo, cazuela de ave, y de postre, flan de leche.

—Yá, me gustó. Y una pílsener —dijo Rosales. —No, mejor que sean dos. Y pebre, si es que queda. Del picante.

—Lo mismo para mí, pero con una mineral sin gas en vez de las pilsen.

Cuando se retiró Juanito, Rosales se inclinó hacia Urbina y en voz baja le dijo:

—Compadrito, la invitación al almuerzo vale. Cuente conmigo, pero, ¿no tendrá unas luquitas pa' prestarme? Yo se las pago a fin de mes. Me estoy quedando corto y le tengo que comprar zapatos al Dieguito.

Urbina se acordó de los ochenta y dos mil pesos que había encontrado en la víctima, y dijo que sí con la cabeza. Dieguito era su ahijado así es que ayudar era lo correcto. Además ese dinero le había caído del cielo.

—Sí, está bien, yo le presto compadre. Pero me salió caro la invitación.

En un principio Lautaro atendió disciplinadamente a sus obligaciones en la Escuela de Carabineros, estudiando duro y dejando pasar los bailes y parrandas que alegraban las salidas de sus compañeros. Era el comienzo de la década de los sesenta, con un Chile soñoliento, pasivo, y feliz en la ignorancia de los duros tiempos que venían. Tan tranquila era la capital que Alessandri, el presidente del país, se iba caminando las ocho cuadras desde su departamento hasta la sede presidencial. Caminaba solo, levantando su sombrero cuando los santiaguinos le daban los buenos días. Nadie lo insultaba, por lo menos en voz alta, ni aún aquellos que lo odiaban por sus políticas conservadoras. Eran otros tiempos.

A Lautaro le gustaba visitar el palacio presidencial, en especial el patio de los naranjos, un oasis de calma en el centro de la ciudad. Cuando tenía permiso de salida se iba a caminar por ese patio y los guardias del palacio, carabineros seleccionados por ser altos de estatura, ni siquiera lo miraban. Lautaro sabía que su baja estatura aseguraba que nunca sería guardia de palacio pero no le importaba. Ni esa ni ninguna otra de las avenidas para progresar en la fuerza policial lo entusiasmaba. Se debatía sobre si sería una buena idea dedicarse a otra cosa.

Hasta que un día se enteró del examen de admisión para Investigaciones, el camino para llegar a la Brigada de Homicidios. Se dedicó a estudiar en serio y pasó el examen con el puntaje más alto de los últimos veinte años. El comité de admisión lo rechazó por su baja estatura pero un par de llamados de don Alberto, ya resignado al deseo de Lautaro de ser policía y bien conectado a las viejas redes del poder, pasaron una aplanadora por sobre los obstáculos y así Urbina llegó a ser parte de la Brigada de Homicidios.

Al volver al cuartel, el oficial de turno le dijo a Urbina que tenía dos recados: uno de la Comisaría de Las Condes, y el otro de un tal Inostroza. Urbina le dio las gracias y fue a su escritorio a llamar por teléfono a la comisaría. Ahí se enteró que Martín Wilson, dueño de una cadena de restoranes, había llamado a la comisaría preguntando por el paradero de su hija Marisol Wilson, dieciocho años, rubia, alta, de ojos azules. Había salido el sábado en la mañana diciendo que volvería a la hora del té y no había regresado. Urbina pidió el teléfono y la dirección de Wilson. Al colgar, llamó al número de inmediato. Contestó una mujer con voz nerviosa. Pidió hablar con el dueño de casa. La mujer le dijo que no estaba, y preguntó si quería dejar recado. Urbina se identificó y le preguntó a la mujer si sabía donde lo podía ubicar.

—Debe de estar en su restorán en Baquedano —dijo la mujer. —Ahí está en su oficina casi todas las tardes hasta como las nueve.

Urbina se despidió y fue a pedirle a Rosales que lo acompañara a ver a Wilson. Rosales no mostró mucho interés hasta que Urbina le dijo que Wilson era el dueño de los restoranes Brasas Grill, especialistas en lomo asado con papas fritas y pollo picante a las brasas.

—Bueno ya. Vamos. Pero compadre, que quede claro: no lo voy a acompañar por la comida, sino porque es mi deber como compadre y como detective de homicidios. Ni tampoco por los schop. Que a propósito, me han contado están dentro de los mejores de Santiago.

No había un auto del servicio disponible así es que se subieron al Fiat de Urbina y se fueron bordeando el río Mapocho. En minutos se estacionaban frente al restorán. Habían pocos autos porque era la hora lenta, muy tarde para el almuerzo y muy temprano para las onces.

Los detectives entraron, se identificaron y preguntaron por

Martín Wilson. Recién ahí Urbina se acordó que le habían dejado otro recado en el cuartel, el recado de un tal Inostroza. Mientras esperaban a Wilson pidió usar el teléfono del establecimiento y llamó al cuartel. Obtuvo el número para contactarse con Inostroza y lo anotó en su libreta. Iba a marcar el teléfono para llamar cuando apareció Wilson. Era un hombre de unos cuarenta años, enorme, de por lo menos un metro noventa, con un estómago redondo, de pelo rubio, o lo que le quedaba de pelo, y piel rojiza como si estuviera ruborizándose. Estaba agitado y nervioso por la presencia de dos detectives de homicidios.

—¿Vienen de Investigaciones? ¿Encontraron a Marisol?— tenía los ojos rojos y parecía estar a a punto de llorar.

—¿Habrá un lugar privado donde podamos conversar?— preguntó Urbina, quitándose la gorra escocesa.

—Sí, cómo no, pasen a mi oficina. ¿Por lo menos tienen noticias?—preguntó Wilson casi rogando. Al ver que Urbina y Rosales no estaban dispuestos a entablar conversación en público, giró hacia la sala del comedor con los dos detectives a la siga. Todo era de madera barnizada: la escalera, las paredes, los muebles. Antes de entrar al comedor principal abrió una puerta en un costado. Adentro había una escalera que llevaba al segundo piso.

En la antesala de la puerta Wilson se frenó. No podía olvidar sus obligaciones como anfitrión. Les preguntó si se querían servir algo. Rosales alcanzó a abrir la boca pero eso fue todo. Urbina le pegó una mirada fulminante y se encargó de contestar.

—No muchas gracias, señor Wilson. Acabamos de almorzar.

—Muy bien, síganme por aquí. Prefiero trabajar arriba porque el ruido del comedor no me deja ni pensar.

Cuando llegaron a la oficina, Wilson se sentó en un sillón y les ofreció un par de sillas a los detectives. Fotografías enmarcadas de la cordillera de Los Andes colgaban en las paredes.

—Necesito saber de mi hija. ¿Que saben ustedes? ¿porqué han venido pa' cá?

—Tenemos un poco de información—dijo Urbina—pero primero queremos hacerle un par de preguntas. ¿Cuando fue la última vez que vio a su hija?

—El sábado en la mañana. Se fue a juntar con unas amigas y me dijo que volvería en la tarde, pero temprano, porque quería que tomáramos once juntos. Eso ya se los dije a los pacos de la comisaría. ¿Díganme, que saben?

—Ella...¿acostumbra ella ir de viaje sin informarle? ¿es posible que haya salido de Santiago en un viaje de última hora sin avisarle?

—No...no. Bueno, todo es posible, pero somos muy apegados ella y yo. Desde que se murió su mamá... —Wilson hizo una breve pausa. —No, no se habría ido sin avisarme.

—¿Tiene novio su hija?

Wilson miró a Urbina como si fuera un idiota. Rosales se hizo el ausente y comenzó nuevamente a estudiar las fotos de la cordillera de Los Andes que colgaban en las paredes.

—¿Que si tiene novio? ¿usted es tonto? ¿no la ha visto? ¡es la mujer más bella de Santiago! Tiene más pretendientes que Miss Universo.

—No tengo el placer de conocerla así es que...—dijo Urbina encogiéndose de hombros. —¿No tendrá usted alguna foto de ella para ayudar en la investigación?

—Tengo no una sino que más de cien—Wilson se paró y de un estante sacó un par de álbumes fotográficos.

—Estos cubren parte de la historia de nuestra familia. Yo soy aficionado a la fotografía así es que le he estado sacando fotos desde que era niña chica—Wilson le pasó los álbumes a Urbina.

—¿Hágame el favor, me puede mostrar una foto reciente de ella?

Mientras Rosales miraba uno de los álbumes con mucha atención, Wilson se paró nuevamente y hojeó uno de los álbumes hasta que encontró lo que buscaba.

—Aquí está. Estas son unas fotos que saqué en la fiesta de invierno del Santiago College hace como mes y medio.

Urbina estudió las fotos atentamente. Era ella. No hay vuelta que darle, pensó. Es ella, definitivamente. Le voy a tener que decir.

Miró a Rosales advirtiéndole que estuviera preparado para una reacción abrupta de parte de Wilson.

Wilson captó la comunicación silenciosa entre los dos detectives.

—¿Qué hay? ¿qué pasa?—preguntó.

—Sí, tiene razón—dijo Urbina,—no hay duda de que es una belleza.

Rosales lo miró un tanto extrañado. ¿Ella era o no la víctima de la cordillera? Decidió no decir nada.

—¿No le dije? Ella es muy especial, y de carácter muy fuerte también, igual que yo.

Los detectives guardaron silencio.

—Bueno ya. ¿A qué vinieron? ¿tienen novedades de mi hija? ¿no me dijo que tenían información?

—Sí...este...lo mejor en este tipo de casos...—Urbina buscaba palabras,—nos ayudaría mucho saber más de ella para ver si algo que encontremos aquí nos facilite con la búsqueda—sugirió Urbina con tono suave.

—Sí, perfecto,—contestó Wilson, aliviado y confundido a la vez. —Por fin mis amigos en el gobierno se han enterado de la situación y tratan de ayudar. Por eso los mandaron. ¿O no?

—Así es, están tratando de ayudar—dijo Urbina. Rosales escuchaba, mientras ahora estudiaba minuciosamente los cordones de sus zapatos.

—¿Le puedo pedir un gran favor?—preguntó Urbina. —Dos favores, para ser más preciso.

—Dígame no más—contestó Wilson,—en pedir no hay engaño.

—¿Podríamos echarle un vistazo a estos álbumes fotográficos para ver si encontramos alguna pista? ¿algo que nos pueda ayudar?

—No veo porqué no—dijo Wilson. —¿Y que más quería pedirme?

—Una pregunta solamente, ¿su hija tiene alguna afiliación política? ¿es simpatizante de algún partido, o grupo?

—No. Ella es como yo, una patriota. Ná que ver con la política—dijo terminantemente Wilson. —¿Algo más?

—No, nada. ¿Podemos revisar los álbumes ahora?

—Si, quédense aquí viéndolos mientras yo voy abajo a ver como van las cosas—y se retiró.

Rosales esperó que Wilson bajara la escalera y fijó sus ojos en Urbina, que estaba estudiando los álbumes de fotos.

—¿Y? ¿Es ella o no?—preguntó Rosales.

Urbina asintió con la cabeza.

—¡Hueón! ¿Porqué no le dijo? Se ha puesto muy desalmado usted, compadre.

Urbina siguió con los álbumes. Después de una breve pausa, dijo lentamente:

—¿Y que quiere que le diga a ese pobre hombre? ¿Que su hija fue víctima de un homicidio brutal pero no estoy cien por ciento seguro porque alguien se robó el cadáver antes que la pudiéramos identificar?

Frente a esta lógica implacable a Rosales sólo se le ocurrió una pregunta obvia.

—¿Y que hacemos aquí entonces?

—Seguimos investigando. Yo creo que esto es un asesinato común y corriente, a pesar de que hay lagunas en mi teoría—dijo Urbina. —Y nuestra investigación...

—¿*Nuestra* investigación?—interrumpió Rosales,—compa, con mucho respeto, pero yo vine acompañándolo sólo porque me lo pidió, a mí no me han ordenado investigar esta huevá ni nada por el estilo.

Urbina seguía estudiando los álbumes atentamente.

—Aún así, estamos progresando. Por lo menos ya tenemos identificada a la víctima —dijo Urbina.

Los álbumes estaban organizados siguiendo las fechas importantes de la vida de Marisol. Las primeras fotos eran en su mayoría en blanco y negro, y cuando Marisol tenía unos diez años empezaban a dominar las fotos en color. Una mujer de pelo claro, muy atractiva, aparecía en las fotos más antiguas. Debe ser la madre de Marisol, pensó Urbina. Había pocas fotos de ella en colores así es que debe haber fallecido hace ya varios años. El crecimiento de una niña privilegiada estaba documentado en los álbumes. Días en la piscina, vacaciones en la playa, algunas fotos en veleros, esquiando en Farellones, o a caballo, todos los placeres que ofrecía Chile a los que disponían de dinero para disfrutarlos. En comparación, Urbina pensó que sería difícil encontrar una foto de él aparte de las fotos de curso anuales que se tomaban en el Instituto.

Rosales también se había dedicado a estudiar los álbumes. Estaba revisando el que tenía las fotos más recientes y al llegar a una sección justo antes de las de la fiesta de invierno, se dirigió a Urbina.

—Compadre, mire éstas de aquí. Parece que este grupo anduvo en la montaña...

Urbina se acercó, y alcanzó a verlas por algunos segundos cuando se escucharon pasos en la escalera. Miró a Rosales y le hizo el gesto de quedarse callado.

—¿Cómo van las cosas?—dijo Wilson entrando a su oficina. —¿Ya terminaron?—la pregunta venía en un tono que insistía que la única respuesta adecuada era "sí, señor Wilson."

—Sí, muchas gracias. Su talento fotográfico es impresionante, señor Wilson. ¿Usted estudió arte en la universidad? —preguntó Urbina con toda seriedad, mientras Rosales observaba los halagos dulzones de Urbina con disgusto creciente.

—No, ná que ver—dijo Wilson,—aprendí solito no mas. Pero igual increíble que le gusten, lo encuentro la raja.

—Por supuesto, todas claritas, bien enmarcadas y bien enfocadas. Se ve que usted sabe usar su cámara—continuó Urbina

—Tengo una Nikon f no sé cuanto que me costó un dineral, pero es tan pero tan buena que casi saca las fotos sola.

—Ésta por ejemplo—dijo Urbina, apuntando a una de las que le había mostrado Rosales. —Todo este grupo de gente... que bien capturó usted el ambiente.— Rosales se acercó a mirar por encima del hombro de Urbina. Vio una foto borrosa de unas chicas entre las cuales destacaba Marisol por su pelo rubio y por su alta estatura, acompañadas de un grupo de tipos con mochilas y cantimploras. Uno de ellos, mayor que Marisol, y más alto aún, tenía un brazo sobre sus hombros.

—¿Quiénes son?—preguntó Urbina.

—Son de un equipo de montañismo que se junta los fines de semana.. La Mari, Marisol, los conoció por intermedio de unas amigas del colegio y ha ido a algunas de las excursiones. Esa fue la única a la que yo fui. Siempre ando buscando cosas encachadas pá tomar fotos.

—¿Y a éste? ¿lo conoce?—Urbina apuntó al hombre en la foto que tenía su brazo alrededor de los hombros de Marisol. El hombre alto, de pinta distinguida y pelo prematuramente canoso, aparentaba unos treinta y tantos años. Wilson pausó un momento, y Urbina creyó ver una nube oscura cruzando sus ojos.

—Lo conozco de pasada no más, es un doctor que anda con el grupo. Alfaro creo que se llama... sí, Alfaro.

Bien, pensó Urbina, por lo menos un nombre que podemos seguir. Decidió correr un riesgo y sacó la foto de la pulsera de Marisol de su bolsillo.

—¿Ha visto una pulsera como esta alguna vez?—le preguntó a Wilson.

Wilson la miró y luego de pestañear varias veces, contestó.

—Se parece a una que hace poco le vi a la Mari, pero no estoy seguro. ¿Dónde la encontró?

—Apareció en un caso que estamos investigando, y se la muestro a la gente que me encuentro para ver si alguien reconoce el símbolo.

—Sí, si lo he visto pero ni me acuerdo dónde.

—Bien, muchas gracias por su ayuda, por lo menos tenemos algo para seguir en la busca de su hija. Apenas tengamos novedad, nos ponemos en contacto.— Y ahora Urbina dijo en su voz más suave,—¿le puedo hacer un último pedido?

—Dígame no mas,—contestó Wilson con su paciencia llegando al límite.

—¿Nos podría prestar una foto reciente de Marisol? Eso nos ayudaría en su búsqueda.

Sin contestar, Wilson se dirigió al álbum de fotos recientes, y escogió una de las de la fiesta de invierno que mostraba a Marisol sola, de cuerpo entero. Se veía muy bella. Wilson la miró con los ojos humedecidos y se la pasó a Urbina.

—Cuídemela, y me la devuelve apenas aparezca mi hija.

Se despidieron y los dos detectives bajaron al comedor principal, con Rosales respirando profundo los aromas de la cocina, que ahora sí estaba a toda marcha con los que llegaban para unas onces tempraneras.

En el camino al cuartel curiosamente no se habló de comida. Rosales interrogaba a Urbina, que lamentablemente no tenía mucho que decir. Las pistas eran escasas, y si por milagro algún día encontraban al asesino, este escaparía de ser juzgado por la ausencia del cadáver. Es difícil acusar a alguien de homicidio si no hay cadáver, debido a lo dificultoso que resulta probar que se ha cometido un crimen. Hasta que el cadáver de Marisol la bella apareciera, esto sería solo el caso de una joven mujer que se esfumó.

—¿Que le parece, compadre? ¿Hay gato encerrado?— preguntó Urbina.

—Algo me pareció ver. ¿Una reacción extraña en Wilson cuando le mostró la foto de la pulsera?—dijo Rosales.

—Sí, tuvo un momento de duda, pero fue como una cosa muy pasajera—contestó Urbina. Luego recordó la pausa de Wilson cuando le preguntó acerca del hombre de la foto y dijo,—y ése no fue el único momento en que vaciló.

—Quizás se dio cuenta que era la pulsera de ella—agregó Rosales.

—Y prefiere que no sea porque tendría que preguntarse que anda haciendo un par detectives de homicidios con la pulsera de su hija.

—¿Cree que Wilson esté involucrado en esto, compadre?— preguntó Rosales. —A propósito, dijo que estaba conectado con los milicos en el gobierno.

—Dudo que esté involucrado en el homicidio. Su dolor parece auténtico. Pero nunca se sabe en estos casos, ¿nosierto?

—Cierto. Lo que sí quedó clarito es que eso que nos dijo que estaba conectado a los milicos, hay que tomarlo como advertencia. Significa que en este huevo usted tendrá que andar con muchísimo cuidado.

—Así es compadre, así es. Algo hemos aprendido en tantos años de circo,—terminó Urbina.

Despues de caminar en silencio un momento, Rosales preguntó—¿De veras usted cree que los milicos no son los culpables, compa?

—La culpa la tenemos todos,—contestó Urbina—¿no vé que poco a poco nos hemos apartado del camino del Señor?

—Putas que me revienta cuando dice cosas así, compa—dijo Rosales—por mucho que lo aprecio, tanta huevá que dice. Nunca sé si se la cree o no.

—De creerla, me la creo—dijo Urbina, guiñando un ojo— todos somos culpables, soberbios pecadores.

—Yo muchas culpas tendré, Lauta, pero por ejemplo, con lo de la rubia, nada de nada de culpa.

En la escuela de Investigaciones Lautaro Urbina tomó los cursos requeridos y más. Estudiaba hasta la madrugada en la mesita de la cocina. Su madre escuchaba novelas en la radio, y durante el mundial de fútbol del '62, todos los partidos de la selección chilena. A Lautaro ni los goles ni los fouls del famoso mundial lograban sacarlo de su concentración. Lo único que lo hizo dejar sus estudios de lado por una tarde fue el tristemente célebre partido de la selección chilena contra la selección italiana. Un diario italiano había publicado artículos previos al partido describiendo a Chile como un país retrasado, ignorante y sucio, con vecindarios enteros dedicados a la prostitución. Periodistas chilenos vieron estos artículos y, escandalizados por la afrenta al honor nacional, escribieron sus propios artículos denunciando los insultos y rogando que los jugadores chilenos rescataran el honor de la patria. Los ánimos de los jugadores de ambos equipos estaban hirviendo cuando sonó el pitazo inicial.

No habían transcurrido ni siquiera doce segundos del partido cuando el árbitro inglés cobró el primer foul. Precisamente doce minutos más tarde fue expulsado un jugador italiano por una fuerte entrada en contra del crack chileno Honorino Landa. El italiano se negó a salir y la fuerza policial tuvo que entrar al campo de juego para obligarlo a que se fuera a los camarines. Ese fue el triste comienzo de un partido que pasaría a la historia del fútbol mundial como La Batalla de Santiago. El próximo jugador que se hizo famoso fue el alero izquierdo chileno Leonel Sánchez, cuyo padre había sido boxeador profesional. En diferentes "jugadas," con sendos combos dejó tambaleando a dos jugadores italianos. El segundo combo quebró la nariz de un jugador italiano, y curiosamente, Sánchez no fue expulsado por el árbitro inglés. Los chilenos terminaron ganando el partido por knock-out, dos goles a cero.

El árbitro sufrió una tormenta de críticas por su manejo del partido, y más adelante esa batalla en la cancha de fútbol lo motivó a inventar el sistema de tarjetas rojas y amarillas. Lautaro escuchó el partido por radio con su madre porque llegaba tan promocionado. La victoria de la selección chilena no hizo nada para mejorar su opinión del fútbol. La lección más grande que le quedó fue de lo inflamable y peligroso que era jugar con el "honor de la patria."

No todo era estudiar. Su madre regularmente hacía intentos de emparejar a Lautaro con jóvenes solteras que conocía de su iglesia. Las invitaba a tomar el té cuando sabía que Lautaro estaría en casa, o de vez en cuando a una cena especial por un cumpleaños o la navidad, en fin, a menudo le llegaba a Lautaro una nueva posibilidad de emparejarse. Las mujeres eran todas muy similares, limpiecitas, recatadas, mostrando el nivel de timidez indispensable para ser consideradas señoritas. Sin ser grandes bellezas, todas eran buenas candidatas para una relación de por vida. Lautaro las encontraba aburridas y mojigatas, a pesar de que nunca se lo dijo a su madre. El prefería las chicas de la noche que merodeaban los bares alrededor de la Escuela de Carabineros y la de Investigaciones. Como le habían recalcado sus compinches en el Instituto, con las putas había menos complicaciones, siempre que uno tomara las precauciones adecuadas. Y mientras fuera a la iglesia con su madre de vez en cuando, ella no se quejaba que su pez no mordía ninguno de los apetecibles anzuelos que le presentaba. Así me gusta, pensaba Estela, que sea bien regodión mi rey, así va a encontrar lo mejor de lo mejor.

Al llegar al cuartel Urbina se acordó que le debía un llamado al tal Inostroza. Fue a su escritorio y marcó el número que le dieron. Era el número del teléfono de un almacén de barrio, que servía de central telefónica informal para los vecinos. Cuando preguntó por Inostroza le dijeron que esperara un par de minutos mientras el niño de los mandados corría a buscarlo. Urbina aprovechó la espera para anotar en su libreta los pormenores de su visita a Wilson, recalcando *doctor Alfaro* y *montañismo.*

—¿Aló? ¿Hablo con el detective Urbina?—dijo una voz de hombre por el teléfono.

—Sí, con él habla—contestó Urbina.

—Necesito su ayuda, señor Urbina—las palabras llegaban entrecortadas, como si el hombre hubiera venido corriendo al teléfono.

—Antes que nada, ¿nos conocemos?—preguntó Urbina.

—Sí, anoche precisamente usté me dijo que lo llamara por si algún día tenía problemas. Yo soy el taxista que lo llevó al cuartel de Investigaciones con su amigo el grandote.

—Ah, sí, si me acuerdo. Sergio Inostroza, ¿no era?—preguntó Urbina.

—Sí, ese soy yo. Podemos hablar con confianza, señor?

—Sí, por supuesto, pero llámeme Lautaro. Dígame no mas.

Rosales entró a la sala de detectives acompañado del pelado Infante, vieron a Urbina hablando por teléfono y con gestos le preguntaron con quién estaba hablando. Urbina subió los hombros diciendo no es importante.

—Estamos muy afligidos don Lautaro....—siguió Inostroza.
—Anoche durante el toque de queda vinieron unos hombres
armados a la casa de mi suegra y se llevaron al Nano, mi cuñado.
Tiene diecinueve años no má... mi suegra y mi señora están hecha
pedazos. Por favor le suplico que nos ayude.

—¿Y qué quiere que haga yo, Sergio? Eso suena como cosa
del gobierno militar y yo trabajo para Investigaciones. Yo tengo
poco y nada que ver con ese tipo de cosas.

—Sí, pero algo podrá hacer. Aquí estamos en las últimas, por
aquí. Fuimos a la comisaría pa' ver si lo tenían detenido, y nos
dijeron que no. Y que no tenían constancia de que anoche
anduvieran patrullas militares por el barrio. Y que si hubieran venido
ellos lo sabrían.—Inostroza estaba cerca del llanto.

—O sea, ¿los que se lo llevaron no eran militares?

—Yo no estaba cuando vinieron, estaba en mi casa a la
vuelta de la esquina con mi señora que es la hermana del Nano, pero
mi suegra dice que llegaron vestidos de negro en dos autos de color
oscuro. Andaban con pistolas y uno tenía una metralleta. Pero un
vecino dijo que los que habían cerrado la calle eran patrullas del
ejército.

—¿Cerraron la calle?

—Sí, porque fueron a varias casas de la cuadra buscando a
gente. Al final se llevaron a mi cuñado y a un vecino que trabajaba
en un diario durante la Unidad Popular.

—¿Y qué les dijeron cuando se llevaron a su cuñado?—
preguntó Urbina. Infante escuchaba la parte de Urbina en la
conversación, y al oír esto, sacudió su cabeza lentamente.

—Le dijeron a mi suegra que se lo llevaban por unas horas
no más porque querían conversar con él. Eso fue como a las tres de
la mañana y ya son más de las ocho de la noche y no aparece.

—Esto está muy peludo, Sergio, y lamentablemente no hay
nada que yo pueda hacer para ayudarlo—dijo Urbina lentamente.
—Mi trabajo aquí es muy importante para mí y no me duraría
mucho si yo me anduviera metiendo en cuestiones de milicos,—
Urbina escuchó como Inostroza gimoteaba.

—¡Detective Urbina!—dijo Infante—dígale que espere un segundito.— Urbina lo miró, no muy convencido.

—A ver, Sergio, espéreme un segundo,—Urbina cubrió el auricular con su mano y miró a Infante. Rosales dejó de lado el diario que leía para escuchar.

—Si se llevaron a un familiar, dígale que vaya a los tribunales mañana a primera hora a presentar un recurso de amparo. Y que después vaya a la parroquia a pedir ayuda. Los curas son de los pocos que se están moviendo para ayudar a los que se llevan los milicos,—concluyó Infante, mirando fijamente a Urbina.

—¿Y si no me quiero meter porque no es mi problema?— preguntó Urbina

—Está bien, pero yo le decía no mas por si los quiere ayudar, —dijo Infante.

Urbina miró a Rosales, quien se encogió de hombros y dijo:

—Es lo menos que puede hacer, compadre—introdujo Rosales,—¿y qué le cuesta?

Urbina lo pensó un par de segundos, y dirigiéndose a Inostroza le repitió por teléfono lo que le había dicho Infante. Antes de colgar pidió la dirección de Inostroza, diciéndole que no se hiciera ilusiones, que solamente se la pedía por si escuchaba algo respecto a ese barrio. La anotó en su libreta.

—Se han puesto muy feas las cosas, estimados colegas,— dijo Infante.

Urbina y Rosales lo miraron como si estuviera diciendo que el agua moja. Infante captó la crítica silenciosa y trató de explicar:

—Ayer no más me estaban contando que los de la DINA bajaron a una pareja de jóvenes de un bus en pleno centro y los acarrearon de las mechas a un auto y se los llevaron. Un par de carabineros trató de intervenir y los de la DINA les sacaron pistola diciéndoles que no se metieran en lo que no les correspondía. Uno de los pasajeros del bus empezó a protestar y le aforraron con la pistola en la cara—Infante calló y miró a sus colegas.

Urbina y Rosales volvieron a lo que estaban haciendo sin decir nada.

—Me contaron que la chiquilla todavía estaba en la secundaria porque andaba con uniforme de colegio—terminó Infante, y al ver que sus palabras eran ignoradas calló. Después de un momento abandonó la sala, acostumbrado a que sus colegas hicieran caso omiso a sus cuentos trágicos.

—¿Cómo está el explorador de montañas? —preguntó el gato Arancibia minutos más tarde, anunciando su entrada a la sala de detectives. Se dirigía a Urbina, quien continuaba sentado en su escritorio examinando la pulsera y los apuntes en su libreta. Al ver al gato, Urbina metió todo en el cajón principal de su escritorio. Arancibia era un tipo alto, delgado, con ojos rasgados, que caminaba con un leve encorvado. Vestía una chaqueta azul marino cruzada, con botones dorados, pantalones café claro, camisa blanca y una corbata listada. Era el uniforme de los ejecutivos aristócratas de Santiago, pero a Arancibia le quedaba como un vestido de novia a un chimpancé. Su falta de frente y de barbilla le daban una apariencia de gil débil, y para remediarlo se había dejado crecer un bigote, que lamentablemente era muy ralo. Por sus ojos y el bigote se había ganado merecidamente el apodo de gato.

—¿Que andai haciendo por aquí, gato arrastrao? —le dijo Rosales, cortándole el paso hacia Urbina.

—¿Rosales, que me cuenta? Creí que había un eclipse de sol, pero parece que era solo su guata.

—Mi guata y más caben en la conchadetu...

—Ya córtenla—dijo Urbina en una de las pocas veces que levantaba la voz. Interrumpieron su diálogo por lo raro del exabrupto.

—Es que este pelotudo que me las hincha, compadre—dijo Rosales, sentándose después de una pausa—anda siempre tirando sus indirectas cagonas disfrazadas de tallas.

—¿Qué es lo que me preguntó, Arancibia?—dijo Urbina cerrando su cajón, intrigado porque Arancibia lo había llamado "explorador de montañas." —¿En qué lo puedo servir?

—No, es que vi en el libro de partes que estuvo investigando un cadáver en la cordillera.

—¿Y? ¿dónde esta la novedad? Usted sabe que en eso consiste mi trabajo, Arancibia—le contestó Urbina.

—¿Desde cuando que andai revisando el libro de partes, hueón?—le dijo Rosales—¿no estái trabajando pá los milicos ahora?

—Sí, precisamente, y una de las cosas que me han encargado es de mantenerlos informados acerca de la actividad criminal en la región metropolitana.

Rosales y Urbina lo miraron incrédulos.

—¿No tienen suficiente pega persiguiendo a miristas y comunistas?—preguntó Rosales. —¿Por qué de repente les interesa el crimen común y corriente?

—Los altos mandos concurren con los servicios de inteligencia que el mundo político de la izquierda está podrido con elementos criminales.

—Oye Arancibia, estái hablando puras huevás. Y a propósito, ¿de adonde saliste que estái tan relamido? ¿Concurren? ¿Elementos criminales?—le preguntó Rosales con desprecio evidente.

Arancibia ignoró las preguntas de Rosales, y dirigiéndose a Urbina le dijo:

—En el libro de partes hay mención de un recinto militar cerca de donde se encontró el cadáver. ¿No es así?

—Cierto.

—¿Y?

—¿Y qué?

—¿Qué contacto tuvo con elementos del ejército? Porque usted anotó en el libro que fue al recinto militar.

—Así es.

—¿Y que sucedió?

—Mire, Arancibia, hasta el momento le he seguido el hilito, pero la santa verdad es que yo no trabajo para usted. Si quiere respuesta a sus preguntas vaya a conseguirse autorización de mi subprefecto Carlos Roncaglia y yo con mucho gusto lo atiendo.

—Así va a ser la cosa, ¿ah?

—Así, es...a menos de que estemos hablando de un trueque. Yo le contesto lo que usted me pregunta y usted me contesta lo que yo quiero saber.

Rosales miró a Urbina sorprendido.

—¿Va a confiar en este hueón, compadre? Honestamente le pregunto—dijo Rosales. —¿Cómo sabe si no le va a decir puras mentiras?

Arancibia observaba el diálogo con interés, mientras calculaba si el intercambio de información era un negocio que le convenía. Urbina digerió la advertencia de Rosales y le contestó lentamente, en voz baja, pero asegurándose que lo oyeran los dos.

—Eso corre para las dos partes. Él pueda que mienta, como también puede ser que el que mienta sea yo.

—¿Y yo para qué le iba a mentir?—preguntó Arancibia con una indignación que no engañaba a nadie. —¿De qué me sirve? Si lo único que tengo que hacer es ir donde Roncaglia y decirle que le ordene a usted, Urbina, que me cuente todo.

—Anda 'onde el Ronca entonces po' gato asqueroso,—dijo Rosales.

—Estoy tratando de ahorrarme tiempo. Además el negocio es con el dueño del circo no con el payaso.

Rosales se paró de su cómodo asiento y dio un par de pasos hacia Arancibia, que rápidamente retrocedió hacia la puerta.

—Calma, muchachos, calma—dijo Urbina con voz tranquilizadora—¿Qué me dice, Arancibia? ¿Hacemos trato?

—¿Dos preguntas por lado?—dijo Arancibia, mirando nerviosamente de reojo a Rosales.

—¿Porqué no?

—Vamos entonces, le cedo la partida—dijo Arancibia con marcada gentileza, mientras sacaba un cigarrillo de su cajetilla de Hilton. Viendo que su advertencia era ignorada Rosales se sentó nuevamente, meneando la cabeza.

—De ningún modo. Usted es visita. Corresponde que tenga la primera movida—contestó Urbina. Arancibia lo pensó un segundo y preguntó:

—¿Porqué fue al recinto militar? ¿Tiene algo que ver con el cadáver?

—¿Esas son sus dos preguntas?

—Esa es una pregunta no más—contestó Arancibia, prendiendo su cigarrillo.

—No sabís ni contar, gato arrastrao—dijo Rosales, riéndose —con razón 'tai yunta con los milicos. Seguro son uña y mugre con vos, hueón analfabeto.

—¡No! No es así.   Simplifico: ¿por qué fue al recinto militar?

—Bien—dijo Urbina—no fui. Me llevaron. Mientras estaba examinando el cadáver y sus alrededores apareció una patrulla militar como de la nada. Venían a cargo de un teniente joven, evidentemente sin mucha experiencia en asuntos criminales, y él decidió unilateralmente llevarme detenido al recinto.

—¿Cómo unilateralmente? —preguntó Arancibia.

—¿Esa es su segunda pregunta?

—No, para nada, solo le estoy pidiendo que clarifique.

—Unilateralmente, en el sentido de que el tipo no me preguntó mi opinión.   Al parecer se molestó cuando le dije que teníamos que llamar al médico legal para que vinieran a retirar el cadáver. Y ahora, ¿me toca a mí?

Arancibia confirmó con la cabeza, a pesar de que no había quedado muy satisfecho con las respuestas de Urbina.

—¿De qué se trata ese recinto militar?—preguntó Urbina. —Es muy distinto a todos los cuarteles que he visto en mi vida, todo se ve muy nuevo, como si recién lo hubieran construido.

—Lo único que tendría como información en ese respecto es que con el asunto de los problemas limítrofes con Perú y Argentina, el ejército está construyendo fortines en el desierto y la cordillera para la protección del territorio nacional. Ése creo que se llama "El Cerro."

—Tan poetas estos milicos. ¿Porqué no le pusieron "La Tierra," mejor? O, ¿"El Barro?"—dijo Rosales.

—¿Eso es todo?—preguntó Urbina.   —Me parece bien raro. No vi ni artillería, ni armamento pesado, ni blindados, ni nada. Parece que cuando los argentinos decidan invadirnos van a venir caminando con puros fusiles no más.

Arancibia subió los hombros, desentendiéndose del comentario.

—Eso es todo lo que sé,—dijo. —Y ahora mi segunda pregunta: ¿dónde está el cadáver?

Urbina meneó la cabeza. —Ése... ése es el gran misterio...— contestó. —Nadie sabe.

Arancibia lo miró extrañado, tratando de decidir si Urbina le estaba tomando el pelo.

—Cuando una patrulla me trajo de vuelta al sendero para que me viniera para abajo, le eché un vistazo al lugar donde se encontraba el cadáver. Y ya no estaba. Solo habían pasado algunas horas, y en ese tiempo alguien se lo llevó.

—Sin cadáver no hay crimen,—dijo Arancibia, pensando en voz alta.

Urbina asintió lentamente con la cabeza.

—¿Y quién era la víctima?

—Esta pregunta se la contesto de yapa—dijo Urbina. — Tampoco lo sé porque no tenía identificación. Pero toda esta cuestión no tenía pinta de actividad política.

Arancibia levantó las cejas, sorprendido.

—¿Porqué dice eso? —preguntó.

—Una pura tincá, basada en años de experiencia. Y ya van dos que le contesto de yapa. Y ahora me toca a mí. ¿Hubo un operativo militar anoche en el paradero 16 de la Gran Avenida?

—Pero, Detective Urbina Catrileo, ¿usted cree que yo estoy informado de todos los operativos militares de la capital?—preguntó Arancibia con tono socarrón. Por experiencia, Urbina sabía que la gran mayoría de los que usaban su apellido mapuche lo hacían para disminuirlo, pero se hizo el desentendido. Había quedado intrigado con la identidad de los que raptaron al joven cuñado del taxista Inostroza.

—No le costaría mucho averiguarlo y pasarme el dato— continuó Urbina. —Vaya acordándose de las preguntas que le contesté de yapa. Use mi teléfono no más, con toda confianza, y

74

averigüe. Aquí espero yo.

Arancibia lo pensó un minuto y levantó el auricular del teléfono.

—¿Podrían darme un minuto aquí en privado?—preguntó. Rosales y Urbina se pararon de sus asientos y salieron al corredor, mientras Arancibia marcaba un número.

Una vez en el pasillo, cuando estaban fuera del alcance del oído de Arancibia, Rosales preguntó: —Dos preguntas, compadre, que le tengo que hacer. Primero, ¿que no me dijo que no le tenía confianza al gato? ¿y ahora está haciendo negocio con él?—dijo

—Si la necesidad es extrema, hago negocios hasta con el mismo diablo.

—Segunda pregunta: ¿Porqué quiere saber acerca del recinto militar si no cree que este homicidio tiene que ver con los milicos?

—Y lo sigo creyendo, pero hay que tener en cuenta todas las alternativas—contestó Urbina—la corta distancia entre el lugar donde encontramos a la víctima y el recinto militar es demasiada coincidencia. En el mundo criminal las coincidencias son raras, no inexistentes, pero raras. Además, siempre opero dejando abierta la posibilidad de que mis hipótesis son erróneas.

Rosales asintió como si entendiera, pero sin quedar convencido. Para él, vista al frente y acelerador a fondo era mucho mejor método.

Mientras esperaban, Rosales le contó acerca de los estupendos zapatos que le comprarían al Dieguito con el préstamo de Urbina, para luego seguir con especulaciones acerca de los recientes cambios en el menú del almuerzo en el Blanco y Negro, para luego terminar quejándose que hacia días que no se echaba un buen polvo con la Quenita, y que andaba que ya no se podía ni concentrar, porque su señora la Rosa anda muy pero muy difícil, y hasta las pocas veces que quiere, ni siquiera se mueve, no como la Quenita que parece saltimbanqui.

Urbina lo escuchó sin mostrar emoción, sin tampoco prestarle mucha atención. Tomó el guía de teléfonos y lo abrió en la letra A. Había muchos Alfaros en Santiago, pero ninguno se identificaba como doctor. Llamarlos uno por uno demoraría bastante. Pero era la única forma de seguir esa pista. Debatió internamente si era buena idea preguntarle a Arancibia si conocía a un tal doctor Alfaro.

Antes que pudiera decidir, apareció Arancibia en el corredor, y con una voz que sugería un gran secreto, le dijo:

—Llamé a dos contactos y me contaron lo mismo: no hubo operación alguna anteanoche en ese sector. Hasta donde yo sepa, me están diciendo la verdad... pero...

Rosales lo interrumpió.

—¿Que no le dije compadre, que éste pendejo le iba a mentir?

—Déjelo que termine—advirtió Urbina. —¿Que más me iba a decir, Arancibia?

—Se han escuchado rumores de que hay un núcleo secreto, recién formado, que está operando en forma clandestina, pero más de eso no sé—continuó Arancibia en voz baja, con un nerviosismo creciente.

—¿Operando en contra de quién, específicamente? —preguntó Urbina.

—Contra los mismos de siempre: dirigentes del MIR, del PC y de la Jota, principalmente la cúpula de los partidos. El MIR está casi totalmente destruido gracias a los de la SIFA, la inteligencia de la Fuerza Aérea, pero todavía andan algunos peces gordos sueltos. Y ahora le toca a los comunachos. Tienen sus horas contadas. Revolución con empanadas y vino tinto, ¡ja ja ja!

Urbina asintió con la cabeza. Decidió no sacar a relucir el nombre del doctor.

—Gracias, Arancibia—dijo Urbina. Extendió su mano derecha, y Arancibia, sorprendido, le respondió con la suya. Rosales hizo una mueca de asco, dio media vuelta y entró a la sala. Urbina lo siguió. Luego de unos minutos Rosales anunció que se retiraba porque tenía que hacer unas diligencias. A Urbina le cayó la noche en su escritorio, estudiando los apuntes de su libreta y haciendo una lista de las cosas que tenía que hacer para avanzar la investigación.

En eso estaba cuando se le acercó su jefe, Carlos Roncaglia, y solo con verle la cara, Urbina supo que venía de mal humor.

—Oye Urbina Catrileo, ¿tú fuiste el que se reunió con el gato Arancibia?

—Sí, jefe. ¿Algún problema?

—Nunca le tuve confianza a ese hueón—dijo Roncaglia. —¿Qué quería saber? Porque no creo que nos vino a visitar de pura cortesía.

Urbina hizo una pausa antes de contestar, y en ese momento sintió lo helada que estaba la sala de detectives. Alguien había apagado las estufas y la temperatura había bajado notablemente. Si trataba de inventar una excusa y Roncaglia se enteraba de que le había mentido, sería el fin de sus días como detective. Pero si le decía la verdad, al jefe se le subirían los monos por haber hecho un trueque con un sujeto de trayectoria tan cuestionable. Decidió contarle la verdad, pero no toda la verdad.

—Arancibia vio en el libro de partes donde dejé constancia del cadáver de la joven en la cordillera y de que me llevaron al recinto militar—Urbina pausó, midiendo el efecto de sus palabras en Roncaglia. —Él quería saber de qué se trataba la cosa, así es que le hice un trueque: yo le dí algunos datos de lo que había encontrado a cambio de que él me diera más información acerca del recinto militar. Porque cuando me llevaron detenido lo encontré medio raro.

—¿Qué tiene de raro?—preguntó Roncaglia.

—Bueno, Arancibia me dijo que era un regimiento de milicos preparándose para la invasión de los argentinos, pero yo no vi armas pesadas, ni posiciones defensivas ni nada por el estilo. Eso no más. Lo encontré raro.

—Putas que eres pavo, Urbina Catrileo—dijo Roncaglia exasperado—con todo tus talentos de detective, hasta las cosas más obvias se te escapan.

Urbina lo miró tranquilamente, sin dejar que se le notara la frustración causada porque Roncaglia había deducido algo que a él se le había escapado.

—Es un campo pa' los presos políticos ¿qué otra hueá va a

ser?—Roncaglia casi sonrió, contento de saber más que su detective super estrella. —Toda esa huevá de los argentinos es un puro chamullo. Qué nos van querer invadir si ellos tienen sus propios problemas—continuó Roncaglia. —Pero ése no es el asunto principal...

Urbina lo miró atentamente, adivinando que de repente se encontraba parado al borde de un precipicio. Roncaglia continuó:

—Te lo tengo advertío, Urbina Catrileo. Y ya te lo he repetido hasta el cansancio: nosotros investigamos los homicidios de gente decente. ¿Ya? No de cualquier pelotudo que se le ocurre armar camorra con los milicos. Esas son cuestiones políticas que a estas alturas del partido hasta un estudiante de la primaria ya las habría entendido. Mas aún vos, Urbina Catrileo, detective por el momento.

—¿Cómo? ¿Detective por el momento?—preguntó Urbina fingiendo desinterés. Decidió dejar de lado por el momento la insinuación de Roncaglia de que la bella rubia le había armado camorra a los milicos.

—Si seguís corriendo con colores propios, creyéndote que me podís columpiar con tus investigaciones entre comillas, no vai a durar mucho conmigo. Piensa no más en toda la libertad que tenís. Aquí te permito que hagai tus investigaciones solo, y toda la hueá... solamente porque me producís resultados—Roncaglia se acercó a escasos centímetros de la nariz de Urbina, que olió la fragancia de cloaca emanando de la boca de su jefe. Roncaglia lo miró fijo y terminó,—por muy compinche que seamos y con todo el respeto que yo le pueda tener a tu "nou jau," aquí hay un jefe no más. Yo. Y que no se te olvide.

Capítulo 6

Rosales y Urbina llegaron temprano la mañana siguiente al cuartel de Investigaciones. Al poco rato el detective Infante entró a la sala de detectives leyendo los papeles dentro de una carpeta abierta de apariencia oficial.

—Que bueno que los encontré a los dos. Estoy seguro que puedo contar con ustedes—dijo Infante al ver a Rosales y Urbina.

—¿Qué hueás estai diciendo pelao?—preguntó Rosales, sin levantar la vista del diario que estaba leyendo.

—Del problemita que le ha surgido al flaco Pavez. ¿Que acaso no lo saben?—continuó Infante, y les explicó que en la carpeta que tenía en la mano estaban los papeles de desahucio del detective de homicidios Javier Fernando Pavez Martínez, con veinticinco años de servicio en la Brigada. Lo echan de Investigaciones justo antes de que le llegue la jubilación, dijo Infante, porque alguien descubrió que su hija mayor se casó con un comunista que se fue exiliado y esas cosas no se pueden permitir.

—Una pena. Buen tipo el flaco,—dijo Rosales—pero, ¿eso que tiene que ver con nosotros?

—En eso ando, recolectando firmas del personal de Investigaciones pa' una petición al Coronel Carvajal pa' que no echen al flaco. O por lo menos que le paguen su jubilación. Si no el pobre con su familia se van a quedar en la calle—contestó Infante, pasándoles una hoja que sacó de la carpeta. Estaba escrita a máquina y abajo de los cinco párrafos que constituían la petición se veían las firmas de siete miembros del personal. Rosales le echó un vistazo a la carta, y sin siquiera leer los párrafos firmó su nombre. Le pasó la carta a Urbina para que firmara. Urbina dijo que no con un movimiento de cabeza y siguió leyendo los apuntes en su libreta.

—¿Que no va a firmar, compadre?—preguntó Rosales.

—No, no voy a firmar. Yo no me meto en cuestiones políticas.

Rosales quedó con la boca abierta y la carta en su mano.

—Con todo respeto, detective Urbina,—dijo Infante—esto es más bien una cuestión laboral, de los derechos de los empleados, más que una cuestión política.

—Por los dos caminos se llega al mismo lado, detective Infante—contestó Urbina—Y ahora si me permiten, tengo muchas cosas que hacer—terminó Urbina y retomó su lectura de las notas escritas en su libreta.

Infante tomó la carta de la mano de Rosales, la puso nuevamente dentro de la carpeta y salió de la sala sacudiendo su cabeza en reproche silencioso. Rosales miró intensamente a Urbina. Cuando se aprestaba a decir algo sonó el teléfono. Rosales contestó con un seco, —Aló, Brigada de Homicidios—escuchó y dijo— espérese un momento.— Le pasó el auricular a Urbina. Era el Servicio Médico Legal. Le informaron que durante la noche, justo antes que empezara el toque de queda, una furgoneta les trajo el cadáver de una mujer joven, rubia y de estatura alta, tal como la había descrito Urbina. El nochero no obtuvo información alguna de los dos tipos que la dejaron en la plataforma de recibo, y la furgoneta no tenía patente. El cadáver estaba en el frigorífico, esperando la llegada del médico forense. Un técnico forense que se las daba de experto especulaba que el momento de muerte había sido por lo menos dos días atrás, pero menos de una semana. El examen del patólogo daría mas precisión.

Urbina colgó el teléfono, se puso su gorra y se fue rápido a la puerta, pidiéndole a Rosales que lo acompañara.

—¿A dónde? ¿Y si yo le dijera que tengo el plan de almorzar temprano porque no alcancé a tomar un desayuno decente?—dijo Rosales siguiendo a Urbina de mala gana.

—Vamos al Médico Legal, después comemos algo, yo invito —contestó Urbina.

Trataron de encontrar un auto del servicio, pero en vano.

—Una vez más en el famoso Fiat 600—dijo Rosales

subiéndose al pequeño auto, —podríamos hacerle un pedido a la Brigada pa' que le requisen por lo menos un Ford Falcon o un Fiat 125 de los comunistas que se están arrancando. Algo que fuera que tenga cuatro puertas.

—Gracias compadre, pero con lo enredada que están las cosas capaz que se confundan y me terminen requisando el fito y me den en cambio una furgoneta. Lo que sería mucho peor.

—Cierto—admitió Rosales. —Tristemente cierto. Hay mucho enredo.

Bajo el cielo gris del invierno santiaguino, hecho aún mas oscuro por el pesado smog que nuevamente cubría la capital, se fueron lentamente por San Pablo hacia el oriente. El momento incómodo fue quedando atrás. Rosales respetaba a su compadre Urbina, y conocía su carácter testarudo como pocos. Si algo no le parecía bien a Urbina, no había forma de moverlo. Al pasar por el Mercado Central, Rosales sugirió que dieran un vistazo para ver si habían llegado mariscos frescos pero Urbina le contestó que quizás podían parar a la vuelta.

—A propósito compadre, le quiero hacer una pregunta—dijo Urbina.

—Adelante.

—Nunca pensé que le importara la cosa de los detenidos políticos.

—Y esa es la verdad, me importa un cuesco—dijo Rosales.

—Y entonces, ¿porqué me dijo que ayudara al taxista Inostroza?

Rosales pensó. Y pensó. Y siguió pensando.

—No sé. Tengo tanta hambre que la razón ni se me ocurre. Pero por último, ¿que le cuesta?

—Ah, ya. Ni me cuesta ni me importa, pero la teoría de que el hambre afecta sus razonamientos es interesante.— Y probablemente cierta, pensó Urbina.

Después de un momento Rosales preguntó:

—¿Y le va a decir al taxista lo que averiguó del gato Arancibia?

—Yo creo que no. No es mucha novedad, ¿no le parece? ¿otro grupo más secuestrando gente?

Rosales levantó los hombros. —Hasta quién sabe si es novedad o no...

Siguieron el resto del camino en silencio hasta el edificio del Servicio Médico Legal en Avenida La Paz, cerca del cementerio general. La intensa lucha política no había dejado de lado a la institución. Algunas autopsias todavía se hacían con mucho profesionalismo, con notas detalladas acerca de la causa de la muerte, con trabajo microscópico, toxicología, y otros demases. Pero este último tiempo se habían hecho algunas autopsias donde la causa de la muerte era clarísima, como por ejemplo un trauma violento al cráneo, o una asfixia con marcas de ligadura, que terminaban siendo diagnosticadas como "accidentes." Mucho tenía que ver con donde se había encontrado el cadáver, o quien lo había traído, el sexo y edad del mismo, y por sobre todo, su clase social. Y en varios casos la causa de muerte quedó para siempre en el misterio porque "no se pudo encontrar el informe del patólogo." Los documentos oficiales se extraviaban como nunca antes.

Estacionaron frente al viejo edificio del Servicio en un lugar reservado para ambulancias y fueron al mesón de entrada, donde se identificaron y preguntaron por la joven rubia que les había llegado durante la noche.

—Creo que el doctor Peña es el médico forense para ese caso —les informó la secretaria. —En estos momentos esta preparándose para unas autopsias, así es que lo pueden encontrar abajo, en el vestidor.

Bajaron al subterráneo donde estaban los vestidores y encontraron al doctor en calzoncillos y camiseta.

—¿Como le va, detective Urbina?—dijo el doctor cuando los vio entrar.

—Buenas, doctor Peña, este es mi colega, el detective Rosales —dijo Urbina.

—Sí, si nos conocemos,—contestó el doctor haciendo una venia con la cabeza hacia Rosales. Este se la devolvió.

82

—Vinimos por la joven rubia que les llegó—dijo Urbina. —
¿Ya la examinó?

—Sí, le pegué un vistazo pero todavía no la hemos abierto.
Tenemos que esperar identificación, como usted sabe—Peña
encendió un cigarrillo. Urbina pensó que si alguien debiera estar
vacunado contra el tabaco sería un patólogo forense, con la cantidad
de pulmones ahumados que debe ver. Pero este doctor se fumaba
cajetilla y media diaria.

—¿Podemos verla?

—Sí, cómo no, pero está en muy mal estado. Déjeme que me
ponga mis pilchas de trabajo y los acompaño.

Esperaron pacientemente mientras el doctor maniobraba
hábilmente su cigarrillo al mismo tiempo que se vestía, ligero y sin
perder el ritmo. Luego lo siguieron hacia el frigorífico. La mayoría
de los cadáveres ordenados en filas en el suelo, algunos envueltos en
lona. Unos pocos estaban tendidos en camillas de metal, y entre esos
pocos estaba el cadáver de la cordillera. La bella rubia todavía
vestía la ropa con la cual Urbina la había visto.

—*Off the record* como dicen los gringos—dijo el doctor—
me atrevería a decir que la causa de muerte fue un traumatismo
encéfalo craneano proporcionado por un elemento contundente.
Aquí—dijo apuntando al pómulo izquierdo—en el hueso cigomático
tuvo una fractura grave que probablemente le causó la muerte. Por
supuesto esto queda entre nos hasta que hagamos la autopsia. Yo
diría que la persona responsable tiene una fuerza física considerable
para causar este daño.

—¿Y las marcas en el cuello, doctor Peña?—preguntó
Urbina. —¿No será esa la causa de muerte?

—Es posible—contestó el doctor,—aunque no creo que
alguien pueda sobrevivir un golpe como ése en la cara. Pero todo
esto es prematuro. Después de la autopsia sabremos más.

Urbina sacó la foto de Marisol que le había proporcionado
Martín Wilson y se la mostró al doctor sin decir nada. El doctor
estudió atentamente la foto. Luego tomó la cabeza de la mujer en
sus manos.

—Sí, yo diría que es ella con un noventa por ciento de certidumbre. ¿Cuál es el nombre de esta pobre?

—Marisol Wilson. Su padre fue el que me prestó esta foto. Él todavía no sabe, cree que su hija está desaparecida no más.

El doctor había continuado examinando el cadáver pero al oír esto, levantó la cabeza y miró fijamente a Urbina, interrogándolo con la mirada.

—No—dijo Urbina,—no es una de ésas. No tenía intereses políticos.

—Y aunque así fuera, de repente caen justos por pecadores —dijo Rosales, cabizbajo. Ahora que el cadáver tenía nombre y apellido evitaba mirarlo. Se sentía cohibido. Por algún motivo, después de tantas investigaciones de homicidio, en esta ocasión se encontraba afectado. Y él no era el único.

—No creo que eso fue lo que pasó en este caso. Puede que esté equivocado pero por el momento eso es lo que pienso—dijo Urbina.

—Interesante,—dijo el doctor. —Caballeros, tengo una cola de finaditos esperándome, así es que con su permiso...

—Adelante, doctor, gracias por su ayuda. Notificaremos a la familia. ¿Será necesario que se presenten para identificarla? ¿O basta con la fotografía? Porque en la condición que está... sería preferible que no la vieran.

El doctor lo pensó un minuto.

—Consígame el nombre de su dentista y hacemos la identificación por los dentales. El dentista debiera tener radiografías.

—Perfecto. Una última cosita doctor—Urbina sacó la foto de la pulsera de su bolsillo.

—¿Ha visto este símbolo en algún lado?

El doctor lo estudió.

—Hmmm! ƆC. Una C griega y una C latina. Sí, en alguna parte lo he visto, pero dónde, no tengo idea. ¿De dónde lo sacó?

Urbina apuntó hacia el cadáver con la cabeza.

—¿Cómo? No entiendo.

—Es una historia de larga explicación, si quiere se la

cuento... —dijo Urbina.

—No, dejémoslo pa' otro día. Ya estoy atrasado. Pero si quiere los resultados de la autopsia me va a tener que contar esa "historia" suya.

—En eso quedamos entonces—concluyó Urbina.

En el camino de vuelta al cuartel pasaron al costado del Mercado Central. Urbina miró de reojo a Rosales. ¿Se acordará de que íbamos a parar en el mercado? se preguntó. Rosales no dijo nada. Miraba por la ventanilla a la gente preocupada por sus propios problemas. Pararon en una luz roja y un barco manicero pasó lentamente frente a ellos. El capitán del barco les gritó, "maní maní el rico maní, co-confitao, el rico maní." Ahora sí, pensó Urbina, seguro que ahora se acuerda que tiene hambre. Me va a pedir que vamos donde a los mariscos. Pero nada. Rosales guardó silencio. Urbina se debatía internamente entre cumplir con lo prometido a su compadre o volver al cuartel a informarle a Roncaglia sobre las últimas noticias del caso. Al final decidió volver al cuartel, justificando su decisión diciéndose que solo había dicho que "quizás" podían parar a comer los mariscos, lo que quería decir que no era cosa segura. Rosales mantuvo silencio todo el trecho hasta el cuartel.

—Apareció el cadáver—le dijo Urbina a Carlos Roncaglia, cuando entraba en su oficina gorra en mano.

—¿Cuál de todos?—preguntó Roncaglia, sin levantar la vista de los papeles en su escritorio.

—El cadáver de la joven en la cordillera que estaba desaparecido.

Ahora sí lo miró Roncaglia. Detenidamente. Después de una pausa preguntó:

—¿Donde está y quién es?

—Está donde el médico legal y se llama, o llamaba, Marisol Wilson.

—Wilson, Wilson,... ¿porqué me suena?

—Su padre tiene una cadena de restoranes, los Brasas Grill. Una familia bien conectada con el gobierno.

—¡Aaaah mier...! Lo único que me faltaba—pensó unos segundos. —Brasas Grill. ¿Tienen un local allá en Baquedano?

Urbina asintió con la cabeza.

—Buen lomo asado sirven... ¿le informaste a la familia, Urbina Catrileo?

—Para allá voy—Urbina salió de la oficina de Roncaglia antes de que el subprefecto empezara a preguntarle de las extrañas circunstancias conectadas con la desaparición del cadáver. Se fué en busca de Rosales para que lo acompañara. No lo encontró, así es que decidió ir solo.

Bajando las escaleras en el frente del edificio vio una cara conocida esperándolo. Era el taxista Sergio Inostroza, y parecía estar muy decaído.

—¡Señor Urbina! Don Lautaro, quiero decir... ¡Detective Urbina!

—¿Como está, Sergio? ¿Alguna novedad? Venga, acompáñeme hasta mi auto que ando apurado—dijo Urbina mientras caminaba.

—No, todavía no sabemos nada. Sigue sin aparecer mi cuñado Nano. Mi hermana está que se muere. Es el único hijo varón, buen cabro, fíjese, puro trabajo y fúbol.

—¿Y que tendencia política tiene?—preguntó Urbina.

—Pa' qué le voy a mentir, es de izquierda y pertenecía al sindicato. Pero es muy cabro, fíjese. Si reciéncito acaba de cumplir los diecinueve.

Habían llegado al Fiat. Urbina le dijo que andaba muy corto de tiempo, pero le prometió que esa noche lo iba a llamar por teléfono.

Nuevamente Urbina se dirigió al Brasas Grill en Baquedano. En el camino pensó que si alguien efectivamente secuestró al cuñado de Inostroza, y luego se encuentra su cadáver, ¿le pondré tanto empeño a la investigación de su muerte como lo estoy haciendo con Marisol Wilson? Difícil pregunta, se contestó el mismo. Los dos estarían iguales de muertos, y quienes los mataron, iguales de libres. ¿Porqué toleramos algunas muertes y otras no?

Siempre que me pregunto estas cosas no encuentro respuesta, pero nunca me las he dado de intelectual tampoco.

Al llegar al restorán le pidió a una joven mesera que le avisara a Martín Wilson que lo necesitaba el detective Urbina.

—No está don Martín—contestó la mesera—se retiró temprano hoy día, dijo que no se sentía bien.

Urbina le dijo a la mesera que le urgía hablar con él en persona.

—Se habrá ido para su casa—dijo la mesera.

—Por favor, déme la dirección—dijo Urbina.

—No la tengo yo, déjeme que vaya a buscar a la señora María Luisa, ella queda encargada cuando no está don Martín.

—Vaya, y a la vuelta me trae un sandwich de lomo con tomate. Sin mayonesa, por favor.— La mesera hizo un show de anotar la orden y se retiró.

Mientras esperaba a la encargada y a su sandwich sacó su libreta y escribió una lista más: Dr. Alfaro. Pulsera. Santiago College. Montañismo. Inostroza. Pensó unos segundos y subrayó Dr. Alfaro. Y añadió: autopsia.

Escuchó pasos y vio que se le acercaba una atractiva mujer bordeando los cuarenta años.

—Buenas tardes, yo soy María Luisa Méndez, jefe de personal de Brasas Grill—dijo, extendiendo su mano.

—Mucho gusto, detective Lautaro Urbina del Servicio de Investigaciones.

—¿En qué lo puedo servir? La niña me dijo que anda a la siga de don Martín.

—Efectivamente. Necesito hablar con él.

—Esto debe ser acerca de Marisol... —al decir el nombre, María Luisa Méndez bajó la vista. Sacó un pañuelo de un bolsillo de su chaleco y se lo llevó a los ojos. Cuando levantó la vista, dijo:

—Perdóneme. Don Martín está muy afligido porque no aparece Marisol. Y aquí los queremos tanto a los dos que andamos con los nervios de punta. Este lugar es como una familia grande.

—Sí, por supuesto, entiendo perfectamente.

La joven mesera se acercó con el sandwich y preguntó si se lo quería servir en el mesón o en una mesa. Urbina le contestó que se lo serviría en el mesón.

—El maestro sanguchero dijo que el lomo tomate le lleva mayonesa así que se la puso no má' y que si no le gusta que no se lo coma—dijo la mesera, desafiando la mirada molesta de su supervisora. Dio media vuelta y se fue, dejando en el mesón la cuenta y el lomito. Urbina se encogió de hombros y le preguntó a María Luisa Mendez si conocía a algunos de los pretendientes de Marisol.

—A la mayoría los conozco solamente de vista. Llegan por acá a ver si la encuentran porque saben que ella pasa mucho tiempo aquí en el restorán. Es muy apegada a don Martín. Vienen, se comen sus lomos o sus pollos picantes y hacen hora esperando que aparezca la Marisol.

—Dijo "a la mayoría." ¿Entonces, a algunos les conoce el nombre?

—Sí, conozco a Felipe Correa, a Jaime Sotomayor, dos cabros de la edad de ella, y a otros que ya están mayorcitos, que los ubico pero no les sé el nombre. Vienen mucho a almorzar acá pero Marisol no les da mucha bola.

—¿Alfaro?—sugirió Urbina, mientras anotaba los nombres que le dio la jefe de personal.

—Ese parece que es el nombre de uno. Puede que sea. Pero ¿a qué viene tanta pregunta? La niña me dijo que no es conmigo el cuento, sino que con don Martín.

—Precisamente. Por eso vine,—dijo Urbina en su tono de voz mas suave—tengo información que necesito entregarle a Martín Wilson.

Quizás un poco molesta por la falta de simpatía a su dolor y sufrimiento, María Luisa preguntó con voz un tanto brusca:

—¿Y porqué no lo llama por teléfono mejor?

Urbina hizo un gesto como diciendo que tenía mérito la idea.

—Es preferible que hable con él en persona,—dijo Urbina. Lentamente una luz de entendimiento iluminó la cara de María

Luisa. Sus ojos se humedecieron nuevamente y se los secó con el pañuelo. Con voz resignada dijo:

—Calle Benvenuto Cellini 3381 en Los Dominicos, cerca del cerro Calán.— Y se retiró, muy afectada.

Urbina anotó la dirección en su libreta y se dirigió al mesón a investigar su sandwich. Viendo a la mesera cerca le pidió una cuchara y un plato extra. Una vez que aparecieron, se dedicó lentamente a quitar la mayonesa de su lomito, pensando que si tuviera mil pesos por cada vez que le había sucedido lo mismo sería millonario. Siguió limpiando su lomito hasta que al fin se pudo comer su sandwich. Está harto bueno, pensó. Comió lentamente porque no tenía muchas ganas de ir a darle la pésima noticia a Martín Wilson. Era el aspecto más difícil de su trabajo. Dar la peor noticia que puede recibir un padre.

Terminó de comer, y con cuenta en mano fue donde la cajera, quien le contestó en forma seria pero amigable que doña María Luisa había dicho que no tenía que pagar, que era cortesía de la casa. La buscó con la mirada para darle las gracias, sin encontrarla.

Capítulo 7

El barrio Los Domínicos queda en las afueras de Santiago, donde los cerros que rodean la ciudad van dando paso a la cordillera. Algún día fue parte del fundo Apoquindo, pero con el correr del tiempo empezó a urbanizarse con casas grandes y modernas, construidas en terrenos amplios. Este era uno de los pocos barrios de Santiago donde casi no se veía gente caminando. Las calles eran anchas, el pavimento sin hoyos, no había basura en las veredas y nunca hubo rayados en las murallas. Buscando la dirección de Wilson llegó a una enorme casa de un piso protegida por un grueso portón de metal. La casa apenas se veía desde la calle, escondiéndose detrás una muralla de casi dos metros. Al lado del portón de entrada había un citófono para comunicarse con el interior. Apretó un botón y tras una corta pausa una voz de mujer le preguntó que quería. Urbina se identificó y dijo que era urgente que hablara con Martín Wilson con motivo de la desaparición de su hija Marisol.

Sonó un zumbido eléctrico y el portón se abrió silenciosamente. Urbina dio unos pasos hacia una enorme puerta de madera con un barniz oscuro. Al abrirse entró a una antesala con piso de mármol. Una morena con delantal de empleada doméstica le ordenó que la siguiera. La mujer le recordó a su madre, y que le había prometido que llegaría a casa para que cenaran juntos.

La mujer lo dejó en la antesala de un living decorado con pinturas de arte moderno, que reclamaban su atención con fuertes colores. Les dio un vistazo, sin distinguir nada más que los colores. En el centro de la habitación, sentado en un gran sofá de cuero color marfil, estaba Martín Wilson.

—Señor Wilson, buenas tardes, me temo que le tengo malas noticias—dijo Urbina. Wilson lo miró con ojos nublados. Tenía una botella media vacía de Jim Beam en frente. En el tocadiscos giraba *When the Music is Over* de los Doors.

Wilson estaba bien empinado, al parecer la media botella se

la había tomado él solo. Trató de pararse. Arrastrando sus palabras, dijo:

—A ti yo te conozco, huevón. ¿De adónde? Porque esa gorrita rebuscada la reconozco al tiro.

—Siéntese por favor—dijo Urbina y sacó su placa de identificación. —Nos conocimos ayer cuando lo visitamos en su restorán acerca del caso de su hija Marisol. Usted nos mostró sus álbumes de fotos.

Martín Wilson hizo un gesto de reconocimiento y preguntó:

—¿Encontraron a la Mari?

—El martes en la mañana examiné el cadáver de una mujer joven en la cordillera. Había fallecido hacia un par de días, pero el momento exacto de su muerte es solo una aproximación, porque no soy médico forense.

—¿Y eso que tiene que ver con mi Mari?

—El cadáver está ahora en el Servicio Médico Legal. Es Marisol. La identifiqué con la foto que usted me prestó.

—¡No! ¡Mentiroso! —gritó Martín Wilson. —¡Ándate, tal por cual!— Y se paró, preparándose para agredir a Urbina. Dio un par de pasos y se tropezó con una mesita a la altura de sus rodillas. Urbina se movió rápidamente y ayudó a Wilson a recuperar el equilibrio. Como estaba tan cerca, Wilson aprovechó para mandar un potente derechazo a la cabeza del detective. Urbina soltó a Wilson para esquivar el golpe y retrocedió. Al perder el apoyo de Urbina, Wilson cayó estrepitosamente. *Until the end, Until the end,* gemía la música.

La mujer, agitada, entró a la habitación gritando:

—¿Quiere que llame a los pacos, don Martín?

—Váyanse los dos—dijo Wilson, hundiéndose en el suelo.

Urbina se agachó a su lado, le puso una mano en el hombro y le habló con voz suave.

—Para que estemos totalmente seguros hay que identificar el cadáver de forma oficial.

—¿Puede que no sea ella? ¿Que no es mi Mari? —preguntó Wilson, pero ya se había entregado, y las lágrimas corrían por su cara.

—Hay más de un noventa por ciento de probabilidad de que es ella. Tendría que ir usted mismo a la morgue a identificarla, cosa que no recomiendo, o darme el nombre de su dentista para ver si podemos identificarla por la dentadura.

—No entiendo, ¿porque no quiere que la vea si es mi hija?— dijo Wilson.

—El cuerpo está en mal estado, en parte porque han pasado ya varios días desde su muerte, y en parte porque fue víctima de un ataque.

—¿Víctima? ¿Víctima de qué?

—Víctima de un homicidio con extrema violencia—dijo Urbina, casi susurrando.

—¡Noooo! ¡Nooo!—gritó Wilson, tirándose el pelo y llorando, golpeándose la cara.

Urbina salió lentamente de la habitación escuchando los gritos de dolor con su alma encogida. Cuando ya casi llegaba al portón, escuchó los pasos rápidos de la empleada siguiéndolo. Observó que ella también estaba emocionada, y lloraba en silencio.

—Su dentista se llama Bruno Saez. Tiene su consulta cerca de la Plaza Italia.— Dió media vuelta y entró a la casa, cerrando la gran puerta de madera.

Urbina subió a su Fiat y se fue manejando lentamente hacia La Reina. Pensó que la reacción de Martín Wilson prácticamente lo eliminaba de sospechas de estar involucrado en la muerte de su hija. Su dolor era profundo y verdadero.

A esa hora ya no valía la pena bajar a la Plaza Italia y menos ir al centro al cuartel. Se iría a su casa a estudiar sus apuntes en la libreta, y a tratar de ubicar al dentista en la guía de teléfonos. Eran sólo las seis pero ya estaba oscuro. Prendió la radio, el único lujo que tenía el Fiat. El mecánico se la había instalado debajo del asiento para que no se viera. Lo que no se ve, no se roba, le recomendó. Entre la radio, los altoparlantes y la instalación se le había ido una semana de sueldo pero en noches como esta pensaba que era dinero bien gastado. *Puerto Montt* de Los Iracundos retumbaba en los altoparlantes, pero la dulzona canción no era suficiente para acallar los gritos desgarradores de Martín Wilson, que seguían revoloteando en la cabeza de Urbina. Una llovizna había convertido al pavimento en un espejo y las luces de los vehículos rebotaban en la calle multiplicándose, dándole a la triste ciudad un aire de carnaval loco y pobre.

Llegó a su casa al compás de *Jive Talkin'* de los Bee Gees y a pesar de que no le gustaba apagar la radio en medio de una canción, ésta no se merecía mas tiempo. Entró por la puerta de la cocina y ahí encontró a las tres tomando té: a su madre Estela, a su tía Elisa, y a una mujer joven extremadamente atractiva de largo pelo negro. A ésta yo la conozco, pensó, mientras le daba un besito en la mejilla a su madre y luego a su tía. ¿Cómo es que se llama? se preguntó ansioso. Ésta no vino de la iglesia de mi mamá, de eso estoy seguro, no tiene la misma pinta de las otras.

Cuando se agachó para besar la mejilla de la mujer misteriosa, escuchó: Hooola Lautaro..., y con solo dos palabras, Lautaro José Urbina Catrileo quedó electrocutado. En esas dos palabras venían empaquetadas promesas, sugerencias afiebradas, suspiros, esperanzas, noches de calor húmedo, secretos, ilusiones, caramelos, verdades, caricias, ausencias, sonrisas, o por lo menos eso es lo que escuchó Lautaro.

—Oye mijo, la María Teresa vino a ver si la puedes llevar de compras este fin de semana. Tiene media docena de diligencias que hacer y tu la podrías ayudar un montón si la acompañas en tu auto.

¡María Teresa! ahí está. ¿Como es que me olvidé?

—Y en parte de pago, Lautaro, le puedo hacer empanadas— dijo María Teresa, pegándole una mirada fija. —Usted me dice no más si le gustan de pino, de queso o de ave. De mariscos no hago yo.

—¿Porqué no de mariscos?—preguntó Lautaro sacando la voz, y pensó, ¿porqué pregunto cosas tan estúpidas? Y lo más importante: ¿en qué consistiría el resto del pago?

—Porque no no más—le sonrió María Teresa.

—Sí, por supuesto—tartamudeó Urbina, cambiando el tema.

—Yo la llevo adonde usted lo necesite.

La miró mientras ella conversaba con Estela y Elisa. La miró como si la viera por primera vez. ¿Que había cambiado en ella que ahora la veía de esta forma...? ¿O era él el que había cambiado? Se preguntó como se sentirían los rígidos senos de María Teresa si los acariciara, tan bien formados, cubiertos y al mismo tiempo acentuados por su apretado suéter celeste. Y que diría ella si se los acariciara, o más bien, que sentiría ella. Y como un relámpago partiendo las nubes lo impactó una revelación. Lo que me atrae en una mujer, en cualquier mujer, lo que de verdad me atrae, es como responde. No es como me siento yo cuando la toco. Es en la respuesta de ella donde está la magia. Decidió discutir su teoría con la Quenita cuando llegara la oportunidad. La conversación se había interrumpido y las tres lo estaban mirando.

—¿Que pasó? —preguntó Urbina regresando a tierra.

—Te estamos preguntando, hijo, y tú que no contestas...

—Perdón, me distraje. ¿Cual era la pregunta?

—Si quieres encontrarte aquí con la María Teresa o si la pasas a buscar a su casa—dijo Estela.

—Noooo, yo paso por su casa, ningún problema—dijo Urbina. —¿Tipo diez de la mañana? ¿O más temprano?

—A las diez me parece bien.

—En eso quedamos entonces,—dijo Urbina. —Déjeme su dirección y ahí nos vemos.

María Teresa confirmó con la cabeza, escribió la dirección en un papel, y comenzó el largo ritual de despedirse. Urbina la observaba, muy contento porque la vería el sábado por la mañana. Sin embargo, algo lo molestaba, como si se hubiera olvidado de algo que tenía que hacer... y se acordó que le había prometido al taxista Inostroza que lo llamaría esta noche. Con el permiso de las tres fue al pasillo de la pequeña casa donde estaba el teléfono. Marcó el número del boliche que servía de central telefónica y preguntó por Sergio Inostroza. Luego de un par de minutos le informaron que el niño había ido a buscarlo pero que no lo encontró. Dio las gracias y cortó la línea. A ver si paso por allá mañana, pensó, creo que en la libreta tengo su dirección.

La casa de la familia Urbina tenía un patio atrás, un poco más grande que dos mesas de ping-pong. Urbina le había puesto un techo de lona para protegerlo de la lluvia. Desde un costado desenrolló una colchoneta de hule de un par de centímetros de grueso. Se sacó la camisa y los zapatos y empezó su rutina de Tai Chi, haciendo sus movimientos marciales con extremada lentitud y concentración. Ahora tenía la mente fría y el cuerpo caliente. Pensaba en María Teresa, en su seductor tono de voz, en sus ojos café claro y en su pelo negro azabache. Y porqué no pensar en ella, se dijo, en su cuerpo tentador, sensual y bien formado. Y mientras más pensaba en ella, más se concentraba en sus movimientos, hasta que llegó a un equilibrio perfecto, con un deseo controlado, fuerte y sano. Hasta que recordó a Marisol. Imaginó el terror que debe haber sentido durante sus últimos segundos de vida, cuando se dio cuenta de que ni dinero, ni carácter fuerte, ni belleza, ni pelo rubio la salvarían de un doloroso final. Urbina intensificó sus ejercicios y practicó patadas voladoras contra un enemigo imaginario, para terminar con vueltas y caídas de jiu-jitsu. Por años Urbina había estudiado las artes marciales del oriente, pero recientemente se había interesado en la escuela brasileña, que pone énfasis en obligar al contrincante a pelear en el suelo. Eso lo ayudaba a minimizar las ventajas en peso y estatura que generalmente tenían sus adversarios.

Luego de un par de horas escuchó a su madre llamándolo a comer. Se sentaron a compartir una corvina a la mantequilla con cebolla y zanahoria preparada al horno, arroz y ensalada de lechugas con pepinos. Estela tomó las manos de ambos y dijo una breve oración agradeciendo la comida.

—Les quedó exquisita la corvina—dijo Urbina después de probarla. —Hacía tiempo que no me servía una corvina tan rica.

—Gracias mijo,—dijo Estela. —Estamos de suerte porque ahora de nuevo se encuentra de todo en el mercado. No como hace un tiempo que hasta para comprar azúcar había que hacer cola.

Elisa hizo una mueca de disgusto y contestó.

—Sí, claro que se encuentra de todo porque los únicos que

tienen plata pa' comprar son los ricos y los milicos. ¿Cuánta gente que conocemos Estela, que anda al tres y al cuatro, sirviéndose puro té con marraquetas almuerzo, comida y once?

—Ay como exageras Elisa—dijo Estela—y mejor que así sea para que pierdan los rollos. Yo mil veces prefiero que ….

—¡Ya! Basta—interrumpió Urbina. —Así empiezan todo el tiempo con el blá blá blá político y terminan peleándose y haciéndose la ley del hielo.

Las dos bajaron la vista. Terminada la comida, Elisa retiró los platos y le ofreció postre a los dos sonriendo. Urbina aceptó, y los tres respiraron aliviados por haber evadido el momento difícil sin hacerse daño.

Urbina les agradeció la cena, y dio las buenas noches. Se duchó, preparó su terno negro con camisa blanca para el día siguiente y se acostó. Escuchaba a su madre y a su tía en el living viendo las noticias por televisión. Que diferente era el mundo de las noticias de su mundo diario. ¿Sabrá la gente que mira el noticiero que son casi puras fantasías? En lo único que se acercan a lo que realmente sucede es cuando cubren los accidentes de tránsito y los goles del fútbol. Luego de un par de minutos se durmió.

Fue una noche de sobresaltos, con sueños extraños. En uno vio una mujer con la figura de María Teresa despidiéndose de su madre para después alejarse por una calle oscura. Corrió tras ella. Al alcanzarla la tomó del brazo y cuando ella giró, le vio la cara. Era la cara destrozada de Marisol Wilson. Lo despertaron tres balazos de calibre mayor. Miró los números iluminados de su reloj despertador. Las tres y media de la mañana. Segundos después oyó el motor de un auto pequeño corriendo a toda velocidad y en seguida dos motores pesados como los de las camionetas C-10 de las patrullas militares. Alguien arrancando de los milicos, pensó. Se dio vuelta en la cama y trató que nuevamente le llegara el sueño.

Capítulo 8

Viernes, 15 de agosto, 1975

Urbina despertó temprano. Elisa le preguntó desde el pasillo si necesitaba su terno gris. Urbina le contestó que no, que se iría con el otro, el negro de fiesta. Se vistió, tomó un desayuno liviano y salió de su casa antes de las nueve. La llovizna de la noche anterior había lavado el smog que cubría la ciudad. Por algunas horas se podrían ver los picos nevados de la cordillera en todo su esplendor, iluminados por el tímido sol de invierno. Luego la capa gris oscura y las nubes nuevamente cubrirían la ciudad, escondiendo el sol. Urbina se detuvo junto al Fiat, se ajustó la gorra y disfrutó del imponente panorama. Respiró profundo, y en el frío de la mañana contempló el vapor de su respiración. Frotó sus manos para calentarlas y se subió al Fiat.

Tenía planeado un día lleno de actividades, que si lo acompañaba la suerte, ayudarían a aclarar el misterio. Pensó en llamar a Rosales, pero decidió no hacerlo porque si trabajaba solo progresaría más rápido. Su primera parada fue en el Santiago College, ubicado en una serie de edificios de elegante estilo colonial en la comuna de Providencia, una de las más ricas de Chile. El colegio ocupaba una manzana entera, rodeado por una muralla imponente. Tras cruzar el portón principal, Urbina caminó por unos jardines que aparentaban ser de un parque europeo. Por casi un siglo este había sido un colegio exclusivamente para mujeres, muy caro y exclusivo, pero en los últimos años habían empezado a admitir hombres, y por supuesto, seguía siendo caro y exclusivo. Se dirigió a la recepcionista y pidió hablar con el director o directora del colegio.

—¿Tiene cita con la directora McConnell?

—No, no tengo—dijo Urbina y sacó su placa de detective. —

97

Esto tiene que ver con una de sus alumnas.

La recepcionista examinó la placa detenidamente y miró a Urbina sin creer que este individuo pudiera tener una posición de autoridad. Disgustada, marcó un número en el teléfono interno y preguntó si la directora tenía tiempo para venir a la recepción. Explicó que la buscaba un detective de Investigaciones sobre un asunto relacionado con una alumna. Urbina esperó pacientemente hasta que en unos minutos apareció una mujer alta y delgada, de mediana edad y pelo gris.

—Buenos días. Soy Marta McConnell, la directora del Santiago College. ¿A qué se debe su visita?— Su actitud era extremadamente formal, fría, dejando en claro que no estaba dispuesta a perder ni un solo minuto de su valioso tiempo.

—Soy Lautaro Urbina, detective de Investigaciones.— Decidió no mencionar que pertenecía a la Brigada de Homicidios. —Estoy investigando la desaparición de una de sus alumnas, Marisol Wilson.

El nombre tomó a la directora por sorpresa. Después de pestañear un par de veces, dijo,—sí, si me habían informado que esta semana no ha asistido a clases. Su profesora jefe pensó que se había ido a esquiar. Muchas alumnas se ausentan en agosto porque se van a la nieve.

—No, no se ha ido a esquiar. Su padre está muy afligido porque hace días que no sabe de ella.— Ahora sí la directora lo tomó en serio. La desaparición de una de sus alumnas no le vendría nada de bien a su colegio, y menos aún a las familias que pagaban una pequeña fortuna por esta educación de lujo. Lo único que Marta McConnell quería ver en la prensa acerca de su institución eran los buenos puntajes obtenidos por sus alumnas en las pruebas para entrar a la universidad y las fotos de ellas en las fiestas de temporada en la sección de noticias sociales de El Mercurio.

—¿Y en qué lo puedo ayudar?—preguntó.

—Sería bueno conversar con algunas de las compañeras de Marisol, aquellas que la conocen dentro y fuera del colegio. Esto sería una cosa informal, sólo para saber si tienen idea de donde está.

La directora lo pensó por un minuto, calculando los riesgos y beneficios de permitir que un detective le hablara a sus alumnas. Tomó una decisión.

—Bien. Voy a ver si encuentro un par. Pero me tiene que prometer que todo lo que le digan es estrictamente confidencial.

—Por supuesto, ningún problema.

McConnell le dijo que la siguiera. Cruzaron otro patio interior hermoso, que le recordó un poco el patio de los naranjos que tanto le gustaba visitar en La Moneda antes del bombardeo, cuando todavía se podía pasear por ahí libremente. Se sentía observado desde las ventanas que rodeaban el patio. Estudiantes en sus clases, pensó, agradecidos de algo que interrumpiera la monotonía.

La directora lo guió a una sala que parecía ser combinación biblioteca y sala de estudio. En el medio había una larga mesa de madera. Le indicó que se sentara mientras averiguaba quienes eran las más indicadas para darle información. Al cabo de unos minutos la directora regresó con dos alumnas vestidas con el uniforme del colegio: un vestido azul marino de una pieza, blusa blanca y corbata verde claro. Una de ellas era de estatura baja, con pelo café claro y muchas pecas. La otra era una linda morena delgada que parecía una princesa árabe. Al ver a Urbina se pusieron tensas.

—Hola, ¿que tal, como están? Soy el detective Urbina del Servicio de Investigaciones. Ni siquiera les voy a preguntar sus nombres porque le prometí a la directora McConnell que lo que me digan será confidencial. Nadie más va a saber de lo que hablemos, ¿entienden? Esto queda totalmente entre nosotros.— Nuevamente la voz suave y amigable de Urbina dio resultados. Las muchachas se calmaron un poco. —¿Nos sentamos?—preguntó, y las dos alumnas se sentaron frente a Urbina. La directora se mantuvo de pie a un costado y consultó su reloj con pulsera de oro, dejándole saber a Urbina que su tiempo sería estrictamente controlado.

—¿Sabían ustedes que Marisol Wilson no ha vuelto a su casa desde el sábado?—Las dos asintieron con la cabeza. —¿Cómo se enteraron?

Se miraron entre sí. Una de las dos, la pecosa, que parecía

tener más confianza en sí misma, contestó.

—Yo la llamé a su casa el lunes en la tarde, porque no vino a clases y quería saber si estaba enferma o qué. Y ahí entonces la empleá me dijo que no había llegado el sábado en la noche y me preguntó si yo sabía donde andaba.

—¿Y usted que le contestó?—preguntó Urbina.

La pecosa subió los hombros. —Le dije que no tenía idea. Y le dejé recado que me llamara cuando volviera.

—¿Tiene pololo Marisol? ¿O amigos cercanos aparte de ustedes?

—Sí, la Marisol tiene un pololo, no se llevan muy bien, andan siempre peleados—dijo la muchacha morena.

—Se llama Felipe—añadió la pecosa.

—¿Correa?

—Sí,—contestaron las dos.

—¿Que más me pueden decir de él?

—Tiene una moto. Una Honda. Anda pa' arriba y pa' abajo en su famosa moto—dijo la morena.

—Ay tonta, es una Yamaha. Jaime es el que tiene la Honda.

—Honda, Yamaha, da lo mismo.

—Se muere Felipe si te oye. Esa moto es su vida, si no la tuviera no sabría quién es—dijo la pecosa. La morena se tapó la boca para reírse.

—¿Alguien más, cercano a ella? Por ejemplo, ¿alguien que la hubiera tentado de tomarse unas vacaciones de última hora?

Las dos se miraron. —¿El viejo?—le preguntó la morena a la pecosa.

—Pero si ni le gusta... —contestó la pecosa.

—¿Quién es el viejo?—preguntó Urbina.

—Un tipo que la anda siguiendo, pero ella no le da ni la hora.

—¿Saben su nombre?—preguntó Urbina —¿Les suena el nombre Alfaro?

Las dos se encogieron de hombros. ¿La vi parpadear tres veces a esta pecosa? se preguntó Urbina. Sin embargo continuó:

—¿Ustedes la acompañaron alguna vez en sus excursiones a

la cordillera?

—Yo no—contestó la pecosa—algo me contó la Marisol de sus excursiones pero ya ni me acuerdo.

—Yo tampoco—dijo la princesa.

La directora se acercó y, mirando a Urbina, le preguntó:

—¿Ya consiguió lo que quería, detective...? perdone, no recuerdo su nombre.

—Urbina. Lautaro Urbina. Sí, muchas gracias. Por lo menos ya tengo algo donde comenzar. Una última pregunta: ¿Saben ustedes si Marisol Wilson tiene algún interés en la política, o si pertenece a algún grupo?

—Na' que ver, a la Mari no le interesa na' de esas custiones —dijo la pecosa.

La directora le dijo a las muchachas que volvieran a sus clases. Urbina se paró, y les ofreció su mano derecha. Antes de que ellas pudieran responder, la directora las empujó hacia el pasillo, dejando a Urbina con el brazo extendido. Se rió internamente y esperó unos segundos hasta que la directora volvió, quien sin decir nada, hizo un gesto perentorio con el brazo para que Urbina la siguiera. Cruzaron los hermosos jardines nuevamente. Al llegar al salón de entrada, la directora le dio los buenos días fríamente, y se retiró.

Al salir de la escuela Urbina le pidió el guía de teléfonos a la recepcionista. Ella se lo pasó sin decir nada. Urbina buscó el nombre del dentista Bruno Sáez. Una vez que lo encontró, anotó la dirección en su libreta, dio las gracias y los buenos días a la recepcionista con una venia de cortesía exagerada.

Bajó por Providencia hasta Plaza Italia. La consulta del dentista estaba en el cuarto piso de un edificio moderno, con amplias ventanas que ofrecían vistas del Parque Forestal y el río Mapocho. Mientras esperaba que el dentista tuviera tiempo para verlo, Urbina admiró la cordillera. Todavía se veían las montañas nevadas pero ya no tan claramente. Miró hacia abajo, hacia el Parque Forestal, y vio la fuente alemana. La escultura de principios de siglo marcaba la frontera este del parque, y Urbina se dio cuenta por primera vez que de ahí provenía el nombre del restorán ubicado a unos cien metros. ¿Cómo nunca me dí cuenta de la conexión entre los dos lugares? ¿Qué otras conexiones obvias tengo frente a mis ojos y no las veo? Pensar en el restorán lo hizo recordar a su compadre Rosales. ¿En qué líos andaría? No sabía de él desde que fueron juntos al Médico Legal. De pronto apareció Bruno Saez. Era un dentista joven, de pelo un poco más largo de lo acostumbrado en su profesión. Todavía tenía su oficina cerca del centro de la capital, pero seguramente a corto plazo se iría a Providencia o más arriba todavía, siguiendo a los clientes con dinero.

—Buenos días—dijo Saez—¿usted es el detective que me necesita?

—Sí, mucho gusto, detective Lautaro Urbina, Brigada de Homicidios del Servicio de Investigaciones—dijo mostrando su placa de detective.

El dentista la examinó y dijo:

—¿En qué lo puedo servir? No tengo mucho tiempo, tengo varios pacientes esperando.

—Marisol Wilson es paciente suya, ¿no es así?

—Puuh, sí, a la Marisol la conozco desde que tiene como cinco años,—contestó Saez.

—Lamento traerle malas noticias. Marisol ha fallecido. Sus restos están ahora en el Servicio Médico Legal y...

—¿Marisol? ¿Marisol Wilson?—interrumpió el dentista.

Urbina confirmó con la cabeza.

—No puede ser, si la vi el mes pasado no más y estaba súper bien. Tiene que haber sido un accidente. ¿Andaba en moto?

—Lo siento mucho. Es trágico perder a alguien tan joven—dijo Urbina, sin contestar la pregunta que le hizo Saez, pero haciendo nota de que nuevamente surgía una motocicleta en conexión con la víctima. —No, no fue un accidente. Por ese motivo, quisiera evitar que la familia sufra más de lo necesario.

—Sí, claro, por supuesto.

—¿Tiene usted radiografías de la dentadura de Marisol?

—Obvio, a todos mis pacientes les hago radiografías cada

dos años. ¿Porqué?

—Si usted me facilita radiografías recientes de Marisol, podemos hacer la identificación oficial del cadáver sin que su padre tenga que ir a la morgue.

Saez guardó silencio. Bajó la cabeza, descifrando lo que dijo Urbina. Luego de una pausa preguntó con triste voz:

—Perdone que le pregunte, pero, ¿que sucedió? Me imagino que el cadáver está en malas condiciones... ¿y por eso no quiere que la familia la vea?

—Así es. Sufrió una muerte violenta a manos de terceros.

—¡Oyyy, que barbaridad!—dijo el dentista Saez. —Tanta promesa desperdiciada. ¿Pillaron a los culpables? ¿O el culpable?

—Estamos investigando—contestó Urbina.

Se quedaron un momento en silencio, quizás en triste homenaje a la memoria de Marisol. Después de un minuto, el doctor habló con su secretaria en voz baja y le dijo a Urbina:

—María Claudia lo atenderá y le dará lo que necesite. Hasta luego, detective Urbina. Ojalá que agarre al desgraciado...—dijo, retirándose con la cabeza baja.

La secretaria escuchó el pedido de Urbina, y en unos cinco minutos Urbina tenía en sus manos un sobre con radiografías recientes de la dentadura de Marisol Wilson.

Al salir de la oficina del dentista Saez, la secretaria le dijo en voz baja:

—La última vez que estuvo aquí la señorita Marisol se veía muy nerviosa. Miraba por la ventana hacia el parque, como si estuviera buscando a alguien. Me pidió usar el teléfono pero después cambió de opinión y se fue no mas.

—¿Sabe si vio a alguien, o a quién estaba buscando? —preguntó Urbina.

—No. Eso es todo lo que sé—contestó la secretaria.

Urbina dió las gracias, fue a su auto, y se dirigió hacia Bellavista. En ese barrio abundaban las tiendas y joyerías vendiendo lapislázuli. Aros, pulseras, collares, pisapaleles, ceniceros, en fin, de todo y de toda calidad se ofrecía en Bellavista, y esa fama atraía a turistas y santiaguinos. Afganistán y Chile son los únicos países del mundo donde se encuentran grandes minas de lapislázuli, y hasta ahí llega el parecido entre los dos países. Y los desiertos, claro, no se puede dejar de lado los desiertos. La piedra semi-preciosa con sus intensos azules fue considerada por los egipcios como símbolo de la verdad. Para el pragmatismo de Urbina la pulsera de lapislázuli era solo una pequeña pieza de un misterio.

Durante la hora siguiente preguntó metódicamente en las tiendas del sector si vendían ese tipo de pulsera. Sólo le quedaba un par de locales cuando dio en el clavo.

—Buenos días—le dijo a la mujer atendiendo el mostrador principal.—Me llamo Lautaro Urbina. Soy detective del Servicio de Investigaciones. ¿Le puedo hacer una consulta?

La mujer lo miró sin prejuicio. O mejor dicho, con poco prejuicio, que para Urbina era lo mismo. —Sí, cómo no, dígame no más—contestó.

—¿Venden ustedes pulseras como ésta?—y le mostró la Polaroid. La mujer la examinó detenidamente y dijo, —Esto podría haber sido hecho por Mario Castro. Es el único que conozco que hace este tipo de incrustaciones.

—¿Dónde lo puedo ubicar?—preguntó Urbina.

—Don Mario estuvo aquí esta mañana. Cada par de semanas aparece por aquí, en general los viernes. Es muy reservado don Mario, nunca nos ha dado ni su dirección ni su teléfono. Cuando le queremos encargar un trabajo para un cliente, lo escribimos con todo detalle, y a veces hasta hacemos dibujos de lo que queremos, y cuando aparece se los lleva a su taller y después de un tiempo vuelve con lo que le hemos encargado. Trabaja rápido, pero cobra harto caro, ah...

—¿No tiene idea de dónde queda su taller? —insistió Urbina.

—No, como le dije, es bien bueno pa' los secretos don Mario.

—Y este trabajo de pulsera —dijo Urbina apuntando a la foto — ¿se lo encargaron ustedes?

—No creo. Yo nunca he visto una pulsera como ésa. Y generalmente yo estoy aquí cuando aparece don Mario. Debe tener otros clientes, me imagino.

Urbina dio las gracias y se dirigió al Fiat. Eran casi las dos de la tarde, hora de almuerzo. Si estuviera Rosales aquí, pensó Urbina, insistiría que fuéramos al Venezia. Y aunque no esté, igual yo debiera ir, a ver si hoy tienen un buen almuerzo.

Gozó unos minutos de calma, comiendo sin prisa sus prietas con puré y revisando sus apuntes. En camino al cuartel de Investigaciones se detuvo en el Servicio Médico Legal, donde dejó las radiografías de Marisol Wilson para el doctor Peña, junto con una nota pidiéndole que le avisara una vez que terminara la autopsia.

Capítulo 9

—¡Por fin aparece el cometa Urbina Catrileo!—dijo Roncaglia cuando vio a Urbina entrando a la sala de detectives. —Ni siquiera quiero preguntar en que andabai. Seguro que seguís caliente con la rubia.

Urbina levantó los hombros, dando a entender que los perros ladran, los gatos maúllan, y yo sigo mi camino, pero Roncaglia continuó:

—¿Hasta cuando con tus pendejadas, Lautaro? Ya te dije que a esta se la echaron los milicos. Y ni siquiera me digai que la mina tenía plata. Bien puede ser que se la echaron por equivocación y al final ni importa porque los milicos van a admitir cero. Lo mejor que podís hacer es olvidarte de toda esta mierda. Con estos ojos te estoy viendo y ya te lo advertí como jefe y como amigo.

—Estimado Carlos,—dijo Urbina con voz seria y profunda —si hubiera presenciado el dolor del padre de la joven, no me estaría diciendo eso. Todos tenemos deudas que pagar. Y en este caso la más grande que tenemos no es ni siquiera con el padre, es con la víctima.

Roncaglia guardó silencio. En sus años como supervisor de Urbina había aprendido que una vez que éste se embarcaba seriamente en una investigación solo un esfuerzo sobrehumano era capaz de hacer que la abandonara. Y además era difícil amedrentarlo. Decidió cambiar de táctica.

—Además, te tengo otro caso. Urgente—dijo Roncaglia. —Mujer acusada de matar a su marido.

—Déjeme que adivine: ¿defensa propia?

—Los pormenores: el marido llegó curao y le empezó a pegar porque no le gustó lo que ella le había preparado para la comida. Después de la paliza la señora le sirvió lo que le tenía listo, esperó que se sentara en la mesa a comer, vino por detrás y le aforró un fiero golpe en la nuca con una sartén. Parece que le fracturó el

106

cráneo porque el famoso no se movió mas.

—Es caso cerrado entonces. ¿Qué quiere que investigue?

—La señora tiene un primo que es capitán de ejército.

—¿Y eso qué tiene que ver?

—Y, nada po'. Igual quiero que me hagai la investigación con todos los datos pertinentes, bien anotados pa' que el fiscal de turno tenga constancia de que la pobre señora estaba defendiéndose de un ataque del marido.— Urbina lo miró detenidamente mientras descifraba lo que le estaba ordenando su jefe. Decidió arriesgarse con su próxima pregunta para que todo quedara bien en claro. Bajó la voz y preguntó:

—¿Pero no me acaba de decir que no fue así, que la señora lo atacó por detrás con intención y alevosía?

—Puede que yo este equivocado...—dijo Roncaglia, cerrándole un ojo. —Por eso necesito que la interroguís y que pasís por el lugar de los hechos. Después me preparai un reporte donde todo quede redondito.

—¿Y porque no se lo encarga al pelado Infante mejor, junto con el negro Ramírez?— Ahora Urbina tenía claro lo que le estaba pidiendo Roncaglia. "Los datos pertinentes, bien anotados..." tendrían que cantar defensa propia a plena voz.

—El pelao está en el grupo investigando la muerte con violación de una niñita de doce. Y el negro está con permiso hasta el miércoles. Solo los tengo disponibles a Rosales y a vos, así que ustedes dos quedan encargados de esta investigación a partir de este minuto. Eso sí, vos soi el responsable, porque el Rosales capaz que deje la escoba. Además, tu preparai los reportes mejor que el guatón. Y más te conviene que te pongai de buena con los milicos porque un pajarito me contó que le aforraste a un colega de los servicios de seguridad.

—Servicio de inseguridad, sería mejor dicho. El colega entre comillas era de la DINA, y le estaban pegando al detective Rosales porque se les antojó no más—contestó Urbina.

—Sea como sea, igual te hiciste otro enemigo.

Urbina bajó la cabeza, dándose por rendido. Ya no valía la

pena seguir discutiendo el asunto. No era buena noticia tener que encargarse de otro caso, y más aún, un caso peliagudo por la conexión con los militares. Pero al mal tiempo buena cara, se dijo. Cosas positivas habían salido de esta conversación con el jefe: primero, no me ordenó terminantemente que abandone la investigación de la muerte de Marisol Wilson. Y segundo, tener este nuevo caso en mi bandeja significa que el jefe no se tentará de darme más casos por el momento. Trabajar emparejado con el guatón no es problema. Como de costumbre, tendré que hacer todo el trabajo yo. Pero me quedará tiempo de sobra para investigar el homicidio de Marisol Wilson.

—Bueno, que nunca se diga que Lautaro Urbina Catrileo no obedece órdenes. ¿Dónde está la presunta, y cómo se llama?

—Se llama Patricia Ríos de Valencia—dijo Roncaglia consultando un papel. —La llevaron al Anexo Capuchinos y ahí la tienen en custodia solitaria. Háblale a flaco Cáceres, él está al tanto de los pormenores, la dirección de la casa, y todo el chamullo. ¿Me podís tener el reporte listo para este lunes que viene?

Hoy es viernes, pensó Urbina. Tengo planes con la María Teresa mañana pero el resto del fin de semana lo tengo libre.

—No veo porqué no. El lunes en la mañana se lo tengo listo, jefe—contestó Urbina.

—Muy bien, así me gusta, Lautaro Urbina Catrileo, orgullo del indomable pueblo de Arauco—dijo Roncaglia, mezclando burla con afecto en partes iguales. Urbina se ajustó las solapas de la chaqueta y se retiró sin despedirse.

Nuevamente buscó a Rosales, esta vez para que lo acompañara a la cárcel Anexo Capuchinos, pero no lo encontró. Urbina partió solo hacia la cárcel, a pocas cuadras del cuartel de Investigaciones, sospechando que el único motivo por el cual la presunta se encontraba en ese viejo edificio colonial era por su parentesco con un capitán del ejército. A pesar de estar situada en la viejísima ex-sede de las austeras monjas capuchinas, era la mejor cárcel del país. Algunos de los encarcelados pagaban por tener habitación privada, con derecho a uso de la biblioteca y de la mesa de pool. Había celdas para cuatro mujeres en una sección separada, pero rara vez estaban todas ocupadas, porque la inmensa mayoría de los encarcelados en Chile en 1975 eran hombres. Y de las mujeres que caían en la cárcel, la mayoría era por encubrir o proteger a su hombre, que en el noventa y nueve punto nueve por ciento de los casos era el responsable del delito. Pero algunas de ellas, no muchas, terminaban en la cárcel por motivos similares al de Patricia Ríos: haber actuado con violencia contra el abuso que le daba su pareja. Y en este último tiempo había llegado otro tipo de encarcelado: altos dirigentes, ministros o diplomáticos del gobierno de Allende. Era gente que por conexiones familiares, viejas amistades o gracias a una cuenta bancaria gorda, había conseguido que los enviaran a esta cárcel privilegiada.

Lo primero que Urbina encontró extraño de Patricia Ríos fue que ella se encontraba demasiado serena, una actitud rara para alguien acusada de homicidio, aunque fuera en defensa propia. No se le notaba efecto emocional por lo sucedido. O para ser más precisos, por haber matado a su marido. Pero sí tenía efectos físicos, con un ojo morado y un notable machucón en la frente, marcas que no lograban ocultar las huellas de la apreciable hermosura que tuvo cuando joven. Era una mujer delgada, de unos cuarenta y cinco años, de piel muy blanca, ojos verdes y pelo negro canoso. Sentada en una silla de madera con sus manos entrelazadas sobre su falda, miraba a Urbina sin curiosidad, como quien mira las hojas de un árbol moviéndose por el viento.

—Buenas tardes—saludó Urbina en su acostumbrado tono calmante, sacándose la gorra. —Soy el detective Lautaro Urbina del Servicio de Investigaciones.

—Buenas tardes—contestó la mujer en forma cortés, sin mostrar interés alguno en su visitante.

—Me han ordenado investigar los hechos que llevaron a la muerte de su marido, Juan Enrique Valencia—dijo consultando su libreta. —Por eso estoy aquí, y tengo que hacerle algunas preguntas.

Patricia Ríos encogió sus hombros, indiferente. Urbina escuchó una voz monótona, relatando una trama conocida. Se casaron jóvenes, y al principio todo anduvo bien, pero con el correr de los años y las frustraciones de la vida diaria, el alcohol y la violencia se hicieron amigos. Al principio Juan Enrique solo le daba cachetadas e insultos, seguidos de súplicas de perdón e intentos de sexo. Intentos que casi nunca se podían concretar por las borracheras del marido. Al día siguiente, las dos partes trataban de fingir que nada había sucedido. Patricia se decía que las cosas iban a mejorar, y que a otra gente le tocaba peor, y que había que pensar en los hijos, porque ya tenían dos, pero con el tiempo los abusos se hicieron más violentos, con puñetazos, patadas, y tiradas de pelo. Después de las palizas Juan Enrique Valencia actuaba servilmente por algunos días, al mismo tiempo que trataba de olvidar sus problemas domésticos. Según él, casi todo su sueldo se iba en gastos de la casa, ¿que mas querían? Él también tenía derecho a su vida propia. ¿O no? Así terminaba justificándose a sí mismo la triste situación, como si el derecho a "vida propia" incluyera palizas a su esposa. Patricia cerraba la puerta de su pieza con llave cuando sospechaba que su marido llegaría borracho, pero no siempre alcanzaba a refugiarse. En una ocasión, cuando Juan Enrique Valencia perdió su trabajo de empleado bancario, su consumo de pisco y vino superó el límite de una borrachera común y corriente, y en un ataque de ira terminó quebrándole el brazo a Patricia. Ella lo tuvo enyesado por cinco semanas.

Urbina escuchaba la voz pausada de Patricia, quien contaba todo esto como si le hubiera pasado a otra persona, a alguien que ella conocía ligeramente, alguien por la cual ella no sentía nada. Que suerte que mi madre no se emparejó con un borracho, pensó Urbina. De la que nos libramos.

Le pidió a Patricia que detallara la noche de la muerte de Juan Enrique. La versión de Patricia no difería mayormente de la presentada por Roncaglia. Llegó curado, no le gustó lo que Patricia le tenía para la comida y le pegó en la cara un par de veces. Ella esperó que se sentara y le pegó por detrás con una sartén grande, la más grande que tenía. Patricia solo bajó la vista cuando Urbina le preguntó como se enteraron los carabineros del incidente. Mirando al suelo, Patricia dijo que su hijo menor, que estaba por graduarse de la secundaria, había llegado a la casa y encontrado a su padre en el suelo sangrando de la cabeza y a su madre lavando los platos. Él fue el que llamó a los carabineros.

Durante todo el tiempo que conversaron, esa fue la única vez que Urbina pudo estar seguro de que hablaba con un ser humano y no con un robot. Más por curiosidad que por otra cosa, Urbina le preguntó si sabía porque estaba aquí, en el anexo Capuchinos, y no en la cárcel de mujeres. Patricia contestó que no, que una vez que su madre se enteró de lo que había pasado, ella se había encargado de todo. Su hijo menor ahora estaba con su madre, y bajó la vista nuevamente. El hijo mayor estaba haciendo el servicio militar.

Urbina le preguntó si su madre sabía que Juan Enrique le pegaba. Patricia contestó que sí, que desde hacía mucho tiempo su madre y toda su familia la presionaban para que dejara al marido y se fuera a vivir con ella. Si le hubiera hecho caso no estaría aquí en la cárcel, pensó Urbina, y Juan Enrique Valencia estaría vivo. Ahora la raíz de la actitud serena de Patricia. Su tranquilidad provenía de estar completamente resignada a su suerte.

Al terminar el interrogatorio informal, a Urbina lo dominaban dos sensaciones. Su sensación mas fuerte era una de náusea profunda, casi con ganas de vomitar. Y la segunda, alivio de saber que cuando Roncaglia le pidió que endulzara el reporte eso no iría en contra de lo que es justo. Muy a menudo la ley y la justicia son parientes lejanos, se dijo. Pero sabía que este arreglo, usado diariamente por sus colegas de Investigaciones, era un atajo peligroso porque en este caso había dos víctimas: una en la morgue y la otra en la cárcel. Su deber como detective era investigar los hechos y documentarlos de acuerdo a la que dice la ley, no decidir si una víctima valía mas que la otra.

Urbina se despidió de Patricia Ríos después de llenar un par de páginas de su libreta con apuntes en letra chica. Al salir de la cárcel pidió usar el teléfono en la sala de guardia. Llamó al cuartel de investigaciones para pedir el número de teléfono del gato Arancibia, lo anotó e hizo el llamado.

—Aló, Arancibia, habla Lautaro Urbina. ¿Nos podemos reunir en el cuartel dentro de una media hora? Le tengo otra proposición de trueque.— Urbina escuchó la respuesta positiva de Arancibia y cortó la comunicación. Ya eran casi las seis de la tarde y se lamentó haber traído el auto a Capuchinos. Le hubiera gustado irse caminando la docena de cuadras que lo llevarían al cuartel. De vez en cuando gozaba recorriendo el viejo centro de Santiago, y esta noche helada estaba ideal para perderse en sus pensamientos, disfrutando de las angostas veredas que bordeaban casas viejísimas, con ventanas altas y estrechas y portones de madera. Por estas calles marcharon las tropas chilenas antes de irse a la guerra del Pacífico. O aquí en esta vereda paseó el poeta nicaragüense Ruben Darío cuando vivió en Santiago. Y luego el trágico aviador Marmaduke Grove antes que lo exiliaran a la Isla de Pascua. Así gozaba de una sesión de historia viva, poblada con vecinos del barrio copuchando en las puertas de sus casas, mujeres esperando a sus maridos, y en las calles de menos tránsito, chicos jugando a la pelota con arcos marcados por prendas de ropa.

Llegó al cuartel y vio a Arancibia esperándolo en la entrada. El gato había cambiado su uniforme un poco. En vez de pantalones café claro, ahora tenía pantalones gris perla. Y su elección de corbata fue audaz: flores rosadas y amarillas contra un fondo morado. Abrochándolo todo ostentaba una bufanda de lana con rayas negras y amarillas. La combinación de colores era una pesadilla de mañana de año nuevo, con dolor de cabeza y todo. Sonrió al ver a Urbina estacionando su auto y se le acercó, estirando su mano derecha en amigable saludo.

—¿Cómo le va mi estimado Lautaro? ¿Cómo lo trata la vida?

—Aquí estamos, a palos con el águila—contestó Urbina, estrechándole la mano.

—¿Y qué tal su investigación del misterio de la bella de la cordillera? Ay que bonito que suena eso: la bella de la cordillera.

Urbina lo miró sin expresión. Arancibia intuyó que sin quererlo había cruzado los límites de lo que Urbina le permitiría. En parte para terminar con el momento incómodo y en parte porque la llamada de Urbina había despertado su curiosidad, largó su pregunta:

—¿Qué hay de ese trueque que me mencionó por teléfono?

Urbina miró a su alrededor. Las calles vibraban con el entusiasmo de noche de viernes. Por fin llegaba el fin de semana. Demasiados transeúntes como para tener una conversación comprometedora.

—Subámonos a mi auto para conversar. Lo que le quiero proponer es delicado.

Arancibia accedió. Una vez dentro del Fiat, Arancibia preguntó si podía fumar. Urbina le dijo que sí, pero que abriera un poco la ventanilla. Sacó un cigarrillo de su cajetilla de Marlboro, y encendió uno con su Ronson, haciendo más show que Jean Paul Belmondo en *Sin Aliento*. Urbina notó que Arancibia había progresado de fumar Hilton a fumar Marlboro, cigarrillos importados, que además de caros eran difícil de conseguir. Eso no era una buena señal, pero decidió arriesgarse.

—Necesito su ayuda para identificar un símbolo. Puede que usted sepa lo que significa, pero le tengo que advertir que es importantísimo que esto quede entre nosotros—dijo Urbina.

—¿Eso es todo? Ni un problema. Yo soy como bala para los símbolos.

—Y usted, ¿tiene algún pedido? Me imagino que sí, o no habría aceptado encontrarse conmigo.

—Sí, algo se me ocurrió. ¿Usted es bien amigo de la Quenita, no? Esa que se aparece bien a menudo por el Blanco y Negro—Arancibia subió las cejas varias veces con una mirada lujuriosa.

—Sí, nos llevamos bien. Yo la he ayudado en algunas cositas, y ella ha quedado muy agradecida y me ha lo ha hecho saber.

La sonrisa pícara de Arancibia aumentaba su apariencia felina. Urbina adivinó lo que le iba a pedir y tomó una medida preventiva.

—Usted se dará cuenta, Arancibia, que yo no le puedo

conceder favores que vendrían de terceros—dijo Urbina.

—No, no, por supuesto. Solo pensaba en que usted me podría recomendar a la Quenita, para que ella me diga que sí cuando yo le haga mi pedido.

—Ella es una mujer que vive de su trabajo, ¿porque no le ofrece billete y se acabó?

—Es que la Quenita ni cagando va a fiestas de grupo. Y pasado mañana es el aniversario de mi mayor Larraín, y con los muchachos estamos armando un asadito. Si la Quenita viniera a ayudar a servir los vinos y los tragos, con lo rica de cuerpo que es, mi gesto sería muy buen recibido, y yo quedaría como un príncipe con mi mayor.

Urbina lo pensó un minuto. Su relación con Quena era una de confianza total. Si le pedía que accediera al pedido del gato Arancibia, no le cabía duda que ella lo haría. El riesgo era que a los comensales del aniversario se les pasara la mano una vez que estuvieran encopetados, aunque Urbina sabía que la Quenita era perfectamente capaz de defenderse. Por otro lado, la ayuda de Arancibia podría acercarlo a solucionar el misterio de Marisol la rubia. Decidió arriesgarse nuevamente.

—Bien, yo le hablaré a la Quena—dijo Urbina. —Pero Arancibia, que quede claro, si esto se le arranca de las manos yo no voy a ser el único persiguiéndolo. Ella tiene muchos admiradores en el servicio, incluyendo al guatón Rosales.

—No se preocupe, mi querido Urbina. Yo me encargo de todo y no va a haber ningún tipo de problemas. Yo lo último que quiero es tener conflicto con su guatón. Ahora, ¿en qué lo puedo ayudar yo?

Urbina sacó la foto de la pulsera del bolsillo interior de su chaqueta, y prendió la débil luz interna del Fiat ubicada bajo el espejo retrovisor.

—Esto se lo muestro bajo las mismas reglas de antes: todo queda estrictamente entre nosotros.

—Sí, por supuesto—contestó Arancibia.

—¿Ha visto este símbolo alguna vez? ¿sabe lo que significa?

—preguntó Urbina. Arancibia tomó la foto y la puso justo debajo de la luz. La estudió detenidamente.

—Esto me parece que es el símbolo del CC. El Comando Conjunto—dijo Arancibia en voz baja.

—Más detalles, por favor, ¿que es eso del Comando Conjunto?—dijo Urbina.

—El Comando Conjunto Anti-subversivo.— Arancibia miró alrededor para ver si alguien cerca del Fiat podía escucharlo. Bajó aún mas la voz y dijo—¿se acuerda de lo que le conté el otro día? Ése es el grupo nuevo que inventaron. Se juntaron los servicios de inteligencia de las fuerzas armadas, empezando con los de la Fuerza Aérea, con miembros del grupo Patria y Libertad para coordinar sus archivos y sus centros de datos y así quedar independientes de la DINA.

—¿Cómo independiente? ¿que acaso no es la DINA la que está a cargo de perseguir a los de izquierda?—preguntó Urbina.

—Sí, pero parece que algunos, especialmente los de la inteligencia de la Fuerza Aérea, no están contentos con la DINA y de como está funcionando la hueá. Así con este nuevo grupo, en forma independiente, se pueden dedicar a exterminar lo que va quedando de la izquierda organizada, dándole un interés especial a los que tienen armas. O mejor dicho, a los que ellos creen que tienen armas. Y les está resultando.

—¿Como así?—preguntó Urbina. Arancibia le dio una última pitiada profunda a su cigarrillo y tiró la colilla por la ventana.

—Porque han ido centralizando sus datos. Ahora ya no anda un montón de servicios de inteligencia persiguiendo a la misma persona mientras otros se les arrancan entre los dedos. Ahora se coordinan de antemano. Además, si se acuerda, al principio a los detenidos se los llevaban al Estadio Nacional o al Estadio Chile, o a Tejas Verdes, etc, etc. Pero tarde o temprano se sabía dónde estaban, y muchas veces también se sabía quién se los había llevado detenidos. Y con las quejas a las iglesias y a los tribunales, no podían dejarlos ahí pa' siempre.

—Ya, ¿y entonces?—preguntó Urbina, impacientándose,

115

preocupado de que esta larga historia lo alejaba más y más de Marisol Wilson.

—Una vez que se juntaron en este grupo se pusieron más científicos. Se llevan a los que quieren, los meten en un recinto militar o en un escondite secreto sin que nadie sepa y después niegan que los tienen detenidos.

—¿Y para que necesitan los milicos a los de Patria y Libertad?

—Ahí me pilló. Eso no lo sé. Debe ser por inteligencia...no de aquí—dijo apuntándose la cabeza—sino que de obtener contactos, y poder pasar desapercibidos. Además ahora ellos tienen tiempo de sobra porque disolvieron el grupo un par de días después del gol...eeh...pronunciamento.

—¿Disolvieron Patria y Libertad? ¿porqué?

—Obvio. Ya consiguieron lo que querían: que se fuera Allende.

Que forma de irse, pensó Urbina. Con un balazo a la cabeza.

—¿Algo más?—preguntó Urbina.

—Eso es todo lo que sé. Y a propósito, no tenía idea que ahora se estaba interesando en asuntos politiqueros.

—No, para nada, a mi lo único que me interesa es resolver este homicidio. Todo lo que tenga que ver con la política es una pérdida de tiempo, y eso lo aprendí tempranito.

—Bueno, cada cuál con su tema. Por lo menos lo ayudé con su símbolo, Urbina.

Urbina tuvo que admitir que Arancibia había cumplido con su parte del trueque, aunque no le quedara claro que tenía que ver todo esto con el homicidio de la rubia.

—Entonces,—dijo Arancibia—¿cuando le puedo hablar a la Quenita?

—Dígame una cosa más: ¿que pasó con los del Patria y Libertad cuando se disolvió el grupo?

—Como le dije, algunos están trabajando con nosot...eeeh...con los militares. El resto se habrá ido pa' su casa, me imagino.

—¿Me puede dar algunos nombres de los que todavía están activos?

Arancibia lo miró detenidamente. Después de un momento de silencio, dijo:

—Me parece que este trueque está medio desigual, detective Urbina. Ni que yo estuviera pidiendo hacerle cosquillas gratis a los hoyitos de la Quena.

Urbina ignoró lo que dijo Arancibia. Ahora imperaba guardar silencio, esperando que el momento incómodo diera resultado y Arancibia soltara algunos nombres. Al cabo de un momento, vio que su silencio no daba fruto, y dijo:

—Pase por el Blanco y Negro esta noche o mañana por la noche. Para allá voy ahora, y si no encuentro a la Quena le dejaré recado que me llame esta noche a mi casa, sin importar la hora. No creo que sea problema.

—Ah, ¡ya! Excelente. Con respecto a lo otro,—Arancibia bajó la voz—de ser usted, yo me enfocaría en los que eran los dirigentes del Patria y Libertad, el Timmons, el Pérez Orellana, Patricio Grey, Cruz Robinson, esos que estaban donde las papas queman. Échele un vistazo a los que se arrancaron de Chile después del famoso "tanquetazo" de junio del setenta y tres.

—Ya, gracias, Arancibia. Suerte con su asado.

Se despidieron y Urbina echó andar el Fiat para dirigirse al Blanco y Negro. Si tenía buena suerte encontraría a Quena, y podría tachar esa obligación de su lista. A veces ella pasaba a tomarse un traguito antes de empezar su recorrido por los bares de Santiago centro. Urbina se acordó que todavía tenía que ir a examinar la residencia de Patricia Ríos de Valencia para finalizar su reporte, y por último, cumplir con lo que le debía al taxista Inostroza, de pasar por su casa para enterarse de noticias del cuñado Nano.

Capítulo 10

Manejando hacia el poniente por la calle Catedral, esquivando a buses y furgonetas de reparto, Urbina pensaba: ƆC=Comando Conjunto. ¿Porqué andaba con esa pulsera Marisol Wilson? Su padre y sus amigas me dijeron que ella no le prestaba atención a la política, y estos del Comando Conjunto y los del Patria y Libertad están metidos hasta el cuello en esa mierda. Si ella no tenía intereses políticos, ¿de dónde salió la pulsera? Esos del Patria y Libertad eran muy aficionados a crearle problemas al gobierno de Allende. El tanquetazo salió publicado en todos los diarios. Sería buena idea darme una vuelta por los archivos del Servicio a ver que aparece.

Estacionó a media cuadra del Blanco y Negro. Mientras caminaba la corta distancia recordó la claridad de esa mañana, cuando había divisado la cordillera tan nítidamente. Ahora era una vaga memoria, con el centro de Santiago atrapado en un túnel frío y oscuro, contaminado con humo, polvo y gases de motores. Entrando al bar el ambiente subió de temperatura y el olor de motores de explosión fue reemplazado por el de mil cigarrillos, mezclado con restos de cerveza añeja derramada en los pisos de madera. Vio a Quena arrimada a una mesa, muy arregladita leyendo uno de los diarios de la tarde. Ella levantó la mirada y sonrió al verlo.

—Tan desaparecido que andas, Lauta. Parece que ya ni me querís.

—Quenita, ¿cómo puede decir eso? Usted, que tiene la llave de mi corazón, que conoce la clave de mis sentimientos, usted, nada más que usted, que es la razón de mi sinrazón. *Me importas tú, y tú, y nada mas que tú,*—le cantó el bolero en voz baja apuntando a Quena con su dedo índice. Se sacó la gorra y se sentó.

Quena se rió, gozando de los piropos juguetones de Lautaro Urbina Catrileo. Súbitamente la sonrisa desapareció y se puso seria al mirar sobre el hombro de Urbina. Sentado frente a ella, Urbina dio vuelta la cabeza siguiendo la mirada de Quena y vio a su compadre acercándose. El guatón Rosales.

—Mirenlós, los dos tortolitos—bromeó Rosales, pero con una cara que no decía broma sino que todo lo contrario,—así los quería ver, coqueteando a escondidas.

—¿A escondidas? ¿en medio del Blanco y Negro lleno de gente?—dijo Urbina.

—Estos hueones no son gente, son animales. ¡No lo sabré yo! Si la mayoría son de Investigaciones.— Rosales sudaba a pesar del frío que hacía afuera. Se debe haber venido corriendo, pensó Urbina.

—Menos mal que llegó, mi guatoncito querido. Me estoy muriendo de sed y este huaso de tu amigo que no me ofrece ni un trago siquiera—interrumpió Quena.

—Yo invito, mi amor, ¿le traigo una una piscola?—preguntó Rosales tocando la mejilla de Quena cariñosamente, al mismo tiempo que se secaba la respiración de la frente con un pañuelo.

—Ay, sí, muchas gracias. Y usted Lautaro, ¿se sirve algo?—dijo Quena.

La pregunta era en vano porque Rosales había partido hacia el bar apenas oyó el sí de Quena.

—Tenemos que hablar en privado, Quena. Tengo un favor que pedirle—dijo Urbina cuando juzgó que Rosales no lo podía escuchar.

—Sí, yo también tengo que conversar contigo, Lauta, en forma urgente. ¿Cómo lo hacemos?

—Juntémonos aquí a las once de la noche. ¿Puede? Si no, llámeme a mi casa esta noche y me deja recado de cuándo y dónde.

—No, está bien, juntémonos aquí. Yo me las arreglo para venir a las once en punto— Quena levantó la mirada y vio a Rosales volviendo a la mesa con una piscola, un pisco con vermouth y una botella de agua mineral.

—Tome compadre, le traje una mineral, que es una agüita milagrosa pa' quitar las penas—y se rió, pasándole la botella a Urbina.

—Muchas gracias. No es por nada, ¿pero dónde cresta se había metido, compadre?—preguntó Urbina,—desde ayer en la mañana que anda desaparecido.

Rosales se sentó, tomó un largo trago de su pichuncho, miró a Quena y luego a Urbina.

—He estado muy pero muy ocupado con asuntos familiares, compa. Pero dígame no más si hay algo en que lo puedo ayudar.

—No, lo tengo todo bajo control. Estaba preocupado no más porque no lo había visto. Carlitos Roncaglia nos ha ordenado investigar otro homicidio más, así es que me voy a tener que ir corriendo a visitar el lugar de los hechos. Se supone que usted tendría que venir conmigo compadre, pero me imagino que prefiere quedarse en mejor compañía—Urbina le cerró un ojo, se paró, y se despidió con una venia. Rosales no esperó que Urbina saliera del Blanco y Negro para pedirle a Quena que se sentara en sus piernas, cosa a la cual ella se negó terminantemente, diciendo que Rosales todavía no pagaba por la silla que rompieron la última vez.

El domicilio de los Valencia estaba en la calle San Ignacio, un poco más al sur del Parque Cousiño. Esto le convenía bastante a Urbina, porque le quedaba en camino a su siguiente destino, el paradero 16 de la Gran Avenida. Se dirigió en su querido Fiat a la cuarta comisaría de carabineros en la calle Chiloé, a un par de kilómetros de la casa de los Valencia. Al llegar se identificó, pidió hablar con el oficial de guardia, y cuando lo hicieron pasar a la sala de guardia, le preguntó al oficial si podía hablar con los carabineros que atendieron a un llamado de homicidio en la calle San Ignacio hacía algunos días. El oficial le contestó que no, que andaban de ronda, pero él era el que había recibido la llamada inicial, y había interrogado a la mujer cuando la trajeron detenida.

—¿Quién hizo la denuncia?—preguntó Urbina.

—Aquí llamaron después de llamar a la ambulancia. Era una mujer entrada en años, la madre de la presunta, creo yo—contestó el oficial.

—¿Y quien certificó la muerte de Juan Enrique Valencia?—preguntó Urbina.

—Fueron los de la ambulancia que mandaron desde el hospital San Joaquín—contestó el oficial, después de consultar el libro de partes. —Según dejaron constatado, la presunción era que el golpe lo mató en forma instantánea. Pero para más detalle, tendría que consultar con el médico legal.

—¿Alguna cosa le llamó la atención?—preguntó Urbina.

—Claro que sí. La esposa del finado, cuando la trajeron, estaba...—el oficial pausó, buscando la palabra adecuada—parecía que estaba como drogada. No respondía a mis preguntas, solo decía que ya se había cansado de que le pegaran. Estaba como sonámbula. Triste la situación, encontré yo. Al rato llegaron su hijo, su mamá, todos llorando, una casa de putas me armaron aquí—dijo el oficial de carabineros.

—¿Se puede entrar a la casa o está cerrada con llave?

—Me dijeron que la sellara hasta que Investigaciones diera el visto bueno. Como usted es de Investigaciones, aquí tiene la llave por si quiere ir—dijo el oficial, sacando una llave del cajón del escritorio.

Urbina agradeció la ayuda del oficial, tomó la llave y se dirigió a la casa de los Valencia. Era una construcción de dos pisos en una esquina de la calle San Ignacio, con garage para un auto, una pequeña farmacia y una tienda de reparación de radios y televisores en el primer piso. Los Valencia vivían en el segundo piso, en un departamento al cual se llegaba subiendo por una escalera larga y angosta. Urbina entró al departamento y tanteando la muralla en la oscuridad encontró el interruptor de luz. La prendió y se dirigió a la cocina. El interior del departamento estaba muy frío a pesar que todas las ventanas estaban cerradas. Un olor rancio dominaba el ambiente y Urbina descubrió la razón cuando miró en el tarro de basura en la cocina. Los restos de la última cena de Juan Enrique Valencia todavía estaban allí, ya que nadie había sacado la basura a la calle. Se acordó de su madre y de su tía y de la rica corvina que habían preparado anoche. A mí me fue bastante mejor con el menú que a este pobre. ¿Fue la comida de esa noche la causa de su muerte, Juan Enrique? ¿O fue la causa la acumulación de palizas que le dio a su esposa?

Miró a su alrededor buscando la sartén con la cual Patricia supuestamente le pegó el golpe mortal a su marido, sin encontrarla. Se la deben haber llevado los carabineros que la arrestaron, pensó, y tomó nota en su libreta. El comedor estaba a una corta distancia de la cocina, separado por lo que algún día fue una puerta pero que ahora era solo un marco vacío. Con la excepción del olor rancio, la casa estaba limpia y ordenada. Un mantel blanco bordado cubría la mesa del comedor. En el suelo de madera, a un metro de la cabecera de la mesa, había un manchón oscuro del tamaño de un neumático de camión. Era la única señal que aquí había fallecido Juan Enrique Valencia.

Mientras más revisaba el lugar de los hechos, mas incómodo se ponía Urbina. Algo no encajaba entre su examen del lugar con las versiones que tenía acerca de lo que sucedió esa noche. Según Roncaglia, Patricia esperó que Juan Enrique se sentara, se acercó por detrás y le pegó en la nuca con la sartén. Si Patricia le pegó por detrás, Juan Enrique habría terminado con su cabeza sobre la mesa y no en el el suelo, y las manchas de sangre estarían en el mantel o en la mesa. Levantó el mantel para ver si había rastros de sangre en algún lado. Nada. Según Patricia, cuando llegó su hijo menor encontró a su padre sangrando en el suelo, lo que sí encajaba con el manchón de sangre en el suelo del comedor.

Tendría que interrogar a Patricia nuevamente. Por lo menos la mancha de sangre facilitaría el alegato de defensa propia, porque se podría alegar que Juan Enrique estaba parado, ya pegándole o listo para pegarle a su mujer, y dejar de lado que Patricia lo atacó cuando estaba sentado. Le preguntaría a Roncaglia el origen de la versión de los hechos que le había relatado. Y todo esto lo tendría que hacer antes del lunes, para así poder terminar el reporte.

Hizo un esquema del comedor, la mesa, el manchón de sangre y la cocina, midiendo las distancias con sus pasos. Tomó apuntes en su libreta y volvió a la comisaría a devolver la llave. En el camino pensó que había otra cosa que lo molestaba aparte de la discrepancia en las versiones sobre lo ocurrido. Patricia Ríos le había dicho que su hijo fue quien llamó a los carabineros. Pero el oficial de carabineros en la comisaría dijo que el llamado de denuncia fue hecho por una mujer de edad.

Al llegar a la comisaría le preguntó al oficial si estaba seguro que el llamado de denuncia lo hizo una mujer. El oficial respondió que sí, que no le cabía duda. Urbina le preguntó si los carabineros habían traído la sartén que supuestamente fue usada para darle a Juan Enrique el golpe mortal. El oficial dijo que no tenía idea, pero que les preguntaría a sus subalternos cuando volvieran de su ronda. Urbina devolvió la llave, dio las gracias y cuando ya casi llegaba a la puerta para irse, se devolvió a hacerle una última pregunta al oficial.

—Casi se me olvida, le quería preguntar si por casualidad usted sabe si hubo un operativo militar durante la noche del martes recién pasado aquí en...—Urbina consultó su libreta—...en el barrio Martínez Vial cerca del paradero 16.

El oficial dejó de lado el expediente que estaba leyendo y observó a Urbina sin decir nada. Después de un momento, cerró el expediente.

—¿Y eso que tiene que ver con su investigación?—interrogó.

—Por el momento, nada, pero uno, sapo que es, siempre quiere saber todos los pormenores de una investigación—dijo Urbina—a mí siempre me gusta pintarme todo el cuadro alrededor de una tragedia, porque nunca se sabe de adonde va a saltar la liebre.

El oficial lo miró detenidamente, tratando de decidir si este detective le estaba tomando el pelo.

—¿Sabís que más hueón? ¿De adonde saliste que venís a pedir ayuda y empezai a hablar cabezas de pescao?—con cada palabra la indignación del oficial parecía aumentar—si querís preguntar ese tipo de hueás tenís que venir con otro cartel.— La cortesía mutua propia de la profesión había desaparecido. Urbina entendió que ya no recibiría ayuda alguna de este oficial, sin importar de cuál investigación se tratara. Urbina dio las gracias con su gentileza habitual, y partió a su siguiente destino, el paradero 16 de la Gran Avenida. Los ojos rencorosos del oficial lo siguieron hasta la puerta de salida.

En un mapa que guardaba en su auto, Urbina buscó la dirección que le dio el taxista Inostroza, y con alivio se enteró de que quedaba a solo a unas cuadras de la comisaría. Al llegar estacionó su Fiat a una cuadra de distancia. Lo sorprendió ver el taxi de Inostroza frente a la pequeña casa porque era noche de viernes, cuando los taxistas astutos hacen su mejor negocio, y más aún ahora cuando todavía quedaban unas horas hasta el toque de queda. Al acercarse a la puerta presintió que alguien lo espiaba por una ventana, escondido tras una cortina.

Tocó el timbre y esperó. Golpeó la puerta. Creyó escuchar murmullos adentro. Tocó nuevamente el timbre, pero sin resultado.

—¡Sergio Inostroza!—dijo junto a la puerta, en voz alta, pero sin gritar. —Lo busca Lautaro Urbina, de Investigaciones.

Escuchó más murmullos, pasos apresurados, una puerta cerrándose. Segundos después se prendió una luz en la entrada y se entreabrió la puerta principal de la humilde casa.

—¿A quién dijo que busca?—preguntó una mujer asustada.

—Al taxista Sergio Inostroza. Soy Lautaro Urbina, detective de investigaciones. Él me conoce y me ha llamado varias veces.

La mujer abrió la puerta y le dijo apresuradamente a Urbina que entrara. Apenas cruzó el umbral dos pares de brazos fuertes lo tomaron desde atrás. Urbina no se inmutó.

—¡Búscale el arma de servicio!— instruyó una voz nerviosa.

—Está bien, suéltenlo, éste es el detective de que les conté.

Los brazos lo soltaron. A la luz de una vieja lámpara Urbina vio al taxista Inostroza sentado en una silla de madera. Parada detrás de él lloraba una mujer de unos cincuenta años. La mujer que lo dejó entrar era más joven. Seguramente la esposa de Inostroza, pensó Urbina. Ella trataba de consolar a la otra mujer que lloraba en silencio. ¿Su madre? Urbina giró la cabeza y vio a un hombre moreno fornido, con encallecidas manos de trabajador. En una silla junto a él estaba sentado su copia exacta, con unos treinta años menos. Éste tenía la cara hinchada con moretones y machucones, y parecía derrotado. Nano, pensó Urbina, y miró a Inostroza levantando las cejas.

—Sí, éste es el Nano. Llegó hace un par de horas—dijo Inostroza, leyéndole el pensamiento.

—Que buena noticia—dijo Urbina,—entonces parece que me pegué la carreta en vano.

Los familiares se miraron entre ellos.

—Ojalá la cosa fuera así de sencilla—dijo Inostroza, bajando la vista.

La tensión en la pieza era espesa. Los familiares se miraban unos a otros tratando de decidir qué hacer, qué decir. Urbina esperó unos momentos y miró a su reloj. Tendría que irse de aquí pronto para llegar con tiempo a su reunión con Quena en el Blanco y Negro. Como iban las cosas tendría tiempo de sobra. Miró a Inostroza.

—Ya estoy aquí, y si no me cuentan luego lo que pasó, para mí esto es una pura pérdida de tiempo.

—Pa' empezar, ¿como sabemos nosotros si le podimos tener confianza?—preguntó el padre de Nano.

—No tengo idea, pero vamos recordando que es Sergio Inostroza el que me anda persiguiendo hace varios días con este cuento, no al revés. ¿O no?

El hombre miró a Inostroza, quien hizo un gesto indicando que sí, que así era.

—Y segundo, si le contamos lo que pasó, va a estar metido en esto hasta la coronilla y puede que eso no le convenga mucho—continuó el hombre mayor.

—Si me van a contar que Nano mató a alguien o que quebró una serie de leyes, claro que sí, me estarían poniendo en una situación bastante incómoda—dijo Urbina.

—Yo no hecho nada ilegal. Lo más ilegal que he hecho es pintar consignas de la Jota en las murallas del barrio—dijo Nano en voz baja. Hablaba tocándose la mandíbula, como si le doliera hablar. —Si usted supiera no más lo que quieren.

—Como sea, les repito: ya estoy aquí, y si no me ponen al día, estoy perdiendo el tiempo. Pero es cosa de ustedes—dijo Urbina, dando indicaciones de que estaba listo para partir.

Inostroza se paró, se acercó a Nano y le habló al oído en voz baja. Nano lo escuchó con ojos lagrimosos y después de una breve pausa, accedió con un gesto de cabeza.

—Lo soltaron por un par de días no más—dijo Inostroza, mirando a Urbina. La mujer dio un par de gemidos besando un crucifijo que tenía en una cadenita alrededor de su cuello. Igualita a mi mamá, se proyectó Urbina. Pero debe ser católica.

—¿Quiénes eran?—preguntó.

Nano meneó la cabeza.

—No lo sé. Había unos de uniforme y otros vestidos de negro. Pero cuando me llevaron, me metieron en un auto particular, parece que un Peugeot 404, no en un camión del ejército o de los pacos—dijo Nano.

—¿A donde lo llevaron?—preguntó Urbina.

—Tampoco lo sé. Me cerraron los ojos con cinta scotch. Por los saltos que se pegaba el auto, parte del camino tiene que haber sido muy malo. Hacia mucho frío cuando llegamos. Nos tenían a varios amarrados en una pieza de madera que parecía recién construida porque la madera tenía ese olor como de nueva. Afueras de la pieza no se oían ni autos ni nada. Sólo el puro viento.

—Ya, ¿y que más?—preguntó Urbina.

—Me torturaron,—Nano bajó la cabeza. Su madre y su hermana abandonaron la pieza rápidamente. —Me amarraron a un catre de metal y me pusieron electricidad en las bolas y en las tetillas. Querían saber donde estaban las armas y quiénes eran mis jefes en el Partido. Mientras más les decía yo que no sabía nada de armas más fuerte me daban. Había uno que trataba de hacerse amigo mío, un hueón grandote, con una pera grande, pelo castaño y bigote. Ése, creo yo, es uno de los jefes, pero no andaba de uniforme, sino con bluyines y suéter negro—se subió las mangas de su camisa para mostrar una serie de círculos rojos en los antebrazos. —Me quemaron con cigarrillos. Y me dijeron que lo que me esperaba sería peor todavía.

Urbina escuchaba atentamente. Sabía perfectamente bien que los casos de tortura habían aumentado desde que los militares se

126

tomaron el poder. Esto es una guerra, decían los milicos, y en la guerra todo se permite. Urbina tenía que reconocer que también él era culpable de haber usado violencia contra sospechosos para obtener información. Pero, ¿cargas eléctricas en las bolas? ¿quemaduras de cigarrillos? Lo más que había hecho él era aforrar un par de coscachos, o una buenas cachetadas. Más encima a los que le aforré eran malandras que se lo merecían, se dijo. En cambio este muchacho no tiene pinta ni de extremista ni de delincuente. Pero uno nunca puede estar seguro.

Desde la cocina llegaban murmullos y sollozos. Nano hablaba en voz baja, con la mano de su padre sobre su hombro. Urbina, sentado frente Nano, acusaba la fuerza del relato. Por muchos años había construido murallas que lo alejaban de sentir profundamente lo que ocurría a su alrededor. Esta situación agrietaba esas murallas.

—¿Porqué lo soltaron?—preguntó.

—Cuando ya no aguantaba más, les dí un par de nombres de mis compañeros. Me pegaron más todavía, diciéndome que esos nombres ya los conocían, que estaban muy bien informados y que querían los nombres de los jefes. Yo les dije que a los jefes los conocía por los sobrenombres que les dio el Partido no más. Entonces querían saber como me juntaba con ellos, los puntos de reunión, donde vivían, todo eso.

—¿Y ahí lo soltaron?

Nano dijo que no con la cabeza. —Me siguieron pegando un rato. Después vino el grandote y les dijo a los brutos que nos dejaran solos. Me dijo que le daba vergüenza ajena ver como me trataban y que él quería ayudarme. Me dijo que los iba a convencer de que me soltaran para que pudiera volver a mi familia. Pero...— lágrimas caían por la cara de Nano.

—¿Pero qué?—preguntó Urbina.

—El grandote me dijo que me van a pasar a buscar este domingo para que los lleve a los puntos de reunión y a las casas seguras que conozco, porque él está convencido que yo quiero cooperar. Eso me dijo. Y que cuando vea a alguien del Partido, inmediatamente les tengo que decir pa' que lo agarren ahí mismo.

La habitación quedó en silencio. Urbina contemplaba su gorra, haciéndola girar en sus manos. Después de una pausa prolongada, casi por decir algo, se le ocurrió hacer una sugerencia.

—¿Y si se fuera de Santiago por un tiempo, hasta que se enfríen las cosas?—preguntó.

Sergio Inostroza dijo que no con la cabeza.

—Ahí está el problema. Le dijeron que si no estaba el domingo cuando vinieran a buscarlo se llevarían a su mamá y a su hermana y la tropa se daría un buen gusto con ellas, porque con todo estas horas largas de trabajo extraordinario andan muy calientes. Y por lo visto son capaces de hacerlo.

Un silencio pesado invadió la pequeña habitación. Los murmullos de la cocina habían cesado. La dos mujeres ahora escuchaban la conversación desde el umbral de la puerta de la cocina. Urbina siguió contemplando la gorra en sus manos por unos momentos. Luego habló.

—Lo único que se me ocurre es que se vayan todos del país. Tienen que arrancar.

—¿Y cómo si no tenemos ni un peso?—dijo Inostroza.

—Y tampoco los dejarían cruzar la frontera—dijo Nano. Urbina lo miró, tomando nota que Nano no se incluía entre los que se irían. —Ya nos deben tener a todos en una de sus listas.

—¿No se podrían asilar en una de las embajadas o consulados?—contestó Urbina.

—¿Que no dicen que las embajadas de los países que aceptan refugiados están todas bajo guardia?—preguntó Nano—¿y que más encima están copadas?

—La verdad es que no sé mucho de eso. Tendría que averiguar por ahí—dijo Urbina, y continuó—¿tienen dónde esconderse un par de días? ¿un lugar que no tenga ná que ver con la política?

—La tía Ceci,—dijo Isabel, la hermana de Nano—vive en una parcela en La Florida y no la conoce nadie. Tiene malas pulgas.

—La Cecilia es mi hermana chica—explicó el padre de Nano

—no creo que se niegue a ayudarnos, a pesar de que estamos un poco peleados.

—Si se van al tiro, ¿alcanzan a llegar antes de que empiece el toque?—preguntó Urbina.

El padre de Nano consultó su reloj. —Apenitas llegaríamos —dijo—¿que dice usted, Sergio?

—Sí, don Eduardo, tendríamos que salir corriendo—mirando a Urbina, Inostroza preguntó—¿y si nos fuéramos a la parcela mañana temprano?

—Me parece bien. No creo que unas horas más presenten mayor peligro. Ellos deben creer que con los golpes y las amenazas los han paralizado, y que Nano estará aquí esperándolos el domingo. Junten sus cosas esenciales y se las llevan con ustedes. Nada de lujos, solo lo que más necesitan. En un papel, me escriben la dirección donde van a estar y yo me pondré en contacto con ustedes cuando haga algunas averiguaciones.

—¿Qué averiguaciones?—preguntó Inostroza.

—Si Nano está en lo cierto, y las embajadas y los consulados están bajo guardia las veinticuatro horas—contestó Urbina,—tengo que averiguar si hay alguna entradita sin vigilancia en una embajada o consulado que todavía acepte refugiados. Cuando lleguen a la parcela, escondan el taxi para que no se vea desde la calle. Y si pueden evitar que alguien sepa que están ahí, mejor todavía.

Isabel le pasó un papel a Urbina con la dirección de la parcela y mirándolo intensamente le dijo:

—Gracias. De todo corazón, gracias. Que Dios se lo pague.

La madre de Nano se acercó a Urbina.

—¿Le puedo ofrecer un tecito antes de que se vaya?

—No gracias señora, ya voy atrasado—contestó Urbina mirando su reloj. Eran las diez y cinco.

Capítulo 11

En camino al Fiat tuvo un breve momento de desorientación al no acordarse donde lo estacionó. La temperatura había bajado drásticamente y una gruesa neblina envolvía los pocos faroles que alumbraban la calle. Se subió las solapas de la chaqueta. Lautaro José Urbina Catrileo, se dijo, ¿qué te está pasando? Estás quebrando una de tus propias reglas: no te conviene meterte en cuestiones políticas. Si algo haz aprendido es que hay problemas que no tienen solución, y éste es el ejemplo perfecto. Pero. Siempre hay un pero. Tampoco puedo quedarme a un costado de la cancha cuando el árbitro no está cobrando las patadas y los codazos. Esto es como la Batalla de Santiago contra Italia en el mundial de futbol pero con la cancha más grande y el árbitro escondido en los camarines. Ya, ahí esta el fito. Hace harto frío. No sé para qué tengo chaquetón si lo dejo en el auto.

Por la escasa luz de la calle vio que alguien estaba dentro de su Fiat 600. Eran tres, dos adelante y uno sentado atrás. Se aprovecharon de que no lo cierro con llave, pensó Urbina. La calle estaba desierta. El que se encontraba en el asiento del conductor estaba agachado tratando de hacer partir el motor con los alambres detrás de la llave de arranque. Urbina se acercó silenciosamente y se dejó ver por el que estaba sentado en el asiento del pasajero.

—¡Chino!—exclamó el pasajero cuando vio a Urbina. El Chino vio a Urbina y soltó los cables. Se bajó del Fiat.

—¿Que te pasa, hueón chicoco?—dijo, encarando a Urbina. Era un hombre de unos treinta años con pelo negro largo y ojos trastornados. Urbina sospechó que la raíz de esos ojos inestables estaba en neoprén o algún producto químico similar.

—Es mi auto. Es el único que tengo, y lo uso para mi trabajo. Les pido como favor que lo dejen tranquilo—dijo Urbina con su habitual voz calmada. El chino sonrió, miró a sus compinches, que eran bastante más jóvenes, y se dirigió a Urbina.

—Ya no es tuyo, hueón. Te lo vamo a expropiar porque nosotro lo necesitamo pa' *nuestro trabajo*, así que anda soltando la llave. Ante que se me olvide, pasa la billetera también. Y anda sacándote ese gorrito de maricón.

Los dos socios se rieron. Urbina no se movió. No dijo nada. Su cara estaba relajada, sin expresión. El Chino empezó a caminar alrededor del auto hacia Urbina con una sonrisa enferma.

—Este maricón se cagó de susto—dijo uno de los socios, bajándose del Fiat— cáchate, quedó como estatua.— Uno de ellos tenía puesto el chaquetón de Urbina.

—Ya indio carepico, que no tengo toa la noche—dijo el Chino y cuando llegó junto a Urbina extendió el brazo derecho para revisarle la chaqueta.

Urbina esperó hasta que estaba a escasos centímetros, tomó el brazo derecho del Chino con su mano izquierda y lo tiró rápidamente hacia sí mismo, mientras daba un pequeño paso de torero al costado. Encontró la parte trasera del cuello del chino y le dio un robusto golpe con su mano derecha. El Chino cayó aturdido.

Al recuperarse de la sorpresa uno de los socios sacó un cuchillo de su bolsillo y tomó postura de pelea. Urbina midió las distancias. El socio con el chaquetón de Urbina se sentó sonriendo en el tapabarros del auto, listo a ser testigo de la inminente y sangrienta caída del pobre inocente. El socio del cuchillo se había agazapado, tenía las rodillas dobladas y hacía saltar el cuchillo de una mano a otra para esconder de donde vendría el primer ataque. Éste tiene experiencia peleando con arma blanca, pensó Urbina. Dio un paso atrás y con el talón de su bototo derecho golpeó la cabeza del Chino para prolongar su siesta, y de paso provocar aún más al socio del cuchillo.

—¡Conshetuma...!—gritó el socio y se lanzó contra Urbina, pero encontró solo aire frío. Urbina se había tirado al suelo entrelazando entre sus piernas las pantorrillas del cuchillero. Todavía en el suelo, giró sobre sí mismo. Con el giro de su cuerpo sus piernas funcionaron como un alicate dando vuelta. *Down goes Frazier.* Al suelo cayó el del cuchillo. Impulsado por un resorte,

Urbina se arrodilló como si fuera a orar y plantó un feroz rodillazo en el antebrazo de la mano que sostenía el cuchillo. Para terminar le pegó un codazo en la cara al ex-cuchillero, rompiéndole el tabique nasal. Se escuchó un crujido como el de un huevo quebrándose. Una lástima, se dijo Catrileo en forma irónica.

Se paró lentamente y miró al tercer socio, que ya no sonreía. Tenía la boca abierta y ya no se apoyaba en el Fiat. Sus dos amigotes estaban en el suelo, uno inconsciente, y el otro, medio aturdido, trataba de parar la sangre que le chorreaba de la nariz.

—Lo primero que va a hacer, su inútil pendejo, es sacarse mi chaquetón—dijo Urbina lentamente. El tercer socio se lo sacó y lo dejó con delicadeza dentro del Fiat. —Ahora, le saca los zapatos a sus compinches y con cuidado los deposita en el techo de mi auto. Con cuidado, no me vaya a rayar la pintura, que por vieja que sea hay que cuidarla.— El tercer socio siguió las ordenes. —Bien, ahora haga lo mismo con los suyos.— Una vez cumplida sus instrucciones Urbina se subió al auto y echó a andar el motor.

—¡Espérese oiga!—gritó el tercer socio—¿y los zapatos?

—Voy camino al centro—dijo Urbina por la ventanilla. —Si me siguen la pista podrán ir recogiendo los zapatos a medida que se vayan cayendo—Urbina puso el Fiat en primera y partió. En el camino sonrió. Equiparar la balanza, aunque fuera en forma tan primitiva, daba cierta satisfacción, pensó. Algunos prefieren arrodillarse en la iglesia. Catrileo Catrileo, tú solo te arrodillas para honrar a tus antepasados. Y para dar las gracias por haber aprendido a boxear y a usar las artes marciales. Se fue disfrutando del sonido de los zapatos deslizándose del techo de su auto cuando pasaba por un hoyo en el camino, mientras pensaba en su cita con María Teresa la mañana siguiente y en su reunión con Quena en unos minutos. Ni siquiera se le ocurrió pensar si los zapatos estaban rayando la pintura.

Llegó al Blanco y Negro antes de las once. Miró a su alrededor y no vio a Quena. A pesar de ser viernes había poca gente, y los que quedaban ya tenían una buena cantidad de alcohol en sus venas. Ninguno le daría importancia a su reunión con Quena, así es

132

que nada llegaría a los oídos de su compadre Rosales, que se habría puesto verde de celos. Urbina encontraba curioso que su compadre no tenía celos de los clientes que gozaban de las delicias íntimas de Quena, pero apenas veía a Urbina junto a su Quenita, se molestaba. Arrimó una silla a una de las mesas desocupadas y sacó su libreta. Anotó los pormenores de su visita a la casa de los Inostroza en un código que él se había inventado. Tenía que protegerse de la posibilidad de que algún día alguien se apoderara de su libreta. Nunca se sabe.

La libreta formaba parte de su identidad como alumno del Instituto Nacional. A principios de año el profesor jefe del curso le informaba a sus alumnos qué tipo de libreta tendrían que comprar para el año escolar. Una vez que ya todos tenían su libreta el profesor escribía en la pizarra lo que debían anotar en la primera página para identificarse y de cómo, desde ese día en adelante, toda comunicación entre los padres y la institución sería por intermedio de la libreta. Cualquier falla en conducta, o falta de aplicación a las tareas, o peligro de reprobar un curso, todo se escribía en la libreta con buena letra y en forma extremadamente formal. Lautaro no era un alumno problemático, pero tampoco era perfecto, y para él lo mas importante era resguardar las ilusiones de su madre. No quería que sufriera, pero tarde o temprano sus profesores encontrarían alguna falta en su conducta como estudiante y se lo comunicarían a su madre por medio de la famosa libreta. Esto ya había sucedido un par de veces y su madre se había deshecho en lágrimas en ambas ocasiones. Lautaro tuvo que trabajar duro para convencerla de que no le fuera a pedir a ayuda a don Alberto.

Fue otro alumno el de la idea: ¿porqué no mantener dos libretas paralelas? Lo único que tendría que hacer es aprender a copiar la firma de su madre. De ahí en adelante todas las malas noticias vivirían en una libreta QUE SU MADRE NUNCA VERÍA. Brillante idea. Si no se le hubiera ocurrido dejar que de vez en cuando se colara una noticia mala a la libreta buena quizás lo hubieran pillado. Eso hacía el truco más convincente. Y así

133

continuó su educación. Aprendió que la gente sobrecargada de trabajo no le presta atención a los detalles. Que creemos lo que queremos creer, aunque que la evidencia frente a nuestros ojos nos diga lo contrario. Y que mantener una libreta de apuntes sirve para ordenar el pensamiento.

En una mesa vecina vio a dos colegas del servicio bien borrachos. Se les acercó un tipo que Urbina conocía como vendedor de drogas. Entablaron una conversación y a escondidas el vendedor les pasó dos papelillos de coca. Recién ahí se dieron cuenta que Urbina observaba la transacción. Uno de sus colegas le hizo un gesto con la cabeza como diciendo que mirai, huevón. O podía haber sido un saludo. Urbina prefirió la segunda alternativa y devolvió el saludo. La tensión del momento se esfumó. El vendedor aprovechó la distracción y desapareció. Minutos después llegó Quena al Blanco y Negro. Unos pocos asistentes levantaron la cabeza, pero curados como estaban, pronto se desinteresaron. Uno trató de pararse para acercarse a Quena, pero sus propios amigotes lo tiraron de los brazos para que se volviera a sentar. Quena se sentó en la silla frente a Urbina y extendió sus manos sobre la mesa. A pesar de haber estado trabajando, todavía se veía muy bella. Urbina entrelazó sus manos con las de Quena.

—Quenita, ¡que linda que estás! Cada vez que te veo me agradan más tus ojos y tu sonrisa. Son como un amanecer de verano en las aguas del lago Calafquén—dijo Urbina. Quena se rió libremente, y le pegó un palmazo a las manos de Urbina.

—¡Lauta! ¿Me podís decir que te está pasando que andas de tanto piropo? Si no te conociera diría que se te está pasando la mano. Y no sería problema excepto que tenemos cosas serias que conversar.

—Así es Quenita, así es. ¿Quién primero?— Urbina se puso serio.

—Yo, Lauta, porque esto me está quemando por dentro. Tu compadre Rosales me ha hablado de todo corazón y me dice que me quiere poner departamento y que deje de trabajar.

Urbina quedó estupefacto. Después de unos momentos habló.

—¿El guatón Rosales? ¿Y su familia?

—Por la familia, me dijo que ya estaba harto de la Rosa, que ya no la aguanta y que él se encargaría que al Dieguito no le falte nada.

Urbina enmudeció. Si el mismo Cardenal Silva Henríquez hubiera aparecido en el Blanco y Negro fumándose un pito, con una botella de pisco en un brazo y una bailarina en el otro, no habría quedado más sorprendido. No eran exactamente celos lo que sentía. Sus sentimientos hacia Quena eran intensos pero nunca románticos. Lo que los dos compartían era una amistad profunda, con aderezos sexuales. Y si bien ninguno se engañaba acerca de lo que los unía, Urbina sintió un pinchazo en el alma. Esto no iba a terminar bien.

—No sé que hacer, Lauta. Me persigue día y noche, me dice que no puede vivir sin mí, y ahora me viene con esto. Es la gota que rebalsa el vaso. Me dice que él se va a encargar de todo.— El tono de la conversación había cambiado. Quena estaba afligida de verdad.

—Cuéntame todo desde el principio. ¿Cuándo te propuso esto y qué te dijo exactamente?

—Anoche nos encontramos y me prometió que me iba a arrendar un departamento en el centro y que yo viviría allí, sola por un corto tiempo y que después el viviría conmigo como pareja, y que yo no tendría que trabajar más, y me podría pasar todos los días visitando a mis amigas y mirando telenovelas.

—¿Y de dónde va a sacar el billete?

—Ahí está lo más misterioso, porque hasta hace algunos días andaba siempre corto de plata. Hasta a mí me pegó el sablazo el otro día y le tuve que prestar unas luquitas. Pero ahora me dice que lo tiene todo arreglado y que ya vienen los días de frutillas con crema para los dos.

Urbina reflexionó sobre lo que le decía Quena. A primera vista, esto no tenía pies ni cabeza, pero Rosales había estado actuando en forma rara estos últimos días. ¿Estarían conectadas las dos cosas? La clave era el dinero. No hacía más de un par de días que el guatón le había pedido dinero prestado para comprarle zapatos al Dieguito. ¿Y ahora tenía fondos para arrendar un departamento en el centro? Otro misterio más.

—Y tú, ¿tú qué quieres, Quena?—preguntó Urbina.

—Que me deje tranquila pos, Lauta. Le tengo cariño a mi guatón, pero nunca pa' tanto. ¿Y qué me pasa si dejo mi oficio y él se cansa de mí? ¿qué hago? ni cagando apuesto todo a un color, Lauta. Ya he sufrido mucho en mi vida y no quiero más problemas. Más encima, ¿te imaginas la que va armar la Rosa Rosales? Capaz que me mate una vez que se entere. ¡Ay, no! simplemente, ¡no!

Urbina no podía negar que lo que decía Quena tenía mucho sentido común. Tendría que hacer algo, ¿pero qué?

—Mañana le hablo a mi compadre, a ver si lo convenzo de que cambie de opinión. Estas movidas que está haciendo mi compadre van a dejar la crema, pero no la de que se sirve con frutillas—lo último lo dijo entre dientes, dejando la duda si Quena lo escuchó. Ella ya iba en picada a la depresión.

—¡Quena! Yo le voy a hablar, no te preocupes,—dijo, tomándole las manos nuevamente. Ella levantó la cabeza como saliendo de un sueño. Miró a Urbina por un momento.

—Gracias, mi Lauta querido. Sabía que podía contar contigo.

—Yo también tengo un favor que pedirte, Quenita.

—Dime no más, Lauta.

—Tiene que ver con el gato Arancibia...

—Ay ese huevón siútico, me cae tan mal con esos aires que se da.

—Le debo un favor, y como pago me pidió que intercediera contigo.

Quena frunció las cejas mirando a Urbina.

—No te pintaba de cafishe, Lauta. Eso es lo que menos me esperaba.

—No, no es eso lo que quiere. Están organizando un asado para su jefe este domingo y quiere que tú ayudes sirviendo los tragos.

—¿Eso es todo?—preguntó, dudosa. Urbina dijo que sí con

un gesto de cabeza.

—Bueno, si eso es todo lo que quiere...no veo porqué no, ¿y cuánto pagan?—dijo Quena.

—Eso lo tienes que discutir tú con él. El gato sabe que tú eres una mujer de negocios.

Conversando sus asuntos se les pasó la hora. Ignoraron la advertencia del barman Miguelito y la deserción de los concurrentes, solo levantaron cabeza cuando se apagaron las luces y se oyó a Miguelito afuera, echándole llave a la puerta principal del local. Era el comienzo del toque de queda. Quizás habían dejado que se les pasara la hora porque eso era lo que querían. Los dos sospechaban que estos encuentros secretos irían quedando en el pasado. Esa noche, juntos en una habitación en el tercer piso del Blanco y Negro, se buscaron largamente, los dos solitarios en sus vidas paralelas.

Abrázame, mi indio guerrero. Tú que no le temes a nadie, tú eres mi conquistador. Déjame que te toque la trutruca. Dime la del lago Calafquén. Protégeme, mi indio rebelde. Hazme tuya, toda tuya.

Capítulo 12

Sábado, 16 de agosto, 1975

Urbina despertó un poco pasado las seis de la mañana. Por los vidrios sucios de la pequeña ventana se divisaba un cielo nublado, oscuro, donde trataba de asomarse el débil sol de invierno. A su lado dormía Quena, con las cubiertas de la cama subidas hasta la nariz para combatir el frío de la pieza. Se vistió en silencio, tratando de no despertarla. Sobre una mesita había una palangana con agua. Se mojó la cara para terminar de despertar y se secó con su pañuelo. Sacó su libreta, arrancó una hoja y escribió, "Me tuve que ir temprano. Gracias por tu ayuda. Arancibia se pondrá en contacto contigo en el Blanco y Negro. No te preocupes, de mi compadre me encargo yo."

Bajó las escaleras, pasó por el baño a orinar y cruzó el bar hacia una puerta en el costado. A esa hora de la mañana un cementerio tenía más vida que el Blanco y Negro. En la calle Catedral se subió a su Fiat y le echó un vistazo al asiento de atrás. Por milagro, el chaquetón todavía estaba donde lo había dejado anoche cuando llegó al Blanco y Negro. Pensó que si no fuera por el toque de queda, seguro que alguien se lo hubiera robado. Que sirva para algo el famoso toque. Trató de hacer partir el motor. Escuchó un sonido de viejo asmático. Durante la noche helada el aceite se había vuelto tan espeso que la batería apenas movía el motor de partida. Al tercer intento el motor dio un par de explosiones y agarró. Tengo que ponerle un aceite más liviano, se dijo, porque cualquier día estos fríos me dejan botado.

Manejó las pocas cuadras hasta el cuartel de Investigaciones y encontró estacionamiento en General Mackenna frente a la puerta principal. A esta hora sólo estaba presente la guardia de turno y uno que otro detective que se pasó el toque de queda tratando de ponerse al día en sus investigaciones, o alguno sin gran deseo de pasar la noche en su casa. Firmó el libro de entradas y se dirigió a la sala de archivos con toda la intención de aprender lo mas posible de Patria y Libertad. Hacía unos diez años, durante el tumultuoso gobierno del presidente Frei, el detective Daniel Miranda había empezado a recolectar los reportes oficiales de homicidios con conexiones políticas. Sus compañeros de trabajo se burlaban de él diciendo que la única vez que se calentaba era cuando moría alguien que había salido en los diarios antes que lo mataran. Pero con el correr de los años, detectives del servicio empezaron a encontrar nombres en los reportes de Miranda que también aparecían en homicidios sin obvio contenido político. Hasta ese entonces la frontera entre los escasos homicidios considerados políticos y los que no lo eran estaba bien marcada. Pero cuando nombres empezaron a repetirse en reportes de crímenes políticos y crímenes que no lo eran, sucedieron dos cosas: primero, sus colegas dejaron de burlarse de Miranda y su pasatiempo, y reconocieron que la etiqueta de homicidio político iba en ciclos de aproximadamente seis años, igualando el término del presidente del país, y lo segundo, los detectives empezaron a usar el archivo de reportes para sus propias investigaciones de homicidios comunes, porque nunca se sabe si el motivo estaba en la política.

Existía otra veta que Urbina podía minar, una fuente de información que pocos conocían. La mayoría de los detectives que investigaron los asesinatos con aspectos políticos ocurridos durante el gobierno de Allende habían sido "jubilados." Debido a su falta de interés en la política, junto su reputación de ser un detective concienzudo—sin lazos partidistas, un tanto ingenuo de como realmente funcionaban las cosas—lo había salvado de las purgas que azotaron al servicio después que los militares se tomaron el poder. Se había librado porque su interés principal era investigar el crimen común y corriente, el que llega sin bandera de partido. Cuando había que escoger entre un asesinato político o el homicidio de un trabajador en una pelea de curados, Urbina no tenía por donde perderse: pedía que le asignaran la muerte del trabajador. Sabía que tendría menos problemas porque habría menos interferencia.

Si bien esos detectives "jubilados" ya no estaban, Urbina

especuló que los reportes de crímenes políticos que investigaron todavía existían. No le costó mucho encontrarlos. En un par de cajones polvorientos al fondo de un armario apareció el tesoro: unos paquetes de por lo menos cuarenta centímetros de alto, atados con cordel de cañamo. Cortó un cordel y empezó a leer. El primer reporte que capturó su interés fue el de la muerte del general René Schneider Chereau a finales del año 1970. El grupo Patria y Libertad se había organizado formalmente algunos meses después, en el año 1971, pero Urbina decidió darle un vistazo al reporte por si acaso. El crimen había sido tristemente famoso, por ser la primera vez en Chile que un grupo político asesinaba a un general de ejército. La muerte de Schneider se debió exclusivamente a la torpeza de los inculpados. Supuestamente solo querían raptarlo con el objetivo de impedir que el marxista Salvador Allende asumiera la presidencia del país. El general Schneider, usando su posición de Comandante en Jefe, había insistido que el ejército estaba obligado a respetar la constitución del país y dejar que Allende asumiera la presidencia porque en las elecciones obtuvo más votos que los otros candidatos. Pero algunos oficiales del ejército y sus simpatizantes en la ultra derecha estaban en violento desacuerdo.

Ese 22 de octubre de 1970 el intento de rapto fracasó miserablemente. Su chofer pasó a buscar a Schneider temprano esa mañana en un Mercedes Benz de propiedad del Estado de Chile. A ocho cuadras de la casa del general, un vehículo bloqueó su camino. Schneider trató de defenderse inútilmente con una pistola que llevaba en su maletín. Murió baleado por los cinco individuos atacándolo.

En parte por el escándalo que surgió por su muerte, Allende fue confirmado como presidente. Nombres, nombres. Urbina anotó página y media de nombres, y siguió buscando. Hojeó varios reportes, hasta que llegó a uno más grueso que el resto, el del asesinato del edecán naval del presidente Allende, el capitán de navío Arturo Araya Peeters, a mediados de 1973, a escasos meses antes del golpe de estado. No tardó mucho en encontrar lo que buscaba. El reporte delineaba claramente la participación de integrantes de Patria y Libertad y de otro grupo de ultra derecha llamado Comando Rolando Matus. Anotó más nombres. Poco a poco Urbina vislumbró que esta "guerra" de la que hablaban los militares se había estado peleando por bastante tiempo.

Luego decidió seguir el consejo del gato Arancibia y leyó los reportes del tanquetazo. Veintidós civiles murieron en ese prematuro intento de golpe de estado contra el gobierno de Allende en junio de 1973, incluyendo un camarógrafo argentino que filmó su propia muerte. Temprano en la mañana de ese día de invierno, una columna de carros blindados y media docena de tanques se dirigió al palacio presidencial, abriéndose paso entre la gente que iba a sus trabajos, aplastando autos y disparando contra los que se les cruzaban en el camino. El camarógrafo y su ayudante estaban filmando a un costado de sede presidencial cuando llegaron las tropas sublevadas. Las imágenes de la deprimente película muestran a una patrulla bajándose de un camión militar y a un oficial apuntando hacia la cámara con su arma de servicio. Se escuchan unos disparos y la imagen cae al suelo. El camarógrafo murió a los pocos minutos. Su asistente se arrancó con la cámara y el negativo, que luego mandó fuera del país para que fuera revelado. Las imágenes de la trágica muerte dieron la vuelta al mundo, y sirvieron como un pre-estreno de lo que sucedería en Chile dentro de pocos meses. Para el reporte en el archivo de Investigaciones alguien se había conseguido copias de los cuadros de la película que mostraban parte de lo sucedido. Urbina examinó las imágenes como si fueran obras de arte.

Los cabecillas de Patria y Libertad estaban involucrados hasta el cuello en ese frustrado golpe de estado y cuando no les dio resultado, buscaron asilo en la embajada de Ecuador. El reporte los identificaba con abundante detalle, con nombre completo, edad, estado civil, características físicas, actividades profesionales o de trabajo, y direcciones primarias y secundarias. Y lo más importante: había algunas fotos de los nombrados.

Después de coordinar los nombres citados, decidió concentrarse en los que ya le había mencionado Arancibia. Había que empezar en algún lado, y estos aparecían al tope de la jerarquía de mando de Patria y Libertad: Juan Sebastián Timmons Nogales, Mauricio Pérez Orellana, Patricio Grey Benavides, Pedro Pablo Cruz Robinson. Solo habían transcurrido dos horas desde que Urbina llegó al cuartel y ya tenía lo suficiente para continuar investigando el homicidio de Marisol Wilson siguiendo esa avenida.

Se fue manejando con calma por las calles de Santiago, que esa mañana de sábado despertaba de a poco. Vendedores de diarios abriendo sus kioscos. Las panaderías con sus olores exquisitos. Patrullas militares volviendo a sus recintos, siendo reemplazadas en las calles por carabineros en servicio regular. En una esquina de Alameda, un grupo de jóvenes con skis esperaba el bus contratado que los llevaría a la cordillera. En las paradas de buses trabajadores de la construcción también esperaban, portando en sus bolsos alimentos para el día y ropas de trabajo. Hoy les pagarían a mediodía y esa tarde no tendrían que trabajar. Para muchos sería una tarde de fútbol o cerveza, y a veces, las dos cosas juntas. En Providencia, Urbina se detuvo en una luz roja frente a un gran edificio a medio terminar. Un grupo de trabajadores se calentaba las manos alrededor de un fuego ardiendo en un tarro petrolero cortado en dos. Abrió la ventanilla y escuchó como los trabajadores se echaban tallas entre ellos y las carcajadas que seguían. Le bajó un sentimiento complicado, un poco triste, un poco alegre. Pensó en lo mucho que quería a la gente de su país a pesar de todos los problemas que el país tenía.

Cuando estacionaba el auto frente a su casa su madre salió a recibirlo con cara de reproche.

—¡Lautaro! Nos tenías tan preocupadas. ¿Adonde andabas que no llegaste a dormir?

Por una de las ventanas de la casa vio que por lo menos Elisa no estaba tan preocupada y lo miraba con una sonrisa cómplice, como si hubiera presenciado todas las maldades que se hicieron con Quena en esa fría pieza del Blanco y Negro.

—Usted sabe muy bien, mami, que no me gusta cuando empieza a hacerme ese tipo de preguntas. Ya estoy demasiado viejo para esas cosas.

Estela sacó un pañuelo de un bolsillo de su chaleco para secar unas lágrimas inexistentes. Esta escena se había repetido varias veces y el resultado siempre era el mismo: Estela no obtendría información alguna de Lautaro, y pronto le estaría preparando un desayuno de té con leche y tostadas con mantequilla y mermelada de mora, la favorita de Lautaro.

—Es que me preocupo tanto...—el resto de su explicación fue ahogada por el ruido de un helicóptero del ejército que pasó volando bajo, a unos cincuenta metros de altura. Los dos lo miraron. Urbina puso un brazo alrededor de los hombros de su madre y caminaron hacia la puerta de la casa.

Después de una larga ducha, donde se jaboneó el cuerpo con más fuerza de lo acostumbrado tratando de borrar el aroma de Quena, se afeitó y miró por la ventana para ver como estaba el tiempo. Por fin había aclarado y tendrían un día de sol después de tantos días grises. Quizás ni necesitaría llevar su chaquetón y el día sería como de primavera temprana. Se vistió y fue a la cocina a tomar su desayuno. Mientras tomaba su té con leche observó de reojo a Elisa preparando su ropa para el lavado. La miró oliendo la camisa que Urbina había usado anoche. Al sentirse observada Elisa le dirigió una sonrisa pícara. Urbina se hizo el desentendido mientras a su memoria le llegaba el fuerte perfume que usaba Quena. El recuerdo le produjo una erección.

Salió de su casa a las nueve y media de la mañana con la dirección de María Teresa en una mano, y en la otra mano un bolso con ropa de trabajo para más tarde. Paró en una estación de servicio a llenar el estanque de gasolina, y le dio una manito de gato al Fiat con un trapo para dejarlo más presentable. Un poco antes de las diez llegó a la dirección de María Teresa. Se detuvo frente a la puerta del departamento en el cuarto piso. Oyó los acordes de una guitarra y una voz baja cantando una triste melodía "...*nos dijeron una vez cuando niños, cuando la vida se muestra entera, que el futuro, que cuando grandes...*" La voz de la mujer cantando era profunda, llena de vida y pasión, y Urbina no la sincronizaba con la imagen que tenía de María Teresa. Golpeó la puerta del departamento, rogando que fuera otra la persona que cantaba esa canción tan triste. No tenía muchas ganas de andar con una persona deprimida. Ya tenía demasiados problemas en su plato. La música cesó, escuchó pasos y se abrió la puerta.

—Muy buenos días Lautaro, no sabe lo mucho que le agradezco que me haga este favor—dijo María Teresa besándole la mejilla guitarra en mano y con la cara sonriente. Era aún mas linda de lo que él recordaba. Sintió una ráfaga de remordimiento por la noche de lujuria que había pasado con Quena.

—Ningún problema, el placer es mío—contestó Urbina.

—Pase no más, recojo mis cosas y nos vamos.

María Teresa lo guió de la mano a un sillón. Pidió permiso y se retiró a otra habitación. Sin música el departamento tenía un silencio de tumba. Al parecer no había nadie más en casa. Solo se oían los trajines de María Teresa preparándose para partir. El departamento estaba amueblado en forma sencilla, con nada más que lo necesario, con muebles de madera tosca y mantas indígenas. Urbina pensó que se veían muy bonitas colgadas en las paredes. Se preguntó porqué su madre nunca había querido usar las mantas que tenían en la casa para decorar. Las usaban, por cierto, pero de manera funcional, nunca como decoración. Estaba en medio de estas reflexiones cuando volvió María Teresa. Vestía el mismo suéter celeste del otro día, apretadito, y unos pantalones más apretados aún. Si no nos vamos luego, me van a tener que amarrar. Catrileo, Catrileo, que barbaridad...como se te caen las riendas a la menor oportunidad, se dijo con una leve sonrisa, que María Teresa, en su inocencia, interpretó como de alegría por verla.

María Teresa trabajaba en una escuela de parroquia, y gracias a donaciones privadas les daban desayuno y almuerzo a los alumnos. Después de unas horas, el Fiat estaba recargado de verduras, legumbres y frutas que llenaban unas bolsas que Urbina le compró de regalo a María Teresa para ayudarla a llevar sus compras. María Teresa se lo agradeció efusivamente, quizás de forma exagerada, con un par de abrazos y un beso en la mejilla. Urbina era un atado de complicados sentimientos románticos (que por el momento llevaban la delantera) luchando contra un deseo carnal simple y directo. Se preguntaba interiormente: ¿Porqué me atrae tanto esta mujer si ni siquiera la conozco? O más bien, ¿porqué será que me calienta tanto siendo que anoche la Quena me hizo trotar hasta la punta del San Cristóbal?

Lautaro José Urbina Catrileo estuvo muy enamorado a los dieciséis años. Y se juró solemnemente a sí mismo que nunca, pero nunca más, caería en ese hoyo sin fondo. Su nombre era Jeannette y Urbina la había conocido durante una de las tradiciones más estúpidas que tenían los alumnos del Instituto. Todos los años para el diez de agosto, el aniversario de la fundación del "primer foco de luz de la nación," los alumnos de los cursos superiores marchaban cantando hacia el Liceo N°1 de Mujeres, ubicado en calle Compañía.

Una vez dentro del recinto del liceo, Urbina observó a grupos de sus compañeros rodeando a las alumnas más atractivas, que al parecer no veían el ritual con desagrado, seguramente por la atención que recibían. En una esquina del patio principal Urbina vio a cinco malandros rodeando a una chica de largo pelo negro que los desafiaba con las manos en su cintura. El Chupón Bobadilla, el viejo rival de Urbina, era uno de los que se turnaban tratando de tocar el pelo de la niña. Ella, enojada, le daba un palmazo a cada brazo que trataba de tocarla.

Urbina se acercó lentamente y su mirada se cruzó con la de Bobadilla.

—Ya apareció el indio pegajoso—dijo Bobadilla y los otros cuatro miraron a Urbina. La chica se dio vuelta para ver a su nuevo enemigo. Urbina no se movió ni dijo nada. Sólo dirigió a Bobadilla una levantada de cejas. Bobadilla entendió la sutil advertencia.

—Ya, vámonos. Ésta no tiene brillo—y sus amigos lo siguieron a cazar a otra víctima.

Viéndolos partir, la chica las emprendió en contra de Urbina.

—No necesito su ayuda, don Quijote, para que vaya sabiendo.

Urbina no dijo nada, solo presentó una sonrisa tímida... pero terminaron conversando un rato.

Ése fue el comienzo de un largo cortejo, que evolucionó hacia un romance unilateral. Jeannette Jiménez, que era el nombre de la niña, era bellísima y vivía en un edificio de departamentos de triste aspecto cerca de la calle Vivaceta. Como no tenía teléfono, Urbina tenía que adivinar si ella estaría en casa cuando quería visitarla. Tomaba dos buses para cruzar Santiago y llegar hasta su departamento, a veces sin suerte, porque Jeannette no estaba, y después de más de una hora y media de camino se quedaba frustrado.

Cuando la encontraba, disfrutaban su tiempo juntos, escuchando canciones populares en la radio y haciendo planes para lo que harían con sus vidas en el futuro. Jeannette tendría un salón de peluquería para empezar, y después una línea de productos de belleza. Urbina inventaba algo, cualquier cosa, y daba lo mismo porque Jeannette no lo escuchaba mucho. Su persistencia fue derritiendo poco a poco la capa de indiferencia que rodeaba a Jeannette. Lautaro era atlético, de buena pinta, muy inteligente, y con él al lado Jeannette se sentía protegida y especial, porque él la trataba con guantes de seda, respetaba sus opiniones y se divertía escuchándola hablar de sus sueños y esperanzas. Lautaro se había enamorado y Jeannette, en un momento de flaqueza, hasta había permitido unos largos besos.

Para ella esta relación era sólo un pasatiempo. Quizás la relación hubiera sido distinta, una cosa más seria, si Lautaro fuera por lo menos un centímetro más alto que ella. Pero no. Lautaro Urbina Catrileo no iba a crecer más y por eso, ella no quería ser vista con él. Hasta su pasado mapuche era perdonable pero lo de ser chicoco, éso sí que no. Así es que ella siguió viendo a otros pretendientes sin que Lautaro lo supiera.

Hasta que un día de primavera, ya casi al terminar el año escolar, llegando al departamento de Jeannette en una de sus visitas, vio algo que lo partió en dos: Jeannette arriba de un Chevy Bel-Air último modelo (una verdadera rareza en ese barrio), *besando ardorosamente al conductor. Lautaro casi se desmayó. Por un segundo pensó que quizás no era ella. Se acercó al auto un poco más y miró detenidamente, rogando que no fuera ella, rogando que sus ojos lo engañaban. Se acercó un poco mas aún y vio como Jeannette le daba delicadas caricias al pelo del conductor, un burguesito de unos veinte años. Recogió una piedrita y se la tiró al parabrisas del Chevy. Los dos besucones levantaron la cabeza y lo vieron. Jeannette se tapó la cara con las manos. El muchacho empezó a bajarse del Chevy cuando palabras fuertes de Jeannette, que Lautaro no escuchó, lo pararon en seco. Mientras Jeannette se abrochaba los botones de su blusa, Lautaro dio media vuelta con lágrimas en los ojos y se fue al paradero de micros. Nunca más vio a Jeannette. Ella llamó a casa de don Alberto varias veces pero Lautaro se negó a hablarle. El resultado fue que se hicieron mas fuertes las murallas que protegían a Lautaro José Urbina Catrileo.*

Ya eran casi las dos de la tarde cuando terminaron de hacer las compras. Compartieron una pizza en una local cerca de donde vivía María Teresa. Fueron momentos agradables pero Urbina estaba inquieto. Le hubiera gustado pasar el día entero con María Teresa y olvidarse de los desafíos que lo enfrentaban, pero era imposible. Lo tenía inquieto la conexión triangulada entre el Comando Conjunto, Patria y Libertad, y la pulsera que había encontrado en Marisol Wilson. Esta tarde sería una buena ocasión de visitar a los de Patria y Libertad para hacerles preguntas, o por lo menos a los que pueda encontrar, pensó, mientras María Teresa detallaba la cantidad de recetas que estaba planeando preparar con lo comprado. Quizás los de Patria y Libertad estarían mas relajados, sin la actividad de día de semana, pensaba Urbina, atento a cualquier cambio en el tono de voz de María Teresa que exigiera su atención total.

Si bien estaba inquieto por la incógnita de Patria y Libertad, lo que mas ardía era la frágil situación de Nano. A partir del domingo el pobre sería una liebre perseguida una vez que los lobos llegaran a su casa y vieran que se les había escapado junto con su familia. Se acordó de Feinstein, su viejo compañero institutano, que

147

según le habían contado, estaba de representante legal de organismos internacionales. Decidió llamarlo para ver si tenía algún consejo para la familia de Nano.

—¿Qué pasa Lautaro, que lo veo tan afligido?—preguntó María Teresa, limpiándose las dedos con una servilleta—parece que no le gusta mucho estar conmigo.

—No, todo lo contrario, me agrada de sobremanera. Es que tengo un par de asuntos de mi trabajo que me están quitando el sueño. Y esta tarde tengo que volver a trabajar porque me estoy retrasando en mis deberes.

—Que pena. Cuando lo podríamos haber pasado tan bien juntos, yendo al cine, o al parque, que sé yo.

—Lo dejamos para otra vez. No se olvide que también me prometió empanadas.

—¿Como se me iba a olvidar? Para mí las promesas son sagradas.

María Teresa lo miró detenidamente con sus grandes ojos café claro. No usaba mucho maquillaje, pero sabía que su arma más poderosa eran sus ojos, extremadamente expresivos, y los acentuaba con hábil uso de un delineador, y seguramente también le daba un poco de ayuda a sus largas pestañas. Urbina notó que tenía unas pequeñas pecas en su nariz respingada, dándole una apariencia alegre. Ella sonrió a medias y dijo:

—¿Cuándo las quiere? ¿Lo dejamos para el próximo domingo?

Urbina dijo que sí, y llevó a María Teresa a la escuelita parroquial a descargar lo comprado. Se despidieron con un abrazo y un casto beso en la mejilla y promesas de verse el próximo domingo. Urbina se subió a su Fiat y partió en busca de un teléfono público.

La idea de llamar a Feinstein era buena, pero no había hablado con él en casi tres años. Varias veces se habían encontrado en las comidas anuales del Instituto y tuvieron buenas conversaciones, que siempre terminaban con promesas mutuas de juntarse a comer o a almorzar uno de estos días, ocasión que nunca había llegado. En esas conversaciones improvisadas Feinstein se había interesado en el proceso mental de Urbina para investigar homicidios complicados, y Urbina recordó que ése había sido uno de los motivos de su amistad: Feinstein era un tipo sólido, que hacía preguntas incisivas y prestaba atención a las respuestas. Cualidades positivas, según Urbina. Durante su trabajo y en su vida social, o la poca que tenía, siempre le llamaba la atención aquella gente que hacía preguntas pero perdía el interés cuando llegaba la respuesta. ¿Para qué preguntan entonces, si no quieren saber la respuesta? Le llevó mucho tiempo entender que el noventa por ciento de las conversaciones tiene como propósito ocupar espacios vacíos, o reforzar lo que ya se piensa de antemano. Encontrar a una persona con la amplitud de mente necesaria para escuchar con atención y analizar la respuesta a la pregunta hecha, era más raro que encontrar una laguna en el desierto de Atacama.

La última vez que Urbina se había topado con Feinstein fue durante los funerales de don Alberto. Feinstein probablemente se enteró del deceso gracias al obituario publicado en varios diarios de la capital, y de ahí hizo la conexión con su viejo compañero institutano. La noticia no apareció en primera plana sino que al interior de los periódicos, pero incluía el suficiente número de personas de alta posición elogiando a la brillante mente legal que había perdido la sociedad chilena que dejaban bien establecidas las raíces aristócratas de don Alberto. El viejo había durado noventa y dos años, bien vividos y gozados. Su esposa había muerto diez años antes y desde entonces don Alberto se quedó en su casona, con enfermeras que hacían turno cuidándolo y esquivando sus manoseos y un mozo que hacía las compras, la jardinería, y ayudaba a las enfermeras a preparar las comidas de don Alberto.

Los sentimientos de Urbina acerca de la muerte de su benefactor eran complejos. En general sus recuerdos de la vida en la gran casa eran positivos, y reconocía la generosidad que don Alberto siempre le mostró. Gracias a él había podido tener una educación mejor de la que habría tenido en el campo, donde con suerte habría llegado hasta la sexta preparatoria. Gracias a él lo habían aceptado en el Instituto Nacional. Gracias a él había podido seguir la carrera de detective. Gracias a él tenía una curiosidad honesta acerca del quehacer humano, y gracias a él sabía que existieron personajes históricos que dieron sus vidas en beneficio de la humanidad. Gracias a él entendía que el mundo no empezaba ni terminaba con Lautaro José Urbina Catrileo.

Todas esas cosas ilustraban el lado bueno de don Alberto. El problema es que sus apetitos descontrolados y sus manos largas quedaron en evidencia con el correr de los años, y Urbina por fin entendió que su madre dejó que continuaran las caricias ilegales para asegurar que él, Lautaro Urbina, siguiera disfrutando de su posición de privilegio educacional. Estela había esperado pacientemente que Lautaro se graduara de la escuela de detectives, y apenas llegó el día, renunció a su empleo en la casa de don Alberto y se dedicó a servir a Jesucristo, con quien se había encontrado en una pequeña iglesia bautista en la calle Almirante Latorre, y a trabajar como empleada doméstica para familias, pero sólo durante el día.

Y así fue como ese día en el cementerio Urbina se re-encontró con su antiguo compañero. Se dieron un abrazo. Sin lágrimas.

Llamó a Feinstein a un viejo número de teléfono que tenía. Gracias a la empleada doméstica que contestó comprobó que era el número de la casa de Feinstein, y después de esperar unos minutos, su viejo compañero llegó al teléfono. Era el Sabbath, así es que Feinstein ya le había hecho un gran favor al responder debido a que esto iba en contra de su religión. Al parecer, todavía acarreaba el sentimiento de deuda con su antiguo protector. Después de cumplidas las formalidades del caso, Urbina le contó que tenía una situación entre sus manos un tanto comprometedora, que necesitaba ayuda legal, y quizás algo más. Feinstein prefirió no recibir más explicaciones por teléfono y dijo que era preferible que se vieran cara a cara. Quedaron esa medianoche, cuando el día de observación religiosa ya habría terminado, en una casona en la avenida Ricardo

Lyon donde Feinstein mantenía una oficina.

A continuación Urbina llamó a Rosales a su departamento. Lo encontró de mal humor por haberle interrumpido la siesta de la tarde del sábado. Su mal genio creció cuando Urbina le dijo que lo necesitaba para un par de asuntos.

—¿Ahora? ¿sábado en la tarde? ¿sabe compadre? le debo muchos pero muchos favores, pero hay que ser muy caradura para despertar a un cristiano en su siesta del sábado, especialmente ahora cuando el Dieguito anda jugando abajo y la Rosa me está haciendo cariños en todas las partes buenas y parece que por fin quiere soltar la joyita.

Urbina guardó silencio. Se preguntó: ¿Qué joyita si el guatón está todo el tiempo quejándose de que la Rosa no hace nada en la cama? Y sin ir más lejos, ¿estaba durmiendo la siesta o gozando de los cariños de la Rosa?

—¿Aló? ¿Lautaro?

—Sí, aquí estoy.

Silencio. La pausa incómoda se prolongaba. Por fin Urbina escuchó un largo suspiro.

—¿Dónde y a qué hora?— preguntó Rosales.

Urbina le contestó que lo pasaría a buscar en una hora más y que se vistiera con ropa de trabajo, pero listo para la lucha libre.

Con el tránsito liviano en esa tarde de sábado no tuvo problemas en recorrer desde la plaza Egaña en Ñuñoa a la plaza Italia en veinte minutos. Por el camino disfrutó viendo a santiaguinos paseándose, gozando de esta engañosa tarde de primavera temprana. Estacionó su auto a un costado del Parque Forestal y caminó hacia la Alameda. Allí, en un edificio de esquina de tres pisos de estilo colonial, encontró lo que hasta hacía un par de años había sido la sede de Patria y Libertad. Si alguien le hubiera preguntado que esperaba encontrar, Urbina no habría sabido qué responder. Ya se había enterado que la organización paramilitar de ultra derecha se había disuelto oficialmente el 13 de Septiembre de 1973, dos días después del golpe militar. Pero igual quería ver si quedaban huellas. O como un perro sabueso, estaba oliendo los

151

rastros de los que pronto estaría persiguiendo.

Capítulo 13

Un poco pasada las cuatro de la tarde, con Rosales acompañándolo como pasajero malhumorado, llegaron a la primera dirección que tenían para Pérez Orellana, el ex Patria y Libertad, en una calle angosta cerca de la avenida Macul. La casa era ahora un centro infantil, cerrado por ser fin de semana. Urbina se detuvo en un negocio a media cuadra de distancia para preguntar si alguien sabía que pasó con los antiguos habitantes de la casa en cuestión. Nadie sabía nada. Compró un Chocolito para Rosales y volvió al auto.

—Tome compadre, para hacerle el quite al mal rato—dijo Urbina, pasándole el helado a Rosales, quien respondió con un gruñido mientras desgarraba la envoltura. Urbina tenía toda la intención de hablarle a su compadre acerca de su situación familiar porque se lo había prometido a Quena, pero el mal humor de Rosales indicaba claramente que este no era el momento adecuado. Y quizás ni siquiera el día adecuado. También pensó en poner a su compadre al día en el caso de Patricia Ríos de Valencia en caso de que Roncaglia le preguntara mas adelante, pero no lo hizo. El helado no había dado resultado, y Rosales seguía de mal humor.

En vez de dirigirse a una de las direcciones secundarias de Pérez Orellana, fueron a la Avenida Grecia, donde tenían una dirección primaria de Timmons Nogales. Llegaron a una casa de dos pisos con un bonito jardín protegido por una reja metálica de un par de metros de altura. Urbina tocó el timbre en la entrada mientras Rosales observaba las ventanas del segundo piso. Un perro Doberman se lanzó ladrando contra el portón del jardín.

Al poco tiempo se abrió la puerta de la casa y apareció un tipo enorme con pelo castaño, bigote y cara de dolor de estómago. Este es Timmons, se dijo Urbina, recordando las fotos que había visto en los reportes.

—¿A quién busca?— dijo el gigante.

—Buenas tardes—contestó amablemente Urbina, presentando su cara más amigable—queríamos conversar con...—Urbina hizo una pausa dramática para consultar su libreta—...con Juan Sebastián Timmons.

El gigante le tomó la medida a Rosales, quien con ojos entrecerrados le devolvió una mirada aburrida mientras mascaba el palito del helado. El gigante preguntó en forma ácida mirando directamente a Rosales:

—¿Quién lo busca y porqué motivo?

Sin contestar, Rosales miró a Urbina, quien explicó amigablemente:

—Sí, fijesé, nosotros somos de Investigaciones y estamos tratando de averiguar que pasó con una muchacha que no hemos podido encontrar y que tiene a su familia muy afligida. Ella se llama Marisol Wilson...

—¿Y eso que tiene que ver conmigo?—interrumpió el gigante, pero Urbina notó que había pestañeado un par de veces al escuchar el nombre de la joven.

—Ah, usted es Timmons, mucho gusto, yo soy el detective Cabrera de Investigaciones. Éste es mi compañero Raúl Soto.

Timmons guardó silencio, mordiéndose la lengua por haberse identificado de forma tan ingenua. Urbina continuó con tono convencedor:

—Como le estaba contando, la familia de esta joven está muy preocupada y nos han rogado que hagamos todo lo posible para encontrarla. Hasta tiempo libre la andamos buscando, fijesé, ahora tarde de sábado y todo y aquí nosotros trabajando.

Timmons lo pensó un par de segundos.

—Algún día que trabajen, po', el par de vagos. Hacen bonita pareja los dos: un indio y un payaso guatón—dijo. Se rió, dio media vuelta y entró a su casa dejándolos con un portazo.

Mientras caminaban hacia el auto Rosales dijo:

—Yo creo que sería mas fácil que nos pusiéramos patines pa' ir a cazar gatos. Así como vamos no llegamos a niún lado. A propósito compadre, ¿el Ronca sabe que anda en éstas?

154

—Carlos Roncaglia sabe lo que tiene que saber. Nada más, nada menos. ¿Y acaso no vio usted compadre, la reacción cuando le dije el nombre de la víctima?

—No, la verda' es que no vi nada—contestó Rosales.

—A mí me parece que ahí hay gato encerrado.

Siguieron su camino en silencio. Urbina decidió ir a la dirección primaria de Patricio Grey, en Carlos Antúnez casi al llegar a Tobalaba, pensando que la última dirección primaria le había dado frutos, si bien no respuestas, así es que porqué no intentar de nuevo. Viajaron tranquilamente por lindas calles bordeadas de árboles y al llegar a Tobalaba, Urbina estacionó el Fiat y le pidió a Rosales que lo acompañara. Pero en vez de dirigirse inmediatamente a la dirección de la casa, Urbina le dijo a Rosales que se sentaran en uno de los bancos del angosto parque que bordea el canal San Carlos, al costado de la avenida Tobalaba. De allí podrían observar la casa de dos pisos sin levantar sospecha. Eran dos hombres de mediana edad conversando de fútbol, de mujeres, o de la cantidad de dinero que perdieron en el Club Hípico. Al cabo de veinte minutos, con Rosales medio muerto de aburrido, una moto llegó en alta velocidad y se estacionó en la vereda frente a la casa de Grey. El motociclista se bajó de la moto y entró a la casa pero no lo pudieron identificar porque tenía puesto un casco, chaquetón de cuero, lentes oscuros y una bufanda que le tapaba media cara.

—¿Y ese hueón? ¿Ése es Grey?—preguntó Rosales.

—No creo. Los reportes decían que Grey no pasa del metro setenta, y ese bandido de la moto es harto más alto, casi un metro noventa diría yo.

—Como el hueón pesado que acabamos de ver ¿Cómo es que se llamaba?—preguntó Rosales.

—Timmons Nogales se llama,—dijo Urbina, y continuó— me interesa eso de la moto. El pololo de Marisol tiene una moto Yamaha. Y cerca del cadáver había huellas de neumático de moto. Hartas coincidencias.

—Vamos entonces. Veamos que pasa.

—Vamos—contestó Urbina.

Cruzaron Tobalaba y tocaron el timbre junto al portón de entrada. Esperaron un minuto, que Urbina aprovechó para darle un vistazo a la moto estacionada a unos metros. Era una Yamaha, con neumáticos para el barro. Se abrió el portón y se asomó un anciano de baja estatura, de unos setenta y cinco años, con pelo blanco y vestido en forma elegante con prendas que estuvieron de moda treinta años antes.

—Buenas tardes señores. ¿Qué se les ofrece?—dijo el anciano, estirando con sus dedos las mangas de su camisa blanca, primero la izquierda y luego la derecha.

—Buenas tardes—contestó Urbina—somos detectives de Investigaciones y estamos tratando de ubicar a una joven que desapareció hace poco. Como se puede imaginar, su familia está muy preocupada.

—Habrá estado metida en cuestiones políticas entonces. Estos jóvenes que no aprenden nunca que por fin en Chile hay autorida' y orden en este país nuestro—dijo el anciano en forma enfática pero amable.

—Noooo, de ninguna manera, esta chiquilla es de muy buena familia y no tiene nada que ver con política—dijo Urbina.

—¿De buena familia, dijo? ¿Que apellidos tiene?—preguntó el anciano, levantando las cejas.

—Ahh, fíjese, ella es de la familia Wilson, que son dueños del Brasas Grill ahí en Baquedano, cerca de aquí.

—Wilson, Wilson....hmmm...no, no los ubico. Tanto extranjero que ha llegado por estos lados—añadió en tono melancólico.

Urbina y Rosales guardaron silencio.

—En fin...—dijo el anciano—¿alguna otra cosita? mire que estoy muy ocupado—hizo como que se iba de vuelta a la casa, pero cambió de opinión—Ahora que me acuerdo... ¿no será pariente de la Josefina Wilson? Porque ella y su familia se vinieron de Viña a Santiago hace un par de años, bueno, más de un par, por ahí por el sesenta y cinco, seis. Muy buena para el bridge, la Josefa. La hija jugaba tenis creo, en el Country... pero de eso no estoy el cien por ciento.

—No sabría decirle. Pero le podríamos preguntar a Patricio, si es que se encuentra...—sugirió Urbina.

—¡Aaah! Sí, que buena idea, cómo no se me ocurrió. ¿Porqué no pasan mientras lo voy a buscar? Está en una reunión pero cómo no va a tener un minuto para darle una mano a una joven de buena familia.

El anciano los hizo pasar a un salón oscuro, con gruesas alfombras y sillones tapizados en telas de altísima calidad desgastadas por años de uso. Se sentaron a esperar. Rosales examinó los cuadros de paisajes del campo chileno colgando en las murallas, el candelabro en el centro de la habitación con la mayoría de las ampolletas quemadas, y el polvo que cubría los muebles. Parece que estamos en un museo, pensó. La luz naranja del sol poniente entraba por las ventanas, que apenas se veían detrás de unas pesadas cortinas de terciopelo color verde oliva. Un rayo de luz iluminaba un decantador de cristal fino reposando en un antiguo bar de madera. Por el color del contenido Rosales especuló que sería un vino añejo o un coñac. Resistió el deseo de pararse para oler el líquido misterioso. *Ding dang dong doong*, cantó un reloj de pie grandote, en su versión criolla del gran hit del Big Ben de Londres.

Se abrió una puerta de vidrio silenciosamente y entró un hombre de unos cuarenta años que tenía como su característica más llamativa un cráneo con pelo negro engominado a un milímetro de la piel. Pantalones grises, camisa blanca, suéter azul marino, y zapatos negros recién lustrados. Todo anunciaba claramente: yo no soy un rebelde.

—Buenas tardes—dijo cortésmente. —Soy Patricio Grey. Mi padre me dice que los puedo ayudar en una tarea de salvación.

—Un honor conocerlo, profesor Grey—dijo Urbina, consciente que estaba revelando parte de su juego.

—A ver, a ver. Primero, ¿cómo saben quién soy yo? y segundo, ¿cómo han llegado hasta acá?—dijo Grey pacientemente con tono paternalista. Rosales pensó que seguro les habla siempre así a sus alumnos. Qué suerte que nunca me dio por ir a la universidad, se dijo.

—Como le dije al señor...—trató de explicar Urbina.

—Mi padre—interrumpió Grey.

—Como le dije a su padre, estamos buscando una …

—Eso no contesta mis preguntas—interrumpió nuevamente Grey. —Identifíquense.

Urbina y Rosales mostraron sus placas de servicio en silencio. Grey las examinó cuidadosamente y las depositó en una mesita a su lado. A través del vidrio de la puerta por la cual había entrado Grey, Urbina notó una figura. No parecía ser el padre de Grey, la silueta era demasiado grande. Puede que sea el motociclista que vimos llegar, que quiere escuchar la conversación y prefiere no ser visto.

—Somos detectives de Investigaciones, y esta joven que buscamos ha desaparecido sin dejar rastro—Urbina dijo inocentemente.

Grey consideró lo que había dicho Urbina por un momento. Se tomó la mandíbula con su mano derecha, exagerando una pose de profunda concentración.

—Eso tampoco contesta mi pregunta. Lo que a mí me interesa saber es cómo se les ocurrió tratar de relacionarme a mí, *personalmente*, en este asunto.

Silencio. Rosales se acercó lentamente a la mesita y se guardó las placas de identificación. Capaz que nos tengamos que ir a la rápida, pensó.

—Se me van de inmediato si no me contestan. Les advierto que tengo muy buenas relaciones con el gobierno militar...—dijo Grey. Con mucho gusto nos vamos de inmediato, momio hinchapelotas, pensó Rosales.

—Patria y Libertad—dijo Urbina, mostrando su última carta.

—¿Cómo? ¿Patria y Libertad? Ese grupo ya no existe. Cumplió su objetivo con éxito, y por lo tanto ya no se necesita ni del grupo, ni de mis servicios, que dicho sea de paso, fueron aportados con mucha honra.

—La joven tenía en su posesión un objeto relacionado con

Patria y Libertad.

Sería erróneo decir que Grey se incomodó con lo que dijo Urbina. Los dos detectives notaron un leve fruncimiento de cejas, pero la actitud de Grey reflejaba curiosidad, más que preocupación.

—Hay algo que no entiendo—dijo Grey rascándose la barbilla—si esta joven mujer ha desaparecido, ¿cómo saben ustedes lo que tenía ella en su posesión?—una sonrisa maliciosa se insinuó en el rostro de Grey pero sus ojos seguían fríos—¿no la habrán raptado ustedes mismos?

Rosales miró a Urbina. Quería decirle: dígale, compadre. Dígale que la pobre rubia está muerta, no desaparecida. Pero Urbina ya había decidido poner todas sus cartas sobre la mesa.

—Fue asesinada. Se llamaba Marisol Wilson. Tenía dieciocho años. Déjeme que le muestre su foto por si acaso la ha visto alguna vez—Urbina dijo esto con un tono de calma exagerada, aparentando fría indiferencia y esmero profesional.

Grey no reaccionó con lo que dijo Urbina. Eso en sí ya era preocupante. Grey ni siquiera había preguntado el motivo por el cual le habían dicho que Marisol Wilson estaba desaparecida si sabían que estaba muerta. Grey tenía otra cosa en mente.

—Voy a dejar de lado por el momento lo que todavía no me contestan, para proceder a mi segunda pregunta: ¿Cuál es el objeto que encontraron?—dijo en voz baja, también en forma desinteresada.

—Lamentablemente, esa información es confidencial por el momento, debido a que su divulgación podría dificultar la investigación...

—¿Qué se han imaginado?—interrumpió gritando Grey, y ahí se destapó la olla de presión—¿Que pueden llegar a mi propia casa a hacer preguntas y sugestiones sin base alguna? ¿que acaso no saben quién soy? ¿que no saben que estoy a nombre de pila con los altos mandos de las fuerzas armadas?

—¿Quiere que le muestre la foto?—preguntó Urbina suavemente.

—¿La foto? ¿La foto?—Grey estaba tan descontrolado que

no sabía que decir. Las venas en los costados de su frente estaban hinchadas y sus ojos abiertos como platos. Por una puerta apareció Grey viejo.

—Tanto grito, Patricio, que irán a decir los vecinos—susurró Grey viejo—¿Les ofreciste un té a los señores?

Mostrando una fuerza interior extraordinaria, Patricio Grey logró reaccionar y se calmó un poco.

—Los "señores" se van yendo—dijo dirigiéndose a su padre, y luego mirando a Urbina, retomó la fría actitud que mostró en un comienzo—se me van inmediatamente, y no vuelvan más. Acompáñelos a la puerta, papá, por favor—y se retiró por la misma puerta por la cual había entrado.

Al salir de la casa ya estaba oscuro. Con la puesta del sol el frío había perdido su único enemigo y ahora sí se necesitaba chaquetón. El alumbrado de esta calle era mejor que en otros barrios de Santiago así es que se podía apreciar claramente la motocicleta estacionada a un costado del portón de entrada. Era blanca y amarilla con negro, decorada casi como los taxis de Santiago. En el estanque decía Yamaha 400. Se notaba poderosa, hasta amenazante, lista para saltar montañas y trepar murallas. Urbina se arrodilló junto al neumático trasero. Con la llave de su Fiat raspó el interior del tapabarros hasta que varios pedazos de tierra cayeron a la vereda. Rosales miró hacia el segundo piso de la casa, vio a dos siluetas en un ventanal vigilando el quehacer de Urbina yle dijo a su compadre que la cortara, que lo estaban cachando desde el segundo piso. Urbina no le contestó. Recogió los pedazos de tierra con una hoja de su libreta, los envolvió cuidadosamente y le hizo señas a Rosales para que se fueran. Rosales miró hacia el ventanal. Una de las siluetas parecía estar hablando por teléfono. Cagamos, pensó. Le dijo a Urbina que seguro que dieron la alarma por teléfono.

Los dos caminaron en silencio hacia el Fiat. Rosales estaba impresionado por la explosión de Grey y por el descaro de su compadre Urbina. Ya no podía ignorar que tenía en sus manos un serio dilema: por un lado consideraba que su deber era tratar de ayudar a Urbina, primero porque era su compadre, y segundo, por

160

todos los favores que éste le había hecho desde que se conocieron. Por otro lado, era obvio que Urbina estaba corriendo con colores propios, y que la investigación de la muerte de la rubia ahora era una cosa más personal que institucional. Si hasta su jefe Carlos Roncaglia le dijo que la cortara. Pero el compadre Urbina estaba obsesionado, yendo todavía más allá de las obsesiones que Rosales le conocía. Y ahora la cosa se complicaba porque Grey sin duda no exageró al advertirles de sus conexiones con los milicos. Si esta visita llegaba a los oídos de Roncaglia, Urbina y Rosales estarían en las puertas del infierno con el Ronca empujándolos para que entraran.

Cruzaron Tobalaba hacia el parque, ahora en oscuridad total por los árboles que tapaban el alumbrado de la avenida, con todos sus bancos ocupados por parejas combatiendo el frío con maniobras íntimas. Urbina pausó en el parque, fabricando un sobre con una hoja de papel para la tierra recolectada. Rosales le preguntó qué esperaban. A los pocos minutos la respuesta se hizo evidente. El motociclista salió apresurado de la casa poniéndose el casco. De una patada hizo andar el motor de la Yamaha y partió hacia el norte por Tobalaba. Los detectives corrieron hacia el Fiat, se subieron y salieron a la siga de la veloz moto, que ahora era nada más que una luz roja distanciándose rápidamente de sus seguidores.

—¿Y eso?— preguntó Rosales.

—Si se le mete un palo a la colmena, las abejas salen zumbando—contestó Urbina.

Urbina invitó a Rosales a comer algo, en parte por agradecimiento por haberlo acompañado en su misión semi-secreta, y en parte porque todavía estaba buscando el momento adecuado para hablar del enredo de Rosales con Quena. Fueron al Top y Tip, un restorán nuevo al costado del cine El Golf, en lo que hasta hace poco era el barrio más bonito de Santiago, y ahora era solamente el más caro. Según algunos, en ese local se encontraban los mejores sandwiches de la capital, cosa que Rosales puso en duda inmediatamente. Sin embargo, no podía dejar pasar la oportunidad de hacer una buena investigación de las bases y fundamentos de esa opinión tan desventurada. Tras sentarse en una mesa con vista a la avenida Apoquindo, Urbina pidió un churrasco palta tomate sin mayo y un jugo de piña. Tras deliberar por largo tiempo, mientras lo esperaba una mesera con paciencia poco común, Rosales pidió un crudo porque se le antojaba. Pero para hacer la debida comparación con otros famosos lugares del sandwich, también pidió un lomito completo con un schop de los grandes. Mientras esperaban que llegara la orden, Urbina decidió introducir uno de los temas de la forma más inofensiva posible.

—¿Y cómo está la familia compadre? ¿Sigue contento el Dieguito con los zapatos que le compró?

—La familia de lo más bien. Y el Dieguito...uff...fascinado con sus zapatos nuevos. ¿Sabía compadre que ahora venden zapatos con estampas del Topo Gigio?

—No tenía idea.

—El cabro quería que le comprara de esas, pero yo ni-ca. Algo que le dure, eso es lo que importa, ¿nosierto?

—Me parece. Un zapato duradero y cómodo. Es lo mejor.

Los interrumpió la mesera con el jugo y la cerveza. Apenas se retiró Urbina retomó el hilo.

—¿Y la Rosa, compadre? ¿Todo bien por ese lado?

Rosales lo miró, levantó su jarra de cerveza y tomó un trago largo.

—Como le decía, compadre...la familia de lo más bien. ¿Por...?—Urbina creyó ver un asomo de sospecha en la cara de Rosales, pero ya estaba embarcado.

—Nooo, yo preguntaba no más, porque el otro día usted se estaba quejando que no... como fue que dijo... que no... ¿cuánto era...?

—Que no se mueve.

—¡Eso!

—De repente le baja la buena onda y se mueve. Y en eso estaba la Rosa cuando usted me llamó hoy día, pos compadre.

—Lo siento muchísimo, pero usted mismo vio como está el asunto. Estos del Patria y Libertad son cosa seria y no quería venir solo, por si las moscas.

Y de ahí se fue la conversación por otro rumbo. Urbina se sentía atado de manos. Si sacaba a nuevamente a relucir a la familia o preguntaba por la Quena, Rosales iba a explotar peor que Grey.

—¿Y qué edad tendría el de la moto?—preguntó Urbina, cambiando de tema.

—Difícil saber, como andaba todo tapado, pero yo le echaría la edad de Grey más o menos. Por la forma de andar, y el corpacho que se mandaba.

—¿Podría haber sido Timmons? ¿o Alfaro?—preguntó Urbina

—¿Alfaro? ¿Y ése hueón quién es?

—Ese que estaba en una de las fotos que vimos donde Martín Wilson. Uno que tenía abrazada a Marisol.

—Me acuerdo de la foto pero de ahí a identificarlo como el de la moto...buena suerte y buenas noches.

—Lo digo porque ya me ha salido mencionado un viejo un par de veces en conversaciones con gente que conocía a Marisol. Unas compañeras de colegio hasta me hablaron de un viejo que andaba a la siga de ella. Usted bien sabe compadre que para una chiquilla de diecisiete o dieciocho años, un tipo de cuarenta ya es viejo.

—Triste pero cierto.— Fueron interrumpidos por la mesera que traía en su bandeja unos sandwiches enormes. Una vez que se retiró continuaron, mientras Urbina examinaba su churrasco para ver si le habían puesto mayonesa. No. Esto era buena señal, la mesera por lo menos escuchaba los pedidos y además no se dejaba atropellar por el maestro sanguchero. Se ganó buena propina, pensó Urbina.

Hasta ese entonces Rosales sólo había mostrado un interés superficial en la investigación de Urbina, pero ahora estaba fascinado, quería hablar de lo que acababan de presenciar y saber más del progreso en las indagaciones sobre la muerte de Marisol Wilson. Su interés fue bienvenido por Urbina.

—¿Y a usted qué le parece compadre?—preguntó Urbina—

¿sabía Grey de la muerte de Marisol?

Rosales se echó atrás en su asiento, concentrándose en su respuesta, levantó su jarra de cerveza, bebió un trago largo y se acercó al oído de Urbina.

—Era súper difícil de leer lo que pensaba ese hueón. Yo diría que no, pero puede que esté equivocado—dijo, y le puso una capa de ají a su lomito, habiendo ya despachado el crudo.

—Sí, estamos de acuerdo. ¿Pero porque se puso histérico cuando lo de la pulsera? Hasta ese momento se había portado como todo un caballerito, pero de repente mostró la hilacha. Y sin tener motivo, diría yo.

—Es que parece que le tocó una llaga. Yo también lo encontré raro, porque está claro que no nos consideraba una amenaza ni mucho menos.

—D'accord.

—¿Y ahora qué, compadre?—preguntó Rosales.

—Ahora lo voy a pasar a dejar a su departamento porque tengo un par de cosas que hacer. Por lo menos averiguamos algo.

—Lo único que averiguamos fue que no hay que meterle palos a la colmena, pienso yo.— Rosales pausó para comerse el último pedazo del lomito. —Pero igual se le agradece el aperitivo.

En camino al departamento de Rosales la conversación fue mínima, concentrada principalmente en un análisis de lo recién comido.

—El lomito completo no estaba a la altura de los que se comen en otros lugares de Santiago, y mucho menos en lugares especializados de provincia. La gracia del lomito, en particular, radica no solamente en la carne, que tiene que estar bien cocinada, sino que los ingredientes, frescos por obligación, estén bien preparados, y en las proporciones exactas. Y en ese sentido este lomito, sin ser malo, no sobresalió.— Cuando se trataba de hablar de comida, el vocabulario y la dicción de Rosales mejoraban en forma pronunciada, como si tuviera haciendo crítica de cine o teatro en la televisión.

—Ahora, si el propósito del boliche es ser aventureros en

lomitolandia,—continuó—están obligados a proceder con mucho, pero mucho cuidado.— Esto le pareció extraño a Urbina porque no había visto nada fuera de lo acostumbrado en el lomito de Rosales.

—Hay lugares que toman riesgos y experimentan. Algunos, poquísimos, experimentan con éxito. Por ejemplo ¿ha probado alguna vez un lomito en pan amasado, compadre? Es poco común, pero yo lo probé una vez y lo encontré excelente, porque claro, la base, el cimiento, de un buen sánguche...es el pan—Rosales se dió una pausa. —Con el crudo les fue mejor. Uno de los más convincentes que he probado en este ultimo tiempo. ¿Y usted, cómo encontró lo suyo, compadre?

—Caro, lo encontré—dijo Urbina.

—Mmmmm... Por lo menos las porciones son abundantes— concluyó Rosales.

Capítulo 14

Después de dejar a Rosales en la puerta de su edificio Urbina se dirigió al cuartel de Investigaciones. Tenía un par de horas antes de su reunión con Feinstein para organizar sus pensamientos. Dos investigaciones de homicidio paralelas se peleaban su tiempo y atención, pero sólo una lo afectaba emocionalmente. Esto de tener una pesadilla con el rostro de Marisol Wilson apareciéndose en la mitad de la noche era problemático. En todo sus años de detective nunca le había sucedido algo así.

Sobrevolando encima tenía el lío de Nano y el taxista Inostroza, y el triste porvenir que tendría esa familia si sus perseguidores llegaban a encontrarlos. Además, justo ahora era el peor momento para enrollarse en una situación sentimental con María Teresa, aunque Urbina reconoció que ese tipo de cosas aparece sin invitación. Para colmo tenía que cambiarle de aceite al Fiat, o cualquier día se quedaría sin auto. Voy a dármelas de malabarista, se dijo, porque de alguna forma tengo que mantener todas estas bolas en el aire.

La sala de detectives estaba desierta, algo común en una noche de sábado. Su primer objetivo era comparar la tierra que recolectó de la motocicleta con la tierra de la cordillera que había guardado en un cajón de su escritorio. Por supuesto que comparar los pedazos de tierra no sería una operación científica, pero si eran iguales, o por lo menos parecían serlo, su investigación daría un paso adelante. Podría enfocar sus esfuerzos en la motocicleta, que por lo cara que aparentaba ser, tendría una cantidad limitada de usuarios. Y si las muestras eran totalmente diferentes, podría dejar esa moto en segundo plano y continuar su investigación por otras avenidas.

Se sentó en su vieja silla de escritorio, y respiró profundo. El ambiente estaba frío en la sala pero afortunadamente sin el acostumbrado humo de cigarrillos de un día de trabajo. Prendió la pequeña lámpara en su escritorio, regalo de su madre Estela, que solo alumbraba una esquina del escritorio. Urbina había sido el blanco de muchas tallas por ese motivo, por ser un tacaño de la iluminación y un mezquino con su foco de luz.

Abrió el cajón principal de su escritorio para sacar la pulsera y el sobre con tierra y no los encontró. Revisó todos los rincones del cajón y fue encontrando cosas que ni siquiera se acordaba que tenía, copias de viejos reportes, una mini linterna sin pilas, postales de viaje enviadas por su madre, un paquete a medio terminar de Cri Cri de menta, un paquete de condones, recortes de periódico de homicidios que él había resuelto o ayudado a resolver, y otras mugres y recuerdos, pero nada de la pulsera o del sobre con tierra. Abrió y cerró todos los cajones del escritorio y encontró de todo, más recuerdos y equipaje descartado, pero ni un rastro de lo que necesitaba. Buscó nuevamente en su cajón principal. Nada. También había desaparecido el dibujo que hizo de las huellas del neumático de la moto. Lo único que le quedaba eran las Polaroid, porque todavía las tenía en un bolsillo de su chaquetón. Se echó atrás en su silla y cruzó sus manos detrás de su cabeza. Cerró los ojos y pensó, ¿quién? ¿porqué?

Cabía la posibilidad de que algún sapo se metió en su escritorio sin saber lo que iba a encontrar, le gustó la pulsera y se la llevó. No. Esa posibilidad no tenía sentido. El robo de la pulsera podía ser, pero ¿quién se iba a robar un sobre con tierra? Lo más probable era que este robo estaba conectado con la muerte de Marisol Wilson.

Eso lo llevó a su segunda pregunta: ¿porqué? ahí el sobre con tierra era clave. La pulsera se la podía haber levantado cualquier rata, pero no así el sobre. Alguien estaba tratando de ponerle obstáculos a su investigación. Nuevamente: ¿quién? ¿Carlos Roncaglia? No tenía para qué. Como jefe le podía haber ordenado directamente que abandonara la investigación. Lo único que apoyaba esa tesis era que si Urbina descubría que los milicos eran los responsables, sería el comienzo de un montón de problemas, sin duda para Urbina, pero también para Roncaglia. Bien se sabía que a los milicos no les gusta nada que otros metan las narices en sus asuntos.

Siguió dándole vuelta a la situación hasta que tuvo que admitir que existían todas esas posibilidades, y varias más. Roncaglia le podía haber contado a otros de la investigación de Urbina. O Arancibia fue el que cantó, porque sabía que a los milicos les gustaría estar enterados. Los sospechosos eran muchos. Lo único que Urbina tenía claro era que la solución no iba a aparecer aquí, con él sentado en su escritorio.

Decidió ir a matar unos minutos al Blanco y Negro antes de su reunión. Entró al bar distraído por la desaparición de la pulsera. Los de siempre estaban en sus sitios de siempre. En una de las mesas centrales el contador trabajaba su botella de vino barato, atento a la llegada de un posible cliente, entre los cuales no estaba incluido Urbina. El contador había tratado a menudo de convencerlo que le permitiera poner orden a sus impuestos y finanzas, pero gentilmente Urbina había rehusado las ofertas.

—¡Don Lautaro!—dijo el contador cuando vio a Urbina— cuando quiera no más arreglamos sus asuntos financieros in tutti. Hasta le hago precio rebajao por ser un tipo encachao. Me salió verso.

—Las finanzas es en lo que menos necesito ayuda, pero gracias de todos modos—contestó Urbina sonriendo. Siempre le había caído bien el contador. Quizás fuera más bueno para la botella que para los números, pero lo que hacía, lo hacía sin malicia.

—Bueno ya sabe donde encontrarme, por si las moscas.

Urbina le dio una venia y se dirigió al bar a pedir una botella de agua mineral.

—¡Lauta!—lo interrumpió un fuerte susurro de mujer. Quena. Estaba sentada en la penumbra de una mesa de rincón. Se notaba agitada.

—Hola Quenita ¿cómo estás?—dijo Urbina, acercándose.

—Como las bolas pos Lauta, cómo voy a estar—Mientras se sentaba Urbina le pidió en voz alta a Juanito que por favor le trajera una mineral.

—¿Le hablaste a tu compadre?—preguntó Quena.

Urbina miró hacia el bar para ver si Juanito había escuchado su pedido, esquivando la pregunta de Quena. De una vieja radio de tubos detrás del bar sonaba Salvatore Adamo, *Mi Gran Noche...mi noche fue, como un trompo bailé y perdí casi un kilo...*

—¿Y? ¿Me solucionaste mi problema? Mira que en cualquier minuto aparece el guatón y me empieza a joder de nuevo —insistió Quena.

—Quena...no creo que venga porque hace un rato no más lo dejé en su departamento y me dijo que no iba a salir.

Quena lo miró molesta. Después de un momento meneó la cabeza y bajó la vista. La trivialidad de la música en la radio aumentaba lo incómodo del momento.

—No le dijiste nada ¿nosierto?—dijo Quena. Urbina se sintió atrapado. No podía mentirle a Quena, quien continuó—ya me tincaba ya que me las voy a tener que arreglar yo solita...como de costumbre en mi perra vida.

—Quena, permítame, el guatón andaba tan de mala que si le sacaba a relucir esta cuestión capaz que reventara. Y eso no le habría ayudado a nadie.

—Tu me dijiste que no me preocupara pos Lauta, que tú te ibai a encargar...

—Y tengo toda la intención de cumplir mi promesa, Quena, pero hoy no se pudo. Traté de hablar del tema un par de veces hasta que se puso sospechoso... y andaba de tan mal humor...

—¿Sospechoso?—interrumpió Quena—¿sospechoso? ¿y a mí qué me importa que se ponga sospechoso? Estoy con la mierda hasta el cogote con el famoso guatón que no me deja tranquila... ¡y vos preocupao de que se pueda poner sospechoso!

Urbina bajó la cabeza. Quena respiraba entrecortado. Estaba más que enojada, estaba hirviendo. Los dos guardaron silencio mientras el mesero le servía la mineral a Urbina.

—¿Se sirve algo usté, Quenita?—le preguntó Juanito.

Quena dijo que no con la cabeza y el mesero se retiró.

—Quena. Sigo con la intención de arreglar este embrollo,

pero a propósito, hablando de sospechas, ¿te fijaste lo celoso que se puso mi compadre anoche cuando nos encontró conversando?

—Pero claro que me fijé. Si se ha puesto medio enfermo de la cabeza desde que se le ocurrió que íbamos a ser pareja.

—Como te acabo de decir, no me dio la impresión de que iba a venir para acá esta noche, pero por si acaso, no es buena idea que nos vea juntos.

—¿Viste, Lauta? ¿viste? De eso mismo es lo que estoy hablando: ahora no puedo ni conversar con quien se me antoje. Lo encuentro el colmo. ¡Lauta! Por favor, te lo ruego: Quítame de encima a este guatón pegajoso que se ha convertido en una verdadera peste.

—Voy a hacer todo lo posible, Quena. Te lo prometo.

Quena hizo una mueca de disgusto.

—Más te vale Lauta, porque yo ya le dije a tu famoso gato que lo iba a ayudar mañana a servir tragos pa' su asado. Raíz de cicuta le voy a poner a los tragos para que les dé ataque a todos esos milicos cagones. Buenos pa' ná, si no fuera por sus tanques y sus balas...

Urbina miró a su alrededor, preocupado de que alguien la hubiera escuchado.

—Quena, Quena, Quena...con esas ideas en tu cabeza...

—No te preocupís. Acuérdate que soy puta ¿nosierto?— Quena lo miró con lágrimas amargas. —Esconder el asco que uno siente es lo que primero se aprende en mi profesión.

Al salir del Blanco y Negro Urbina sintió el frío como un bofetón en la cara. Le pareció que en la escasa hora que había estado en el bar la temperatura había bajado por lo menos cinco grados. Esta noche hiela, pensó Urbina. Caminando hacia el Fiat vio a un puñado de chicos en el umbral de un edificio de oficinas durmiendo sobre cajas de cartón aplanadas. Si bien la oscuridad del rincón los escondería de las patrullas militares que en un par de horas recorrerían las calles de Santiago, del frío no se escaparían con el par de frazadas livianas que tenían. Urbina pensó que los cartones tenían doble uso: de noche eran duro colchón y de día entretención.

Recordó haber visto como se sentaban sobre esos cartones en el pavimento detrás de un autobús recogiendo pasajeros. Se agarraban con las dos manos del parachoques trasero del bus y cuando este partía arrastrándolos, ellos se reían a gritos. Afortunadamente la congestión de vehículos en el centro de Santiago era tal que los buses rara vez pasaban de los veinte kilómetros por hora, pero aún así, Urbina encontraba arriesgada la distracción. Quizás la difícil vida de los chicos, a diario equilibrándose sobre el filo de la navaja, requería diversiones de sensaciones fuertes.

Se subió a su Fiat y echó a andar el motor. Creyó ver en su espejo retrovisor a un par de los matones del Chevy Nova que le propinaron la paliza a Rosales. Paró el motor y se bajó. Miró a su alrededor pero no reconoció a nadie. ¿Estaré viendo fantasmas? pensó. Me extraña, Catrileo, me extraña. Ni se te ocurra ponerte saltón. Se dirigió hacia arriba por Providencia hasta llegar cerca de la avenida Ricardo Lyon. ¡Ahí! Por el espejo retrovisor creyó haber visto al Chevy Nova nuevamente siguiéndolo media cuadra más atrás. Por la distancia y la oscuridad no podía estar seguro de lo que había visto. Así y todo, dos posibles apariciones en menos de una hora eran demasiada coincidencia. Y Urbina no creía mucho en las coincidencias.

Estacionó a unas tres cuadras de la dirección que le había dado Feinstein. Apagó el motor, las luces, se hundió en el asiento del Fiat, y se transformó en estatua. Dejó pasar unos diez minutos. La calle estaba tranquila, desierta. Se bajó del Fiat sin hacer ruido, cruzó la vereda y se pegó a la muralla del patio de una casa de dos pisos. Lentamente fue deslizándose con su espalda tocando la muralla y evitando los faros de luz de la calle, luego otra muralla, hasta que había recorrido unos cincuenta metros. Se detuvo y examinó su alrededor. Nadie. Nada. O se aburrieron o los perdí, pensó. Sin abandonar sus precauciones caminó hasta la dirección indicada. Al llegar vio que era una decaída casona de tres pisos, que en sus mejores días debió haber sido la residencia de una familia acomodada. Solo un par de ventanas mostraban luz. El portón metálico poseía una imponente cerradura pero estaba entreabierto.

Urbina estudió una vez más su alrededor y al no ver a nadie, empujó el portón y entró. Tanteó sus pasos unos veinte metros por un oscuro camino de baldosas y abrió la puerta principal de la casa.

—¡Lautaro Urbina Catrileo!—lo saludó Feinstein, bajando por una ancha escalera de roble. —El presente y futuro orgullo de la Araucanía, perdón, del ilustre pueblo mapuche.

—Buenas noches, Feinstein, ¿como está?—saludó Urbina. Ignoró la broma y miró hacia el lugar de donde venía Feinstein. Luego le dio un vistazo al resto de la habitación.

—No te preocupes Urbina, aquí estamos solos,—dijo Feinstein al notar su inquietud —te esperaba mirando por la ventana, para estar listo cuando llegaras...

—Y por si alguien me seguía—interrumpió Urbina.

Feinstein se encogió de hombros.

—Lo precavido no quita lo valiente. Veo que seguís usando tu famosa gorra—dijo Feinstein—ya te deben conocer como el detective de la gorra.

—Me la regalaron, me gustó, y cuando ya la otra estaba vieja me compré una igualita para no perder la fama.

—Estai como el Sherlock Holmes con su memorable gorra. Ven, sentémonos aquí en este rincón donde se puede ver de todo, incluso aquello—dijo con una sonrisa, repitiendo una de las viejas tallas de su días en el Instituto, cuando los misterios del sexo en un país mojigato ocupaban gran parte de sus cerebros. Urbina falló en su intento de devolver la sonrisa. Aún con lo miserable que fueron sus vidas de estudiantes secundarios, ese existir de inocentes parecía bastante mejor en comparación con lo que enfrentaban hoy.

—Y la verdad es que sí, parece que me andan siguiendo.

Se sentaron en un par de sillones junto a una ventana. Urbina movió la cortina unos centímetros para tener vista directa hacia el exterior. De una pieza contigua llegaba música, una ópera, que por la crujidos y saltos que se escuchaban parecía provenir de un disco fonográfico. Feinstein le preguntó si quería algo para beber. Urbina dijo que no, y preguntó cuánto tiempo tenían para conversar.

—Son las doce y cinco. A ver... yo creo que tenemos hasta

las doce y cuarenta más o menos. Eso nos deja veinte minutos para llegar a nuestras casas. Tiempo de sobra.

Urbina asintió con un gesto de cabeza. Feinstein continuó:

—¿Por que no empezamos desde el comienzo? Por teléfono me hablaste de un asunto en el cual te podía ayudar, Urbina. ¿Es por eso que te andan siguiendo?

Los dos seguían con la costumbre adquirida en el Instituto Nacional de dirigirse a sus compañeros por sus apellidos paternos, o por sus apodos. Debido a un pacto misterioso del cual nunca se habló, los nombres de pila eran rotundamente ignorados, al parecer por ser cursi, sin importar cuál fuera el nombre.

—No, no es por eso. Por lo menos eso es lo que creía hasta hoy, pero ahora se están confundiendo las cosas—contestó Urbina, respirando hondo. —El asunto en el cual me puedes dar una manito es otro. Un conocido y su familia están en serios problemas...

—¿La familia es de izquierda?—interrumpió Feinstein.

—Del resto de la familia no sé. El que está bien jodido es un chico de diecinueve años. A él lo están apretando los milicos, o los que trabajan para ellos. Pertenece, o pertenecía, a las Juventudes Comunistas, y también era miembro del sindicato en su trabajo. De su familia no sé nada, ni siquiera hasta dónde estaban metidos en la cosa. Yo los conocí hace poco, por casualidad, cuando el cuñado taxista del joven me pidió que los ayudara.

—¿Lo tienen detenido?—preguntó Feinstein.

—Se lo llevaron de su casa hace un par de días durante el toque de queda, pero no está claro quién fue el que se lo llevó. Lo torturaron en un sitio que él no pudo identificar y después lo trajeron de vuelta a su casa.

—¿Y cuál es el problema? Vale harto que lo hayan soltado. Una barbaridad lo de la tortura, pero por lo menos lo dejaron vivo. A muchos los torturan tanto que hasta ahí no más llegan. He escuchado rumores que ahora hasta reclutan a médicos pa' que les adviertan cuando se les está pasando la mano y no se les muera el torturao.

Urbina escuchó atentamente a Feinstein. Algo le llamó la atención en lo que había oído, pero cuando trató de identificarlo, el momento había pasado. Contestó la pregunta que le hizo Feinstein:

—¿Cuál es el problema? El problema es que no han terminado con él. Le dijeron que lo iban a pasar a buscar mañana domingo para que los acompañe en sus rondas de captura. Quieren que los lleve a los puntos de reunión a identificar a todos los del partido que muestren la cara, especialmente a los que eran sus jefes.

—¿Y si no lo hace?

—Le dijeron que se iban a dar el gusto con su mamá y su hermana. Y eso para empezar no más.

—O coopera, o están fritos. Están entre la espada y la pared —dijo Feinstein tristemente. Los dos quedaron en silencio. Feinstein se paró y de un armario sacó una botella de oporto. Con un gesto le ofreció un vaso a Urbina, quien respondió que no con un gesto de cabeza. Feinstein se sirvió medio vaso y volvió a sentarse.

—¿Seguís sin tomar, Urbina? Te admiro tu disciplina— Urbina se encogió de hombros.

—Les dije que se tendrían que ir todos de Chile, y que trataría de ver como podían asilarse en una embajada o consulado.

Feinstein asintió con la cabeza. Ahora le quedaba claro porqué Urbina lo había llamado.

—Tengo algunos contactos que pueden servir en un caso como este. ¿Y dónde está la familia ahora?

—Están en un sitio seguro en las afueras de Santiago. Les dije que no salieran de su escondite hasta que yo les avisara. Pero por supuesto que dentro de unas horas el taquímetro empieza a correr...

—Menos mal que el cabro no está en el MIR—dijo Feinstein.

Urbina lo miró sin entender.

—¿Que no supiste que los dirigentes del MIR le ordenaron a sus militantes: "el MIR no se asila ni se rinde"?—aclaró Feinstein. —Hueón, ¿que no te acordai de los cuatro miristas que los milicos pusieron en la tele en febrero?

—Algo me acuerdo. ¿Esos que dijeron que había que rendirse, que los milicos ya habían ganado?

—Esos mismos. Bueno, los del MIR que todavía andan sueltos los condenaron a muerte a los cuatro por traidores. O sea que los miristas no se pueden rendir, asilar, caer capturados o salir en la tele. Lo único que pueden hacer es seguir peleando contra los milicos.

—Idiotas...con razón que ya los tienen casi exterminados— dijo Urbina en voz baja, recordando lo que le había dicho el gato Arancibia. —Pero de tener huevos, los tienen.

—Como dijo el gran marino chileno antes del abordaje: *La contienda es desigual...*— Feinstein hizo una pausa. Miró a Urbina pensativo. —A veces hasta echo de menos al viejo Zapata. ¿Te acordái, Urbina, del profe Zapata de historia de Chile?

Urbina hizo una mueca de disgusto. —Cómo no me voy a acordar si ese mal nacido un día me trataba bien por ser araucano, y al siguiente día me hacía pasar vergüenza por ser mapuche. Que se lo coman las lombrices. Bien muerto y enterrado que está.

—¡Urbina! Se me había olvidado tu lado amargo—se rió Feinstein.

—Todos tenemos nuestras historias. Si no me crees, déjame que te cuente acerca de los Nazis que se arrancaron de Alemania y ahora viven en el sur de Chile. Están súper contentos con los milicos.

Feinstein pestañeó un par de veces. Urbina le dedicó una lenta mirada a su viejo compañero, sabiendo muy bien que le había dado un golpe bajo el cinturón, y que Feinstein no se lo merecía. Los dos guardaron silencio. Después de unos momentos, Feinstein dijo:

—No sé si te conté pero uno de mis clientes es el Consejo Mundial de Iglesias. Les estoy ayudando con sus asuntos legales. Junto con algunos de la iglesia católica, se han tomado la cuestión de la solidaridad con las víctimas de la represión muy a pecho.

—¿Y?

—Tienen buenas conexiones los del Consejo, hasta con gente bien arriba en las fuerzas armadas. Hay algunos milicos, unos pocos, que no les cae muy bien esto de las violaciones a los derechos humanos. No por el sufrimiento, sino por el daño que le está causando a la imagen de Chile en el extranjero. Pocos, pero los hay. — Urbina escuchaba con atención. Feinstein continuó:

—Y hay otros que ni siquiera les importa la cuestión de las violaciones, pero ven con buenos ojos que los "revoltosos" se vayan de Chile. Menos problemas para el futuro, dicen.

—Y eso, ¿de qué le sirve a esta familia?— preguntó Urbina.

—Aunque no lo creas, de repente me llegan datos anónimos de cuándo la guardia de una embajada o consulado va a estar mirando pa' otro lado.

Urbina lo miró incrédulo. Esto iba en contra de todo lo que él sabía acerca del gobierno militar. Uno de los miembros de la Junta hasta había prometido en la televisión que iban a extirpar el cáncer marxista. Dejar arrancar del país a sus enemigos sin ajustar cuentas no tenía sentido. Feinstein continuó:

—Dame unas veinticuatro horas y me llamas. Ahí te digo si he tenido suerte y entonces podemos fijar otra reunión. Este tipo de cosas prefiero discutirlas en persona.

Urbina meneó su cabeza como si esto fuera imposible.

—¿Qué? ¿No me crees?—preguntó Feinstein.

—No, no es eso, es que... me cuesta convencerme que los milicos estén ayudando a los comunachos a que se vayan del país.

—Esos militares no son muchos, es cierto, son poquísimos, y no es por generosidad ni compasión. Es por que les sirve. Así se quitan un cacho de encima. No tienen que capturarlos, vigilarlos, encerrarlos, alimentarlos, blá blá blá. Esto se aplica a los peces chicos no más, y si tu me dices que este cabro no tiene ni veinte años difícil que sea tan importante. A los que no van a dejar que se vayan son los que fueron dirigentes, los cabecillas. O los que andan con armas.

Urbina miró el vaso de oporto de Feinstein, ya casi vacío. Feinstein lo notó y dijo:

—¿Cambiaste de opinión? ¿te sirvo un traguito?

Urbina dijo que sí con la cabeza. Feinstein llenó dos vasos y le sirvió uno a Urbina, quien tomó un sorbo y se echó para atrás en el sillón. Cerró los ojos. Pasaron unos momentos, y luego Feinstein dijo:

—Tengo la impresión de que esto no es todo lo que te tiene afligido. ¿Me querís contar?

—Ufff... tengo tanto... ni siquiera sé donde empezar.

—Dijiste que tenías las cosas confundidas. Empecemos por ahí. ¿Está relacionado con una investigación que estás conduciendo?

—Sí. Una joven de familia con billete fue asesinada en las faldas de la cordillera, cerca de un recinto militar de apariencia media extraña.

—¿Se la echaron los milicos?—afirmó Feinstein.

—Eso dice mi jefe. Y ese es parte del problema. Yo no creo que fueron ellos, por varias razones. Pero ése no es el mayor problema...

—Y entonces ¿cuál es?

Urbina tomó un trago de oporto. Respiró profundo.

—La víctima se me ha aparecido en mis sueños, o en mis pesadillas, para ser más exacto. Era muy bonita y su muerte fue brutal. Alguien le sacó la cresta y eso me tiene bastante afectado.

—¿Porqué?

—Ni yo me lo explico. No lo entiendo y eso también me jode. Pero estoy convencido de que un asesino degenerado anda suelto, caminando tranquilamente por las calles de Santiago, y eso me tiene obsesionado. Tengo que encontrarlo.

—Asesinos degenerados andan sueltos por todos lados—dijo Feinstein en voz baja —la mayoría con uniforme. ¿Qué tiene de especial éste?

—Eso mismo—contestó Urbina.

Feinstein lo miró sin entender. Urbina tomó otro sorbo de oporto. Feinstein indicó con un gesto que continuara. Urbina hizo una pausa y siguió.

—Entiendo que esto es de locos pero es precisamente por eso que tengo que encontrar quién la mató: porque no es uno de uniforme, o porque yo no creo que lo sea, por lo menos.

—Me tenís tan perdido, Urbina...—Feinstein se paró a llenar

nuevamente los vasos. —No entiendo nada de lo que me estás diciendo.

—Es muy simple: tu fuiste a la Escuela de Derecho, y sabes muy bien que un crimen es un crimen sin importar quién sea la victima, o quién es el criminal. Supuestamente la justicia es ciega. ¿No es así?

—Sí, en teoría por lo menos,—dijo Feinstein,—pero del dicho al hecho hay mucho trecho.

Feinstein le llenó su vaso de oporto y le hizo un gesto con la mano para que continuara.

—No podemos hacer nada, **YO** no puedo hacer nada, absolutamente nada, acerca de las detenciones-desapariciones-intentos-de-fuga que resultan en muertes—Urbina dijo esto de corrido, rápido, como si lo tuviera memorizado. Hizo una pausa y continuó:

—Desde que los milicos están de jefes, todos en la Brigada o colaboramos con ellos o nos hacemos los lesos. O sea, ya no somos los instrumentos, fallados o no, de una justicia ciega, sino que de una justicia tuerta. ¿Entiendes?

Feinstein hizo un gesto que entendía más o menos pero lo instó a que continuara.

—El resto es simple: si solamente te queda un ojo...—dijo Urbina mirando directamente a Feinstein.

—...hay que protegerlo. Hay que cuidar el ojo bueno—dijo Feinstein, indicando con la cabeza que ahora sí entendía lo que le estaba diciendo Urbina.

—Durante toda mi vida adulta, esto es lo único que hecho: investigar homicidios. Aprendí a hacerlo bien, y me gustaría poder seguir haciéndolo. Lo único que no entiendo es porqué éste homicidio me afectó tanto.— Urbina bajó la voz,—tú sabes que siempre he odiado a los matones, a los que se aprovechan de su fuerza o de su posición...

—...o de su dinero,—interrumpió Feinstein. Tomó un trago de su oporto y miró a su viejo compañero. Urbina se encogió de hombros. Pasó un auto por avenida Lyon y los dos miraron hacia afuera. El auto y su sonido se alejaron en la noche. Feinstein se inclinó hacia Urbina y le preguntó:

—¿Te andan siguiendo porque estás investigando la muerte de esta joven?

—Es posible, pero no entiendo porqué ni para qué. Ya le dije a mi jefe y a un par de colegas, incluyendo a uno que colabora con los servicios de inteligencia de los milicos, que no creo que fueron ellos los responsables de su muerte.

—Sin ser experto en estas cosas...—comenzó Feinstein pero lo interrumpió Urbina.

—Y pa' más remate hace un par de horas descubrí que alguien se robó elementos de prueba que tenía guardado en un cajón de mi escritorio. Cuestiones que había recolectado en el lugar donde estaba el cadáver.

—Como te decía, sin ser experto en estas cosas, me parece que lo más obvio es que estás trabajando con una premisa falsa.

—¿Cómo así?

Feinstein vació su vaso, hizo una mueca de disgusto, pero no por el oporto, y dejó el vaso en una mesa al lado de su sillón.

—Si bien tu intuición te dice que no fueron los milicos los responsables, ellos están actuando como si lo hubieran sido, así es que debieras revisar tu hipótesis... —Feinstein hizo una pausa y quedó pensativo.

Urbina lo miró fijamente.

—Lo más probable es que se la echaron los milicos— Feinstein le devolvió la mirada sin timidez. Urbina sólo meneó la cabeza diciendo no.

Se pasaron los minutos que les quedaban con Urbina relatando cómo su jefe, el subprefecto Carlos Roncaglia, trató de bloquear su investigación ordenándole que investigara otro homicidio, el de un cuñado de un capitán de ejército. La única libertad que le quedaba es que todavía se le permitía trabajar solo, mientras que el resto de los detectives tenía que andar en equipo o en parejas. Feinstein le preguntó si ése homicidio también tenía complicaciones y Urbina le dijo que ni tanto, que parecía ser un caso típico de defensa propia de parte de una mujer, prima del capitán, que se cansó de las palizas que le daba su marido.

—Pero algunos detalles no están claros. Han surgido interrogantes...—los interrumpió el rugido de un camión militar pasando a alta velocidad por la avenida Lyon. Feinstein consultó su reloj.

—Las doce y treinta y nueve. Hasta aquí no más llegamos, a menos que querai que pasemos la noche juntos—sonrió Feinstein, guiñándole un ojo —yo sé que andai caliente conmigo...

—No muchas gracias, yo tiro pa' un lado no más, y por si acaso, a mí me gustan los hombres altos, de un metro ochenta pa' arriba—contestó Urbina siguiéndole la broma.

Mientras caminaban rápidamente hacia el portón acordaron que Urbina llamaría a Feinstein tipo cinco de la tarde del domingo, o sea, en unas pocas horas. Los dos corrieron hacia sus autos despidiéndose, con la urgencia del momento quitándole el protagonismo a posibles seguidores.

Capítulo 15

Exigiendo al máximo el motorcito de su Fiat Urbina llegó a su casa justo al comienzo del toque de queda. Le extrañó ver que las luces estaban apagadas porque Estela y Elisa se acostaban tarde. Seguramente se habían pasado la velada mirando Sábados Gigantes, un programa que Urbina no soportaba, tanto así que a veces fabricaba excusas para salir de su casa y no tener que tragárselo. Las dos acostumbraban terminar sus sesiones televisivas con las anodinas series norteamericanas. No les importaba que las historias parecían ser todas iguales, como si hubieran sido escritas siguiendo las instrucciones de un modelo para armar. Así se quedaban en pie hasta temprano en la madrugada, pasado el término de la programación, esperando que llegara Lautaro, preguntándose en que andaría su superhéroe, el condimento de sus vidas. Esta noche no. La casa estaba oscura. Sacó su llave y abrió la puerta. Al entrar sintió, más que vio, a las dos sentadas en en la sala de entrada donde estaba el televisor. Apagado.

—¿Qué sucede? ¿Porqué están aquí con todo oscuro?— preguntó Urbina, y prendió una débil lámpara de mesa.

Las dos lo miraron. Elisa contestó en voz baja:

—Hace un rato vinieron a preguntar por ti dos hombres muy desagradables...

—...se trataban de hacer los simpáticos, como si fueran amigos tuyos...—agregó Estela.

—...pero se notaba que no lo eran...—continuó Elisa, las dos turnándose para terminar las frases de la otra.

—Uno tenía la piel muy blanca...—dijo Estela.

—...casi como albino, diría yo—terminó Elisa.

—¿Y qué dijeron?—preguntó Urbina, pensando que ése tiene que haber sido el hijo de puta de la DINA.

—Dijeron, textual: qué bueno que por lo menos ahora sabemos donde encontrarlo...—dijo Estela.

—...y que ni se les había ocurrido que tenías familia de tan buena facha—agregó Elisa. —Te lo juro, eso nos dijeron. Nos dejaron temblando por la forma como nos miraban.

—¿Qué quieren, mijo?—preguntó Estela con cara preocupada.

—Creo que quieren dos cosas: asustarlas a ustedes dos...—dijo Urbina.

—Y lo consiguieron,—interrumpió Elisa—esos trabajan pa' los milicos, ¿cierto?

Urbina indicó que sí con la cabeza. Los tres quedaron en silencio.

—Oremos—dijo Estela, inclinando su cabeza y tomando las manos de Elisa y Lautaro.

—Bueno prima, pero en un ratito—dijo Estela retirando su mano—dijiste dos cosas, Lauta ¿Cuál es la otra cosa que quieren?

Urbina se encogió de hombros. Sin mostrar emoción, contestó:

—Me están mandando una advertencia.

—¡Uy! ¿en que lío te has metido, mijo?—preguntó Estela, alarmada.

—Haciendo mi trabajo, mami. Nada más que eso—contestó Urbina—ése es todo el lío.

—Pero si ellos están trabajando con los militares, en alguna cosa mala te habrás metido pues Lauta, y el deber de ellos es venir a advertirte.

Urbina no contestó. Elisa meneó la cabeza con una sonrisa amarga.

—Nunca deja de sorprenderme su inocencia, prima—dijo Elisa.

—De las palabras de nuestro Señor Jesucristo: ...*quiero que seáis sabios para lo bueno e inocentes para lo malo*...—contestó Estela.

—Mami: soy detective de homicidios. Para mí, las cosas malas son el pan de cada día. Eso ya debiera saberlo usted—dijo Urbina después de una pausa incómoda. —Ya, vámonos a dormir, que no sacamos nada dándole vueltas a la situación.

—Oremos a nuestro Señor Jesucristo, nuestro único salvador —los tres inclinaron sus cabezas. Estela continuó,—Señor nuestro, ayúdanos en esta hora difícil que nos tiene tan confundidos. Bendice con tu amor a estos pobres pecadores. Dale tu gracia a nuestros gobernantes para que nos guíen con tu sabiduría. Amén.— Estela no escuchó si Lautaro y su prima Elisa dijeron amén.

Urbina nunca había tenido problemas con los militares o con sus seguidores. Desde que subieron al poder Urbina decidió conservar sus municiones para cuando pudieran servir de algo. En su opinión, ese día no había llegado y quizás nunca llegaría. Lo único que queda claro, se dijo esa noche, es que por coincidencia o no, estos problemas míos empezaron con el descubrimiento del cadáver de la rubia.

Trató de recordar cuándo sintió la primera cosquilla que esa muerte no era cuestión de los militares. Cerró los ojos y se transportó a esa fría mañana en la cordillera con el viejo. Sintió el viento en su cuerpo, el aire limpio, y lo tranquilo que estaba hasta que vio el cadáver violentado. Según se decía, los milicos trataban de no dejar rastros de sus víctimas. Si se les moría alguien cuando lo estaban torturando, lo enterraban en algún lugar secreto. También había escuchado de que a algunos los tiraban al mar desde helicópteros amarrados a un pedazo de riel para que se hundieran. El objetivo? El mismo: que no haya forma de conectarlos con las muertes, y que por lo tanto, que no se les pueda acusar de asesinos. Y si no hay cadáver, piensan ellos, no hay muerte. Entonces, ¿cómo se puede explicar que el cadáver de Marisol estuviera ahí, al aire libre, y más encima, cerca de un recinto militar?

Esa fue la primera cosquilla. La identidad de la víctima, la segunda. Una niñita bien, que probablemente tenía como su mayor dilema decidir qué ropa ponerse para ir a esquiar a Farellones, y que no tenía ningún interés en cosas políticas. No podía creer que los milicos la hubieran torturado. Ni siquiera ellos eran tan burros. ¿Qué información iban a obtener que les pudiera servir? Más encima la rubia andaba con una pulsera que supuestamente provenía del

Comando Conjunto, que por muy secreto que fuera, era parte de los servicios de inteligencia.

También estaba la desaparición del cadáver, y su re-aparición en el servicio médico legal. Ahí se podía sospechar de los oscuros organismos aliados al gobierno militar, pero eso tampoco encajaba. La verdad es que esa parte del rompecabezas... no tenía explicación.

Urbina había investigado muchos crímenes sexuales. Todo indicaba que éste era uno. Especuló que el responsable era probablemente un homicida frustrado sexualmente, un pretendiente decepcionado, un amante celoso, o un psicópata sexual, algo por el estilo. A primera hora del lunes llamaría al doctor Peña para ver si en la autopsia había encontrado rastros de actividad sexual en la víctima. Prendió la lámpara en su velador y lo anotó en su libreta.

Le quedaban posibilidades que analizar pero sintió urgencia de orinar. Se levantó, y al salir de su pieza en dirección al baño escuchó los ronquidos de su madre y sonrió. Una de las tallas íntimas de la familia era el recordar como cuando niño, Lautaro se asustaba con los ronquidos de su madre. Cuando dormían en la misma pieza en la casa de don Alberto esos ronquidos los oía muy a menudo. No fue hasta que llegó a los once o doce años de edad que aprendió que era una cosa normal, y cuando se lo contó a su madre ella se largó a reír, negando terminantemente que ella roncara. De ahí en adelante Lautaro sólo tenía que cerrar los ojos y simular que estaba roncando para hacerla sonreír.

Terminó de orinar, cerró la puerta del baño y dirigiéndose a su pieza se topó con Elisa en el pasillo.

—Estoy tan asustada, Lauta, no me puedo quedar dormida— dijo Elisa en voz baja.

—No se preocupe tía, que aquí estoy yo para protegerlas a las dos.

—Sí, pero, igual... abrázame Lauta, que estoy temblando—y se le acercó a centímetros.

Un abrazo, por inocente que fuera, a esta hora y con los dos en ropa de cama, era riesgoso. A Urbina lo tentó la idea de negarse y volver a su pieza, pero eso también presentaba riesgos. Abrió sus brazos y se acercó a Elisa. Eran de la misma estatura. Sus manos sintieron los tiritones de su tía debajo de su delgada camisa de noche, temblando de miedo o de frío. Trató de ignorar la sensación que le causaron sus pesados pechos tocándolo, moviéndose al compás de la agitada respiración de Elisa, que se aferraba a él con desesperación, como un viejo marino asido al mástil de un velero que se hunde. Sintió dos bultitos en su pecho, los duros pezones de su tía conspirando para que este abrazo no terminara en forma inocente. Si no la cortamos en este mismo minuto, aquí nos condenamos, pensó. Los ronquidos de Estela cesaron. Se separaron bruscamente. Se miraron sin verse en la oscuridad y volvieron a sus habitaciones en silencio.

Ya en su cama, se tardó unos diez minutos en negociar con su erección, imaginándose principalmente la figura apretada de María Teresa, pero también aparecieron por ahí los duros pezones de su tía. Una vez satisfecho, no pensó más en lo ocurrido y volvió al minucioso análisis que conducía antes de que se levantara para ir al baño. Con sus pensamientos y emociones nuevamente bajo control recontó los pormenores del asunto con el taxista Inostroza. Esa avenida había que descartarla porque si los milicos se hubieran enterado de su reunión con la familia de Nano, un perseguido, ya lo habrían visitado, y no con espíritu cordial.

Lo único que le faltaba desmenuzar eran el encontrón con el albino de la DINA, que se despidió amenazándolo, y la visita de hace algunas horas a los jefes del Patria y Libertad. Recordó la sala de estar que parecía museo en la calle Carlos Antúnez, con las pinturas del campo chileno, el polvo en los muebles, y la cortés arrogancia del padre de Patricio Grey. Sintió la mentalidad de trampa caza ratones de Grey, y su explosión cuando no obtuvo lo que quería saber. Después, la apresurada retirada de la casa, y... *el llamado telefónico que vio Rosales.* Por ahí andaba la cosa. Su compadre hasta le había dicho que lo estaban cachando. Pero Urbina había ignorado la sensata advertencia de Rosales, aunque igual hubiera sido demasiado tarde porque ya lo habían visto examinando la moto. Y al final del episodio, el motociclista yéndose a toda velocidad por Tobalaba.

La motocicleta tenía que ser la clave. Decidió volver a la cordillera temprano en la mañana para recolectar nuevamente pedazos de tierra del lugar donde se encontró el cadáver. Puso el despertador para las siete y media de la mañana, o sea, en poco más de cuatro horas, y se durmió.

Capítulo 16

Domingo, 17 de agosto, 1975

El timbrazo del reloj lo despertó con un sobresalto. Apagó el ruido infernal y volvió a recostarse. Planificó las actividades del día. Viajar a la cordillera. Volver a visitar a Patricia Ríos de Valencia. Escribir el reporte para Roncaglia. Llamar a Feinstein para una posible reunión. Y dependiendo de como le fuera con Feinstein, abrochar el asunto de la familia de Nano. Si no se demoraba demasiado en la cordillera, tendría tiempo de sobra para terminar todos estos asuntos en forma adecuada. Pero si no se levantaba luego, nada de nada iba a suceder. Se levantó y se acercó a la ventana. Abrió la cortina y vio que el día estaba nublado nuevamente pero ahora con la calle mojada por llovizna. A media cuadra de su casa, un auto que no reconoció. No era el Chevy Nova. ¿Me estarán vigilando aquí también? se preguntó, sabiendo que la respuesta sería obvia apenas saliera en su Fiat.

Se vistió con ropa cómoda y abrigada para encarar lo que prometía ser una fría excursión a la montaña. En la cocina se preparó un té con leche y un par de huevos revueltos con tostadas del pan de ayer. Se asomó al refrigerador para ver si quedaba un poquito del pebre que preparaba su tía, a pesar de que su madre siempre le repetía que era lo último de ordinario servirse pebre en la mañana porque lo dejaba a uno con tufo a cebolla por el resto del día. Su madre estaba muy preocupada del que dirán desde que se compraron casa. Quedaba una pizca de pebre y se lo echó a sus huevos. Las dos todavía dormían. Les dejó una nota diciendo que probablemente no llegaría hasta la noche. Su madre estaría levantándose pronto para ir a la iglesia, y como siempre, fastidiaría a Elisa para que la acompañara, lo que le daba resultado una de cada cinco veces con Elisa, y una de cada ocho o diez con Urbina.

Emprendió camino hacia la cordillera poco antes de las ocho.

Al pasar junto al auto sospechoso trató de ver si había alguien adentro, pero no tuvo suerte. Las calles mojadas estaban prácticamente desiertas así es que sería fácil ver si alguien lo seguía. Continuó su camino sin detectar seguidores. Mientras manejaba pensó lo cerca que estuvo de meterse en un gran enredo en el encontrón de anoche con su tía. No podía enorgullecerse de su autocontrol porque la tentación casi se la ganó. María Teresa. Si hubiera sido ella en vez de su tía la tentación habría ganado por goleada. Momento. Había estado tan concentrado en sus problemas que ni siquiera había pensado en ella. ¿Será señal que se me está pasando la calentura? La vería el próximo fin de semana y ahí tendría su respuesta.

Cuarenta minutos más tarde subía lentamente por el pésimo camino que lo había llevado en la mañana del martes a su punto de encuentro con el viejo. Con la altura dejó atrás la llovizna y las nubes, empezó a brillar el sol y sintió que su día por fin comenzaba. Mirando las nubes que mojaban la capital se dijo, este es el comienzo de verdad, todo lo sucedido hasta ahora no cuenta. La última vez que estuvo por aquí la ciudad estaba cubierta por una frazada gris de smog. Ahora la capa de nubes bajo él se veía blanquísima, resplandeciente como una sábana recién lavada. Era como haber subido al cielo.

Le hubiera gustado encontrarse con el viejo, en parte por la simpatía que le tenía y en parte porque no se había olvidado de la amenaza del capitán, que no se apareciera nuevamente por ahí. Es posible que el viejo sepa si andan patrullando cerca. ¿Porqué eres tan porfiado, Catrileo Catrileo? se preguntó. Ya me advirtieron que ni pensara volver por estos lados, y aquí estoy.

Pensaba esconder el Fiat para que nadie lo viera estacionado. Se detuvo cerca de donde se encontró con el viejo para inspeccionar los alrededores. No había donde esconderlo. El paisaje le daba toda la ventaja a quien quisiera observar desde una ladera a la otra, exactamente lo contrario de lo que él necesitaba. Mientras estudiaba las laderas escuchó un disparo de arma de fuego y sonrió. Esa tenía que ser la escopeta del viejo. Pegó un chiflido y ahuecando sus manos alrededor de la boca lanzó un grito —¡Aquí Roni!— En la distancia escuchó unos ladridos. Luego de unos minutos apareció Roni jadeando y un par de minutos más tarde, el viejo con su escopeta.

—¿Cómo estamos?—dijo Urbina sonriendo. El viejo se tomó su tiempo en estudiarlo, sin dar señales de reconocimiento. Detuvo la vista en el auto y escudriñó el camino por el cual había llegado Urbina. Luego le dio un vistazo a las laderas cercanas, manteniendo su nariz al aire. El Roni husmeaba los bototos de Urbina. Finalmente el viejo miró a Urbina y dijo:

—¿Se arrancó pa' esto lao pa' que no lo pille la lluvia? Por que por acá no se ve a naiden pasiando— y miró abajo hacia las nubes, tratando de calcular si llegarían hasta acá. —De repente huele a cebolla por aquí,—terminó. Urbina se rió.

—Soy yo. Es que me comí unos huevos revueltos con pebre antes de venir.

—¿Del picante?— preguntó el viejo.

—Del mejor—contestó Urbina. —Ají verde, cebollines, perejil, cilantro, una pizca de ajo, limón, aceite de oliva, sal, pimienta, y harto cariño.

El intento de sonrisa del viejo reveló los pocos dientes que le quedaban y su aprecio por el condimento histórico. Roni se puso nervioso, al no estar acostumbrado a ver a su dueño sonriendo en presencia de otro ser humano.

—No hay ná como un güen pebre, digo yo—sentenció el viejo. Poniéndose serio dijo:

—Me 'straña que su familia siendo del sur no le use el merquén.

Urbina casi lo abrazó. No se le escapa una a este viejo, hasta se acuerda de que mi mami es del sur.

—Tiene toda la razón. Es que las veces que mi tía le ha puesto merquén mi mami se queja por que dice que no le apetece el gustito ahumado. La verdad es que a estas alturas del partido ella se siente más capitalina que sureña—dijo Urbina. —Oiga, ¿le puedo hacer una consulta?—preguntó.

—Diga no má—contestó el viejo.

—¿Se le ocurre un lugar donde pueda esconder el auto? Mire que quiero ir pa' arriba, donde estuvimos el otro día y no quiero que lo vean los milicos.

—Sí, poh. 'Ta clarito que lo' milico no le tomaron cariño—pensó un par de segundos. Señalando con el brazo, dijo: —Pa' llá, ahí no má, hay una quebrá. Sígame con su custión—y empezó a caminar con el Roni. Urbina corrió hacia el Fiat, lo echó a andar y partió a la siga del viejo. A unos doscientos metros el camino desapareció y arbustos empezaron a rayar la pintura del Fiat. Todavía con el viejo a la vista Urbina pensó sobre lo insólito de esta ruta. Pasaba de ser un camino de tierra a un senda para caballos y carretas llena de hoyos. Luego era un sendero repleto de piedras hasta que se desvanecía completamente, sin nunca haber mostrado la razón de su existencia ni el motivo de su final. Como tanta gente que he conocido, pensó en un momento cínico.

Después de bajar una empinada ladera siguiendo al viejo, cuando ya creía que no podría seguir porque cada vez más estaba tocando fondo en las rocas, el viejo hizo una señal con el brazo que doblara agudamente hacia la derecha, en dirección a la montaña. Ahí divisó a lo que se refería el viejo: una quebrada casi totalmente oculta, que tenía una pequeña vertiente alimentando un estero. Cuando se derritan las nieves, pensó, este va a ser un manantial. Pero no veo dónde ocultar al fito. Allí esta el viejo, parece que quiere que lo deje ahí, al lado del hilo de agua. Pero igual se va a ver, por lo blanco que es. Si fuera verde, o café, podría pasar desapercibido.

Paró el auto donde le señaló el viejo y se bajó. El viejo estaba arrodillado, rellenando su bota de agua, diluyendo más su vino avinagrado. Una vez que terminó, se paró y empezó a mojar el auto con chorros de la bota.

—Aquí. Yo lo mojo y uhté le tira tierrita encima—dijo el viejo. Urbina entendió el plan del viejo y se dedicó a embarrar su auto. El viejo le dijo que también cubriera el techo porque de vez en cuando pasaban helicópteros del ejército. En unos minutos, el Fiat tenía un camuflaje natural, gracias al cual sería difícil verlo a más de doscientos metros.

—Muy buena idea. Así no lo cacha nadie. Ahora le tengo otra pregunta—dijo Urbina. El viejo hizo un gesto con la cabeza para que continuara. —Voy pa' allá arriba, donde estuvimos el otro día y no quiero que me pillen. ¿Tiene algún consejo?

El viejo pensó y pensó y meneó la cabeza diciendo no.

—¿Los ha visto hoy? ¿Ha pasado alguna patrulla por aquí cerca?

—Nooo. Nunca que yo sepa pasan a la mima hora. A vece ni aparecen por to'o un día.

—Bien, voy y vuelvo. Nos vemos.—Urbina partió y luego de unos pasos se dió vuelta. —¿Le puedo preguntar su nombre? ¿Y también dígame donde lo puedo encontrar por si algún día paso por aquí a invitarlo a compartir un vinito chambreao?

—Reyes. Juan Manuel Reyes. Y si algún día me anda bu'cando tiene que preguntar abajo, en el boliche de la señora Anita en la esquina de Río' Montt con la La Florcita. Ahí me ubican.— Urbina le hizo un adiós con la mano y empezó a subir por el sendero.

Un par de horas más tarde Urbina estaba de vuelta al lado de su Fiat. En un bolsillo tenía un sobre con muestras de tierra de la zanja donde se descubrió el cadáver de Marisol Wilson. La caminata había sido dura pero afortunadamente sin sobresaltos. En un momento creyó escuchar el chop-chop-chop de un helicóptero pero cuando concentró los oídos el sonido desapareció. Mientras limpiaba el auto con agua del estero reflexionó sobre lo que había observado en el lugar de los hechos el martes pasado, cuando el sargento Salas lo dejó para que se fuera caminando hacia abajo. Había visto huellas de neumáticos de motocicleta cruzadas por huellas de un vehículo de cuatro ruedas, supuestamente el que se llevó el cadáver. Hoy había visto nuevas huellas de motocicleta cubriendo las huellas de ese mismo vehículo. Esto significaba que la motocicleta había vuelto después del martes, cuando él había examinado el lugar.

Sentía crecer su impaciencia. Quería pasar por su casa cuanto antes para estudiar las dos muestras de tierra. El Fiat todavía estaba bastante embarrado pero le era difícil contener su excitación. A lo mejor la llovizna abajo me lava el resto del barro, pensó. Se fue lentamente por el camino haciéndole el quite a las piedras y hoyos. Unos cinco kilómetros más abajo se encontró nuevamente en medio de las nubes, y a los pocos minutos, en medio de la llovizna.

Siguió lentamente por el camino, aumentando la velocidad una vez en el pavimento hasta que llegó a su casa. El auto sospechoso ya no estaba y la casa estaba desierta. Ojalá que el sermón del domingo tranquilice a mi mami y a mi tía, pensó. Estaban bien asustadas las pobres. De un baúl en su pieza sacó el viejo microscopio de sus días de estudiante y lo instaló en la mesa de la cocina junto a las dos muestras de tierra. Antes de abrir los sobres, escribió los datos pertinentes para no confundirlos en el futuro. Con una cuchara chica puso pizcas de tierra sobre diapositivas de cristal para el microscopio. Sólo se tardó unos minutos en confirmar que venían de un mismo lugar. Los colores, el tamaño de los granos, su grosor y la forma como se adherían unos a otros, todo indicaba lo mismo. La única diferencia que encontró fue que la muestra de la motocicleta tenía una cantidad de materia que no estaba presente en la muestra recolectada en la montaña. Esto tiene una explicación muy fácil, se dijo: la moto agarró tierra y barro en otras partes y así se mezcló con la tierra de la cordillera. Guardó el microscopio y las muestras y se dirigió en su Fiat todavía medio embarrado a su próxima tarea: visitar a Patricia Ríos ex de Valencia.

Capítulo 17

En el camino al Anexo Capuchinos se fijó que ahora tampoco lo estaban siguiendo. Creerán que como asustaron a mi familia me voy a olvidar de todo el asunto, pensó. Pero todo lo contrario, ahora me siento aún más motivado porque mi intuición no me engañó. La motocicleta, o mas bien el motociclista, es la clave, tal como lo sospeché. La comparación de las muestras de tierra no es definitiva, por supuesto. Sería un grave error concluir que sólo en esa zanja se encuentra tierra con esas características.

La cosa cambia cuando se une con las otras pistas, continuó. Primero, las huellas de neumáticos de motocicleta alrededor de la zanja. Segundo, el hecho que el motociclista partió como cohete después de nuestra visita a la casa de Grey. Y tercero, la información que me dieron las compañeras de Marisol que varios de sus amigos tenían motos y que incluso su pololo tenía una Yamaha. Por muy populares que sean las Yamaha, son hartas las coincidencias. El total de la suma era mucho más convincente que las pistas consideradas una por una.

Le habría gustado darle más vueltas a esto en su cabeza para decidir el rumbo a seguir. Lamentablemente, ya estaba cerca de la cárcel Anexo Capuchinos y ahora lo urgente era su entrevista con Patricia Ríos. Sentía curiosidad de ver cómo los días de cárcel la habían afectado. Cuando la entrevistó hace un par de días ella se comportaba casi como un robot, un zombie. ¿Mostraría ahora más emoción? Hizo un corto análisis de lo que necesitaba saber. ¿Porqué existía inconsistencia entre la versión de cómo murió Valencia y los rastros de sangre en el lugar del crimen? ¿Y quién llamó a los carabineros? Solo una vez que tuviera sus respuestas vería como balancear "la verdad de lo ocurrido" con "el reporte redondito" que quería Roncaglia.

Un poco antes del mediodía estacionó su auto a una cuadra de la cárcel. El domingo era día de visita así es que por los alrededores de la cárcel circulaban vendedores ambulantes y familias esperando entrar con bolsas de ropa limpia y regalos de comida. Era una escena curiosa, con representantes de todas las edades y clases sociales.

El oficial de gendarmería de turno, un capitán gordo de malas pulgas con una camisa luciendo varios manchones, le puso problemas cuando pidió ver a la presunta homicida.

—Es que el domingo es día de visita, no es día de trabajo para los detectives y mucho menos para asuntos de los tribunales. No lo puedo permitir, eso estaría fuera de todo reglamento.

—¿Cuál?— preguntó Urbina inocentemente.

—¿Cuál qué?

—¿Cuál es el reglamento que dice que un detective de la Brigada de Homicidios investigando un caso no puede interrogar a la acusada en día domingo?

El oficial lo miró con odio. Se paró con mucho esfuerzo y se dirigió a un estante al otro lado de la sala de guardia. Buscó entre los manuales añejos que alguien había puesto para decorar la oficina y seleccionó dos, cruzando los dedos para que éstos le dieran el apoyo que necesitaba para no quedar mal parado. Se sentó lentamente en una vieja silla en su escritorio y empezó a hojear el primer volumen página por página. Llegó a una sección que pareció interesarle y con el dedo índice recorriendo las palabras empezó a leer lentamente, con sus labios moviéndose en silencio. Urbina lo miraba con mucha paciencia, sin mostrar frustración ni enojo. Al cabo de un rato dijo:

—Se me ocurre una idea, mi capitán.— El oficial lo miró, todavía con odio, y levantó las cejas como diciendo: ¿qué idea?

—En el camino para acá me fijé que aquí cerca hay un boliche ofreciendo empanadas fresquitas para el almuerzo del domingo. Olían muy, pero muy bien. ¿Qué le parece si voy y traigo una media docena de empanadas para que por lo menos matemos el hambre mientras usted encuentra el susodicho reglamento?

El oficial lo miró con curiosidad, tentado por la oferta, calculando cuál sería su mejor respuesta. No podía rendirse en tan poco tiempo. Urbina decidió rematar ahora que estaba tan cerca del arco:

—También tenían Bilz y Papaya heladita. O si prefiere Coca o Fanta, por ahí cerca le puedo encontrar. Digo no más porque no hay pa' que sufrir innecesariamente en el cumplimiento del deber. Pero usted es el que manda. Aquí quedo a sus órdenes.

El oficial inclinó la cabeza y resumió su estudio del libro mientras trataba de decidir como acceder a la propuesta de Urbina (puchas que le vendrían bien unas empanadas a esta hora, pensaba) sin perder el control de la situación. Urbina notó que su oferta era considerada con mucha atención porque el dedo ya no se movía. Hacía rato que se había detenido en una palabra, paralizado. Después de una pausa el oficial contestó:

—Bueno, vaya y vuelva con sus empanadas y unas cuantas botellas de Fanta, pero quiero que le quede constancia de que esto no tuvo nada que ver, esteee... que no fue la razón por la cual lo permití que se reuniera con la presunta—Urbina se paró y al llegar a la puerta escuchó al oficial diciéndole, —Que sean Bilz, mejor. Tráigase unas cuatro por lo menos.

Veinte minutos más tarde Urbina llegaba con ocho empanadas y cuatro Bilz al escritorio del oficial, que ahora se comportaba como si el detective fuera uno de sus viejos amigos del barrio. Urbina separó dos de las empanadas y las puso en un bolso de papel que trajo del boliche. Con gentileza, este mismo oficial lo llevó al patio principal de la cárcel diciéndole que le avisara a uno de los gendarmes cuando estuviera listo, pero que se tomara el tiempo que quisiera, y se fue a disfrutar de sus empanadas en la sala de guardia.

Durante las horas de visita las prisioneras podían salir al patio a reunirse con sus familiares y amistades bajo la vigilancia de gendarmes armados con metralletas. Urbina observó a los grupos de familias sentados en banquetas alrededor del patio. El ambiente era casi festivo. Niños corrían de esquina a esquina en el patio. Otros comían empolvados o barquillos comprados antes de entrar al Anexo Capuchinos. En una de las banquetas en un costado estaba sentada Patricia Ríos, sola. Urbina se sorprendió por su apariencia.

Se había peinado de forma elegante, lucía maquillaje y su vestido y chaleco, aunque austeros, acentuaban su fina figura. Se veía muy atractiva, pensó Urbina. La segunda sorpresa que se llevó fue la gran sonrisa que le dirigió Patricia cuando lo vio. Urbina sabía que él no había hecho nada para merecer esa sonrisa así es que estaba curioso por descubrir la causa de ese buen ánimo.

—¿Cómo le va, doña Patricia?—preguntó Urbina, sentándose a su lado—le traje un par de empanadas recién salidas del horno.

—Muchas gracias—contestó Patricia, poniendo la bolsa de papel con empanadas a su lado.   —La verdad es que no me puedo quejar. Pa' ser cárcel nos tratan bastante bien.

—Sí, el Anexo Capuchinos tiene fama de ser la mejor de las cárceles del país. Pero igual, lo importante es que la traten en forma decente. Y a propósito, hoy día la noto de mejor ánimo.

Patricia sonrió nuevamente. Tenía unos dientes blanquísimos, y con sus facciones delicadas y sus ojos verdes causaba muy buena impresión. Juan Enrique Valencia debe haber sido un burro, pensó Urbina. O muy, pero muy borracho.

—Es que me avisaron que hoy me vienen a visitar mis dos hijos con mi mamá. Al que está haciendo el servicio le dieron permiso de salida y esta tarde me vienen a ver. Son mis dos grandes amores, los dos. No sé que sería de mi vida si no fuera por ellos.

—Me alegro. Bueno, yo vine porque me quedaron unos detalles que completar para el reporte que tengo que tener listo mañana. Así es que voy a hacerle un par de preguntas. ¿Bien?

—Pregunte no más—y sonrió alegremente.

—El viernes, después de hablar con usted, fui a su casa para finalizar los pormenores del suceso. Una cosa me llamó la atención. Usted me dijo que le había pegado a su marido en la cabeza con una sartén cuando él estaba sentado preparándose para comer. ¿Cierto?

Patricia asintió con la cabeza. Urbina se paró del banco y empezó a actuar su relato, moviéndose al compás de sus palabras.

—Bueno, su marido se encuentra aquí, sentado a la mesa, listo para comer y usted se acerca por detrás y le da con el sartén en la nuca. ¿Ya?

Patricia asintió nuevamente con la cabeza. La sonrisa se había esfumado.

—Lo que no entiendo—continuó Urbina—es porqué no pude encontrar rastros de sangre en el mantel o en la mesa. Tendría que haber caído hacia adelante, ¿cierto?—miró a Patricia, que se notaba incómoda con la dirección que seguía Urbina. —Hay una buena mancha de sangre en el suelo, a más de un metro y medio de la mesa, pero nada en la mesa misma, ¿me entiende?

Patricia miraba al suelo mientras sus manos agarraban con fuerza la orilla de la banqueta. Urbina continuó, pero ahora usando su voz más suave.

—Patricia, hay gente tratando de ayudarla pero usted tiene que decirme la verdad de lo que ocurrió. Hay demasiadas inconsistencias...

—Es que se paró justo antes de que se cayera—interrumpió Patricia, levantando la vista—por eso estaba en el suelo.

—¿Cuándo se paró? ¿Antes o después de que usted le pegara?

Patricia volvió a clavar su vista en el suelo. Gritos de niños resonaban en el patio. Un sol tímido jugaba a las escondidas con las nubes. Pasó un minuto. Urbina se sentó a su lado.

—Patricia, esto queda aquí entre nosotros. Va a tener que confiar en mí...

—Se paró justo antes de que yo le pegara.

—¿Y porqué se paró?

—No sé, poh. ¿Cómo voy a saber yo?

—¿Donde estaba usted cuando él se paró?

—Justo detrás de él.

—¿Y tenía la sartén en la mano?

Patricia guardó silencio. Urbina había interrogado a cientos de personas en sus años como detective y estaba seguro que ella mentía. También tenía confianza total que tarde o temprano sabría lo que realmente sucedió. Ella se lo diría. La única pregunta era cuánto tiempo se iba a demorar. Y el porqué de las mentiras.

—Sí. Tenía la sartén en la mano—dijo Patricia. Urbina anotó las respuestas en su libreta. Patricia seguía mirando al suelo, pero también daba vistazos al portón de entrada, seguro esperando que lleguen sus hijos, pensó Urbina. Decidió dejar el momento de la muerte de lado para indagar sobre la otra inconsistencia: la identidad de la persona que llamó a la comisaría.

—Bueno. Tengo otra pregunta. ¿Cómo se enteraron los carabineros de lo que había ocurrido?

Patricia lo miró detenidamente. ¿Se acordará que ya le pregunté esto el viernes? Aunque en realidad no tiene importancia si se acuerda o no, pensó Urbina.

—Fue mi hijo menor el que llamó cuando llegó a la casa. Todo ya había pasado, o sea, después de que ya todo se había terminado.— El énfasis que le puso Patricia a su respuesta llamó la atención de Urbina.

—Ya. Por ahí entonces va mi problema. El oficial de carabineros en la comisaría que recibió el telefonazo está cien por ciento seguro de que la llamada fue hecha por una mujer de edad. No por un hombre, adolescente o no.— Patricia estaba rígida. Nuevamente apretaba los bordes de la banqueta. Urbina creyó ver una lágrima en la mejilla agachada de Patricia. Pensó en tomar su mano para darle un apoyo emocional. No lo hizo. El proceso debía continuar su curso. Ella le diría la verdad.

—Patricia... yo no soy su enemigo—dijo Urbina, con ella deshaciéndose. Urbina estaba consciente de la ironía en lo que decía. En una investigación criminal, si bien él no era un enemigo, tampoco era un aliado. Se preguntó si las pequeñas concesiones que estaba haciendo atentaban contra la integridad de su principio, que lo más importante es siempre... proteger el ojo bueno.

—Patricia, si no me va a contestar mis preguntas, aquí me voy a quedar hasta que llegue su hijo y las mismas preguntas se las voy a hacer a él directamente.— Patricia ya no pudo contener el llanto. Se veía desesperada. Urbina se preguntó si ella actuaba, porque su angustia estaba fuera de proporción con las simples preguntas que le hizo.

—Me pegaba casi todos los días...—dijo Patricia, y sacó un pañuelo de un bolsillo de su chaleco y se sonó la nariz—ya no sabíamos que hacer.

—¿Sabíamos?—preguntó Urbina—¿usted y quién más?— Patricia lo miró como si Urbina fuera un desconocido.

—El Toño ya le había pedido hartas veces que por favor no me pegara más. Hartas veces.

—¿Toño es su hijo menor?—Patricia contestó que sí con la cabeza. Se había calmado un poco. Urbina presintió que se estaba acercando a la verdad de lo ocurrido. No quería presionarla, prefería que ella continuara su relato sin tener que forzarla. Patricia guardaba silencio. Urbina dudó un minuto pero decidió continuar.

—¿Toño ya estaba en la casa cuando su marido se sentó a la mesa?

Patricia asintió con la cabeza, llorando en silencio, controlando su angustia.

—¿Y cuando su marido le iba a pegar esa noche, él trató de defenderla?

Nuevamente Patricia indicó que sí.

—¿Me quiere contar lo que sucedió? Así no tengo que oírlo de la boca de Toño.

Patricia no dijo nada.

—Bueno, voy a adivinar lo que sucedió entonces y usted me dice dónde me equivoco—Urbina se paró nuevamente—usted sirve los platos para su marido en la cocina. Toño está cerca. ¿En la cocina?— Patricia dijo que sí con la cabeza, todavía con la mirada en el suelo. Urbina continuó—usted lleva los platos a la mesa para servirle a su marido. Su marido se enoja porque no le gusta lo que usted le sirvió.— Urbina esperó para ver si Patricia contradecía su relato. El silencio de Patricia sugería que continuara con su versión de lo ocurrido.

—Su marido se para de la mesa y le pega en la cara. Usted retrocede por el golpe—Urbina nuevamente actuaba las acciones— su marido la sigue y le pega nuevamente. Toño se acerca por detrás y le pega a Juan Enrique en la cabeza. ¿Con la sartén?—Patricia indicó que sí con la cabeza, nuevamente con sus ojos inundados de lágrimas.

—Juan Enrique cae al suelo cerca de la mesa y ahí queda. Sangrando. Usted llama a su madre para contarle lo que sucedió. Ella viene a su casa, y entre ustedes dos deciden que cambiarán el cuento para proteger a su hijo, porque usted les puede decir en el juzgado que se estaba defendiendo, y con la historia de palizas que le ha dado su marido, es probable que la manden de vuelta para su casa. ¿Cómo voy hasta ahora?

Patricia respiraba profundo con sus ojos cerrados. Se tapó la cara con sus manos.

—Yo sé que me voy a ir al infierno y estoy lista—tomó la manga del chaquetón de Urbina—¿Pero pa' qué arruinar la vida de mi hijo? Si lo único que hizo es defenderme lo mejor que pudo.

Urbina se sentó nuevamente a su lado y mantuvo silencio. Sabía que tenía un rompecabezas imposible de armar, una porquería que no veía como encajar con sus ideas de justicia, del ojo bueno, y blá blá blá. De lo único que estaba seguro es que sentía mucha compasión por Patricia. Y ninguna por la víctima, el difunto marido Juan Enrique Valencia. Y también que a Roncaglia no le iba a agradar nada descubrir que el caso era bastante más complicado de lo que se imaginaba. O quizás lo sabía y no le importaba porque lo único que quería era que el reporte saliera redondito para que no lo jodiera el capitán de ejército. Era irónico, no, trágico, que si no fuera por el famoso capitán a Roncaglia le habría importado un cuesco el destino de esta mujer y su familia.

Notó que Patricia se había puesto nerviosa. Siguió su mirada hacia la puerta de llegada y vio a los dos hijos entrando, acompañados por la madre de Patricia. No iba a hablar con ellos. Ya tenía lo que necesitaba, la verdad de lo que ocurrió. Hasta cierto punto hubiera preferido ignorar todo lo que descubrió desde que llegó a la cárcel pero ya era demasiado tarde. Patricia trataba de borrar los rastros de lágrimas en su cara cuando ya estaban a su lado sus familiares.

—¿Y usted quién es?—preguntó con impaciencia la madre

de Patricia, que se le parecía mucho si se le añadían doce kilos y unos veinte y tantos años. Sus hijos lo miraban con violencia mal disimulada, achacándole la culpa de las lágrimas de Patricia.

—Yo soy detective de Investigaciones, pero ya me iba. Patricia, no se aflija, acuérdese de lo que le dije, que hay gente tratando de ayudarla.

Ella lo miró y le tomó las manos.

—Gracias, muchas gracias. Ya sabe ya que yo estoy lista, venga lo que venga.

Durante los años que Lautaro vivió con su madre en la casa de don Alberto solo una vez tuvo un problema serio. Se acercaba su cumpleaños, iba a cumplir nueve y se había enamorado de un trompo multicolor en la vitrina de una tienda de juguetes cerca de donde vivían. Le había pedido a su madre que por favor, que lo único que quería, que sería feliz por el resto de su vida si ella le regalaba ese trompo para su cumpleaños. Estela no dijo que sí ni dijo que no al pedido de ese regalo en especial, pero por su sonrisa al escucharlo Lautaro lo dio por seguro. Pronto su vida estaría completa, una vez que tuviera su trompo multicolor.

El día de su cumpleaños no podía contener su nerviosismo. Estela le había dicho que recibiría su regalo en la noche, después de la cena. Todo ese día Lautaro planeó cuales serían los primeros trucos que aprendería a hacer con el trompo, tratando de decidir si le permitiría a alguna otra persona usarlo, y si sería mejor usarlo sobre el cemento o sobre tierra dura.

Al terminar la cena Estela le sirvió una pequeña torta que había preparado y le presentó el tan deseado regalo. La decepción fue tan inmensa que Lautaro quedó mudo. Era un bonito chaleco de lana gruesa, justo lo que Lautaro iba a necesitar en esas frías mañanas caminando al paradero de buses para ir a la escuela. Esa misma noche Lautaro, desconsolado, concibió un plan para hacerse del trompo.

Don Alberto se enteró del robo por accidente. La costumbre era que él dejaba en la mañana el dinero suficiente para hacer los gastos del día, para las compras de carne y verduras, el jardinero, el gásfiter, el afilador de cuchillos, en fin, todo lo que se necesitaba para mantener la máquina doméstica andando. En la cocina, un viejo tarro de galletas hacía las veces de banco. Ahí también dejaba dinero necesario para lo que se le antojaba comer esa noche, junto con el menú escrito en una nota. Ese día, justo una semana después del cumpleaños, sucedió que Estela y la señora no estaban en casa. Don Alberto dejó más dinero del acostumbrado porque esa noche quería una entrada de langostinos con mayonesa y de segundo plato un buen estofado de cordero. Al rato se le ocurrió que había dejado el dinero pero se le había olvidado escribir la nota, así es que se dirigió nuevamente al tarro de galletas nota en mano. El tarro estaba vacío, no quedaba ni un peso. Sabiendo que solo él y Lautaro estaban en casa el delito no fue difícil de resolver. Llamó a Lautaro a su despacho doméstico y le informó que lo sabía culpable de un serio robo, que esto era un escándalo y que él y Estela terminarían en la calle. Lautaro lloraba.

—Tienes que aprender que las acciones tienen consecuencias, pues Lautaro. Todo lo que hacemos tiene consecuencias. En este caso de robo, la suciedad del alma del ladrón sale por la piel y es contagiosa, es como la tifus o la viruela. Así es como la gente se condena al infierno, donde serán consumidos por las llamas por toda la eternidad. ¿Es eso lo que tu quieres?

Lautaro estaba desesperado, no podía ni respirar entre llanto y llanto. Don Alberto continuó con el ceño fruncido:

—Lo único, único que se me ocurre, es lavarte la piel con jabón detergente para limpiarte de todo rastro de ladrón, para que no andes contagiando a los demás. Es lo único que se me ocurre, y si quedas lo suficientemente limpio, tu serio delito quedará entre nosotros y no tendremos que contarle a tu mamá.

Así fue como Lautaro se encontró en la tina del baño grande, el que usaban don Alberto y la señora, con don Alberto refregándolo con energía, sudando intensamente.

—Hay que darse cuenta de que siempre hay consecuencias,

Lautaro. Siempre hay...consecuencias—y jadeaba.

Lautaro entendió el mensaje. Estaba clarito. Pero lo que no entendió por mucho tiempo es porqué la suciedad de su alma había escogido salir por lugares tan íntimos de su piel.

Al salir de la cárcel caminó entre dos hileras de vendedores ambulantes reflexionando sobre la situación en que se encontraba. Me voy a tener que tomar una vacación después de tanto enredo, pensó. Reconozco que en este lío, y quizás también en el de la rubia, yo me busqué estos problemas con mi obsesión de encontrarle la quinta pata al gato. Los dos casos son muy diferentes pero tienen una cosa en común: mi obsesión porfiada de llegar al fondo del asunto y descubrir lo que realmente ocurrió. Y a nadie le importa. Sólo a mí. Debo ser terco como burro. Y precisamente en ese momento vio fugazmente un rostro familiar. Se tensó, pensando que quizás era uno de los gorilas del Chevy siguiéndolo nuevamente. Examinó la fila de vendedores ambulantes. De por ahí había salido el rostro conocido. Uno de los vendedores, un hombre encorvado de maraña larga y sucia de aproximadamente su misma edad, le daba la espalda tratando de esconder su rostro. Urbina se le acercó, decidido a resolver la duda. El hombre vendía bolígrafos, libretas y cuadernos baratos, seguramente para que las familias se las llevaran a los presos.

—¿A cuánto las libretas, oiga?—preguntó Urbina. El tipo ignoró la pregunta, y siguió dándole la espalda. —¡¡Oiga!! Le están hablando—le advirtió Urbina. Ya no había forma alguna que el tipo se hiciera el desentendido. Con lentitud, se dio vuelta.

—A cuatro cincuenta el par. Cinco por mil—contestó, evadiendo la mirada de Urbina, que leía su cara como si fuera un mapa. Este es un rostro que conozco, se dijo, o conocía, muy bien. ¿Dónde?

—A usted yo lo conozco. De dónde no me acuerdo, pero de que nos conocemos, eso lo tengo claro—dijo Urbina.

El tipo meneó la cabeza diciendo no, y sus ojos se cruzaron brevemente con los de Urbina.

—¡Bobadilla!—exclamó Urbina sorprendido—...el Chupón Bobadilla...—Urbina extendió su mano derecha. Bobadilla dudó un instante y luego la estrechó.

—¿Qué me contai, Catrileo Catrileo?—y le cerró un ojo, convencido de que el solo mencionar el apellido mapuche lo ponía por encima de su viejo adversario—veo que seguís igual de pitufo.

—Aquí estamos, igual de chico y trabajando hasta los domingos—contestó Urbina, sin mostrar molestia por la provocación—Y veo que a tí también te tocó turno—siguió, apuntando a la pequeña mesa portátil donde Bobadilla mostraba su mercancía.

—¡Chhh! Qué turno ni que na'. Ni trabajando siete días me alcanza, pos Urbina Catrileo, con los tiempos como están. Tomando harta agua pa' no andar cagao de hambre. Lo único malo es que con tanta agua tengo que andar meando a cada rato y eso sí que es la maldición pa' un vendedor ambulante.

Urbina consultó su reloj. Las tres y media. Tenía tiempo para conversar con Bobadilla antes de llamar a Feinstein a las cinco.

—Vamos al boliche de las empanadas—dio Urbina con una sonrisa—yo invito. Y ahí aprovechamos de conversar de los viejos tiempos.

En treinta segundos Bobadilla ya estaba listo, con todas sus cosas empacadas en un enorme bolso que había empezado a llenar apenas escuchó *yo invito*. Caminaba rápido hacia el boliche dándole señas a Urbina que se apurara.

Capítulo 18

El polvoriento toldo a la entrada del boliche de las empanadas anunciaba su nombre: *El Último Campeón*. Sobre repisas de madera tosca dentro del local las empanadas no se veían, se adivinaban, escondidas bajo gruesas mantas de lino blanco. En una pizarra difícil de leer por la oscuridad, alguien había escrito con tiza las empanadas del día y sus precios. *ATENCIOn*, añadía la pizarra, *hoy no hay de MARISCo por veda.* Y al lado, el precio: $550 c/u, lo que dejaba la duda sobre si estaban o no a la venta.

—¿Parece que le quedaron gustando, patrón?—le preguntó sonriendo a Urbina la señora que atendía.

—Se las comieron todas y yo ni siquiera alcancé a probarlas, así que tuve que volver no más—le contestó Urbina—¿De pino, Chupón?—preguntó, mirando a Bobadilla mientras éste se acercaba al mesón. Bobadilla dijo que sí con la efervescencia de un niño en el día de su cumpleaños. Urbina pidió cuatro de pino, una Bilz y una mineral con gas.

Se sentaron a comer en una de las tres mesas que tenía el pequeño negocio. La señora les sirvió las empanadas en servilletas de papel. No había platos ni vasos. Por lo menos las empanadas eran decentes, pensó Urbina, recién hechas, con masa horneada a la perfección. Cortó el cacho de una esquina para que su empanada se enfriara. De su interior salió un vapor aromático que prometía mucho. Urbina miró detrás del mesón y vio colgando en la muralla algo que le llamó la atención. Casi escondida por las repisas de las empanadas estaba la portada del diario santiaguino El Mercurio del trece de setiembre del setenta y tres, dos días después del "pronunciamiento militar." Los titulares decían: *JUNTA MILITAR CONTROLA EL PAIS,* y un poco mas abajo, *MURIÓ ALLENDE.* Qué raro, pensó. De todas las portadas de diario escoger ésa precisamente para colgarla en la muralla. Los dueños de este boliche deben ser fieramente pro-milico, y ahí el rayó le partió la cabeza... el nombre del local... ***El Último Campeón.*** Tuvo que sonreír. Y yo pensando que eran aficionados al boxeo. Cuando levantó la vista, Bobadilla le daba los últimos mordiscos a su primera empanada y le corría el jugo por la cara. ¿Cómo andará de hambriento este pobre hombre que se la devoró sin importarle lo caliente que estaba? pensó Urbina. Guardaron silencio por unos minutos mientras Bobadilla terminaba la segunda y miraba codiciosamente a la que quedaba en la mesa, tentado, pero sin atreverse a preguntarle a Urbina si se la comería.

—'Tan muy regüenas las empanaditas, con gusto a poco no más—dijo Bobadilla tomándose su Bilz.

—Cómete la que queda, Chupón, yo ya estoy listo con la que tengo—ofreció Urbina.

—Gracias, Urbina. Siempre supe que erai un buen tipo.

Urbina se rió, recordando el abuso diario que Bobadilla le daba cuando eran estudiantes.

—A mí más bien me quedó la impresión de que me tenías una bronca del porte de un buque, Chupón. ¿Que no te acuerdas de todas las veces que me insultaste? Sin ir más lejos, hoy mismo empezaste con Catrileo Catrileo, después pitufo, después Urbina Catrileo, y ahora soy Urbina...

—Es que te tenía envidia—interrumpió Bobadilla.

Urbina lo miró asombrado. Después de unos segundos bajó la cabeza y sonrió.

—¿Por lo chico o por ser mapuche?—preguntó Urbina, levantando la vista y sonriendo con inocencia.

Bobadilla le pegó un mordisco a su tercera empanada y se tomó un largo trago de Bilz. Se limpió la boca con una servilleta y lanzó un fiero eructo.

—Por tu sangre fría. Por ser valiente. Por ser todas las cosas que yo quería ser y no era. De por ahí venía mi envidia—terminó la tercera empanada y siguió su recuento. —Me he acordado mucho de ti con el correr de los años, sobre todo cuando hago resumen de las tragedias que me han tocado. Hasta he llegado a pensar que la vida me está pasándome la cuenta por las barbaridades que hice, que me imagino incluye las veces que te insulté. Que no fueron tantas tampoco.

—Bueno, ya no importa. La verdad es que me hiciste un gran favor con tu afán de insultarme.

—¿Cómo? ¿Qué favor?—preguntó Bobadilla extrañado.

—Porque tuve que aprender desde chico, desde niño, que yo *soy* mi pasado indígena. Ése soy yo, y que eso es algo que nunca puedo cambiar. Imagínate que tú y tus seguidillas me hubieran tratado bien en el Instituto. Hubiera seguido mi camino por la vida pensando que yo era como todos ustedes cuando la verdad es otra— Urbina clavó su mirada en Bobadilla y pausó.

—¿Cuál es la verdad, entonces? O mejor dicho, ¿cuál es tú verdad?

—No es solamente mi verdad. Es un hecho objetivo: que al conocerme la gran mayoría me desprecia porque mi madre es mapuche. Eso no es solamente mi opinión, es una cosa indiscutible. Y algún día me habría dado cuenta de que me miran en menos, y quizás eso me habría destruido al no tener la coraza que me fabriqué desde joven. Gracias a ustedes.

—Ya. Entiendo. Del dolor se aprende, es lo que estai diciendo más o menos—dijo Bobadilla.

—Claro. Igual duele pero mi coraza es fuerte. Poco me hiere en estos días. Y la otra cosa que aprendí es que me las tendría que arreglar solo, solito. Eso es bueno aprenderlo temprano.

—Me contaron que estai de detective.

Urbina dijo que sí con un movimiento de cabeza. Le preguntó a Bobadilla si le gustaría servirse una empanada más. Bobadilla dijo que no, que ya no podía más, pero que si le parecía bien le aceptaría la oferta para llevársela a su cabro chico que estaba enfermo.

—¿Tienes un hijo, Chupón?—preguntó Urbina.

—Me queda uno. Tenía dos...—contestó Bobadilla y bajó la cabeza. Urbina se paró de la mesa y le pidió a la señora que atendía que le envolviera tres empanadas de pino para llevar. Volvió a sentarse a la mesa.

—¿Lo que pasó con tu hijo es una de las tragedias de las que hablabas?—susurró Urbina. Bobadilla indicó que sí con la cabeza, y estiró la mano para recibir las empanadas que le trajo la señora.

—¿Me quieres contar lo que sucedió con tu hijo?

Bobadilla se encogió de hombros.

—Es lo menos que puedo hacer en parte de pago por las empanadas—dijo. Urbina quiso corregirlo, decirle que no tenía que contarle nada, que a él no le importaba haber pagado por las empanadas, sobre todo porque venía del dinero de la bella rubia, pero se dio cuenta que Bobadilla quería contárselo, quería desahogarse. Guardó silencio.

—Es una historia larga y triste, y lo peor es que no tiene final. ¿Estai seguro que querís que te cuente? No hay ná peor que una historia sin final.

—Dale no más. Todavía tengo tiempo.

Bobadilla se echó atrás en su silla y cerró los ojos.

—De paso te podría decir que mis estudios en el Instituto de poco y ná me sirvieron. Cuando nos graduamos la mayoría de ustedes se fueron a la universidad. Yo no... apenitas saqué el diploma de la secundaria así que con qué ropa iba a postular a la universidad. A los tres días de la graduación me fui a trabajar de ayudante de establo con mi viejo en el Club Hípico. Paso a paso fui aprendiendo lo de los caballos. Los compinches de mi papá me ayudaron, me enseñaron trucos y trampitas, y ahí fui progresando hasta que de a poquito me empezó a llegar billete, suficiente como pa' casarme. Ya tenía mi mina lista, que hasta que yo la conocí era virgencita, y en una de esas quedó preñada y me casé no mas. ¿Tú nunca te casastes, Urbina?

Urbina dijo que no con la cabeza y tomó un último trago de su agua mineral.

—De ahí nació mi hijo Julián. Mi vida cambió mucho, recién había cumplido yo los diecinueve. Nos matrimoniamos, armamos casa, me iba bien con los caballos. Estaba tan contento con el chicoco que ya casi no chupaba, y me pasaba más tiempo haciendo vida familiar que afuera hueveando. Cuando llegó la hora de poner al Julián en la escuela ya lo tenía todo planeado para que apenas pudiera, fuera al Instituto. Y me costó mucho, en billete y en movidas, pero al final me resultó y entró el Julián a la quinta preparatoria. Yo sé lo que estai pensando, que si me fue tan mal en el Instituto pa' qué poner a mi hijo ahí. ¿Cierto?

—Yo si tuviera un hijo ni cagando lo pondría en el Instituto Nacional. Mis tiempos allí fueron copia ilustre de la Inquisición— dijo Urbina.

—Sí, si te creo, pero a ti lo que te jodió fue el ser mapuche, como acabai de decir. En cambio yo creo que mis malos ratos ahí fueron por decisión propia, porque yo andaba huevón de desubicado, no por los profesores, o que sé yo. Ahora, si pudiera cambiar el pasado tampoco lo hubiera matriculado en el Instituto, pero eso no me vale de nada ahora.

—¿Porqué? ¿qué pasó?

—Al principio todo bien, con los puros problemas típicos de un estudiante. Notas entre el cuatro y el cinco, pero siempre pasando sus cursos. Una vez que llegó a la secundaria, ahí fue cuando empezó el cuento. Acuérdate como estaba la pelea política aquí en Chile durante Allende—Bobadilla miró a Urbina tratando de descifrar si se iba a ofender con lo que iba a decir. —Por supuesto que todo el politiqueo también los afectó a ellos, a los estudiantes, ahí metidos en el medio de la pelea diaria en el centro de Santiago. Se tomaron el edificio, se botaron en huelga, trataron de echar al rector, qué no hicieron durante los años de la UP. Ahí en el medio andaba metido Juliancito, transmitiendo que la lucha de clases y el poder popular. Alguien me dijo que andaba con unos cabros mayores que eran del MIR, pero yo no le hice mucho caso. Hasta lo encontraba entretenido que mi hijo mayor era un rebelde, igual que yo cuando chico, pero mejor que yo porque él tenía sus principios y no andaba armando problemas por puras huevás—Bobadilla dejó de relatar su historia, cerró los ojos y respiró profundo. Urbina tomó nota que la señora detrás del mesón aparentaba no escuchar pero seguía el cuento de Bobadilla con marcado interés. Urbina escondió una mirada a su reloj. Las cuatro y media. Todavía le quedaban algunos minutos para escuchar la historia de Bobadilla, quien seguía con sus ojos cerrados. Bobadilla abrió los ojos, miró a Urbina y dijo:

—Y aquí llegamos casi al final de la historia sin final.

Urbina cruzó las manos sobre la mesa, diciendo aquí yo te escucho.

—Hace un poco menos de un año, un día miércoles, el nueve de octubre del setenta y cuatro, Julián partió a clases en la mañana y no volvió en la tarde, ni en la noche, ni al día siguiente, ni nunca más.

—¿Se lo llevaron?—preguntó Urbina. Bobadilla se encogió de hombros.

—No queda otra, ¿nosierto?—contestó Bobadilla—lo buscamos por todos lados. Hablamos con los profesores, con sus amigos en el Instituto, anduve buscando como loco más de un mes hasta que me echaron de la pega, y aquí me tenís vendiendo huevás pa' parar la olla.

—¿Y qué averiguaste cuando hablaste con sus profesores y amigos?

—Varias cosas averiguamos pos Catrileo, yo jugándomelas de detective. Lo primero que averiguamos fue que el Julián no fue el único al que agarraron. A otros tres estudiantes que estaban metidos con el MIR en el Instituto también los agarraron ese mismo día. Esos tres aparecieron un par de semanas después, pero ni señas del Julián. Lo segundo es que al parecer se lo llevaron unos hueones en un Ford Falcon en la calle San Diego, a cinco cuadras del Instituto...

—Perdona que te interrumpa, pero ¿cómo cresta averiguaron eso?

—El Julián todos los días se iba caminando por San Diego hasta la Avenida Matta, y de ahí tomaba la micro pa' la casa. Le gustaba mezclarse con la gente, ir viendo las vitrinas, cachando las minas, en fin...

—Ya, ¿y?

—Sabiendo que ese día salió a la una y media del Instituto, porque eso lo confirmé con sus compañeros y el profesor del último curso de ese día, me fui recorriendo San Diego de esquina a esquina, los dos lados de la calle, preguntándole a los vendedores ambulantes y la gente de los negocios si habían visto algo extraño ese día miércoles. Nada. Nadie me quería decir mucho. No me querían ni hablar. Hasta que llegué a la Plaza Almagro y ahí un lustrabotas me contó que había visto a tres tipos bajarse de un Falcon azul y llevarse a un estudiante a la fuerza.

—¿Y ahí qué hiciste?

—Me fui altiro a la comisaría a hacer la denuncia, pero nada. El oficial no se quería hacer problemas, dijo que no había nadie detenido en su recinto, mucho menos un estudiante, y que más encima ninguno de ellos andaba en Ford Falcon. Andaban a pata on en radiopatrulla. Punto.

—¿No te sugirió algo, de donde ir a preguntar, que sé yo?

—Nada. Cuando me iba, a la salida uno de los pacos rasos que estaban en la sala de guardia me dijo que eran los de la DINA los que andaba haciendo todas esas detenciones, pero que preguntando no iba a llegar a ningún lado. Mejor que me fuera a la iglesia a rezar. Y hasta ahí no más llegamos. Fui al Ministerio de Defensa pero no me dejaron ni entrar. Fui al Diego Portales a ver si podía encontrar a alguien que nos ayudara pero los guardias me mandaron de vuelta a la comisaría. Pa' no dejar títere con cabeza volví a la comisaría y ahora el oficial, el mismo oficial, me dijo que seguramente mi hijo se había arrancado, que no quería volver y que me fuera pa' mi casa. O que su propios compañeros extremistas lo habían matado pa' echarle la culpa a los milicos. Y nada más. Por eso no tiene final la historia, porque hasta hoy nunca supimos que se hizo del Julián.

Urbina se fijó en la señora detrás del mesón. Había escuchado toda la historia y se secaba los ojos con un pañuelo. Se acercó a la mesa con una Bilz para Bobadilla y una mineral para Urbina.

—Aquí les traigo para la sed, cortesía de la casa—dijo la señora, todavía con el pañuelo en la mano.

—Bueno, señora, muchas gracias. Estaban muy ricas las

empanadas—dijo Urbina.

—Que agradece patrón. Que bueno que le gustaron.

—No es por nada, pero...—dijo Urbina, mirando hacia el Anexo Capuchinos—perdone que le pregunte, ¿usted tiene alguien adentro?

La señora se mordió un labio. Dudó, pero contestó en voz baja:

—Mi marido, mi cuñado y mi sobrino. A mi hijo mayor no lo agarraron porque andaba en viaje de curso. Fue por eso que armé el negocio de las empanadas. Pa' estar cerca de ellos por lo menos. Hasta me vine a vivir aquí, en una pieza en el segundo piso. Algún día los tienen que soltar y yo quiero ser la primera en verlos libres.

Al escuchar esto, Bobadilla la miró como si la viera por primera vez. No dijo nada pero sus ojos hablaron un discurso de horas. Urbina consultó su reloj para terminar el trance común y dijo:

—Buena suerte, señora. No pierda la esperanza. Mi nombre es Lautaro Urbina, detective de la Brigada de Homicidios de Investigaciones. Si en algo la puedo ayudar, usted me llama no más. Y eso corre también para ti, Chupón—Urbina se paró solemnemente de la mesa—lamentablemente en estas situaciones no tengo mucho arrastre, pero nunca se sabe cuando uno va a necesitar la ayuda de un detective de homicidios.

Los dos lo miraron como si fuera un marciano. Para ellos el momento de ilusiones pasajeras había quedado atrás, ahogado por el dolor de levantarse todos los días aferrándose a una esperanza que a diario terminaba destrozada. Urbina sintió la duda y el escepticismo que invadió el boliche de las empanadas. Ya no tenía nada que decir. Se preguntó si tal vez se había convertido en un fantasma, un ser sin peso que transita sin dejar huellas.

Capítulo 19

Se despidieron con Bobadilla prometiéndose que se verían pronto, quizás para la comida de curso anual o para las fiestas de fin de año. La señora de las empanadas sólo le pidió a Urbina que si visitaba nuevamente el Anexo Capuchinos que antes pasara por el boliche para llevarle unas empanadas a sus familiares. Y en eso quedaron. Urbina dudó que se pondrían en contacto con él, y salió del boliche deprimido por las historias que había escuchado.

Estaba desorientado, no en el sentido de no saber qué calle tomar, pero de otra forma, perdido sin saber quién era, adonde iba, y de donde venía. Era el judío errante, el armenio sin patria, un ciudadano sin ciudad. Durante muchos años había creído que su forma de actuar, eso de contribuir con su granito de arena, era lo más sensato, lo más justo. En un mundo extraviado, él siempre había tratado de aportar un poco de razón. Pero la mirada que le dieron Bobadilla y la señora lo dejaron dando bote en el pavimento. Le quedó claro que lo veían como un inocente, quizás más que eso, como un tonto, tratando de navegar usando un compás roto.

¿Seré un idiota más en una ciudad de estúpidos y criminales? Siempre me las he arreglado solo, y en eso me ha ido bien. Asumía que había otros como yo, solos porque preferimos la vida solitaria, o sea que mi soledad era relativa porque era mi preferencia. Ahora pienso que ya no queda nadie parecido, nadie como yo. Ya todos escogieron un grupo, una bandera, y se acuestan con ella. Hasta cierto punto es entendible porque el escoger una bandera por lo menos promete la seguridad de estar en ese grupo, aunque lo único que el grupo comparta sea odio y miseria.

Decidió que de alguna forma tenía que revertir esta depresión, este momento de duda. Estacionó su Fiat en una calle solitaria y cerró los ojos. Empezó a meditar, a bajar el volumen de su griterío cerebral, tratando de recuperar el camino perdido, blanqueando su mente, borrando los caminos que se confundían en su cabeza. Diez minutos más tarde su respiración era profunda y lenta. Su presión arterial había bajado. Ya, Catrileo Catrileo, vuelves a controlar lo incontrolable, se dijo. Aunque tu camino no esté muy bien pavimentado, todavía puedes ayudar a algunos, y seguir protegiendo tu ojo bueno.

Encontró un teléfono público y llamó a Feinstein. Eran las cinco y quince y ya estaba casi oscuro. Acordaron reunirse en media hora en la Plaza Las Lilas. Feinstein estaría esperando a su hijo menor que estaba en un cumpleaños en el vecindario. Urbina manejó lentamente hasta la plaza, dando vueltas en U para identificar a posibles seguidores y aún así llegó con tiempo de sobra. Estacionó su auto y caminó un par de veces alrededor de la plaza para estirar las piernas, y para confirmar que no había sospechosos ojeándolo en los alrededores. El frío había espantado a los visitantes pero frente al cine Las Lilas una ordenada multitud esperaba el comienzo de la próxima función. La cartelera al costado del cine mostraba los afiches de los próximos estrenos. Uno de ellos lo hizo sonreír: *Atrapado Sin Salida*. Esa película me tinca mucho, pensó Urbina, y el título me llega en el momento preciso.   Tendré que hacer el empeño de verla.

Al levantar la cabeza vio que se le acercaba Feinstein caminando tranquilamente. Saludó a Urbina sonriendo y en voz baja le preguntó si había notado alguien siguiéndolo. Cuando Urbina dijo que no, Feinstein sugirió que se fueran a tomar un café a un local cercano.

En la cafetería había una mesa de rincón desocupada, ideal para esta reunión riesgosa. La inocencia del local escondería su conversación. En otras mesas un par de familias con niños chicos disfrutaban de pasteles y sandwiches de ave con palta o pimentón. Pidieron un par de cafés y mientras esperaban que se los sirvieran, Urbina le preguntó a Feinstein si sabía algo acerca de la película *Atrapado Sin Salida*. Feinstein dijo que en el *New York Times* había leído una crítica muy positiva, y que la historia tenía que ver con un tipo que está en la cárcel pero se las ingenia para que lo manden a un sanatorio mental. A pesar que no ha perdido sus facultades, se mete

214

en problemas con una enfermera autoritaria y termina en muy mala condición.

—Una tragedia, entonces,—dijo Urbina.

—Hasta cierto punto,—dijo Feinstein,—pero también dice la crítica que es un comentario acerca de la libertad individual en una sociedad represiva,—terminó Feinstein guiñándole un ojo. Se acercó el mesero con sus tazas de café y una vez que se retiró, Feinstein se inclinó sobre la mesa para decirle a Urbina en voz baja:

—El martes por la noche los pacos que hacen guardia en la embajada de Colombia llegarán atrasados al cambio de turno. Llegarán a las once y cuarto, y los que están de guardia ahí se habrán ido justo a las once. Durante esos quince minutos las entradas a la embajada quedarán sin guardias. La familia tendrá que usar esos quince minutos para colarse. Diles que lleguen diez minutos antes de las once y esperen a una cuadra. Tres minutos después de las once en punto se van al portón del costado y allí va a haber alguien esperando. Que golpeen el portón y que digan que los mandaron de la iglesia. Sólo eso. Que los mandaron de la iglesia. Que lleven un bolso de mano por persona. Y que si tienen dinero en efectivo que lo traigan para ayudar con la olla común porque adentro hay cualquier cantidad de refugiados— Feinstein terminó y se echó para atrás en su silla, revolviendo una cucharada de azúcar en su café, mientras Urbina digería lo que escuchó. Tomó un sorbo e hizo una mueca.

—Si hubiera sabido que no servían café de máquina hubiera pedido un té—dijo Urbina. Y preguntó—¿Qué riesgo corre la familia?

Feinstein se demoró unos veinte segundos en contestar.

—Que los agarren a la entrada, creo yo. A pesar de que este dato me llega de muy buena fuente, siempre hay peligro en estos asuntos. Piensa en la alternativa, Urbina Catrileo, ¿no me dijiste que al cabro lo torturaron, y que amenazaron a la madre y a la hermana?

Urbina dijo que sí son un lento gesto de cabeza, y dijo:

—Tienes toda la razón. Y te agradezco sinceramente lo que estás haciendo por ellos. Tengo planeado ir esta noche a contarle lo que me has dicho. Me imagino que para ellos será un alivio saber que por lo menos tienen una posibilidad de escape, por frágil y remota que sea.

Un plato se estrelló en el suelo. Los dos, sobresaltados, por instinto miraron hacia la puerta hasta que escucharon un niño llorando en una de las mesas de familia.

—¿Que no te dije que la cortaras con tus leseras niño malcriado?— le gritó su madre, una mujer treintona vestida como lola de quince. Mientras el marido se concentraba en encender un cigarrillo y hacerse el desentendido, una niñera de delantal blanco se acercó al niño y le susurró al oído hasta que se calmó. Luego la niñera, una empleada de la familia que aparentaba dieciocho años a lo más, se sentó silenciosamente detrás del niño rubio y se hizo invisible.

Feinstein y Urbina se miraron y los dos menearon la cabeza al mismo tiempo. Cuando se dieron cuenta que su respuesta al incidente era idéntica, los dos sonrieron.

—Ni que el pobre cabro se hubiera criado solo—dijo Feinstein.

—Lo mismo estaba pensando, estimado—contestó Urbina. Sintió que un lazo profundo los unía, y que quizás no estaba tan solo. Quizás nunca lo había estado.

—Se me antoja un küchen, Urbina Catrileo. Aquí tienen uno muy rico de manzana. ¿Te parece?

Urbina dijo que sí y Feinstein llamó al mozo para el pedido. Estaban pasando tan desapercibidos que les llevó un minuto lograr la atención del joven que servía. Se sintieron cómodos una vez terminado el pedido, dejando atrás el sobresalto.

—Ese negocio queda bien amarrado entonces—dijo Feinstein—¿o no?

—Todo bien con eso. Ningún problema.

—¿Y qué es de tu otro asunto, Urbina, el de la bella que se te aparece en medio de la noche?

—Es un enredo total, pero algo averigüé esta mañana. Para que estés al tanto, lo que no te alcancé a contar anoche es que ese martes allá en la cordillera, minutos después de llegar a la zanja del cadáver, apareció una patrulla del ejército. Me llevaron detenido a un recinto militar por ahí cerca. Me tuvieron unas horas hasta que mi subprefecto los convenció por teléfono de que me soltaran.

Llegó el mozo con los küchen y Urbina guardó silencio hasta que se fue.

—Siguiendo órdenes, un sargento me llevó de vuelta al sendero para que me viniera caminando hacia abajo. Una vez que se fue, volví a la zanja para terminar de examinar el cadáver y sus alrededores. Y alguien se lo había llevado.

—¿Se llevaron el cadáver tan rápido? Que cosa más rara— dijo Feinstein,—¿tú crees que se lo llevaron los milicos?

—Es lo más probable. Y dos días después apareció el cadáver en el Servicio Médico Legal.— Feinstein dio un respingo, sorprendido por lo que dijo Urbina.

—Dos tipos en una furgoneta lo dejaron allí durante la noche.

—¿No eran milicos?— preguntó Feinstein.

—Difícil saberlo— contestó Urbina. —Pero hay otra cosa que me llamó la atención. Cerca del cadáver había huellas de neumático de moto, una de esas de motocross, y sobre ellas, huellas de un vehículo de cuatro ruedas con neumáticos pantaneros, que yo creo que es el que usaron para llevarse el cadáver.

—Las camionetas de los milicos usan de esos neumáticos— dijo Feinstein.

—Así es. En fin, esta mañana volví a subir por el sendero hasta que llegué a la zanja y ahora las huellas de los pantaneros estaban bajo las huellas de la moto. Nuevas huellas.

—¿La moto volvió después que se llevaron el cadáver?— Urbina contestó que sí con la cabeza. Quedaron en silencio un minuto mientras disfrutaban de sus küchen.

—Este es un fiero rompecabezas, detective Urbina—dijo Feinstein. Y continuó—¿y te fijaste si todavía te andan siguiendo?

—No he visto a nadie, pero anoche, precisamente cuando estábamos conversando en tu oficina, fueron dos tipos a mi casa a meterle miedo a mi mami a y mi tía. Pienso yo que eran los que me andaban siguiendo y cuando me perdieron el rastro decidieron ir a mi casa para dejarme una advertencia. Las dos pobres quedaron con los nervios de punta, imagínate.

—¡Ah mierda! Están pegando bajo el cinturón. Y lo más curioso es que tú seguís pensando que no fueron los milicos los que mataron a la bella—Feinstein no lo dijo como pregunta sino que afirmando un hecho.

—Sí, pero los que fueron a mi casa no creo que tengan que ver con la rubia—dijo Urbina. Feinstein lo miró frunciendo las cejas. Urbina subió los hombros y, un con un poco de vergüenza, dijo:

—Es que también hay un huevón de la DINA que prometió vengarse de un rodillazo que le pegué en la cara—dijo Urbina inocentemente. Feinstein quedó incrédulo, y después de un momento sonrió meneando la cabeza, y dijo:

—La verdad es que no entiendo como seguís de detective, estimado, si te andai haciendo enemigos por todas partes. Y en lugares que no conviene tener enemigos.

—Es que le estaban pegando a mi compadre, pues estimado. Y tú bien sabes que me revientan los matones—dijo Urbina. Feinstein lo escuchó y luego de una breve pausa, dijo:

—Si no fueron los milicos los que la mataron ¿porqué se llevaron el cadáver? ¿y porqué te están tratando de espantar?

—No lo sé. Yo me pregunto lo mismo—contestó Urbina.

—A menos que...— pensó en voz alta Feinstein.

—¿Qué? ¿qué estás pensando?

Feinstein contestó lentamente.

—Cabe la posibilidad, te admito que es remota, pero existe. Escúchame: los milicos ahora son como un pulpo, tienen tantos tentáculos cazando a los de izquierda, que en este caso puede ser que un tentáculo, milico fulano, está protegiendo a otro tentáculo, milico mengano, creyendo que mengano fue el asesino...

—...siendo que mengano no tuvo na' que ver con la cosa— terminó Urbina, y Feinstein asintió con un gesto de cabeza. Después de una pausa, continuó:

—Pero lo más probable, Urbina Catrileo, y te lo digo con

todo el respeto que se merece tu intuición de detective...

—Ya sé, ya sé—interrumpió Urbina,—en tu opinión lo más probable es que fueron ellos mismos los responsables. Pero lo que tú no sabes es que dí con la moto que estuvo en la montaña.

Frente al asombro de Feinstein, Urbina relató su visita a la casa de Grey de Patria y Libertad, el descubrimiento de la Yamaha y la escapada del motociclista. Cuando Feinstein le preguntó si estaba seguro que era la misma moto, Urbina le resumió su trabajo de microscopio analizando las muestras de tierra.

—Vaya, vaya, detective Sherlock Urbina. Nunca te imaginé tan técnico. Todavía me acuerdo lo que te reventaban las ciencias en el Instituto—dijo Feinstein

—Hay que adaptarse a los tiempos, pues compañero Feinstein.

—¿Estás especulando que el tipo de la moto es el asesino?—preguntó Feinstein.

—Sería prematuro llegar a esa conclusión. Pero el haber dado con la presunta moto es un avance. Porque aunque no fuera ese sujeto, será otro el que anduvo por ahí en esa misma moto. Eso, ya, es progreso.

Un bullicio en la cafetería interrumpió la conversación. Se retiraba la familia del plato quebrado. Los dos observaron con interés como al salir del local la madre del chico trataba de endulzarlo con promesas de cosas buenas y ricas que lo esperaban en un futuro cercano. El niño aceptaba las promesas de su madre con la sabiduría y seriedad de un príncipe regalón. Cuando salieron de la cafetería, el que lo llevaba de la mano era la niñera. Y sólo a ella le regalaba su sonrisa el pequeño príncipe.

—Si seguimos con las hipótesis, detective Urbina Catrileo, hay otra cosa interesante que descubriste: la conexión con Patria y Libertad—afirmó Feinstein.

—Eso es otra cosa que me tiene rascándome la nuca—continuó Urbina—me han informado que estos del Patria y Libertad están colaborando con los servicios de inteligencia en la caza de izquierdistas. Un tentáculo más que se sumaría a tu pulpo.

—No me extrañaría en lo absoluto—dijo Feinstein.

—A mí tampoco me parece raro, especialmente ahora que conozco a un par de los jefes del grupo—dijo Urbina. — Supuestamente están organizados en un grupo llamado Comando Conjunto Anti-subversivo. Y aquí viene lo más raro: Marisol Wilson andaba con esta pulsera—Urbina miró a su alrededor y al no ver a nadie observándolos sacó la foto de la pulsera de un bolsillo interno de su chaquetón y se la mostró a Feinstein. Éste la estudió y luego dijo:

—CC. ¿Es del grupo ése?

—Parece que sí. Alguien me dijo que era una C griega y una C latina—aclaró Urbina.

—Vale. Los orígenes de la cultura occidental cristiana. Eso es lo que dicen estar defendiendo, ¿no es así? ¿que ellos son el último baluarte en contra de los bárbaros del marxismo-leninismo?

—Bárbaros serían los que torturan quemando la piel con cigarrillos y poniéndole electricidad en las bolas a cabros de diecinueve, diría yo. No que los del otro lado sean tan santos tampoco—dijo Urbina.

—En resumen, detective Urbina Catrileo, todo apunta a que los milicos están metidos en esto hasta los codos.

—Puede ser, pero yo todavía no me convenzo que fueron ellos los que mataron a Marisol Wilson. Mi instinto me dice algo diferente.

Feinstein meneó la cabeza.

—Veo que seguís igual de porfiado,—Feinstein levantó su mano derecha y empezó a enumerar con los dedos las partes de su argumento—número uno: si a través de la famosa moto que estuvo en la zanja llegaste a Patria y Libertad, y a través de ellos se llega a los milicos, no cabe más que pensar que ellos estuvieron involucrados en ese homicidio. Dos: más aún si la víctima mostraba señales de tortura y fueron los milicos los que se llevaron el cadáver. Tres: la víctima andaba con una pulsera que la conectaba indirectamente con un grupo de inteligencia de los milicos. Cuatro: la encontraron cerca de un recinto militar. ¿Todo eso no te basta?

—Bien, pero tu tercer y cuarto argumentos se podrían usar en tu contra. Te admito que la pulsera significa conexión con el grupo, pero entonces, ¿para qué se iban a tirar en contra de alguien que simpatiza con ellos? Porque nadie se pone una pulsera con las iniciales de un grupo al que detesta. Y también considera esto: es posible que el tipo de la moto, aunque estuviera conectado con Patria y Libertad o los milicos, corría con colores propios cuando mató a Marisol Wilson. Y además, los milicos, ¿serían tan estúpidos de matar a alguien y dejar el cadáver cerca del recinto militar? ¿y de qué les va a servir esta joven muerta? porque encuentro difícil de creer que ella tuviera información de valor.

Quedaron un minuto meditando en silencio mientras terminaban de comer.

—Estos milicos son como la picá de la vinchuca—susurró Feinstein después de la pausa.

—No te entiendo—dijo Urbina—¿de que estás hablando?

—La picada de la vinchuca causa el mal de Chagas. Las vinchucas, los bichos, ¿las conoces, cierto?

—Por supuesto, quién no conoce las vinchucas—contestó Urbina.

—Por si no lo sabes, cuando la vinchuca te pica, y les gusta picar en la cara, se cagan en la herida que hicieron y se van. Ahí en su mierda te dejan un parásito microscópico, que una vez que te entra en la sangre te causa una enfermedad que en un par de días te puede llevar al hospital con fiebre, inflamación del hígado, que sé yo. Pero lo peor es que una vez que tenís el parásito en la sangre, ahí te queda para siempre. O sea, al par de semanas salís del hospital curado de tu fiebre y en veinte o treinta años el parásito te mata de un ataque al corazón o te destruye el sistema digestivo. Tal como los milicos. Algún día se irán. Pero habrán dejado su parásito en el cuerpo, escondido, calladito. Y en veinte o treinta años aparecerá nuevamente para llevarnos al cementerio. Es una condena de muerte donde nosotros los condenados ni siquiera sabemos que hemos sido condenados.

—Hmmm...encuentro media rebuscada tu analogía, mi

estimado compañero Feinstein.

—Bueno, pero no me podís negar que la lacra que están dejando va a costar mucho limpiarla.

—Te repito lo de ayer: yo lo que quiero hacer es solucionar homicidios. Nada más, nada menos. Prefiero no meterme en cuestiones políticas porque nunca terminan bien.

—Me parece que ya te metiste, Urbina Catrileo. ¿O que acaso creís que si los milicos se enteran de que estái ayudando a esta familia no te van a apretar las tuercas?

Urbina quedó en silencio.

Con el correr del tiempo los sentimientos de Urbina respecto a su origen mapuche evolucionaron. Durante sus años de estudiante en el Instituto los insultos de sus compañeros se hicieron más refinados, más hirientes. y así fue como una parte importante de su carácter fue formada por una paradoja: de que tenía apellido y sangre mapuche no cabía duda, pero como su conocimiento de los mapuches estaba limitado a lo que aprendió en las clases de historia, los compañeros que lo insultaban sabían tanto o más que él acerca de los mapuches.

En esos años, todo estudiante chileno aprendía la historia de Lautaro, su tocayo del siglo XVI, cuyo verdadero nombre era Leftraru, y quien perdió su nombre y libertad a manos de los conquistadores españoles cuando tenía once años. Ellos le pusieron el nombre Lautaro, y lo hicieron un sirviente más del conquistador jefe don Pedro Gutiérrez de Valdivia. Los estudiantes terminaban sus estudios orgullosos de Lautaro, de cómo había aprendido las tácticas de los conquistadores, del uso de caballos y perros para guerrear. Leftraru aprendió también sus puntos flacos y como aprovechar esas debilidades. Una vez adquiridos los conocimientos necesarios se arrancó de los españoles y se unió a los mapuches rebeldes, quienes siguieron su liderazgo con muy buena fortuna, derrotando a los españoles y matando a Pedro de Valdivia en la batalla de Tucapel, cerca de la zona de donde provenía la familia de Urbina Catrileo. Frente a la tenaz resistencia de los mapuches, los conquistadores españoles abandonaron sus intentos de colonizar grandes áreas del sur de Chile, y por más de trescientos años los mapuches dieron guerra para mantener el control sobre sus tierras. Los españoles aprendieron la misma lección que ya habían aprendido los incas antes que ellos: es mejor no tratar de someter a los mapuches.

A los compañeros de Urbina les gustaba identificarse con Leftraru por su viveza, por ser ingenioso y corajudo. De esa forma se enorgullecían del ilustre pasado mapuche, de Colocolo, de Caupolicán, de Galvarino, y unos pocos hasta admitían tener una pizca, muy pequeña por supuesto, de sangre mapuche corriendo por las venas (porque la gran mayoría de los chilenos era por lo menos en parte mapuche, aunque trataran de negarlo). Se sentían honrados de tener entre ellos al único pueblo indígena en las Américas que se las ingenió para no ser doblegado por los españoles.

La historia de los mapuches terminaba con su derrota a manos del ejército chileno a fines del siglo XIX, y de ahí en adelante ya no se hablaba más de ellos. Esto no sucedía solo en las clases de historia de Chile de Lautaro Urbina Catrileo, sino que en todas las clases de historia de todos los colegios de Chile.

Hasta que se encontró con los insultos, Urbina había aceptado su pasado sin reservas, porque no sabía mucho de la historia de su familia. Era un tema que su madre no tocaba, y las veces que Urbina trató de saber más, Estela cambió la conversación. En sus viajes al sur a visitar a sus familiares, sus preguntas no eran bienvenidas y generaban respuestas cortas. Le quedó claro que este era un tema que los viejos preferían evitar. Lo poco que sabía era por una conversación que tuvo con un primo de Estela. Era un poco nebuloso, pero alcanzó a entender que algo trágico le sucedió al abuelo de su madre. Al parecer participó en un levantamiento armado que terminó en su muerte y en la de varios de sus compañeros. Urbina se había hecho el propósito de ir a la Biblioteca Nacional para consultar los diarios de la época, pero con el tiempo su propósito se fue diluyendo y perdió urgencia.

223

Por medio de esta paradoja también aprendió de la hipocresía. A su alrededor veía como por un lado de la boca sus compañeros, los mismos que lo insultaban, se envanecían con el coraje de los mapuches y la inteligencia de Leftraru en su lucha contra los españoles, y por el otro lado de la boca lo trataban a él, Lautaro José Urbina Catrileo, un mapuche vivito y coleando, como un ser inferior.

Pero fue cambiando, y al llegar a los treinta años aceptaba plenamente su pasado. Le gustaba la falta de arrogancia de su gente, su autenticidad. No conocía mapuches que se dieran aires.

Llegaba la hora de dirigirse a la parcela donde se escondía la familia Inostroza. Había esperado hasta las nueve de la noche, pensando que con menos tránsito en las calles y avenidas sería más fácil darse cuenta si alguien lo seguía.

Dudas lo acosaban. La reunión con Feinstein fue preocupante, pero la que venía sería de vida o muerte. Feinstein le dijo algo que él ya sabía, por más que trataba de ignorarlo: *si te pillan te van a apretar las tuercas.* No, las tuercas no, van a ser las bolas las que me van a apretar si me descubren. De eso no me cabe duda. Seguro que si agarran a la familia tratando de entrar a la embajada les van a pegar hasta que digan quien los ayudó. Y de ahí van a llegar a preguntarme porqué estoy ayudando a esta familia. ¿Y qué les voy a decir si ni siquiera yo lo entiendo?

Una pregunta tan simple. ¿Acaso pensé a fondo acerca de las consecuencias de mi decisión, tan espontánea, tan a la rápida, de ayudar a esta familia? Recuerdo el impulso que me llevó a actuar: esa noche que los conocí el llanto de la madre de Nano me recordó a mi propia mami. Quizás eso ya es suficiente. Quizás. O quizás debiera preocuparme de mis propios problemas, de mi propia vida y evitarme los malos momentos. Porque esto va por mal camino.

Tres personas merecen mi atención cuando opinan: mi compadre Rosales, Feinstein, y la Quena. Mi compadre anda medio trastornado con su idea de marcharse de la casa matrimonial, así que en esto no puedo contar con su opinión. La Quena está enfurecida conmigo por haberle fallado en controlar a mi compadre. Mejor ni preguntarle. Y Feinstein, bueno, él fue el que me dio la advertencia. Sin ir más lejos, tengo que reconocer su coraje, jugándosela por gente que ni siquiera conoce, sólo porque yo se lo pedí.

Se fue por Los Leones en dirección a la plaza Ñuñoa. Nadie lo seguía. El motorcito del Fiat zumbaba como abejón contento, la calefacción le calentaba los pies, y el aire frío que entraba por la ventanilla abierta un par de centímetros le daba en la cara y lo mantenía despierto. Prendió la radio y alcanzó a escuchar los últimos compases de *Samba Pa' Tí* de Santana. Si tuviera letra sería una canción de Los Angeles Negros, pensó, pero como viene de los gringos las radios le dan más cachet. Necesito un minuto para ordenar mis pensamientos, se dijo, recordando la desorientación que lo atacó a la salida del boliche de empanadas. Y ahora había que añadir la advertencia de Feinstein. Estoy cansado. Estacionó el pequeño auto a un costado de la plaza Ñuñoa, apagó la radio y a pesar del frío, abrió la ventanilla totalmente. Los últimos días habían sido agotadores, y si no fuera por la adrenalina generada por la situación se habría quedado dormido ahí mismo.

No debiera ir a la parcela, pensó. Me la estoy jugando por gente que acabo de conocer, gente que ni siquiera es parte de mi vida. Desde el día que encontré el cadáver de Marisol Wilson las cosas se han puesto patas arriba. Y si llegara a solucionar ese homicidio, ¿cambiará algo? ¿serán diferentes las cosas de ahí en adelante? Estas preguntas existenciales nunca me han afligido, ¿porqué ahora? Siempre me bastó con armar el rompecabezas, meterme a fondo en los pormenores de un caso y en la investigación. ¿Era solamente una cosa de orgullo el ser capaz de usar mi experiencia y mi sentido común y llegar a una solución que otros ignoraban? ¿Era solamente una forma de ostentar mi conocimiento de la naturaleza humana? Qué soberbia. Imaginarme que conozco la naturaleza humana si ni siquiera puedo contestar una simple pregunta: ¿porqué hago lo que hago?

Parece que apostar al perdedor es de lo más chileno. Porque eso es lo que voy a hacer, por porfiado. Voy a apostar al perdedor.

Iré a la parcela con toda la ropa de un perdedor. Porque soy chileno ¿o no? y porfiado como buen mapuche.

¿Me habrá picado una vinchuca y esta es mi condena?

Hizo arrancar el motor y partió en camino. Dio varias vueltas abruptas, esperando hasta el último momento antes de virar, revisando el espejo retrovisor repetidamente para ver si alguien lo seguía. No vio a nadie sospechoso. Esta fría noche de domingo invitaba a quedarse en casita, calentándose los pies al lado de una estufa, mirando los goles del fútbol en la tele. Con la calles casi desiertas, a la media hora estaba en las cercanías de la dirección que le dio Isabel Inostroza. Paró el auto en una calle oscura y usando la luz interior del auto consultó su mapa de Santiago. Estaba cerca, muy cerca. Partió nuevamente a su destino y después de un par de cuadras dobló hacia un camino de tierra. Las parcelas se encontraban cada cien o doscientos metros y sólo se distinguían por una débil luz en el portón de entrada. Cuando creyó haber llegado a la parcela indicada se bajó del Fiat para confirmar la dirección: La Quebrada 101, decía un letrero de madera colgando de un portón de reja de alambre grueso. Se abrochó los botones de su chaquetón y tiró de un cordel al costado del portón. A la distancia sonó una pequeña campana. Se prendió una luz a unos cuarenta metros y pudo ver la entrada de una casa chica de madera, de un piso. De ella salió una señora apoyándose en un bastón. Se acercó al portón y gritó con voz ronca:

—¿A quién se le ocurre venir a joder a estas horas?

—Un amigo me dijo que por aquí podía pasar esta noche en caso de que necesitara un taxi—contestó Urbina.

La señora dio unos pasos apresurados hacia el portón y dijo bajando su volumen de voz:

—¿Y usté cómo se llama?

—Lautaro José Urbina Catrileo, para servirle.

Escuchó como la señora abría el candado que cerraba el portón de alambre. Al verla de cerca Urbina calculó que tendría unos cincuenta años, pero con su voz ronca, su pelo blanco y el bastón parecía tener por lo menos setenta.

—El candado es má por espectáculo que por otra cosa—dijo la señora abriendo el portón—si alguien quiere entrar lo único que tiene que hacer es ir al costado donde está la quebrá y ahí no hay reja ni ná. Pase no má.

Urbina entró a la parcela y la señora cerró el portón detrás de ella y lo aseguró con el candado superfluo. Dieron un par de pasos y la señora se detuvo.

—Bué. Ahora que ya entró ¿me podría dar detalle de quién es usté y qué anda haciendo por acá? El desconfiado sigue vivo y no se le quita lo valiente, digo yo.

—¿Es usted Cecilia?—preguntó Urbina. La señora asintió con la cabeza. —Yo soy detective de Investigaciones y le estoy haciendo un favor a su hermano y su familia.

—¿Porqué?—preguntó la señora.

—¿Porqué qué?—preguntó Urbina.

—Yo seré muy de campo, pero me alcanza pa' saber que un detective no anda haciendo favores porque sí no má con lo tiempo como están. ¿Qués lo que quiere?

Urbina quedó en silencio. Un perro ladró lejos y uno le contestó más cerca. Perros lejos y cerca hicieron coro con sus ladridos.

—¿Y no me va a contestar?—dijo la señora.

—No hay... no tengo respuesta a su pregunta. Ni siquiera yo sé porqué los estoy ayudando.

Ahora fue la señora la que quedó en silencio.

—Precisamente ahora, hace algunos minutos, me preguntaba lo mismo: para qué venir hasta acá sabiendo que si me pillan ayudándolos la voy a pasar muy mal—dijo Urbina en voz baja,—decidí venir no más sin encontrar la respuesta. De porfiado, me imagino. Esa fue la única razón que encontré.

Cecilia todavía dudaba. En la penumbra Urbina olió un aroma de canela mezclada con humo. Será lo que le gusta usar de perfume, pensó.

—No me convence pa' ná su duda, o su confusión, como sea la cosa—dijo Cecilia.

—Bien, entiendo, pero ya me pegué el viaje hasta acá y les tengo la información que les prometí. Ahora, si deciden usarla o no es cosa de ellos, no mía. Pero con todo respeto, lo que tengo claro es que la palabra final la debieran tener ellos, no usted.

Cecilia pensó un minuto, golpeando el suelo con su bastón a contra compás de los ladridos, que ahora que habían comenzado seguirían por largo rato, con cada perro afanado en dar el último ladrido. Al final dijo:

—Al fin le achuntó. Son ellos los que deben decidir qué van a hacer. Vamos. Sígame no má—y partió con su bastón, cojeando hacia la casita. Cuando estaban a unos diez metros se abrió la puerta y salió el taxista Inostroza con una linterna en su mano. Apuntó el foco de luz a Cecilia por un segundo y luego lo dirigió al acompañante, quedándose en su cara por un momento. Al ver a Urbina, apagó la linterna.

—Es Lautaro Urbina, digo, el detective Urbina—anunció hacia el interior de la casa. La madre de Nano salió de la casa, corrió hacia Urbina y le tomó las dos manos.

—Gracias por cumplir con nosotro—dijo—ahora sí que me tiene que aceptar un tecito. ¿Lo quiere con leche? Tenemos leche fresquita de la vaca de la Cecilia.

Capítulo 20

La pequeña sala estaba abarrotada con frazadas, bolsos, cajas de comida, almohadas, maletines, zapatos, ropa, y en el medio, una mesa chica con un tablero de ajedrez donde se enfrentaban el perseguido Nano y su padre. Cuatro pares de ojos observaron entrar a Inostroza, Cecilia y Urbina. El padre se paró y le ofreció su silla al detective.

—No te olvidís, a mí me toca—le dijo Nano a su padre con toda seriedad. —Te tengo en las cuerdas así es que ni cagando vamos a abandonar esta partida.— Las huellas de la paliza recibida cuando estuvo capturado todavía se veían claramente, pero algunos hinchazones en su cara habían disminuido.

—'Ta bien, pero ahora tenemos cosas más serias que discutir —le contestó su padre.

Se sentaron alrededor de Urbina, atentos a escucharlo. La madre de Nano le trajo su té, se sentó en un sofá y le hizo un gesto a su marido para que viniera a su lado. Se tomaron de manos. Cecilia quedó parada al lado de la puerta, apoyándose en su bastón. Su cara mostraba desagrado por la presencia de Urbina, quien ignoró el reproche silencioso y dijo:

—Como les dije la otra noche, pude averiguar una forma de entrar a la embajada de Colombia este martes que viene. Antes de entrar en detalles, les tengo que hacer una aclaración: recién le estaba diciendo a la señora Cecilia que mi opinión en esto... no cuenta. La decisión de tomar este paso la tienen que tomar ustedes.

—¿Porqué tanta advertencia?—preguntó Nano—¿nos quiere ayudar pero no nos quiere dar su opinión?

—¡Nano! Gracias a Dios que por lo menos alguien nos está ayudando—dijo la madre de Nano.

—Yo lo que hago es proporcionarles la información, consciente de la delicada situación en la que se encuentran. Con eso ya me las estoy jugando. Si no les basta, mala suerte no más—dijo

Urbina.

Sergio Inostroza, Cecilia, y la madre de Nano empezaron a hablar al mismo tiempo. Ninguno mostraba la intención de callarse. El padre de Nano aplaudió tres veces con energía y eso bastó para silenciarlos. Urbina bebía su té con leche con calma.

—Nosotros le pedimos ayuda al detective. Fuimos nosotros, nadie nos forzó—dijo el padre de Nano—lo menos que podemos hacer es darle las gracias y escuchar lo que nos vino a decir. No hay pa' qué ser roto mal educao tampoco.

—Toa la hueá la encuentro tirá de las mechas yo—dijo Cecilia con voz áspera—éste trabaja pa' los mismo que loh andan persiguiendo. Mire vé la casualidá. Es una trampa, ya van a ver.

—¿Porqué no escuchamos al detective antes de dar opiniones?—dijo Isabel en voz baja. Esto ayudó a tranquilizar los ánimos un poco. Urbina tomó un sorbo de té. Si algo siempre lo había caracterizado era su aire calmado, que inspiraba confianza a los demás. Empezó a hablar lentamente, recorriendo con la vista a los presentes.

—El dato me llegó por un amigo de toda la vida con el cual tengo una relación de confianza total. Él no trabaja para el gobierno pero tiene contactos con gente en altas posiciones. El motivo por el cual prefiero no dar mi opinión es muy claro: siempre en estas cosas hay un porcentaje de riesgo. A pesar de que yo tengo plena confianza en mi amigo, ¿qué pasa si a último momento las cosas cambian? Siempre hay que pensar: que sucede si esto no resulta. Y en su mayor parte, los platos rotos los pagarían ustedes.

—Pero por otro lado—dijo Sergio Inostroza—si nos quedamos aquí vamos a estar arrancando el resto de nuestras vidas, porque el Nano no piensa delatar a sus compañeros. Si nos llegan a pillar, la próxima semana o el próximo año, o cuando sea, ya sabemos lo que va a pasar. Eso no tenemos que imaginarlo, porque ya nos amenazaron.

Todos callaron. El padre de Nano preguntó después de un minuto:

—¿Nos puede decir de qué se trata la cosa pa' poder decidir

mejor informados?

Urbina les contó lo que le había dicho Feinstein, de la ausencia de guardias por quince minutos y el resto de los detalles, haciendo hincapié en la necesidad de seguir las instrucciones al pie de la letra.

—Como veo la cosa yo, corremos dos riesgos si es que vamos a la embajada el martes—dijo el padre de Nano—uno, que sea una trampa porque la información esta es una pura mentira. Dos, que no es mentira pero por casualidad igual nos agarran ahí fuera de la embajada y ahí sí que cagamos, especialmente el Nano.

—Yo no voy a ir—dijo Nano—esto es pa' ustedes no más, yo me quedo aquí en Chile.

—¿Qué estás diciendo, hijo mío?—dijo su madre.

Sergio Inostroza miró a Urbina, quién se encogió de hombros. Nano abrazó a su madre, que lloraba en silencio. El padre de Nano miraba hacia afuera por la ventana, hacia la oscuridad. Cecilia golpeaba el suelo de madera con su bastón. Los perros ya no ladraban.

—No puedo dejar a mis compañeros aquí resistiendo solos—dijo Nano—una vez que ustedes ya estén sanos y salvos yo me las arreglo. No voy a tener que andar preocupado de que les vaya a pasar algo por culpa mía.

—Esto es una locura, no entiendo pa' qué se van a ir si aquí cabimos todos—dijo Cecilia—la casa es chica pero el corazón es grande.

—Tarde o temprano los vecinos van a cachar que donde antes vivía una mujer sola ahora viven seis, pos tía—dijo Nano—con lo sapo que son sus vecinos.

Isabel se arrodilló a las faldas de su madre. Tomó sus manos y las de su padre y dijo:

—No podemos obligar al Nano que se vaya con nosotros. Él está grandecito y súper consciente de lo que le va a pasar si lo pillan los milicos—giró su cabeza hacia Nano—¿o no?

Nano asintió con la cabeza. Su madre dió un gemido y Nano la abrazó, susurrándole en el oído.

—A mí me da pena que la familia se separe, y me preocupa mucho lo que le pueda pasar, cuñado—dijo el taxista Inostroza mirando a Nano,—pero si usted decidió que no se iba con nosotros a la embajada, eso tiene un lado bueno, por egoísta que suene.

—Es cierto—dijo Urbina—elimina mucho del riesgo del negocio.

—¿Cómo, a ver?—preguntó Cecilia—yo no entiendo na'.

—Nosotros no somos los perseguidos—dijo Inostroza. —No creo que alguno de nosotros tenga orden de detención ni mucho menos. El Nano es el perseguido. El único motivo por el que están interesados en nosotros es pa' obligar al Nano a que se convierta en delator.

Urbina y Nano asintieron con la cabeza.

—Si vamos a la embajada sin el Nano, y la información es mentira y nos agarran, decimos que somos una familia cualquiera dándonos un paseo por el barrio alto—continuó Inostroza—cero problema. A lo más nos preguntan porqué se nos ocurrió ir a pasear de noche por ahí. Pa' eso tendremos que inventar alguna chiva.

La sala quedó en silencio mientras cada uno reflexionaba acerca de la decisión que tendrían que tomar esa noche, una decisión que cambiaría sus vidas para siempre. Cecilia se ocupó en ir a calentar agua en la pequeña cocina para servir mas té. Urbina consultó su reloj. Eran casi las once de la noche. Quería dormir, ya se le cerraban los ojos del cansancio. Al mismo tiempo no quería apresurarlos, consciente de la gran decisión que los enfrentaba.

—¿Y aquí qué vas a hacer, hijo?—preguntó el padre de Nano. —Quedarse es peligrosísimo.

—Mientras menos sepan, mejor. Acuérdense que no estoy solo. Todavía quedamos muchos en la lucha. Estos son los días negros, lo más oscuro, pero ya vendrán días mejores. Somos nosotros los que tenemos que parar a los milicos. Nadie más.

—¿Y dónde vas a vivir? ¿qué vas a comer?—preguntó su madre.

—Repito: mientras menos sepan mejor. No voy a volver más a la casa, ése fue el error que cometieron varios de mis compañeros.

—¿Y cómo vamos a saber nosotros si estai vivo? ¿o si te han capturado?—preguntó la hermana de Nano.

Nano miró a Urbina, quien tomó un sorbo de té.

—Cuando estén instalados en Colombia o donde sea, le mandan una carta a doña Gloria, del boliche cerca de la casa—dijo Nano—yo me las arreglaré para que de alguna forma esa carta llegue a mis manos. Le ponen una dirección de remitente y yo les escribo.

Urbina empezó a sospechar de que Nano estaba involucrado en la resistencia harto más de lo que admitió cuando se conocieron. Su manejo de todo este asunto, de la clandestinidad, de la forma de hacer contactos, y de lo que sucedería si lo capturaban, todo sugería que esto era algo que él ya había estudiado. Y tenía toda la razón: para lo que vendría era mejor que su familia no estuviera en Chile.

—¿Decidieron entonces?—preguntó Urbina—porque yo ya debiera irme yendo.

Los familiares se miraron. Uno por uno fueron asintiendo con la cabeza. La madre se secó los ojos con un pañuelo y dijo:

—Allí estaremos el martes en la noche. ¿Usté nos va a acompañar hasta la entrada de la embajada?

Urbina contestó que no meneando la cabeza.

—¡Es una locura lo que hacen!—dijo Cecilia—y este hueón con su chaquetoncito de marino se me hace como el famoso Capitán Araya: los va a embarcar a todos y él se va a quedar en la playa. Van a caer redonditos en la trampa— Pero ya nadie le prestaba atención.

Minutos más tarde el Fiat zumbaba por la Avenida Vicuña Mackenna con Urbina y Nano en silencio. Esporádicamente aparecía un taxi o un auto particular, pero esta noche de domingo era para evitar a toda costa salir de casa. Cuando ya estaban cerca de la Plaza Italia Nano dijo:

—Gracias, detective Urbina. No sé porqué decidió ayudarnos pero igual se le agradece.

Urbina miró el espejo retrovisor, se encogió de hombros y no dijo nada. Nano continuó:

—Ojalá que nunca nadie sepa que usted nos ayudó. Pero si

de alguna forma alguien cacha, y le empiezan a meter problemas, esos problemas de los grandes, quizás a mí me toque ayudarlo.

Nano interrumpió lo que decía para medir el interés de Urbina. El ver que Urbina lo escuchaba en silencio, continuó:

—Cuando se quiera poner en contacto, llame por teléfono al boliche de doña Gloria, allá en el barrio viejo nuestro, y deje recado para José Manuel Arriagada. Acuérdese: José Manuel Arriagada. Si está en peligro, deje recado que llama pa' confirmar su reunión del próximo día a las doce en el Café Haití de Ahumada. Pero el verdadero punto de encuentro será la fuente de soda en la esquina de República con Blanco Encalada el día siguiente a la misma hora, a las doce. El recado tiene que ser exactamente como le dije. Al día siguiente vaya a la fuente de soda y ahí alguien se pondrá en contacto.

Urbina mantuvo silencio mientras disminuía la velocidad al llegar a Plaza Italia.

—¡Llegamos!—dijo en voz baja—aquí lo dejo. A ver si alcanza la última pasá de su bus.

Nano sonrió, estrechó la mano de Nano y se bajó del auto. Antes de cerrar la puerta se agachó.

—Ya sabe, si algún...

—No se preocupe Nano, lo que me dijo ya lo tengo memorizado. Buena suerte.

Nano dio un adiós de cabeza y cerró la puerta. Lo último que Urbina vio de Nano fue su trote cruzando la Alameda hacia el paradero de buses. Pensó que ya no cabía duda: Nano estaba metido en la mierda hasta los codos y en esa misma mierda ahora estoy metido yo. Pero ya no puedo dar marcha atrás. Ya hice mi apuesta y ahora tengo que vivir con las consecuencias. Con razón los milicos lo raptaron. Los que lo torturaron no andaban tan perdidos. Sabían quién era el Nano y que tendría información valiosa para ellos. Seguro alguien lo delató y así dieron con él. Acabo de ayudar a uno que en los ojos de lo milicos no tiene nada de inocente. Ojalá no lo tenga que ver nunca más y mucho menos dejar un recado en el boliche.

Corriendo, corriendo, resbalón, tropezón, tanta sangre en el suelo, corriendo. No puedo cansarme, correr sin cansarme es mi única esperanza. La luz fluorescente repicaba en los cuerpos de vacas y vacunos ensartados en ganchos de acero que colgaban de travesaños de madera. La sangre de los animales lo hacía resbalarse cada tres o cuatro pasos. Mientras más rápido corro más me resbalo. Esto de tratar de arrancar por el matadero no fue tan buena idea. Pero no había otra. En la calle me hubieran agarrado altiro. Corriendo, corriendo, resbalón.

Capítulo 21

Esa mañana Urbina no alcanzó a llegar a su escritorio cuando escuchó a Roncaglia llamándolo:

—Detective Urbina Catrileo, véngase pa' 'cá—Roncaglia lo esperaba en la puerta de su oficina. Debido a su rango de subprefecto Roncaglia tenía oficina propia, lo que le permitía hacer uso y abuso de todas las ventajas de su posición. Hasta tenía puerta que se podía cerrar con llave, lo que le venía muy a mano cuando había que reunirse con un empleado a quien se le iba a dar de baja, o para sus reuniones con la negra Lucía del departamento de Archivos, con sus tetas mayúsculas y caderas que nunca dejaban con hambre. Entre la puerta con llave y el viejo sofá que había requisado en una redada, Roncaglia había manufacturado su paraíso en la tierra.

Desafortunadamente para Urbina, ser llamado a la oficina de Roncaglia se parecía más a visitar el infierno que un paraíso porque la visita nunca terminaba bien. Cuando se trataba de darle órdenes de investigar un nuevo caso o cuando quería enterarse del progreso de una investigación, Roncaglia generalmente visitaba el escritorio de Urbina, o lo agarraba de pasada en un pasillo. Sólo lo citaba a su oficina cuando quería tirarle las orejas. Esa mañana Urbina entró a la oficina de Roncaglia luciendo su acostumbrada serenidad pero consciente de que en cualquier momento estallaría la tormenta. Roncaglia le ordenó que cerrara la puerta y que se sentara en el lujurioso sofá.

—Nos llamaron de la comisaría de San Antonio. Otra mina joven apareció muerta. A ésta la encontraron en una de las playas de Santo Domingo, cerca de donde el río Maipo desemboca al mar— dijo Roncaglia. Urbina respiró aliviado. Esta era la primera vez que Roncaglia lo llamaba a su oficina y no le gritaba hasta quedar afónico.

—A esta también le sacaron la cresta, y de acuerdo con el oficial de carabineros que la vio, parece que también venía de familia con plata—continuó Roncaglia.

—Por lo menos podré ir en auto del servicio ¿o no? Porque hartos kilómetros le he estado poniendo al fito en beneficio de la brigada—dijo Urbina.

Roncaglia lo ignoró, distraído con sus pensamientos.

—Oye Urbina Catrileo, se me acaba de ocurrir una cosa—hizo una pausa dramática. —Ya van dos minas jóvenes de familias con plata que mueren asesinadas de la misma forma, con paliza y todo. Escúchame la siguiente hipótesis: ¿No serán los comunachos los que las están matando?

Urbina lo miró sin expresión.

—Digo porque así se estarían vengando de las familias con billete que apoyan a los milicos—explicó Roncaglia. —Una venganza donde más les duele, en parte de pago por todos los de izquierda que los milicos se han echado.

—Interesante su teoría, jefe. Antes de pronunciarme, convendría examinar esta nueva víctima y ver, para empezar, si en realidad existen elementos comunes entre las dos muertes—dijo Urbina, ansioso de terminar esta conversación y partir a Santo Domingo. Se paró y dirigiéndose a la puerta preguntó:

—¿Me puedo llevar un auto del servicio entonces?

—No, porque dudo que haya vehículo disponible. Pero antes de que te vayai a niún lado me tenís que entregar el reporte de la muerte del hueón que le pegaron con la sartén.

Patricia Ríos de Valencia. ¡Mierda! Sabía que algo se me había olvidado, pensó Urbina. Ahora me van a llegar los gritos por no haber terminado el reporte.

—Carlos, permítame que le explique...

—¿Lo tenís listo o no?—interrumpió Roncaglia, subiendo el volumen de su voz.

—Tengo todos los datos listos, lo único que me falta es escribirlo y pasarlo a máquina. Pero Carlos, lo puedo hacer a la vuelta de Santo Domingo.

—¡Nada de Carlos, hueón confianzudo!—gritó Roncaglia. —¿Que no te dije que me tuvierai listo el reporte hoy? ¡hueón! vos mismo me dijiste que me lo ibai a tener listito hoy en la mañana— las venas del cuello de Roncaglia vibraban con sus gritos. —Tengo al capitán que es primo de la presunta preguntándome a cada rato acerca del maldito reporte y ahora más encima se le ocurrió contarle a su compadre que es coronel de ejército...Co-ro-nel.—Roncaglia se paró y caminó alrededor de su escritorio hacia el sofá donde estaba sentado Urbina. Apuntándolo con el dedo índice, dijo—me lo tenís que terminar ahora mismo porque más encima lo quieren revisar pa' estar seguros que la presunta va a salir libre lo antes posible. ¡Ya! ¡Partiste!

—¿Y eso se permite ahora? ¿Que los parientes de la acusada le pongan presión a los detectives investigando un caso?

—¡Idiota! Eso no es problema nuestro. Ya me está pareciendo que me llevai la contra por llevarme la contra. Putah el hueón porfiado por la mismísima cresta. Ahora anda y termina esa huevá—gritó Roncaglia.

—¿Y quién va a Santo Domingo, entonces?—preguntó Urbina.

—No erís ná el único detective aquí, Urbina Catrileo. El guatón Rosales y el pelao Infante tendrán que ir. En bus si no hay vehículo. Ya hueón, me aburriste. Anda a escribir esa hueá. Indio saco 'e hueas—esto último Roncaglia lo dijo entre dientes así que es posible que Urbina no lo escuchó.

Quince minutos más tarde Rosales se acercó tentativamente al escritorio de Urbina. A juzgar por los hachazos que Urbina le pegaba a las teclas de la Underwood su compadre estaba hirviendo.

—¿Cómo le va, compa? ¿qué tal ese reporte?—preguntó Rosales en forma tentativa.

Urbina no dijo nada y siguió azotando teclas. Era el único detective en el servicio que podía escribir a máquina con más de dos dedos, gracias a un curso nocturno que tomó cuando estuvo en la escuela de carabineros. En esos tiempos todavía estaba bajo la ilusión de que habilidades prácticas compensarían su baja estatura y su pasado mapuche. La ilusión pronto había quedado atrás pero no así su habilidad con el teclado.

—¿Compadre? Se lo pido por favor, no me haga la ley del hielo. Usted sabe que yo no tengo na' que ver con las decisiones del Ronca—dijo Rosales.

Urbina paró de escribir y mantuvo la vista fija en el teclado. Después de unos segundos miró a Rosales y dijo:

—Es una estupidez. Yo he estado investigando el homicidio de Marisol Wilson por casi una semana...y aquí me tienen ocupado con por lo menos dos o tres horas más de papeleo. Y pa' más remate, trabajando un caso que lo podría haber resuelto un mono borracho porque ya se sabía de antemano cuál tenía que ser el resultado.

—El Ronca me dijo que me fuera altiro pa' Santo Domingo con el pelao Infante—dijo Rosales, ignorando lo que decía Urbina.

—Una estupidez bárbara como se desperdicia mi trabajo de investigador—dijo Urbina.

—¿Le traigo un cafecito, compadre?—preguntó Rosales. Era curioso observar como una persona con la envergadura de Rosales se mimetizaba hasta parecer pequeño.

Urbina no dijo nada. Rosales, incómodo, seguía parado a un costado del escritorio. Urbina terminó un párrafo sin contestar a la pregunta de su compadre y lo miró, interrogándolo en silencio.

—Es que le quería pedir un favor, compa—dijo Rosales, tímidamente.

—¿Qué favor?

—Es que como no hay auto del servicio disponible entonces el Ronca me dijo que nos teníamos que ir en bus. Y yo tengo que estar de vuelta temprano porque tengo unos asuntitos que arreglar y con los horarios de bus tan al lote que están, capaz que no llegue de vuelta a tiempo—Rosales bajó la voz y se acercó a Urbina—entonces yo le quería pedir si me podía prestarme el fito.

Urbina no dijo nada. Lo pensó un minuto, se metió la mano al bolsillo y le pasó a Rosales un llavero de metal en forma de copihue pintado con la bandera chilena.

—Ahí va. Como usted sabe compadre, yo no lo cierro con

239

llave así es que ahí tiene la pura llave del motor. Y me deja el estanque lleno, por favor.

—Gracias compadrito. Voy a hacer una investigación súper prolija, tomando nota y todo, igualito a las que hace usté. Y si tienen marisco fresco en el puerto, yo le traigo y así entonces doña Estela le arregla una paila marina pa' que se le despierte el picarón.

Segundos después que Rosales abandonara la sala de detectives una ola de furia, frustración y tristeza invadió a Urbina. Su teoría del ojo bueno solo funcionaba con suficiente luz, y aquí estaba encerrado en una pieza oscura, de noche, donde no se veía nada de nada. Continuó tecleando. *Patricia Ríos era una víctima de constante abuso físico y emocional.* Lamentó no haberle detallado a Rosales en qué fijarse en la playa de Santo Domingo durante su examen de la víctima y el lugar del crimen. Si es que era en realidad el lugar del crimen, porque era muy posible que la muerte sucedió en otro lado y ahí solamente dejaron el cadáver. Siguió tecleando en la Underwood. *La muerte de Juan Enrique Valencia se debió a un golpe en la cabeza (favor consultar reporte del Servicio Médico Legal),* no valía la pena lamentarse que no pudo ir, ahora lo único que le quedaba era tratar de terminar el reporte lo antes posible y rogar que Rosales y el pelado hicieran una buena investigación *...proporcionado por Patricia Ríos mientras intentaba defenderse de su marido.* No mencionó la presencia del hijo menor de Patricia en el momento del golpe.

Trataba de concentrarse en terminar el reporte pero su mente insistía en viajar hacia la costa, hacia las playas de Santo Domingo. Había estado por allí cerca años atrás, cuando hicieron un paseo por el día para celebrar el final del año escolar del Instituto. El flaco Bustamante, su profesor jefe, había convencido al rector del Instituto que le permitiera llevar a sus alumnos a pasar el día en la playa de Llolleo, en las orillas del río Maipo, para subirles la moral. Luego de una colecta a los apoderados para pagar el arriendo de un bus (una vieja máquina Ford del recorrido 78, Canal San Carlos), los estudiantes partieron hacia la costa cantando el himno institutano...*pues cupo al Instituto la espléndida fortuna de ser el primer foco de luz de la nación*...para luego corear las canciones populares del momento.

Bustamante los aburrió durante todo el trayecto dándoselas de guía turístico, discurseando acerca del pan amasado de Talagante, de las gredas de Pomaire, de la estación de trenes de Leyda, de los muelles de San Antonio, del regimiento de ingenieros del ejército de Tejas Verdes en las afueras de Llolleo, en fin, no había parado de hablar durante la hora y media que duró el viaje hasta Llolleo. Urbina recordó las oscuras arenas grises de la playa, a los pescadores artesanales trabajando en sus barcos desgastados por décadas de uso, y al viento feroz que les arrojaba granos de arena picándoles la piel como miles de abejas, mientras jugaban fútbol en la playa o se comían los sangúches que trajeron. A una corta distancia, al otro lado del río, se divisaba el borde del elegantísimo balneario de Las Rocas de Santo Domingo, uno de los centros de la aristocracia criolla, con su campo de golf y sus enormes mansiones de verano con jardines floreados... ¡Tejas Verdes! Una luz se prendió en la cabeza de Urbina. Recordó que ese regimiento era uno de los lugares donde la DINA tenía presos a detenidos políticos, y las malas lenguas decían que también era un centro de torturas. Fijesé la casualidad. ¿Casualidad? Los restos de dos mujeres jóvenes provenientes de familias acomodadas se aparecen cerca de recintos militares después de haber sido asesinadas con extrema violencia. ¿Coincidencia? Difícil creerlo. Tengo que terminar este reporte lo antes posible y encontrar la forma de ir a Santo Domingo. No confío en que el guatón Rosales y el pelado Infante obtengan toda la información que se necesita. Volvió con urgencia al teclado, balanceándose en la cuerda floja, buscando la forma de darle a Roncaglia lo que quería sin mentir groseramente. Y sin olvidar lo que decía la ley, y la justicia, que últimamente no viajaban tomadas de la mano. *La acusada Patricia Ríos, confesó al detective autor de este reporte, Lautaro José Urbina Catrileo, detective primera clase, Brigada de Homicidios, Servicio de Investigaciones de Chile, con fecha viernes, 15 de agosto, 1975, haber dado el golpe que causó la muerte de su marido Juan Enrique Valencia para defenderse de sus*

241

golpes. Sus dedos escribían el reporte pero sus pensamientos estaban en la muerte de las dos jóvenes ¿Debo revisar de nuevo mi teoría de que los milicos son inocentes de la muerte de Marisol Wilson? se preguntó. Porque esto es como demasiada coincidencia. *El examen del lugar de la muerte de Juan Enrique Valencia no dejó en evidencia elementos que contradigan la confesión de la acusada.* Escribiendo este reporte cumplo con parte de mi condena, pensó. Mi único consuelo es el saber que ya no quedan inocentes en ningún lado.

Un poco después del mediodía le dio los últimos toques floridos a su reporte, incluyendo detalles semi-ficticios que dejarían contento a Roncaglia y partió a la busca de su jefe. Golpeó la puerta de su oficina, cerrada con llave, sin obtener respuesta. Curioso, porque Roncaglia sólo le echaba llave cuando estaba él adentro haciendo de las suyas. En fin, siempre es posible encontrar una excepción. Recorrió los departamentos del Servicio de Investigaciones siguiéndole el rastro a Roncaglia pero no tuvo suerte. Volvió a su escritorio pensando que tendría que mantenerse ahí, en el cuartel, hasta que volviera Roncaglia y le diera el visto bueno a su reporte. Mala cueva no más, pensó. Mientras estos chambecos en la playa seguro van a dejar la cagá examinando el cadáver.

Reloj detén tu camino... recordó el antiguo bolero, uno de sus favoritos. Y buscando qué hacer para no perder el tiempo se concentró en la muerte de Marisol Wilson. Por sus venas corría la adrenalina causada por su especulación acerca del regimiento Tejas Verdes. Era una veta prometedora, tenía que seguirla. Se paseaba por la sala de detectives como animal enjaulado. Revisando su libreta llegó a una anotación que decía: "Lunes. Llamar al Dr. Peña acerca de la autopsia de M.W."

Se tiró contra el teléfono como si se estuviera tirando un piquero en la piscina de agua salada de Santo Domingo. Minutos después estaba en plena conversación con el Dr. Peña, quien le recalcó que la autopsia de Marisol Wilson y los exámenes correspondientes los había acelerado él, él mismo, porque se había dado cuenta de que Urbina tenía urgencia en solucionar el homicidio de la rubia. Que a propósito era rubia de veras.

—Gracias Dr. Peña, pero si me permite ¿porqué? ¿porqué me esta haciendo este favor?—preguntó Urbina.

—Por una razón muy simple: quiero que si algún día me toque la desgracia de que me maten a mí o a alguien de mi familia, quiero que usted se encargue de la investigación. No creo que haya algo peor que perder a un pariente cercano y que los detectives investigando no cachen ni una huevá.

—No hay ni que pensar en cosas así, doctor Peña.

—Pero igual...—dijo el doctor Peña sugestivamente.

Urbina guardó silencio por unos segundos. Luego dijo:

—Por supuesto, doctor Peña. No se preocupe, yo me comprometo—a Urbina le costó decir esto porque sabía que estaba mintiendo. El que iba a decidir cómo, cuándo, o quién iba a investigar un homicidio era su jefe Carlos Roncaglia. Pero ya estaba embarcado.

—La autopsia mostró varias cosas interesantes, que quizás lo puedan ayudar en su investigación. La primera: la víctima no fue violada, contrario a lo primero que yo me imaginé.

—¿Seguro, doctor?—preguntó Urbina.

—Detective Urbina. Aquí yo ayudándolo y usted me pregunta tonteras. Por supuesto que estoy seguro.

—Perdone, doctor, no se ofenda. Es que cuando vi a la víctima en la cordillera, me dio toda la impresión de que existían señas de un crimen sexual.

—No, no me ofendo—contestó el doctor—porque además no estaba equivocado.

El doctor Peña continuó, diciéndole a Urbina que había encontrado restos de semen en la cintura de Wilson, un poco más abajo del ombligo, donde sus jeans habían sido abiertos. La causa de la muerte de Marisol Wilson fue el trauma del golpe en la cara, que él atribuía a un intento de doblegar a la víctima. Esto sugería un posible intento de violación, resistencia de la víctima, golpe en la cara, para que luego el culpable empezara a desvestirla, sin terminar lo que había comenzado, para en cambio terminar masturbándose encima de ella. Urbina escuchaba con su oreja pegada al teléfono mientras tomaba notas en un cuaderno. Un rayo de sol le cayó a una esquina de su escritorio. Microscópicas pelusas y granos de polvo bailaban en la luz del rayo.

—¿Y las señas de estrangulación? ¿y la sangre?—preguntó Urbina.

—Yo me inclino hacia que la estrangulación sucedió después de que ella recibiera el golpe fatal en la cara, lo mismo que los cortes que causaron que sangrara, porque no sé si se dio cuenta, pero para la cantidad de cortes que tenía, la sangre era mínima. Entonces le repito, para completar el cuadro, si a esto le unimos el semen que encontramos, me parece que estamos viendo el trabajo de un psicópata que se excita sexualmente al ver las consecuencias de la violencia que él le proporciona a la víctima. En resumen, esta es la película que me armo: la trató de violar, ella resistió, le pegó en la cara, matándola en forma casi instantánea, la estranguló, le pegó sus punzadas y se masturbó encima de ella.

Urbina escribía furiosamente. El sol nuevamente se había escondido detrás de las nubes llevándose el rayo de luz.

—¿Alguna otra cosa, doctor Peña?

—Dos cosas más: primero, no sé si se recuerda que la víctima tenía un par de uñas quebradas.

—Sí, en la mano derecha, si no me equivoco.

—Precisamente—dijo Peña—lo que concuerda con mi cuadro de resistencia. Es posible que el culpable tenga marcas en la piel causadas por la resistencia que intentó la víctima. Y la segunda cosa, y esto sí que me costó harto: el análisis toxicológico de la sangre muestra rastros de THC y clorhidrato de metanfetamina.

—¿Porqué dice que le costó harto?—preguntó Urbina.

—Sencillo. La flaca Riquelme, que hace los exámenes de sangre, se quería ir temprano el viernes y yo le tuve que rogar y rogar para que me hiciera la toxicología de la víctima. Hasta le tuve que prometer que la iba a llevar a almorzar al Parrón en Providencia, porque le gustan las parrilladas.

—Gracias doctor.

—Que agradece. No me duele mucho llevarla a almorzar porque a pesar de que es flaquita, es muy tentadora, además de ser simpática. Acuérdese no más de su promesa—dijo el doctor Peña y cortó la llamada.

¿Qué promesa? casi preguntó Urbina pero el doctor ya había colgado. Segundos después recordó que le había dicho al doctor que él se encargaría de la investigación si es que alguien de su familia moría en forma sospechosa. Catrileo, Catrileo, ¿cómo se te ocurre andar prometiendo cosas que son imposibles de cumplir? La única explicación que tengo es que estoy obsesionado con encontrar al culpable de la muerte de Marisol Wilson. Pero... si lo encuentro, ¿cambiará de alguna forma mi vida? ¿y porqué de repente me inquietan estas preguntas inútiles, cuando tengo tantas cosas por resolver?

—A ver, a ver. ¿Cómo va ese reporte, detective super estrella?— Roncaglia interrumpió sus pensamientos el entrar a la sala de detectives. Cuando llegó al lado del escritorio, Urbina se paró, recogió las siete páginas que constituían el reporte y se las pasó a su jefe en silencio.

—Ah qué bien, ya lo tenís listo—dijo Roncaglia y se sentó en la silla de Urbina a leerlo con cara de preocupación. A medida que lo iba leyendo su molestia se diluía, siendo de a poco desplazada por una cara de satisfacción. Cuando llegó a los párrafos que describían las conclusiones del detective investigador Lautaro José Urbina Catrileo, con las medidas del lugar del crimen, la confesión de la presunta, los reportes de violencia doméstica, citando en particular la ocasión en la cual el difunto le había quebrado el brazo a su cónyuge Patricia Rios, Roncaglia se frotó las manos y una sonrisa le llenó la cara. Todo lo necesario para montar un alegato de defensa propia estaba ahí, en el reporte. Al terminar de leer, Roncaglia se paró, aplaudió formalmente y dijo:

—Putah la hueá, Catrileo Catrileo. Debierai haber sido novelista con lo bien que escribís cuentos.

Urbina rogó, suplicó, intentó de toda forma que Roncaglia le permitiera viajar a Santo Domingo a examinar el cadáver recién descubierto. Roncaglia lo había escuchado a medias, prestándole más atención a la llamada que tenía que hacer por teléfono. Para él, lo más urgente era informarle al capitán de ejército primo de la presunta que le viniera a echar un vistazo al reporte antes de mandárselo al fiscal.

—Cómo no, Capitán. Cuando le convenga no más—dijo Roncaglia hablando en el teléfono del escritorio de Urbina. —En caso que tenga que salir, aquí se lo dejo yo con el oficial de guardia para que usted lo revise. Puse a mi mejor detective en el caso, Lautaro Urbina Catrileo, el orgullo de la Araucanía,—Roncaglia miró a Urbina y le cerró un ojo—que dicho sea de paso, hizo un trabajo de primera. Pa' que usted vea que aquí en la Brigada nos tomamos nuestro deber muy en serio—Roncaglia escuchó respetuosamente lo que decía el capitán mientras a Urbina lo comía la ansiedad. Roncaglia terminó,—si, muy curiosa la cosa, así son las vueltas de la vida, Capitán. Fue un placer haberle podido ayudarle. — Roncaglia colgó el auricular, y dirigiéndose a Urbina dijo,—y ahora al Blanco y Negro pa' celebrar.— Urbina pensó en resistir la invitación pero sabía que no serviría de nada. A Roncaglia le gustaba andar siempre acompañado, así es que iba a insistir que Urbina lo acompañara hasta ponerse cargante. Buscó su gorra, sin encontrarla, y recordó que la había dejado en el Fiat. Se sentiría desnudo hasta que volviera Rosales con su auto y su gorra. Junto con su Beretta eran sus posesiones más preciadas. Un auto para moverse, una pistola para defenderse y una gorra escocesa para mantener su aura.

—¡Juanito! Dos pilsen y una mineral—gritó Roncaglia aproximándose a una de las mesas del Blanco y Negro—y tráete algo pa' picar, mira que me quedé con hambre del almuerzo.— Se sentó, y mirando a Urbina, le dijo amigablemente,—sientaté, Urbina Catrileo. ¿Porqué tan deprimido? ¿que no te fijaste que me acordé que no chupai y te pedí una mineral?— Urbina se sentó de mala gana.

—Carlos, yo cumplí lo que le prometí. Le terminé su reporte, redondito, tal como me lo pidió.— Urbina trataba de mantener su voz en su tono habitual de convencimiento, pero la adrenalina le estaba forzando la mano. —Lo único que le pido es que me permita ir a Santo Domingo a ver si puedo averiguar algo acerca de esta nueva víctima.

—El reporte lo terminaste porque ése es tu trabajo, ¿o no? De la forma como lo decís parece que me estuvierai haciendo el gran favor del año—Roncaglia sonrió al ver acercándose a Juanito con los tragos y un plato con cubos de queso, pedazos de jamón y salame. —¿No habrá pan fresco por ahí, Juanito? Mire que le tengo que subirle los ánimos al detective Urbina, que anda muy bajoneado.

—Sí, cómo no, jefe. Les traigo pancito y pebre del almuerzo. No se preocupe, detective, acuérdese que *todo pasa y nada queda,* como dijo el poeta.

—Juanito, no sea ignorante. Es una canción, y además dice *todo pasa y todo queda*—corrigió Roncaglia sonriendo—y no como usted lo dijo, o maldijo.— Urbina los miró a los dos con disgusto.

—Igual lo siento mucho, detective—dijo Juanito mirando a Urbina con toda sinceridad,—usted sabe que yo le tengo mucho respeto—y se retiró.

Roncaglia tomó un trago de cerveza, picoteó un pedazo de queso y otro de jamón y dijo: —¿Que bicho lo habrá picado al Juanito pa' que ande hablando cabezas de pescado?

Urbina meneó la cabeza, dejando en evidencia su frustración. Juanito volvió con un plato de pan y un servidor de pebre. Al ponerlos en la mesa dijo:

—Estamos haciendo una colecta pa' mandarle flores. ¿No se querrán poner con una luquita cada uno?

—¿Flores?—preguntó Roncaglia, con la boca llena de pan con pebre—¿flores pa' quién? ¿alguien se murió?

—¿Que no les contaron?—dijo Juanito—yo creí que es por ella que el detective anda tan afligido. To'os sabemos que son amigos.

Urbina por fin lo miró, tratando de descifrar lo que decía el mesero. Hasta ese momento, Urbina había ignorado gran parte de la conversación porque su mente estaba a noventa y ocho kilómetros, en Santo Domingo.

—Juanito, por favor, cuéntenos. Vaya pensando que yo no sé nada de nada, y que por eso estoy medio perdido y no entiendo de qué está hablando—dijo Urbina.

—Las flores son pa' la Quenita, po'. ¿No vé que está en la Posta Central?—dijo Juanito.

—¿La Quena?—preguntó Urbina—¿porqué? ¿qué pasó?

Juanito miró a su alrededor, bajó aún más la voz, y se inclinó hacia Roncaglia y Urbina.

—Esta mañana nos llamaron de la posta. Llegó allá en la medianoche. Alguien le sacó la cresta. Está bien mal la pobre Quena —dijo Juanito. —Por eso le querimo mandar flores.

Urbina corrió hacia la puerta, gritándole a Roncaglia que lo llamaría de la posta apenas supiera como estaba la Quena. No escuchó si Roncaglia le respondió.

Capítulo 22

La Posta Central de Santiago, en la calle Portugal cerca de la Alameda Bernardo O'Higgins, se conoce también por otro nombre: Hospital de Urgencia de Asistencia Pública. Ahí llegan los que se enferman o se accidentan sin tener recursos económicos. No hay forma de entrar a una de sus salas de cuidado intensivo y mantener el optimismo.   Es un museo del sufrimiento humano.   Cuando Urbina preguntó por Quena lo mandaron a una sala larga, con alrededor de veinte pacientes ordenados en dos filas, con la cabecera de las camas contra las paredes de los costados. Diversas maquinarias médicas en distintos estados de descomposición o desarreglo chiflaban, gruñían, timbraban a intervalos regulares, con algunas mostrando luces de colores prendiéndose en forma intermitente.

Urbina vio a Quena, y le temblaron las rodillas. La pobre tenía los ojos cerrados, moretones en la cara, un parche en la mejilla, y un tubo plástico conectado a su brazo izquierdo. Urbina se acercó a la cama tentativamente, con los ojos humedecidos. Su afecto por Quena le estaba pasando la cuenta. Al cabo de unos minutos, sonó un timbre en el pasillo y se acercó una enfermera.

—Por fin le llegó un pariente a la pobre, sufriendo acá, tan solita que está—dijo la enfermera mientras le tomaba el pulso a Quena.

—¿Me puede decir su condición, por favor se lo ruego?— preguntó Urbina.

—La tenemos con morfina para que no sufra por el dolor. El traumatólogo viene luego para examinar las radiografías, porque parece que tiene una costilla quebrá. Los moretones que se le ven no son de seriedad. En unos diez días desaparecen. Lo más grave es que parece que la costilla quebrá le perforó un pulmón porque cuando la trajeron estaba escupiendo sangre. Y no le diga na' a los doctores de lo que yo le dije porque no les gusta cuando las enfermeras informan

249

acerca de los pacientes.

—¿Y el doctor, cuándo se aparece por acá?—preguntó Urbina tomando la mano de Quena.

—Anda haciendo sus rondas, yo creo que en una media hora más o menos. Si ella despierta y tiene mucho dolor me llama no más —la enfermera hizo una anotación en un papel que colgaba a los pies de la cama y se retiró a ayudar a otro paciente.

Urbina miró a su alrededor buscando una silla, sin encontrarla, pero vio un taburete al fondo de la sala. Fue a buscarlo, pidiéndole permiso con gestos a una enfermera, quien asintió con un movimiento de cabeza. Lo trajo al costado de la cama de Quena y se sentó a esperar, con la mano derecha de Quena entre las suyas. No quería especular acerca de lo que había sucedido pero tenía un mal presentimiento. Lo único que faltaba sería descubrir que la Quena recibió la paliza en el asado del gato Arancibia. De ser así, a Urbina le tocaba parte de la culpa. Unos veinte minutos más tarde, Quena abrió lentamente los ojos y gimió.

—Quenita. Aquí está tu indio rebelde—susurró Urbina. — ¿Quieres que llame a la enfermera?

—Nooo. Lauta...—balbuceó Quena—tengo unas cosas que decirte...

—Ahora no, Quenita,—interrumpió Urbina—mejor esperemos a que te mejores. ¿Quien te pegó? Eso sí me lo tienes que contestar ahora.

—El guatón...

—¿Mi compadre te pegó?—interrumpió Urbina, sorprendido.

—Noo, no, escucha...

—¿Quién te pegó, Quenita? Por favor, me urge saberlo— interrumpió nuevamente Urbina. Todas sus dotes de detective, toda la paciencia adquirida durante sus años interrogando gente, todo quedó atrás. Estaba desesperado por obtener una respuesta a su pregunta.

—Fue un hueón grandote con bigote en el asado del gato... se curaron y empezaron a darme agarrones y a gritarme... que me sacara la ropa y yo no quise... —Quena hacía un gran esfuerzo para hablar, pausando en medio de sus frases para después continuar susurrando— ...el gato trató de pararlos pero el grandote me pescó y me empezó a desvestir a la fuerza...hhhaahh ...entonces yo le pegué un combo en la cara...y ahí fue cuando me empezó a pegar...ya de ahí en adelante...lo tengo todo borroso...

—¿Sabes cómo se llamaba el huevón grandote?—preguntó Urbina. Quena dijo que no con la cabeza y que tenía mucha sed. Urbina fue a buscar a la enfermera, quien estaba atendiendo a otro paciente. Ella le dijo a Urbina que sacara un vaso del armario y lo llenara con agua de la llave.

—Déle sorbitos cortos no más pa' que no se atore, porque si llega a toser le va a doler mucho—concluyó la enfermera.— Urbina siguió las instrucciones y minutos más tarde Quena volvió a su tema original.

—Hay algo que tenís que saber, Lauta...hhhaaahh ...porque te están vigilando—Urbina le dió otro sorbo de agua a Quena y escuchó con atención mientras ella continuaba—la otra noche en el Blanco y Negro después de que te fuiste... llegó el guatón y se anduvo medio curando así que pasamos la noche juntos en una de las piezas...hhaahh...curado como estaba se le soltó la lengua y ahí me contó de donde sacó el dinero... pa' arrendarme un departamento en el centro.

—¿El sábado en la noche estuvieron juntos?—preguntó Urbina, recordando como le había dicho a Quena que no creía que su compadre saliera de su casa esa noche, y como Quena se había enojado porque Urbina ni siquiera había intentado disuadir a Rosales, haciéndole ver lo insensato de su idea de emparejarse con la Quena y vivir juntos.

—Estaba muy pasado de trago y no se quería ir... así que me quedé con él, y menos mal porque las cosas que me contó... son muy feas...—dijo Quena susurrando las palabras. Urbina le ofreció más agua. Quena tomó un pequeño sorbo. Sus ojos, siempre tan expresivos, estaban nublados y amarillentos, inyectados de sangre.

—Curao como estaba me contó que es tu jefe...el Roncaglia,

es el que le está pasando billete. Quiere que el guatón te vigile... quiere saber qué estai averiguando acerca de la muerte de la rubia...hhhaaahhh...—Quena cerró los ojos. ¡Alerta, alerta! Las luces rojas intermitentes de los instrumentos médicos eran fiel copia de las alarmas encendiéndose en la cabeza de Urbina. Por el momento su auto control acallaba lo que le gritaba su instinto de supervivencia, de arrancar lo antes posible. Sus sentimientos estaban en guerra. Por un lado quería saber más. Pero a Quena le dolía cada palabra. Le acarició la mano en silencio.

—...el jefe dice que la mataron los milicos y...que cuando tu encontrís cuál de los milicos es el culpable y lo vayai a buscar...los milicos se van a emputecer y se van a tirar contra él...porque él es el jefe...supuestamente el responsable.

—¿Y de dónde saca Roncaglia el billete?—preguntó Urbina, y se arrepintió de inmediato, por el dolor que sufría Quena al hablar.

—No sé. El guatón dijo fondos comunes...no sé. El guatón dijo que tú estabai jugando con fuego.

—Duérmete Quenita, ¿quieres que llame a la enfermera?— Quena no contestó. Cerró los ojos y giró su cabeza. Ya había cumplido su objetivo, darle la alarma a su indio rebelde, y el dolor y la morfina la tenían casi inconsciente.

"Fondos comunes," dijo Quena. Esto olía hediondo, pensó Urbina mientras acariciaba la mano de Quena. Su cabeza era un remolino de sentimientos confusos, pensamientos contradictorios y deseos de venganza. La pena causada por la traición de su compadre lo tenía helado. Sentía una furia intensa contra los que le habían hecho daño a su Quena, la única persona con quien podía contar en las buenas y en las malas. La misma Quena que estaba en la posta por haberle hecho un favor. Se resistía a involucrar a Feinstein porque ya lo había enredado en el asunto del Nano y su familia. Él no se merecía que Urbina lo enredara en mas problemas. Definitivamente no podía confiar en su compadre Rosales, porque lo estaba traicionando. Y menos en Roncaglia, que lo quería vigilado para no correr peligro con los milicos y quién sabe qué más. En todo lo largo y ancho de Chile, no se le ocurría con quién podía contar en este aprieto. Está bien. No necesito a nadie, pensó.

"El guatón dijo que estabai jugando con fuego" le había dicho Quena. Como si yo no lo supiera. Pero mi ex-compadre no tenía para qué echarle parafina al fuego. Si se acerca mi final, que venga, pero no antes de que estos perros me paguen la cuenta. Por lo que le hicieron a Quena, y quizás a cuántas más pobres inocentes. Y por lo que le hicieron a mi mami. Me las van a pagar, aunque yo no viva pa' saber el final del cuento.

Urbina se paró del taburete y abandonó la sala de cuidados intensivos. Mientras caminaba por los pasillos de la posta decidió que lo mejor sería actuar como si no supiera nada de esta intriga en su contra. Y movería cielo y tierra hasta encontrar al gato Arancibia, que si sabe lo que le conviene se esconderá detrás de una reja con cadena y candado.

Habían pasado casi tres horas desde que Urbina dejó a Roncaglia tomando cerveza en el Blanco y Negro. Cuando lo llamó por teléfono al cuartel de Investigaciones para informarle de la condición de Quena, Urbina se sorprendió al enterarse que Roncaglia no estaba molesto por la forma como había salido corriendo del Blanco y Negro. Por el contrario, Roncaglia sonaba más bien deprimido.

—Para el cuartel me voy, entonces—dijo Urbina—aquí ya no puedo hacer nada, la Quena está durmiendo, la tienen con morfina para el dolor.

—No. Quédate ahí no más. Pa' allá van el guatón Rosales con el pelao Infante—ordenó Roncaglia, y cortó la comunicación.

Después de la llamada telefónica Urbina empezó a prepararse mentalmente para la erupción que se acercaba. Las erupciones volcánicas generalmente no avisan pero esta venía anunciada con trompetas. Pensó que cuando Rosales se entere de la condición de la Quena, y más aún, de dónde y porqué le llegó la paliza, tendría que encontrar una armadura de acero. Decidió ir a la entrada de la posta para ver a Rosales apenas llegara y así irlo preparando de a poco para que el golpe no fuera tan brutal. Se lamentó no haberle preguntado a Roncaglia cuánto sabía Rosales acerca de la condición de Quena.

Urbina esperaba, caminando entre filas de sillas plásticas con gente sufriendo en silencio, hasta que llegó el momento cuando ya no pudo contener su impaciencia y se fue a esperar afuera, a la entrada del edificio. Mirando el indiferente tráfico de autos en Avenida Portugal, se preguntó, ¿empezó todo esto con la muerte de la rubia? ¿o empezó mucho antes y esa fue la gota que rebalsó el vaso? ¿existe alguna conexión entre todo lo que está pasando? ¿o es nada más un agosto maldito de un invierno maldito, sin que exista ni respuesta ni explicación?

Lamento que tanto de lo que he aprendí acerca de la muerte de Marisol Wilson quedó de lado. A mí me gustan las cosas metódicas, bien pensadas y planeadas, me gusta perseguir las pistas hasta su fin natural, tachando los sospechosos limpiamente, uno por uno, eliminándolos en forma científica, no al lote.

El doctor Alfaro, el montañismo, Felipe Correa y su conexión con Marisol Wilson, la Yamaha 400, el viejo del cual hablaban sus compañeras, la extraña actitud de Grey al enterarse de la pulsera, la pulsera misma, tanto que investigar y ahora, justo ahora, se me acaba el tiempo. Las amenazas, la traición de mi compadre, el ataque a Quena, todo conspira en mi contra. Y para colmo me están vigilando.

Algunas cosas me quedan claras. De la desaparición de las cosas que se esfumaron de mi escritorio, el culpable tiene que ser o Roncaglia o el guatón traicionero. Pero está claro que fue uno de los dos.

Vio a su Fiat acercándose, pero algo no encajaba. El guatón venía a demasiada velocidad para la avenida Portugal y su auto tenía el parabrisas estaba hecho añicos. Rosales pegó una sonora frenada, se estacionó justo frente a la puerta de la posta en la zona reservada para ambulancias, se bajó del auto y trotó hacia la puerta del pasajero para ayudar al pelado Infante a bajarse. Urbina corrió hacia el Fiat.

—¡Guatón! ¿que pasó?—gritó Urbina corriendo.

Capítulo 23

—¿Sabe lo raro compadre? Cuando nos fuimos de la Brigada en el fito con el pelao, me pareció ver al hueón de la moto del otro día siguiéndonos. Después empezamos a chacharear con el pelao y ya no me fijé, pero ahora, pensándolo bien, ¿no habrá sido ése conchesumare que les avisó a sus compinches pa' que nos balearan?

Para eso tendría que haber sabido adonde iban, pensó Urbina. Los dos se encontraban sentados afuera de una de las salas quirúrgicas. Adentro, un equipo de doctores operaba a Infante. Intentaban extraer una bala que tenía en el hombro izquierdo para después continuar con una segunda en la cadera derecha. Había perdido mucha sangre y eso era lo que amenazaba su vida.

—¿Cómo y dónde los atacaron?—preguntó Urbina.

—Veníamos de vuelta, acabábamos de cruzar el puente a la salida de El Paico cuando nos llegaron balazos. Ví fogonazos desde un auto estacionado en la orilla del río,—Rosales hablaba entrecortado. Urbina notó que tenía sangre de Infante en su camisa y chaqueta.   —Apreté el acelerador a fondo y el auto nos persiguió, y cuando ya casi nos alcanzaba, la suerte quiso que apareciera un par de pacos en moto. Ahí se viraron los del auto y se perdieron. Cuando vi que ya no nos seguían, paré el auto y el pelao me dijo que le había llegado un par de balazos. Le hice señas a los pacos y les pedí que llamaran por radio al Ronca al cuartel y que le dijeran que me iba con el pelao a la Posta Central.— Rosales pausó, tomándose la cabeza con las manos.

—A lo mejor me equivoqué. No tomé en cuenta que el pelao se podía desangrar en el camino, pero no quería esperar a la ambulancia, y menos que volvieran los que nos balearon. ¿Cree usted que me equivoqué, compadre?—dijo Rosales con voz afligida.

Urbina meneó la cabeza diciendo que no. Rosales estaba desconsolado. Obviamente todavía no se había enterado que Quena estaba en la posta, a escasos metros de donde estaban sentados.

Menos mal, pensó Urbina, porque se haría pedazos. Quería preguntarle cómo les fue en el examen del cadáver de la joven en la playa pero Rosales estaba demasiado trastornado. Esperaría unos minutos.

—Lo único más que se me ocurre es que... —Rosales lo miró directamente—...es que...es a usted el que querían balear compadre, no a nosotros. Cuando vieron el fito abrieron fuego. Fue una pura mala cueva que el pelao se había puesto su gorra escocesa cuando llegamos a Santo Domingo porque dijo que no quería que se le quemara la pelá.— Rosales había retomado un poco de su carácter habitual. —Como yo venía manejando y vieron a un huevón con gorra lo balearon a él. Era contra usted la hueá compadre, porque contra nosotros ¿qué iban a tener? Por eso le decía que el de la moto les tiene que haber avisado pa' que nos emboscaran. Lo único que les falló es que no sabían que usted se tuvo que quedar aquí en Santiago escribiendo el reporte pa'l Ronca.

—También les falló la puntería, porque si no estarían los dos muertos—dijo Urbina.

Rosales lo miró con asombro. Quizás hasta ese momento no se le había ocurrido que él también podía llegado a la sala de operaciones, o peor aún, ir en camino al Servicio Médico Legal, destinado a ser uno más en la cola de finaditos del doctor Peña.

Los dos quedaron en silencio. Urbina decidió que tenía que decirle a Rosales que la Quena estaba en la posta, pero antes quería obtener por lo menos una pizca más de información acerca del cadáver en la playa.

—Pasando a otro tema,—dijo Urbina subiendo los hombros, como si esto fuera algo de poca importancia, —respecto al cadáver en la playa, ¿vieron algo que sugiera conexión con la muerte de Marisol Wilson?

—Yéndome al grano al tiro: si no fue el mismo hueón el que la mató, fue su hermano mellizo, porque habían demasiadas cosas en común con la otra víctima que usted me describió: extrema violencia, golpes en la cara, señales de hematoma en el cuello, cortes de arma blanca, además que la joven víctima era bien linda, y vestía ropa carísima.

—¿Le encontraron identificación?—preguntó Urbina.

Rosales dijo que no con la cabeza y de repente se dio cuenta de las manchas de sangre en su camisa. Miró hacia la puerta de la sala de operaciones. Se paró y trató de ver hacia el interior. Desde su silla, Urbina intentó interrogar a Rosales una vez más.

—¿Encontraron alguna otra cosa alrededor del cadáver? ¿Huellas de neumáticos, señales de lucha?

—¿Se salvará el pelao, cree usted compadre?—preguntó Rosales, ignorando la pregunta de Urbina.

Urbina dijo que sí con la cabeza. Enfocar nuevamente al guatón en lo que descubrieron en Santo Domingo va a ser difícil en la condición en que está, pensó Urbina. Mejor le digo lo que pasó con la Quena y sigo adelante con lo mío.

—Guatoncito, venga, siéntese aquí al lado mío—dijo Urbina, haciéndole un gesto a Rosales con el brazo, indicándole la silla plástica junto a él—siéntese—. Urbina esperó a que Rosales se sentara antes de continuar. —Yo también le tengo malas noticias. La Quena está aquí en la posta—Rosales no reaccionó, confundido. Después de un minuto preguntó:

—¿Vino a ver al pelao?—Urbina dijo que no con la cabeza. —No. Me vino a ver a mí—continuó Rosales. Su cara brillaba. —¿Y eso qué tiene de mala noticia? Que buena mujer que tengo compadre, ¿dónde está?

Urbina respiró profundo. Ahora viene lo más difícil.

—La Quena...—lo interrumpió el sonido de la puerta de la sala de operaciones abriéndose. Una enfermera salió corriendo de la sala. Los dos miraron como se cerraba la puerta por sí sola. Desde adentro provenían gritos, carreras, órdenes. Luego, silencio. Los dos se pararon y fueron hacia la puerta, sin poder ver lo que sucedía adentro. Después de unos minutos un par de doctores salió de la sala hablando en voz baja. Al ver a los detectives interrumpieron su conversación. Urbina y Rosales se acercaron. Uno de los doctores los miró, mientras se desprendía de sus prendas quirúrgicas.

—¿Ustedes están relacionados con el paciente?—les

preguntó con voz cansada mientras que el otro doctor se alejaba por el pasillo.

—Sí, somos sus compañeros de trabajo, detectives de Investigaciones—contestó Urbina mientras Rosales nuevamente trataba de ver dentro de la sala de operaciones—¿como se encuentra?

—Hicimos todo lo posible...—Rosales se acercó—pero ya había perdido demasiada sangre. Es difícil operar cuando el paciente nos llega en una condición tan delicada.

Rosales se dirigió a Urbina.

—¿Qué está diciendo este hueón? ¿que es culpa mía lo que pasó?

—Calma, guatón, calma. Nadie ha dicho nada por el estilo, —dijo Urbina,—doctor, ¿hay alguna esperanza?

El doctor terminó de sacarse sus prendas, hizo una bola de su delantal manchado con sangre y lo tiró limpiamente a un trasto para el lavado. Miró a Urbina y dijo que no con la cabeza.

—El paciente falleció de un paro cardíaco cuando intentábamos extraer una bala de su cadera. Nuestros intentos de revivirlo no tuvieron éxito. Lo siento mucho. Ahora, si me permiten... tengo otros dos casos de urgencia esperando—y se fue en siga del doctor que ya se había retirado.

Urbina y Rosales se miraron. A Rosales le temblaron las rodillas y empezó a caerse. Urbina puso sus brazos en las axilas de Rosales y lo empujó hacia una de las sillas.

—¿Que culpa tenía el pobre pelao Infante, compadre?— preguntó Rosales luego de un par de minutos. —Lo mandan a hacer su trabajo y termina baleado.

—Así es. Usted mismo lo dijo el otro día: a veces pagan justos por pecadores—dijo Urbina. Los dos callaron, mientras navegaban el mar de sentimientos que amenazaba ahogarlos. Al rato, Urbina dijo,—¿me podría devolver la llave del Fiat? tengo varios asuntos que me urge arreglar.

Rosales lo miró como si no entendiera lo que escuchó. Urbina extendió su mano esperando la llave. Rosales se metió la mano al bolsillo, sacó la llave y se la pasó a Urbina. Luego dijo, — Perdóneme compa, no alcancé a llenarle el estanque.— Urbina tomó la llave y se paró para irse. Rosales lo detuvo agarrándole un brazo.

—¿Y no me dijo que por aquí andaba la Quena? ¿dónde está?—preguntó.

—Me extraña sobremanera, mi estimado guatón, que estemos aquí con el pelao recién muerto a balas y usted en lo primero que piensa es en la Quena. ¿No sería bueno averiguar quién le pegó los balazos al pelao antes de pensar en calenturas?

Rosales lo miró con odio para luego bajar la cabeza avergonzado.

—Es cierto. Ahí me anduve cayendo...pero la verdad es que no sé que más le puedo decir, compadre. Todo pasó tan rápido. Y si no fuera por la suerte que tuvimos de que por ahí andaban esos pacos en moto yo también estaría patas arriba.

—Cierto. Lo que nos urge es descubrir a los culpables. Es lo menos que podemos hacer por el pelao—dijo Urbina. —También hay que avisarle a Roncaglia de lo que pasó. Y usted, guatón, lo mejor que puede hacer es irse para su casa a tomar once con su familia. De ahí se pega una dormilona y mañana hablamos.

Urbina se marchó sin esperar la respuesta de Rosales. Más adelante me las ingenio de como le explico lo que sucedió con la Quena, pensó Urbina caminando hacia su auto.

Capítulo 24

El parabrisas del Fiat estaba destrozado en el lado del pasajero con un impacto de bala que se extendía hacia las orillas en rayos concéntricos. En la puerta de ese mismo lado había dos hoyos más de bala. Urbina abrió la puerta y se encontró con un charco de sangre a medio secar en el tapete de goma del Fiat. Sangre seca cubría el asiento. Uno de esos balazos en la puerta fue el que pegó en la cadera al pelao Infante, pensó Urbina, y el del parabrisas le dio en el hombro. Pobre pelao, pensó Urbina, se vino desangrando en el camino. Por mucho que se sienta culpable el guatón, los que mataron al pelao fueron los que les dispararon, no él. Aunque su teoría me parece correcta. Esas balas venían con mi nombre y apellido y el que pagó el pato fue el pelao. Entre los dos asientos vio a su gorra, la prenda cuasi culpable de la muerte de Infante. Dudó un instante. Luego la recogió y se la acomodó en su cabeza, pero se la sacó rápidamente cuando sintió algo pegajoso en su coronilla. Sangre.

Se limpió la frente con su pañuelo y giró la llave de arranque. El motor agarró luego de un segundo. Por el parabrisas en el lado del conductor se veía apenas lo suficiente para manejar. Partió por Portugal dirigiéndose al cuartel de Investigaciones. El olor de sangre en el interior del Fiat acentuaba su desazón. Hoy, en unas pocas horas, se había enterado que la Quena estaba en la Posta, de la traición de Rosales, de la perfidia de Roncaglia y para más remate, cayó baleado el pelao. Un maldito día lunes de un maldito agosto de un maldito invierno de un maldito año... tanta maldición. ¿Me estaré volviendo loco? ¿o es esto parte de la condena de la vinchuca?

Cuando llegó al cuartel ya era noche. Estacionando el Fiat vio salir del edificio a un par de oficiales del ejército. Esperó un minuto antes de bajarse para no tener que responder a las inevitables preguntas que surgirían cuando vieran la condición de su auto. No le apetecía   explicar lo sucedido, y mucho menos a huevones del ejército. Entró al edificio, y caminando por el pasillo hacia la sala de detectives se encontró con Roncaglia, quien le hizo una seña en silencio ordenándole que lo siguiera hacia su oficina.

—¿Cómo está el pelao?—preguntó Roncaglia, cerrando la puerta.

Urbina se sentó en el sofá y movió su cabeza diciendo que no. Roncaglia interrumpió su caminata hacia la silla de su escritorio.

—¿Y eso? ¿eso que significa?—preguntó exasperado.

Urbina levantó la vista lentamente.

—El detective Infante murió de un paro cardíaco mientras lo operaban para sacarle las balas. Llegó muy débil a la Posta Central por la cantidad de sangre que perdió en el camino—dijo Urbina. Ahora fue la cara de Roncaglia la que se desangró. Quedó blanco como la nieve, inmovilizado. Urbina lo observaba sin expresión, tratando de descifrar el nivel de culpa que le correspondía a su jefe en la muerte de su compañero. Con piernas tambaleantes Roncaglia reanudó lentamente su marcha hacia la silla. Se sentó y se tomó la cabeza con las dos manos. Después de un par de minutos, sin mirar a Urbina, dijo:

—Lauta. Te tengo que confesarte algo...—miró a Urbina fugazmente, quien mantuvo silencio. Roncaglia continuó, bajando la vista:

—Esto de la muerte del pelao...me siento como...como obligado...—Roncaglia miró a Urbina nuevamente,—¿querís que te cuente?—Urbina asintió con la cabeza.   —La verdad es que me siento... como un poco culpable de la muerte del pelao.

—¿Porqué, jefe? ¿qué tiene que ver usted con todo esto?

—Es que yo le había contao a un hueón de los servicios de inteligencia que tú estabai investigando un homicidio que le podía causar problemas al gobierno, porque la víctima no era na' un extremista o comunacho, si no que una niñita bien. Se lo conté pa' protegerte a ti, Lauta.

Hay momentos de claridad absoluta en la vida, y éste, para Urbina, era uno de ellos. Vio a su jefe, Carlos Roncaglia, como el débil charlatán que era, poseedor de un instinto de supervivencia que superaba fácilmente cualquier principio, cualquier amistad, cualquier intento de resistir el poder de los militares. Hasta le tuvo un poco de compasión. No mucha y solo por un segundo.

—¿Para protegerme a mí? Que buena le resultó jefe, porque me he sentido bien protegido. Hasta me han dado guardia personal que me anda protegiendo por todos lados.

—¿Te andan siguiendo?

—Así es. Hasta pasaron por mi casa cuando yo no estaba y dejaron medio muertas de miedo a mi mami y a mi tía.

—Esos son otros, te apuesto. De la DINA, creo yo. Te tomaron bronca cuando le aforraste a uno el martes—Urbina recordó el rodillazo en la cara que le había pegado al albino.

— Te va a llegar por porfiado y no me digai que no te lo advertí: pasaste de espinilla cosmética a furúnculo doloroso. Hasta uno de los jefes de allá, de la DINA, me llamó haciendo preguntas puntúas acerca de vos y el guatón. Yo creo que son ésos los que te andan siguiendo.

—¿Y eso como lo sabe usted, jefe?

—Putas, porque estoy super bien enchufado, pos Lauta. Es mi deber mantenerme informado, hasta mis antenas tienen antenas.

—Bien, digamos que fueron los de la DINA los que me andan siguiendo, y que me tienen bronca. ¿Pero qué iban a sacar con pegarle un par de balazos al pelao?—Urbina haciéndose el inocente para ver cuánto podía obtener de Roncaglia.

—Obvio. Los que dispararon creyeron que erai tú el que iba en el Fiat con el guatón. Pero no me queda claro que los que mataron al pelao fueron los de la DINA. Puede que hayan sido ellos, pero me cuesta creer que la bronca que te tomaron alcance pa' tanto. No sé si te hay enterado, pero la DINA anda en guerra contra los otros servicios de inteligencia. Es bien posible que fue gente de los otros servicios y que te quieren balear por algún otro motivo.—Roncaglia pausó, deseando no haber dicho lo último que se le escapó. Urbina tomó nota de la duda que cruzó los ojos de Roncaglia.

—Y tu mismo te armaste tu cagá, pos Urbina Catrileo—dijo Roncaglia.

—¿Cómo? ¿qué hice yo?

—El hueón de inteligencia al que le conté que estabai investigando el homicidio de la rubia me informó que estuviste jodiendo a los jefes del Patria y Libertad.

—Voy donde me llevan las pistas de la investigación, jefe. Nada más, nada menos.

—Ah, ya—dijo Roncaglia con sarcasmo—¿que acaso no sabís lo conectado que están esos hueones con los milicos? No te quejís entonces cuando te llegue un balazo anónimo. Por intruso.

—No, no me voy a quejar. Se lo prometo.— Urbina tomó nota de la advertencia de Roncaglia. ¿O era amenaza? Estoy batiendo récords haciéndome enemigos, pensó. Todavía queda una pregunta crucial sin respuesta: a los de la emboscada, ¿quién les dijo que yo iría a Santo Domingo?

Urbina decidió no preguntarle tampoco acerca del dinero que Roncaglia le estaba pasando al guatón para que lo espiara, ni de quién se había robado las cosas de su escritorio. Pero había una cosa que no podía dejar de lado.

—¿Quién le pegó a la Quena?

—Ahí sí que me pillaste. No tengo la más puta idea. El Juanito me dijo que esto sucedió en un asado que armó el gato Arancibia. A él tendríai que preguntarle.

Urbina se paró del sofá.

—¡Espérate! No todo es mala noticia, Lauta. El capitán primo de la que le pegó al marido con la sartén se acaba de ir. Te puedo contar con toda confianza que quedaron súper contentos con tu reporte. Hasta me felicitó.

—De alguna forma me tengo que ganar el sueldo, ¿o no?— dijo Urbina, pensando en los dos oficiales que había visto salir del edificio.

Roncaglia se echó atrás en su silla y puso los pies sobre su escritorio. El sentimiento de culpa de hace algunos minutos se desvanecía en el pasado. Urbina seguía parado en el umbral de la puerta.

—Ya, ándate pa' la costa si estai tan urgido—dijo Roncaglia.

—Y ahora de noche, ¿que cresta voy a averiguar?

—Te dai una vuelta por la comisaría pa' hablar con el paco que la examinó, pasai la noche allá y mañana revisai el lugar de los hechos en la playa de Santo Domingo. Porque yo creo que el cadáver ya debe venir en tránsito al Médico Legal.

—No me convence mucho la idea, jefe, para ser sincero. Y me extraña su cambio de actitud, jefe. Primero no quería que fuera y ahora me dice que vaya.

—No quería que fuerai porque no habíai terminao el reporte, pos Lauta. Y si no querís ir no vai no más, a mí me importa un peo. Vos soi el que andai con las pelotas atravesás con la muerte de la rubia. A ver si los milicos no te pegan un balazo por hueón.

Minutos después Urbina se dirigía a la costa en su Fiat, porque todavía no había vehículo disponible. Quizás es un mito que el servicio tiene autos, pensó, porque nunca hay uno disponible cuando uno lo necesita. No, yo los he visto, sí existen, pero sólo algunos pueden usarlos. ¿Quienes son esos seres exóticos que se merecen auto del servicio? No yo, obviamente, por muy exótico que me consideren algunos. Y con el parabrisas de mi pobre auto como está, va a ser milagro que llegue a Santo Domingo.

Miró por el espejo retrovisor. Un auto me sigue. Por la distancia entre los focos de luz se ve más grande que el Fiat. Me está tincando que es el Chevy Nova del martes pasado. Tienen más motor y me van a alcanzar, pensó, aunque tengan encima el peso de cuatro gorilas.

Aceleró por la Avenida General Velásquez, a un costado del matadero de Lo Valledor. Si son los de la DINA van a querer aforrarme unos coscachos, se imaginó, el albino quiere su venganza. Urbina casi sonreía, pensando en lo bueno que sería sacudir el esqueleto en una buena pelea para acallar la frustración de los últimos días. Según Roncaglia, esto no es de vida o muerte, es pura bronca la que me tienen. Bien, les daré lo que andan buscando. Pero si en cambio son los que mataron al pelado, no les va a bastar con sacarme la cresta, esos quieren mi sangre. Se sacó su reloj de pulsera preparándose para pelear y se tanteó el chaquetón para asegurarse que su Beretta estaba a la mano. Al final no importa quienes son los que me persiguen, porque no es pa' saludarme.

Escuchó un impacto metálico en la parte trasera del Fiat. Sonó como un piedrazo pero dudo que fuera eso, pensó. Me están disparando estos sinvergüenzas. Vio un camión cargado de animales doblando hacia el matadero. Dobló en la misma dirección y vio uno de los muelles de descarga, donde un par de trabajadores empujaban a vacas y vacunos hacia unos corrales ya llenos de animales. Paró el Fiat de golpe entre dos camiones enormes y corrió hacia el interior del matadero. Escuchó el chirrido de frenos del auto que lo seguía. Cuatro portazos. Dos disparos más. Entró a un enorme galpón iluminado por tubos fluorescentes.

Corriendo, corriendo sobre charcos de sangre, se resbalaba dribleando entre animales muertos colgando de ganchos metálicos. Intensos olores biológicos aumentaban el miedo de los animales que esperaban hacinados en los corrales para ser ejecutados. Presentían su muerte, aunque no entendieran el porqué ni el para qué. Urbina se resbaló y trastabilló varias veces, y de buena suerte no terminó tendido en el cemento ensangrentado. Un trabajador de delantal blanco y botas de goma lavaba la sangre del suelo con una manguera. Vio como Urbina se le acercaba corriendo. Urbina se detuvo a unos cortos metros del trabajador y miró a su alrededor. Un puñado de empleados trabajaba el segundo turno, matando a los animales, desangrándolos y preparando los cortes que saldrían hacia las carnicerías de Santiago en la madrugada. Se sintió atrapado. Vio al albino y a dos mas de sus perseguidores con pistola en mano rodeando a uno de los carniceros, interrogándolo sobre el paradero de Urbina. Todavía no me han visto pero si dan vuelta la cabeza hacia donde estoy me ven de inmediato. Es cosa de segundos. El trabajador con la manguera observaba lo mismo. Miró a Urbina y con un gesto de cabeza casi imperceptible le señaló una puerta de metal a unos veinte metros, en el costado del gran galpón. Urbina corrió hacia la puerta, la abrió, y la fetidez de corrupción mortífera y productos químicos casi lo derrumbó. Entró a la pieza, mucho más chica que la gran sala del matadero. Una ampolleta solitaria apenas iluminaba pieles de animales apiladas en montones individuales de metro y medio. Cerró la puerta y con su Beretta rompió la ampolleta, levantó varias pieles de uno de los montones y haciendo arcadas, se metió entre ellas, cubriéndose cual viudo con sus frazadas en cruda noche de invierno.

Segundos más tarde escuchó el sonido de la puerta abriéndose nuevamente. El peso de las pieles lo sofocaba y acallaba las voces de sus perseguidores, que le llegaban como murmullos. Por una abertura entre las pieles vio un fugaz rayo de luz. Me están buscando con linterna, pensó. Escuchó los pasos de un individuo entrando a la pieza. Escuchó sus arcadas. El tipo gritó que no había nadie en la pieza hedionda. Desde afuera alguien le contestó pero Urbina no entendió lo que dijo. El tipo seguía en la pieza. Sería tan fácil sorprender a este hijoeputa, con su pistola y todo, y quebrarle el cogote. Pero sus compinches lo van a venir a buscar, y una vez que lo encuentren muerto se quedarán mas tiempo acá buscándome. Mi única esperanza es que se cansen o se aburran y se vayan. Le pareció oír pasos que se alejaban. O quizás imaginaba lo que quería escuchar.

Pasó un lapso de tiempo que le pareció interminable, aunque probablemente fueron menos de cinco minutos. Con cuidado levantó su capa de pieles y se deslizó, dejando su fétido escondite. Volvieron las arcadas. Tenía ganas de vomitar. No había comido nada desde el desayuno. No tenía nada que vomitar. Solo arcadas le estremecían el cuerpo.

Gateando se acercó a la puerta. La abrió unos centímetros para ver si sus perseguidores todavía andaban por ahí buscándolo. El trabajador que lo ayudó vio la puerta entreabierta y le hizo señal de pare con la mano. Pasaron dos minutos. El trabajador se acercó.

—Ahora sí. Ya se fueron—dijo.

—Gracias—contestó Urbina, saliendo de la pieza. Sus manos, su cara, su ropa, todo mostraba residuos de su contacto íntimo con las pieles. El trabajador le dijo que lo siguiera, y le mostró la entrada al baño de los trabajadores del matadero. Urbina se lavó la cara y las manos, y con una toalla vieja hizo lo que pudo para limpiar su ropa.

Al salir vio a su deteriorado Fiat con dos neumáticos pinchados. Los trabajadores observaban a Urbina con interés, midiendo su reacción. El de la manguera se acercó a conversar con un pequeño grupo en el muelle. Luego vino al lado de Urbina y le dijo que un camionero se había ofrecido para ayudarle a arreglar su auto.

El camionero acercándose era un grandote con un bigotazo de brocha de pintor. Cuando llegó a un costado del auto pasó una mano por los hoyos de bala en la puerta y le echó un vistazo al parabrisas y a la sangre seca dentro del Fiat. No dijo nada. Fue a su camión y volvió con una gata y un maletín con herramientas. Con la gata del camionero levantaron el Fiat y reemplazaron uno de los dos neumáticos pinchados con la llanta de repuesto. Urbina seguía atentamente las instrucciones del camionero, que resultó ser un hombre de pocas palabras. Lo único que opinó acerca de lo sucedido fue que al parecer habían usado un punzón para pinchar los neumáticos. Desmontaron el otro neumático usando dos palancas de fierro que el camionero sacó de su maletín. Parcharon la cámara, esperaron media hora para que el parche quedara bien adherido, montaron el neumático, y lo inflaron con un bombín. Cuando terminaron la reparación, Urbina insistió que el camionero le aceptara diez mil pesos. Muy serio, con el gran bigote acallando sus palabras, el camionero rechazó el dinero. Por fin, Urbina lo convenció diciéndole que ya se venían las fiestas patrias del dieciocho de setiembre y el billete le serviría para celebrar con los trabajadores del matadero. Se dieron un apretón de manos y Urbina se subió a su Fiat. Cuando estaba por partir vio al bigotón acercándose. Bajó la ventanilla para escucharlo.

—Oiga, se me ocurre que si quiere arreglar su parabrisas, ahí podría pasar por donde mi primo Lalo en Diez de Julio casi al llegar a Nataniel. Tiene un taller de autos y se especializa en parabrisas. Capaz que todavía esté abierto porque él vive ahí cerquita, a la vuelta de la esquina del taller.

—Gracias, ¿cómo se llama el taller?—preguntó Urbina, pensando que darle un poquito de cariño a su fiel Fiat no sería mala idea. Y no quedaba lejos.

—El taller se llama TodoAuto. Dígale que lo mandé yo, el viejo chueco. Así me dice pa' joderme. Pero no se preocupe, mi primo es derecho como palo de arco. Yo le digo Lalo el filósofo porque siempre dice las hueás mas obvias pero las presenta como si fueran la noveda' del siglo.

Urbina se despidió nuevamente y partió en su camino. Nunca voy a saber porqué me ayudaron, pensó. Primero el trabajador con la manguera y luego el camionero. Si algún día me toca escribir mis memorias le voy a a dedicar un capítulo entero a todos los que se arriesgaron ayudándome. Si vivo para contarla.

Decidió pasar por el taller de autos después que encontrara un teléfono público. Los balazos que mataron al pelado Infante y la persecución del matadero no me dejan duda: sean quienes sean, me quieren muerto. Y mi lado flaco es mi familia: mi mami y mi tía. Mi cariño por ellas es mi punto débil, y por ahí me van a atacar. En su cabeza resonaba lo que le dijo Feinstein: la contienda es desigual, repitiendo la arenga del famoso marino chileno minutos antes que lo mataran en batalla. Aposté al perdedor y estas son las consecuencias. Momento, se dijo. Aposté al perdedor en la cuestión del Nano y su familia, pero que yo sepa esto no tiene nada que ver con ese asunto. Estoy noventa y nueve por ciento seguro que me persiguen porque estoy investigando la muerte de Marisol Wilson. ¿Qué secreto oscuro esconde esa muerte que alguien se siente tan pero tan amenazado?

Cuando iba por Blanco Encalada empezó a caer una lluvia ligera. Estas eran las calles del viejo Santiago, algunas con adoquines de basalto instalados hacía más de cien años. Esta vez el reflejo de las luces de los vehículos en los adoquines le subió el ánimo. No todo en el mundo es feo, se dijo, tratando de encontrar el punto alto entre toda la mierda que lo rodeaba. Al llegar a Blanco Encalada esquina de República, se fijó que estaba cerca de la fuente de soda que Nano había escogido de punto de reunión en caso que algún día se viera necesitado. Sería un buen momento para ver si me puede devolver el favor que le estoy haciendo a su familia, porque de aquí en adelante estoy a la deriva, y cualquier ayuda sería bienvenida. En la misma esquina vio a un par de jóvenes esperando el bus, seguramente estudiantes de la escuela de ingeniería de la U. Estacionó su Fiat y caminó sin prisa hacia ellos. Al que se le acercaba más en estatura le ofreció quince mil pesos por su chaquetón. El estudiante dudaba. Urbina sacó su billetera y le mostró el dinero. El estudiante se sacó rápidamente el chaquetón frente a las risas de su compañero.

—Ofrécele tu camisa con rebaja, pos loco. Pídele cinco lucas no más—dijo el compañero, doblándose de la risa. —Llegar y llevar.

—Quince luquitas que me llegan a mí por este chaquetón que ya se cae de viejo y no a vos, hueón tonto—le contestó el estudiante. Urbina sacó su libreta de apuntes, su lapicero, las Polaroids y la Beretta de su inmundo chaquetón y se lo se ofreció al estudiante. Éste hizo una mueca de asco y dijo que no con la cabeza. Urbina lo botó en la vereda, le pasó el dinero al estudiante y se puso su nuevo chaquetón, que a pesar de quedarle grande por lo menos estaba presentable. Se despidió, dándoles las gracias.

Estaba a pasos de la fuente de soda sugerida por Nano. Prefirió no entrar para respetar su estatus de sitio seguro. En visitas a la iglesia de su madre en Almirante Latorre, a minutos de ahí, se había tomado unos cafés en un local ubicado a sólo dos cuadras. Creía recordar que tenían un teléfono público. Caminó rápidamente hacia el lugar, compró fichas de la cajera y minutos después hablaba por teléfono con su madre.

—Por favor, se lo ruego, mami. Tienen que irse inmediatamente. Corren mucho peligro—suplicó Urbina.

—¿Como va a ser para tanto, hijo, si no hemos hecho absolutamente nada?—preguntó su madre.

—Mami, no es contra ustedes la cosa, es contra mí. Y las van a hacer pasar un muy mal rato porque me quieren perjudicar a mí.

—No puedo creer que sean tan injustos, Lauta. Cuando los militares que yo conozco siempre han sido todos muy caballeros.

Urbina guardó silencio. La paciencia que tenía siempre con su madre se acababa. Pidió hablar con su tía Elisa. A ella le explicó la situación con todo detalle, recalcando que debían abandonar la residencia lo antes posible para irse de Santiago.

—Pero es muy tarde, Lauta. Nos pillaría el toque de queda ¿Y si esperamos hasta mañana?—preguntó Elisa, sin dudar ni un segundo de la gravedad de lo que le decía su sobrino.

—Es cierto que es demasiado tarde para salir de Santiago. Entonces lo que tienen que hacer es empacar para irse, y partir de inmediato a la casa de una amiga, por ejemplo donde la María Teresa. Ahí se quedan esta noche y mañana en la mañana a primera hora se me van para el sur a quedarse con familiares hasta que se calme la cosa. Y no le digan a nadie, absolutamente nadie adonde se van. ¿Estamos?

—¿Y a tu mami quién la convence?

—Entre los dos tendremos que convencerla. Tía, ¿entiende lo peligrosa que está la situación?—preguntó Urbina.

—Sí, no te preocupes, entiendo perfectamente.

—¿Se le ocurre dónde se pueden quedar en el sur?

—Yo creo que donde tu tío Pedro. No se si te acuerdas de él, erai muy chico cuando lo conociste. Algún lugarcito tendrá donde nos pueda alojar por un tiempo. A él le ha ido bastante bien, hasta se compró una botillería en Puerto Montt. Capaz que nos contrate de empleadas pa' su botillería.

—Por lo menos el tío no andará preocupado de que las empleadas se tomen la mercancía, con lo poco y nada que toman ustedes. ¿Cómo se llama la botillería? Así nos podemos comunicar.

—Le puso "Donde el Pedro." No es muy original el nombre que digamos pero así se llama.

—Bueno, tía. Pronto hablamos. Póngame a la mami en el teléfono por favor.

—¡Espera, Lauta!

—¿Qué? mire que hay urgencia tía—Urbina creyó escuchar un sollozo reprimido.

—No nada, al tiro la traigo. Cuídate.

Al minuto llegó Estela al teléfono.

—Voy al punto de inmediato, mami. Se tienen que ir esta

misma noche.

—¿No estarás equivocado, hijo? ¿o exagerando un poquito? y que conste que yo nunca te tuve por alarmista.— Estela fingía despreocupación, pero su voz había subido por lo menos un par de octavas durante el tiempo que Urbina habló con su tía. Lo interpretó como una buena señal, porque por lo menos su madre tomaba en serio el peligro que corrían.

—Mami, yo sé que usted me quiere mucho...

—Por supuesto, hijo. Tú eres mi mundo—interrumpió Estela —junto a nuestro señor Jesucristo tú eres lo mejor que me ha sucedido en la vida.

—Bueno mami. Yo nunca le he pedido muchos favores, pero se lo ruego, concédame este único favor. Escúcheme: mi vida está en peligro. Ya balearon a uno de mis compañeros de trabajo, el detective Infante, usted lo conoció para la fiesta de aniversario del servicio.

—Señor mío, cuídanos de todo mal. ¿Está muy mal tu compañero, Lauta?

—Murió desangrado. Le falló el corazón.

Urbina escuchó el llanto silencioso de su madre y reconoció sus murmullos como el salmo 23 del viejo testamento ...*aunque ande en valle de sombra de muerte, no temeré mal alguno, porque tú estarás conmigo...*

—¡Mami!

—...*tu vara y tu cayado me infundirán aliento...*

—Por favor, mami, que quiero que salgan de la casa antes del toque de queda.

—...*ciertamente el bien y la misericordia me seguirán todos los días de mi vida, y en la casa de Jehová moraré por largos días...*

—No va ser misericordia la que las va a seguir, mami. Estos tipos son peores que perros maltratados. Como le acabo de decir, mi vida corre peligro pero yo me las puedo arreglar para defenderme. La situación es mucho más complicada si también las tengo que defender a ustedes. El riesgo sube mucho...

—Ahora te entiendo, Lauta—interrumpió Estela.

—...por eso le ruego...

—¡Ya te entendí, Lauta! ¿No te acabo de decir?

Urbina calló. Menos mal, pensó. Mi mami no tiene un pelo de tonta. Me estuvo apremiando todo este rato para saber si la cosa era tan grave como yo le decía.

—Ya le expliqué a mi tía Elisa todos los detalles. Ella sabe que hacer. Llévense el dinero que tengo guardado en la caja de zapatos en mi armario. Yo las llamaré en unos días para ver cómo están.

—Cuídate hijo. Te queremos mucho.

—Yo también las quiero, mami. Esto puede durar un tiempo. Definitivamente semanas. Quizás meses. Un abrazo,—y cortó la comunicación.

Se había sacado un peso de encima. Trató de no sentirse invencible, pero tenía confianza que no lo agarrarían. Todavía le quedaba un llamado que hacer. Buscó en su libreta el número que le dio el taxista Inostroza, el número del boliche de doña Gloria, donde podía dejar recado para Nano. Tomar ese paso lo inundaba más aún en el pantano de la lucha política pero ya no importaba. Los disparos de los sinvergüenzas lo obligaban a aceptar ayuda de cualquiera, aunque significara inundarse aún mas en esa mierda. Mientras escuchaba el ring ring del teléfono, pensó en la vida diaria de un boliche de barrio, que en ese vecindario como en muchos otros sería el único lugar con teléfono. Eso inevitablemente lo convertía en el centro de la comunidad, donde se conocían todas las copuchas y rumores de los vecinos. Pero en este boliche en particular deben ser más recatados, y por eso Nano los escogió como punto de información. Por lo menos eso es lo que quería creer Urbina.

—¿Aló? ¿Con quién hablo?—le contestó una voz de mujer.

—Buenas noches. Me dijeron que aquí en este número podía dejar recado para José Manuel Arriagada—dijo Urbina.

Pausa. Pasaron unos segundos. Luego la mujer dijo:

—Sí, dígame no más.

—Nooo, que llamaba para confirmar nuestra reunión de mañana en el Café Haití en Ahumada a las doce.

—¿El Café Haití en Ahumada a las doce? Permítame que lo anoto.

—Ya, muchas gracias.

—¿Mañana me dijo?—preguntó la mujer.

—Sí, mañana.

—¿Alguna otra cosita?

—No, eso sería todo. Hasta luego—Urbina cortó la comunicación.

Al salir vio la condición en que se encontraba su Fiat y se le bajó el ánimo. Al irse manejando pensó como el fito nunca fue el más veloz ni el más atractivo pero siempre fue leal como perro fiel. Tenía toda la intención de cambiarle el aceite y ni siquiera eso hice, pensó. Si los autos tuvieran sentimientos el pobre tendría el corazón roto por como lo he hecho sufrir. Lo más pronto posible le pongo un buen parabrisas y eso va a arreglar un poco las cosas. Es como si el fito fuera mi mascota. A propósito, eso es lo que verdaderamente me está faltando. Una mascota. Si salgo de esta me voy a conseguir por ahí un perro para mascota, aunque sea un quiltro callejero.

Ya estaba por llegar a la dirección del taller. El cambio violento que había sufrido su vida durante las últimas horas lo tenía medio atravesado. Ya nada sería como antes. No vería a su familia hasta quizás cuando. Probablemente nunca más vería a María Teresa y todas sus fantasías románticas y carnales quedarían en la nada. Sentía pena por su situación pero no miedo. Más bien lo delibitaban el hambre y el cansancio.

Vio el letrero TODOAUTO, pero el taller parecía estar cerrado. Un hilo de luz se filtraba bajo la cortina enrollable de metal así es que decidió a ir a golpear. Total ya estoy aquí, pensó. Se escuchaban risas y murmullos. Pegó tres palmazos a la cortina y las risas cesaron.

—¿A quién busca?—desde adentro preguntó una voz con tono amenazante.

—Busco a don Lalo, el filósofo. El viejo chueco dijo que pasara por aquí a ver si me podía ayudar.

Escuchó sonidos metálicos y la cortina se subió un metro.

La misma voz le dijo que pasara. Urbina se agachó, y cuando entró vio a tres hombres sentados alrededor de una mesa portátil tomando cervezas y jugando dominó. A un costado, una estufa eléctrica calentaba los pies de los jugadores.

—Yo soy el Lalo. ¿Dice que lo mandó el viejo chueco?— preguntó un hombre delgado que no se parecía en nada al camionero, con la excepción del gran bigote. Debe ser costumbre de familia, pensó Urbina.

—Sí, su primo me ayudó a reparar mi Fiat 600 para que pudiera seguir en camino y me sugirió que pasara por aquí—dijo Urbina sonriendo—Lautaro Urbina, para servirlo—y extendió su mano.

Lalo contestó con un fuerte apretón de manos mientras observaba las mugres en la ropa de Urbina, y el chaquetón que era por lo menos dos tallas demasiado grande. Sus tres compañeros los miraban con una mezcla de curiosidad e impaciencia, ansiosos de continuar con su juego de dominó.

—A ver. Veamos su auto.

Salieron del taller. Lalo silbó de asombro cuando vio el Fiat. Se acercó, tocó los agujeros de bala en la puerta y dijo:

—Con lo único que lo puedo ayudar es con el parabrisas. El daño en la puerta lo tienen que arreglar en un taller que se especialice en desabolladuras, pinturas de auto, ese tipo de cosas. Son trabajos que yo no hago.

—Está bien. Por lo menos con un buen parabrisas ya puedo manejar tranquilo—dijo Urbina.

—Da la casualidad que tengo uno pa' Fiat 600 que me conseguí pa' un cliente. Está confiscado hasta que el sinvergüenza me pague el último arreglo que le hice. Me debe plata el hueón.

—¿Y a cuánto me lo deja?—preguntó Urbina.

—Treinta y tres lucas más cinco por la instalación. Y le hago un diez por ciento de descuento por ser amigo del viejo chueco. O sea...—hizo el cálculo en la cabeza—...treinta y cuatro mil doscientos.

—Vale. ¿Y me lo puede instalar ahora?

Lalo lo miró sorprendido. Puso el dedo índice en el hoyo de bala del parabrisas y dijo:

—Puedo...—y sonrió—....porque parece que anda apurado.

Lalo levantó la cortina metálica y le dijo a Urbina que entrara el Fiat. Haciendo caso omiso a las protestas de sus compañeros movió la mesa portátil a un costado, y de un estante bajó un parabrisas cubierto en papel de envolver.

—¿Cuánto se va a demorar?—preguntó Urbina.

—¡Chi! Le están haciendo un favor y ya me está apurando.

—No, de ninguna manera,—dijo Urbina—es que no como desde el desayuno... podría aprovechar el rato pa' comer algo si hay algún lugar cerca por aquí.

Los tres compañeros gritaron sus sugerencias. Al parecer habían varios lugares que cerraban tarde, donde los empleados y trabajadores del barrio mataban el tiempo antes de tener que volver a sus hogares.

Volvió al taller una hora más tarde con el estómago lleno y la cabeza confundida. Urbina nunca había sido de esos que tienen complejo de víctima, de esos que siempre se quejan que el mundo los trata mal, pero ahora estaba casi convencido que alguna maldición lo perseguía, y si no era la condena de la vinchuca era alguna otra.

Al llegar al taller sonrió al ver a su pobre Fiat con un flamante parabrisas y a Lalo con una manguera lavando el tapete de goma del lado del pasajero extendido en el suelo. La sangre se diluía con el agua de la manguera sobre las baldosas del taller, igual que en el matadero. La sangre del pelado Infante, pensó Urbina, y se sintió mareado, sufriendo el efecto retardado del shock causado por la muerte de su compañero. Buscó un lugar donde sentarse y se derrumbó. Lalo y sus tres compañeros lo miraban con interés. Recordaba imágenes del pelado, tomando vino con el guatón Rosales en el Blanco y Negro, leyendo el diario en la sala de detectives, recolectando firmas en contra del desahucio del flaco Pavez, imágenes desconectadas, sin trama, era era todo lo que le quedaba del pelado. Le llegó una bala que venía con mi nombre, pensó, y ahora no es nada más que sangre diluida fluyendo hacia la vereda. Urbina se dirigía en picada a un colapso nervioso, resultado de la muerte de su compañero, del cansancio y de los ataques que había sufrido durante los últimos días. Sintió una mano en su hombro. Levantó la vista y vio a Lalo.

—¿Y ahora? ¿pa' donde se va?—preguntó Lalo.

Urbina meneó la cabeza, todavía mareado.

—¿No tiene adonde ir?

Urbina reflexionó sobre lo que Lalo le preguntaba. No. No se le ocurría donde ir. No podía volver a su casa porque seguramente alguien la vigilaba esperando que él volviera. No podía ir al cuartel porque estaba lleno de culebras. Tenía que asumir que Roncaglia no era su único enemigo en Investigaciones. Además del gato Arancibia la mayoría de los detectives colaboraba en alguna medida con el gobierno militar y lo delatarían sin compunción para quedar de buena con los milicos. No podía ir a las piezas del Blanco y Negro porque seguro alguno del Servicio lo vería y le avisaría a Roncaglia... y ya era demasiado tarde para andar dando bote en las calles, a una corta hora del comienzo del toque de queda.

—Quédese aquí entonces. En la pieza que uso de oficina hay un sillón añejo donde se puede echar a dormir. No hay ducha pero aquí está la manguera por si se quiere lavar. Jabón hay en el baño. Se lleva la estufita eléctrica que tenimos y la instala en la oficina, y así queda bien pituco.

—Gracias—dijo Urbina, con un tono tan suave que pareció estar susurrando.

—Puta la hueá, filósofo de las rechuchas,—dijo con un impresionante vozarrón uno de los jugadores de dominó—¿vai a venir a jugar, o no? porque si no vai a jugar, que juegue el recién llegado. O recién arrancao, mejor dicho—otro jugador le pegó un codazo al que hablaba.

—Si es hueveo, no más, ¿nosierto?—sonrió el jugador del vozarrón.

Urbina declinó la invitación, así como la cerveza que le ofrecieron y se sentó en una vieja silla de mimbre a observar el juego. Al parecer, los participantes gozaban más en insultarse mutuamente que en su juego de dominó. Carcajadas celebraban el insulto más creativo, y un puñado de monedas cambiaba de lugar en la mesa después del término de cada ronda.

Urbina pronto perdió interés en el dominó y reflexionó sobre algo que lo que había guiado durante su vida. Eso de enorgullecerme por no necesitar ayuda de nadie, eso de saber que me podía defender solo, ¿es un error? Siempre pensé que ser autosuficiente es una señal de fortaleza. Quizás estoy equivocado, y la verdadera fuerza deriva de reconocer que uno solo no basta, y que tarde o temprano uno tendrá que depender de la generosidad y el coraje de otros. Nuevamente se preguntó que habría sido de él si desconocidos no lo hubieran ayudado durante estas últimas horas. Por fuerza de costumbre revisó los apuntes de su libreta, que ahora le parecían un poco inútiles, porque no podría continuar con su investigación. Se le cerraban los ojos del cansancio.

—¡Ya! ¡Se acabó!—lo despertó la voz de Lalo—Son todos y cada uno de ustedes un atado de trampas. Así que se me van yendo por eso mismo, por tramposos. Y además porque llega el toque.

—El toque a tu señora será, pos hueón—le contestó el jugador del vozarrón—y pa' que sepai, ella me dijo que quería que esta noche te quedarai aquí porque prefería que yo le diera el toque, filósofo cartucho.

—¿Te dijo si lo quería por el chico? Porque eso es lo que me pidió antianoche—dijo otro de los jugadores con toda seriedad.

—¡Guá! Se pasaaaron. Mejor la cortan altiro o el Lalo no nos deja entrar nunca más—dijo el tercero de los jugadores, para continuar con una voz de secreto disimulado—además a mí me advirtió que no le gustaba por el chico.

—¡No me hueís! Así que además de calentona es mentirosa —dijo el del vozarrón—porque a mí me dijo que sí, que le encantaba.

—Será porque la tenís del porte del dedo chico, pos hueón.

Lalo les tiraba combos poco certeros, asegurándose de solo pegarle al aire. El show que presentaban hizo a Urbina recordar una comedia que vio con su madre en el teatro Caupolicán hacía muchos años. En el show los actores gritaban sus líneas con emoción forzada, compensando con sus gritos el desgaste de un guión que ya habían actuado cientos de veces, chistes reciclados y tallas añejas que pasaban prestadas de una obra a otra.

Protestando, los jugadores se pararon de la mesa y estrecharon sus músculos. Todos vivían cerca pero si se demoraban correrían riesgo. Lalo los empujaba hacia el portón y los insultos y las risas volaban. Afuera la calle estaba oscura y desierta. Lentamente los tres se fueron, evadiendo el agua mezclada con la sangre de Infante que se escurría por la vereda.

Lalo llevó a Urbina a la oficina, le señaló el sillón, y le mostró donde se encontraba el baño.

—Mañana el trabajo empieza temprano, antes de las ocho, pero yo no paro aquí en la oficina hasta después de las nueve, así que duerma tranquilo no más. Buenas noches—dijo Lalo. Se agachó para enchufar la estufa eléctrica, removió un manto viejo de la silla de su escritorio, se lo pasó a Urbina y se retiró. Urbina escuchó el portón metálico cerrándose y se desvistió. Sus ropas se encontraban en triste estado. El calor de la estufa le dio una idea. Las lavaría con el jabón del baño y las colgaría en una silla frente a la estufa para que se secaran. Una vez desnudo, se lavó en el patio del taller con la manguera. Tiritando por el frío, lavó su ropa en el lavatorio del baño y la colgó para que se secara. Todavía desnudo, volvió al pequeño patio y comenzó a hacer lentamente sus ejercicios de Tai Chi. A pesar del frío, después de media hora su cuerpo se sentía mejor, y su mente había recobrado parte de su serenidad. Todavía desnudo se puso el chaquetón, se sentó en el sillón y se cubrió con la manta. En un par de minutos ya dormía. Lo despertó una pesadilla, en la cual vio a su madre y su tía Elisa en un camino solitario mientras se escuchaban los gritos desgarradores de Martín Wilson al enterarse de la muerte de su hija Marisol. Puede que no salga vivo de ésta, pensó, pero lo menos que puedo hacer es decirle a Wilson lo que averigüé sobre el homicidio de su hija. Le dio vuelta a la ropa secándose cerca de la estufa y se durmió nuevamente.

Capítulo 25

Martes, 19 de agosto, 1975

Una alegre luz de sol entraba por la ventana de la oficina, prometiendo un bellísimo día. Desde el taller le llegaban sonidos de metal golpeando contra metal, y el murmullo de un taladro eléctrico interrumpido por el arranque impotente de un motor de partida. Un viejo reloj de escritorio anunciaba las nueve y media. Hacía años que no me despertaba tan tarde, pensó Urbina. Tenía un dolor en el cuello, consecuencia de haber dormido sentado. Se paró y lentamente empezó a estirar sus músculos.

Después de unos minutos tanteó su ropa para ver si se había secado durante la noche. La ropa interior ya estaba casi seca, y se la puso, pero sus pantalones y camisa todavía estaban húmedos. Fue al baño, orinó, se lavó la cara, enjuagó su boca y volvió a la oficina. Escuchó pasos y apareció Lalo con una camisa y un par de pantalones.

—Estos me quedaron chicos. Parece que le estoy dando demasiado duro a las marraquetas—dijo Lalo pasándole la ropa a Urbina.

—Estoy como mendigo, recibiendo caridad por todos lados —dijo Urbina con una sonrisa amarga.

—¡Chhii¡ No se preocupe, no ve que le dije que esas pilchas me quedan apretadas...

—Gracias...—continuó Urbina. Le fallaban las palabras —...la verdad es que... aprecio mucho su ayuda.

—No hay de qué, pues. Y a lo mejor es usted el que me está ayudando—dijo Lalo.

—¿Cómo? no entiendo.

—Es que uno se cansa de ver tanto hueveo. Yo por lo menos ya estoy harto de tanta mariconá.

—¿Y eso que tiene que ver conmigo?—preguntó Urbina

mientras se vestía, arremangándose la camisa y redoblando la parte baja de los pantalones.

—Simple. Si viene recomendado por mi primo el viejo chueco, que a propósito lo único que tiene de chueco es el bigote, y con tres balas en el auto, no tengo que ser muy vivo pa' adivinar quien lo anda persiguiendo. Este último tiempo han estado pasando cosas bien feas, y parece que da pa' rato. Que hay bellacos entre nosotros no cabe duda, pero la verdad es que siempre los ha habido. La gran diferencia es que hoy la gente ve lo que está pasando y se hacen los huevones. No hacen nada, no dicen nada, miran pa' otro lado, como si todo esto fuera de lo más normal. Esa indiferencia, esa cobardía, eso es lo peor que nos puede pasar, porque de seguir así nos vamos a la mierda derechito. Todos juntos. Bandidos, inocentes, bellacos y cobardes. Todos juntos.

—Ahora veo porque le dicen el filósofo.

—¿Por el discurso que me mandé?

Urbina asintió con la cabeza.

—No, por el contrario, me dicen el filósofo porque soy hombre de pocas palabras. Pero cuando hablo, quiero que signifique algo.

—¿Y si yo le dijera que ni siquiera tengo idea porque me están agarrando a balazos? ¿que nunca fui de izquierda o anti milico?—preguntó Urbina.

—No más me confirma lo que le estoy diciendo. Que quede claro: yo tampoco nunca fui de los Allendistas, porque me emputecían aquí en el barrio los que llegaban con aires de todopoderosos y eran nada más que una manga de incompetentes incapaces de echar andar un puesto de diarios. Pero la estupidez y la flojera no son excusa para que cunda el salvajismo. Impune, más encima.

—¿Y mi aparición de anoche le permite ayudarme y así no ser uno de los indiferentes?—preguntó Urbina.

Lalo dijo que sí con la cabeza, y añadió:

—Así es. Algo hay que hacer... ¿o no? no nos podemos pasar el resto de la vida castrados, insultándonos unos a otros y echándonos tallas acerca de nuestras mujeres.— Y partió a reparar autos.

Urbina terminó de vestirse, arregló sus cosas, o las pocas que le quedaban, su lapicero, su libreta, su billetera, el cinturón, la Beretta, y se hizo un plan para el día. De que estaba luchando por sobrevivir no le cabía duda, y esa confianza que sintió hace algunas horas de que saldría ileso de esta situación, esa confianza que lo había acompañado por muchos años, estaba aflojando. Sacar fuerzas de flaqueza, se dijo: aunque *la contienda* sea *desigual* y todo eso, no puedo caer en el derrotismo. Todavía me quedan cosas por hacer. Iré a la fuente de soda, a ver si encuentro salida de esta ratonera. Pero antes de eso, trataré de contactarme con Martín Wilson por teléfono. Y si me dan el bajo, me iré sin quejarme, ondeando en alto el banderín del Colo-Colo, aunque no me guste el fútbol.

Eran ya las diez de la mañana. Lo tentaba irse caminando la docena de cuadras al punto de encuentro pero decidió ir en su Fiat, para así estrenar su parabrisas nuevo.

Buscó a Lalo en el taller para arreglar cuentas. Al verlo, Urbina sacó su billetera y empezó a contar el dinero que le debía.

—Dejémoslo en treinta lucas no más—dijo Lalo. —Pa' mí ha sido un placer conocerlo y haber podido ayudarlo

—Bueno, gracias por todo—dijo Urbina, pasándole el dinero.

—Entonces ya sabe ya, si algún día necesita un lugar pa' dormir, ahí le tengo su sillón. Le recomiendo que sería bueno saber porqué lo andan siguiendo. Porque mientras se mantenga en la ignorancia va a ser difícil cachar quien le anda pegando balazos.

Urbina asintió con la cabeza y decidió pedir un último favor.

—Muy cierto. Lalo, ¿podría usar el teléfono de su oficina?

—Sí, cómo no.

Una vez en la oficina Urbina consultó su fiel libreta, buscando los números de Martín Wilson. Primero llamó a su casa en Los Domínicos pero la empleada le dijo que don Martín había salido hace un rato. A continuación llamó al Brasas Grill. Mientras esperaba que alguien contestara su llamada, buscó en la libreta el nombre de la mujer que se le había presentado como la directora de personal del establecimiento el jueves recién pasado. Maria Luisa Méndez. Una voz de mujer contestó el teléfono y le dijo que don Martín todavía no había llegado. Pensó en preguntar por María Luisa pero decidió que no. Dio las gracias, dijo que llamaría mas tarde y cortó la comunicación.

A las once y media de la mañana se encontraba estacionado a media cuadra de la fuente de soda en un lugar con buena vista de la entrada al local. El día continuaba soleado, y hasta el típico smog de la capital había desaparecido, quizás aliviado por el frío de la noche. Raro, pensó Urbina, porque generalmente el frío hace que el smog se ponga más pesado, pero como ahora todo está patas arriba a lo mejor le llegó el recado al smog.

Quería observar el local hasta que llegara la hora de la reunión para sentirse satisfecho de que no había nada raro. Cuando faltaban cinco para las doce se bajó del Fiat y se dirigió al punto de encuentro. Miró a su alrededor una última vez para ver si Nano aparecía por algún lado. Nada. Estaba casi por llegar al lugar cuando de pronto una furgoneta de reparto estilo furgón se estacionó justo frente a la entrada, quitándole por unos segundos la vista privilegiada que tenía hasta ese momento. Al seguir caminando vio abrirse la puerta de pasajeros del vehículo y bajándose, la espalda de una joven mujer de pelo negro largo, chaqueta de cuero café claro, falda azul marino y botas negras. Ella entró a la fuente de soda. Me recuerda a María Teresa, pensó Urbina, y sintió como se le estrechaba el corazón. Ya nunca más la vería. Y siguió su camino hacia la entrada.

El lugar rebosaba de estudiantes universitarios tomando sus cafés y sus Coca Colas. Se preguntó como sabrían identificarlo si en vez de Nano mandaban a otra persona. Fácil, se contestó a sí mismo con una sonrisa cínica. Le habrán dicho que busque al chicoco con pinta de indio.

Sus ojos recorrían las mesas buscando algo o alguien que le diera una señal. Estudiantes fumaban, se reían, algunas chicas estaban sentadas en sus compañeros, mientras otros que pretendían estudiar los miraban con envidia. Urbina encontraba difícil de creer que alguien pudiera concentrarse lo suficiente como para estudiar en medio del bullicio y el humo del lugar. En una mesa esquinera vio la cabellera negra de la mujer que entró segundos antes que él. Su curiosidad se la ganó y se acercó para verle la cara. Casi se fue de espalda cuando vio que era María Teresa, sentada esperando que le sirvieran una bebida. Ella lo vio al mismo tiempo, le dio un tercio de sonrisa y se llevó el dedo índice disimuladamente a los labios, en señal de silencio.

Urbina estaba pasmado. Lo primero que pensó fue que María Teresa no pertenecía a ese momento, que la pobre hasta corría peligro. Iba a decir algo cuando María Teresa lo saludó inocentemente.

—Hooola, Lautaro ¿como estai? tanto tiempo, ¿qué te has hecho?

Urbina se sintió actor en un melodrama, pero no se sabía el guión de memoria. Trató de decir algo, pero antes que pudiera María Teresa le tomó una mano y lo obligó a que se sentara.

—Tranquilo, Lautaro. Cada cosa a su tiempo—le dijo en voz baja, con una sonrisa artificial plasmada en la cara.

No fue tan solo lo que ella le dijo pero la forma en que lo hizo que le advirtió a Urbina que esta casualidad acarreaba un secreto penoso. Ella no estaba en esa fuente de soda por coincidencia. Ella sabía que yo vendría...o sea..., ¿está trabajando con Nano?

Miró a su alrededor. Se acercaba la mesera con la bebida de María Teresa. Tuvo el impulso de pararse y salir corriendo, pero los rodeándolos seguían con sus conversaciones inocentes, besuqueos, cigarrillos y tallas. En su confusión, continuó sentado. María Teresa esperó que se fuera la mesera, se acercó a Urbina como si le fuera a dar un beso en la mejilla y le dijo al oído:

—Justo afuera hay una furgoneta Renault celeste estacionada. Te paras, te despides de mí como si se te olvidó algo, te vas de aquí lentamente para no llamar la atención y te subes a la furgoneta. Yo te sigo en un minuto—y se reclinó en su asiento tomando su bebida. Urbina la miró sin expresión.

—¿Y para qué?—preguntó en voz baja.

María Teresa nuevamente le tomó la mano. Casi suplicando, le dijo:

—Lautaro, tú fuiste el que llamaste pidiendo ayuda. Sé que estás en problemas, y quizás te podemos ayudar.

—Yo no la llamé a usted pidiéndole ayuda. Esa es la cosa. Es lo que me tiene desconcertado.

—Te repito, Lautaro, cada cosa a su tiempo. Por el momento te pido que confíes en mí.

Urbina lo pensó un minuto. Se dijo: no tengo nada que perder. Se paró, se despidió de María Teresa y salió de la fuente de soda siguiendo las instrucciones que ella le había dado. Cuando estaba a dos pasos de la furgoneta, se bajó el conductor, un hombre joven con un gorro chilote que le cubría hasta las orejas y una gruesa bufanda de lana azul marino que le tapaba mitad de la cara. Se acercó a la puerta del pasajero, la abrió y le dijo a Urbina que se subiera y se sentara atrás en un cajón en el suelo. Urbina hizo lo que le pidió y segundos después se subió María Teresa. El conductor echó a andar el vehículo. Atravesaron Blanco Encalada y se estacionaron en el Parque Cousiño en un enorme espacio vacío de autos. El conductor dejó el motor andando.

—Te voy a pedir un favor, Lautaro. Es por tu seguridad y la nuestra—dijo María Teresa.

—Si, dígame no más—dijo Urbina, luchando por esconder el conflicto de emociones que lo dominaba.

—Te tenemos que vendar los ojos y pedirte que te tiendas en el suelo para que nadie te vea.

—Bien, entiendo.

Urbina se dio vuelta y sintió las manos heladas de María Teresa tocándole el rostro, casi acariciándolo, mientras le ponía la venda.

—¿Está muy apretada?

—No, está bien—contestó Urbina.

—Bien, ahora tiéndete y pégate una dormilona. Nosotros te

despertamos cuando lleguemos.

Urbina hizo lo que le pidió, y pensó que no podría dormir. Anoche, por primera vez en quizás cuanto tiempo dormí más de cinco horas, y justo ahora me dicen que me tome una siesta. La furgoneta se movía como una hamaca al cruzar los baches de las calles de Santiago. Una amortiguación ideal para pegarse una siesta pero muy mala para controlar el vehículo. Al principio trató de contar las vueltas que daban, distinguiéndolas de izquierda o derecha, pero pronto se dio cuenta de lo inútil del ejercicio. Además parecía que estaban dando vueltas innecesarias para confundirlo. Así es que no confían en mí. Bien. Yo en su lugar tampoco confiaría en nadie. Porque sé muy bien lo que sucederá si alguien me traiciona. Una sonrisa amarga le llenó la cara cuando recordó que hacía justo una semana, al comienzo de esta pesadilla, los milicos lo habían llevado de paseo por la cordillera, también tendido en la parte de atrás de una camioneta Por lo menos ahora no tengo ganas de mear, se dijo.

María Teresa. Ni siquiera quería pensar lo qué estaba haciendo ella en la fuente de soda. Tendría paciencia, tal como ella se lo pidió. Pero apenas tuviera la oportunidad exigiría explicaciones.

Capítulo 26

Al cabo de una hora dando vueltas por las calles de Santiago la furgoneta paró y el conductor y María Teresa hablaron en voz baja. Urbina no oyó lo suficiente como para entender lo que decían. Luego de unos minutos escuchó que se abría una puerta del vehículo y se bajaba uno de ellos. Pasó otro minuto. La furgoneta partió lentamente y segundos mas tarde Urbina presintió que entraban a un espacio cerrado. El motor se apagó. Escuchó pasos y voces. Se abrió la puerta doble trasera del vehículo y sintió una mano tocándole la pierna para que se bajara.

—Toma mi mano y sígueme—dijo María Teresa,—última y se acaba, como en la cueca. Ya casi casi te puedo sacar la venda.

Urbina tomó su mano y la siguió. Algo le confirmaba estar en un espacio cerrado, pero el frío y la forma como las voces resonaban sugería un lugar grande, quizás una bodega o un taller. Caminó a tropezones tomado de la mano de María Teresa hasta que cruzaron un umbral y sintió el calor de una estufa en una pieza cerrada. Olió el aroma de café instantáneo. Tuvo la impresión de que había varias personas en el lugar. María Teresa lo guió de la mano a una silla, lo empujó suavemente para que se sentara y le quitó la venda.

La habitación estaba en la penumbra pero distinguió a Nano sentado frente a él, a María Teresa sentada a la derecha de Nano y a otro hombre, un joven delgado que parecía estar nervioso porque golpeaba rápidamente sus pies en el suelo de madera como si estuviera tocando un tambor. Urbina se refregó los ojos y vio que Nano le sonreía.

—Una lata lo de la venda, detective Urbina, pero lo precavido no quita lo valiente.

—Así me lo han recordado varias veces este último tiempo —contestó Lautaro. Respiró profundo y dijo:

—Antes que nada, ¿me podrían explicar qué está haciendo

aquí ella?

Vio a María Teresa enderezarse en su asiento. El flaco seguía nervioso. Nano miró a María Teresa como preguntándole si quería contestar la pregunta de Urbina. María Teresa guardó silencio. Nano habló.

—La compañera ha estado trabajando con nosotros por casi tres años. Créame. Todo esto fue una pura casualidad—miró a Urbina, que le devolvió la mirada son una leve sonrisa. Nano continuó:

— Cuando me agarraron la semana pasada y mi cuñado Sergio le pidió ayuda, él no sabía nada de nada. Después, entre nosotros, nos llevó varios días hacer la conexión y descubrir que la compañera y usted ya se conocían.   Una vez que nos enteramos, usted ya había aceptado ayudar a mi familia. Ya era muy tarde para echar marcha atrás. Todo fue una casualidad.

Urbina miró a María Teresa, quien seguía con la vista fija en el suelo. Sus ojos recorrieron la habitación. Las ventanas tenían las cortinas cerradas. Una lámpara era la única iluminación, y con la excepción de un calendario obsoleto con algunos días rodeados por un círculo, no había ninguna decoración, todo era estrictamente utilitario. Algo falta en esta historia, pensó. Bien. Más me vale quebrar todos los huevos de una vez.

—Bueno, eso de la casualidad, esa parte no es difícil de creer —dijo Urbina mirando a María Teresa, quien seguía esquivando su mirada.   —Pero lo que me cuesta un poco más de creer, es que sea otra pura casualidad que María Teresa estuviera visitando a mi madre todo ese tiempo.— El flaco ya no tamboreaba. María Teresa miró a Nano con súplica en sus ojos. Urbina la ignoró y dijo:

—Ella sabía que soy detective, y que por consecuencia, a menudo me llega información de los planes del gobierno militar, información que le resultaría valiosa a gente que esté peleando contra los milicos. A gente como ustedes.— Nano ya no sonreía. —¿Eso también es casualidad?—continuó Urbina, mirando a Nano tranquilamente, para luego desviar la vista hacia María Teresa.

—La compañera hizo lo que le pidió el Partido,—dijo Nano

mirando directamente a los ojos de Urbina—y lo hizo porque en este momento es urgente resistir los ataques de los asesinos del pueblo.

Menos de veinticuatro horas antes Urbina había sufrido el golpe de la muerte del pelado Infante. Éste era otro golpe fuerte. Nano le acababa de confirmar que María Teresa lo había usado. Para ella, él era un títere, un tonto útil, como los llamaban en su famoso Partido.

—Usted fue el que se contactó con nosotros, detective Urbina. Si le molesta que la compañera esté aquí, ningún problema, le ponemos la venda y lo llevamos de vuelta a la fuente de soda y zan se acabó. Todo sigue como antes.

Urbina dio señas de entender con la cabeza pero guardó silencio. Después de unos segundos, Nano dijo:

—Volvamos al punto. Ni siquiera nos ha dicho porqué nos llamó. Independiente de lo que suceda con la compañera, ¿nos podría proporcionar esa información por lo menos?

Urbina lo miró, y habló lentamente.

—Durante las últimas veinticuatro horas han tratado de asesinarme dos veces. En el primer atentado mataron a un colega detective creyendo que era yo. En el segundo me pude arrancar gracias a la ayuda de terceros. Pero estuvieron así de cerca de darme el bajo—dijo Urbina mostrando un espacio de no más de un par de centímetros entre su pulgar y su dedo índice.

Los tres guardaron silencio. María Teresa seguía cabizbaja.

—Esto parece de película. No me convenzo que este huevón no esté trabajando pa' la dictadura fascista—dijo el flaco, con una voz de un niño de diez años. Éste debe ser aún mas joven que Nano, pensó Urbina.

Nano consideró lo que dijo el flaco por un momento. Luego miró a Urbina y le preguntó:

—¿Quienes lo quieren muerto y porqué?

En vez de contestar, Urbina miró a María Teresa, que ahora sí le devolvió la mirada, con ojos lagrimosos. ¿Me estará pidiendo perdón? se preguntó Urbina. ¿Y ahora qué hago?

—¿Compañeros, me permitirían ustedes la libertad de

conversar un par de minutos con el detective Urbina?—preguntó María Teresa,—pido porque aquí y ahora hay una confusión de asuntos personales entrometiéndose en la realidad política del momento.

Nano se paró y se dirigió a la puerta de la habitación. El flaco seguía en su asiento, y parecía no dispuesto a irse. Nano carraspeó y cuando el flaco lo miró, le indicó la puerta. A regañadientes el flaco se paró y siguió a Nano. Ya, Nano es el jefe, pensó Urbina.

Cuando Nano y el flaco estaban fuera de la pieza María Teresa se sacó la chaqueta de cuero, se acercó a Urbina y se sentó a escasos centímetros de él. Urbina evitaba mirarla. Encontraba el calor de la estufa sofocante. Estoy que me ahogo, pensó. Parece que me acostumbré al frío. María Teresa trató de tomarle la mano pero Urbina no cooperó.

—No te pongas así, Lautaro. Tú sabes muy bien que si no encontramos la forma de defendernos los milicos nos van a liquidar. Nos han estado eliminando uno por uno, sin misericordia, porque pertenecemos a las Juventudes Comunistas y apoyábamos al compañero Allende. ¿Qué cresta quieres que hagamos?

Urbina estudiaba la puerta. Se preguntó si el Nano y el flaco estaban con la oreja pegada a la puerta tratando de escuchar la conversación.

—Yo miro el encuentro desde la galería. Para mí los dos equipos se pegan patadas. Así ha sido siempre y así van a continuar —dijo con su voz calmada.

—Entiendo que esa es tu postura, pero si ayudaste a la familia de Nano fue por algo, ¿o no?—dijo María Teresa. —Tú viste lo que le hicieron al Nano y sabes de las amenazas contra su mamá y hermana. Ése no es huevo, y tú lo sabes.

Urbina no contestó.

—Pa' seguir con tu ejemplo, los dos equipos no están jugando con el mismo reglamento. Ahora los de un lado tienen todas las ventajas y más encima hacen trampa. ¿Cómo puedes permitir eso? ¿Dónde queda tu sentido de justicia?

Urbina seguía en silencio.

—¡Ya! ¡Contéstame, antipático!—le dijo María Teresa, pegándole una palmada en el brazo.

Urbina la miró lentamente, estudiando su cara, fijándose en las pequeñas pecas en su nariz que le recordaban el lindo momento cuando compartieron esa pizza el sábado pasado. Con dolor tuvo que admitir que era la mujer más bella que había conocido en su vida, más linda aún que Marisol Wilson. Luego dijo:

—Yo nunca me las dí de filósofo, y nunca me creí el más inteligente. Hay muchas cosas que no entiendo y nunca las voy a entender. Pero creo que usted está confundida, María Teresa. No cuestiono que ustedes se peleen con los milicos. Quizás yo en su situación haría lo mismo...—Urbina pausó. Ahora venía lo más difícil.

—Lo que cuestiono...lo que es doloroso para mí es... descubrir que todo este tiempo usted me engañaba.... que usted me estaba usando—Urbina lo dijo con una voz tan suave que María Teresa apenas escuchó. No se necesitaba más volumen, porque ella sabía que lo que Urbina le decía era verdad. Sintió un fugaz remordimiento, un atisbo de vergüenza.

—No todo es engaño, Lautaro,—dijo, mirándolo intensamente—yo también tengo mis sentimientos, y para mí también esto es doloroso. Pero tengo que ser consecuente con mi compromiso. No puedo abandonar a mis compañeros de la Jota en este momento tan difícil. Te ruego que me entiendas, y te pido que ayuda para que nos podamos defender de estos asesinos.

Urbina le devolvió la mirada sin expresión. La pequeña ventana que se abrió en su vida hacía menos de una semana, cuando ella lo tocó profundo, se cerraba lentamente.

—Lo único que te pido, Lautaro, de todo corazón, es que dejemos nuestro asunto personal pendiente. Con tanto dolor que nos rodea no vale la pena borrar la opción de ser felices. Juntos,—dijo María Teresa, tomando la mano de Urbina. Esta vez él no la retiró. María Teresa se acercó, le tomó la cara con las dos manos y lo besó en la boca, un beso ardiente que si Urbina no hubiera estado sentado lo hubiera tumbado.

Pero él ya se había desdoblado. Sus viejos instintos de auto defensa, de control total, estaban operando. Su cuerpo sentía el placer del contacto con ella, mas su mente calculaba lo que necesitaba obtener de esta reunión con Nano, dejando de lado ilusiones románticas o sensuales. El autocontrol era lo que durante muchos años lo había protegido, y lo que le permitiría salir vivo del aprieto en que se hallaba.

—Bien, de acuerdo. Lo dejamos pendiente para un futuro menos doloroso, que si nos bendice la suerte, estará cercano—dijo con la sinceridad más grande que pudo encontrar.

—Que bueno que me entiendas, Lautaro. Acuérdate que todavía te debo las empanadas—dijo María Teresa con una sonrisa, y se dirigió a la puerta.

Mientras ella llamaba a Nano y al flaco, Urbina continuó su proceso de recuperación, reclamando internamente que volviera Catrileo Catrileo, esa parte de sí mismo que lo había protegido desde niño. Curioso, los que me han ayudado estos últimos días lo han hecho sin conocerme, pensó. En cambio, los que me han traicionado, el guatón y esta mujer, me conocen, dicen quererme, y me engañan. Alguna lección se esconde detrás de esto. Quizás en el tiempo que me queda alcance a aprenderla.

Capítulo 27

—Tome en cuenta que fueron las puras circunstancias las que nos pusieron en el mismo equipo, detective—dijo Nano. —Si no fuera porque usted se la jugó para socorrer a mi familia, yo ni cagando le habría ofrecido ayudarlo.— Por la fría mirada que le pegó el flaco, sentado justo frente a él, Urbina deduzco que Nano había hecho esfuerzos sobrehumanos para convencerlos a que lo ayudaran. María Teresa seguramente habría votado en lo afirmativo, pero ni siquiera de eso podía estar seguro. Cuántos otros también tenían derecho a voto era un misterio. Solo había visto uno más, el conductor de la furgoneta. ¿Estos cuatro iban a parar a los milicos? Urbina decidió dejar de lado su cinismo habitual para ir al grano.

—Y yo nunca me imaginé que tendría que pedirle ayuda—dijo Urbina.

—A mí, en cambio, me tincó que tarde o temprano me llamaría. Apenas nos dio el dato para entrar a la embajada, asumí que usted tenía los días contados—dijo Nano sonriendo. Después de un segundo se puso serio y continuó:

—Para serle sincero, a mí me conviene harto que usted siga ayudando a mi familia, porque el plan para colarse a la embajada hay que abandonarlo, ¿cierto? Si lo están tratando de matar el plan queda por el suelo. Así es que mi familia necesita otra ruta de escape.

—Precisamente eso es lo más curioso. No creo que mi dilema haya surgido por ayudar a su familia—dijo Urbina. —Nadie sabe de ese asunto, excepto por una persona, y me juego la vida por él.

—¿No es por eso? ¿Entonces la custión de la embajada todavía corre?

Urbina dijo que sí con la cabeza.

—Mi teoría es que de ahí no vienen los que me quieren muerto,—confirmó Urbina. —Pero obvio que si supieran que estoy ayudando a su familia sería como echarle leña al fuego.

Nano guardó silencio. Pensativo, su mano acariciaba la mandíbula en el lugar donde le habían pegado.

—¿Y porque lo andan jodiendo entonces?—preguntó Nano después de un momento.

—Por más que me rasco la cabeza no lo tengo claro. Creo, *creo*, que tiene que ver con el reciente homicidio de una joven que yo estaba investigando.— Al decir esto Urbina sintió un pequeño dolor. Había descrito su investigación como de algo que quedaba en el pasado, algo que ya no era vigente. Y tenía que aceptarlo: nunca terminaría su investigación. Nunca sabría quién mató tan brutalmente a Marisol Wilson, y quizás también asesinó a la joven de la playa de Santo Domingo.

Urbina continuó su relato, resignándose a su nueva realidad. Les contó en grandes rasgos lo sucedido. Los tres escucharon atentamente el recuento de lo absurdo de la situación: *alguien conectado con los milicos (o los milicos mismos, tenía que admitirlo) lo quería muerto por investigar un homicidio del cual él creía que los milicos eran inocentes*. Era una cosa de locos. Patas arriba.

Leyendo sus caras Urbina adivinó que los tres estaban pensando lo mismo: que lo más fácil para él sería abandonar la investigación, dejar que el huevonaje pensara lo que quería pensar, y seguir su vida como si nada hubiera pasado. El flaco se paró, se dirigió a la ventana y abrió la cortina un poco para ver si algo estaba sucediendo afuera.

—La verdad, detective Urbina, es que todavía no cacho porqué lo quieren muerto siendo que usted también trabaja pa' la junta militar, aunque sea indirectamente—dijo el flaco desde la ventana,—y no veo porqué les importe una muerte más cuando ya han matado a tanta gente.— Volvió a sentarse y a tamborear con los pies. Urbina no supo qué decir.

Al cabo de un momento, María Teresa le preguntó con una sonrisa amarga:

—¿Te enamoraste de la rubia, Lautaro?—María Teresa no

tenía cara de estar bromeando—¿es por eso que tenís entre ceja y ceja agarrar al que la mató?

Urbina la miró sorprendido, viéndola como si no la conociera, ya no tan bella, con un rostro semejante al de una bruja de un cuento de niños. Antes que Urbina pudiera responder, Nano preguntó:

—¿Y qué es lo que pretende de nosotros? Sinceramente, no veo como lo podamos ayudar. Apenitas tenemos la cabeza arriba del agua nosotros mismos.

—Me gustaría obtener información, algo que me ayude a descubrir la identidad de los que me persiguen. Quiero que me paguen la cuenta por lo que me deben a mí y a otros. De esa parte me encargo yo. Ustedes, como decía, me pueden ayudar con información, de esa que seguro les llega de su club social.

Nano esbozó una sonrisa por la forma delicada con la cual Urbina había denominado al Partido. Nano lo pensó un momento y les pidió al flaco y a María Teresa que lo acompañaran afuera un minuto. Urbina quedó solo, pensando en lo mucho que echaba de menos a su casa, a su ducha, a su cama. Las cosas más sencillas, las rutinarias, pensó, son las que más se echan de menos porque son las que le ponen orden a un mundo tan pero tan desordenado.

Después de un rato volvieron. Nano se preparó un café y le ofreció uno a Urbina, quien declinó la oferta. Luego se sentó y dijo:

—Detective Urbina, por mucho que yo personalmente lo quiera ayudar, nosotros no estamos metidos en esto para conducir venganzas personales. La coyuntura política indica que nuestro deber en este momento es defender las estructuras del Partido, hacer una replegada estratégica, reunir fuerzas y organizarnos para resistir las embestidas del fascismo, porque esto da para largo. No hay cabida para rencillas personales.

—Ya. Entiendo. Pero si yo neutralizo a uno o más de los que torturan a sus compañeros, ¿eso no los ayuda a resistir las embestidas? ¿y a replegarse estratégicamente?—dijo Urbina. Nano iba a contestar pero calló. En su lugar habló María Teresa.

—Nosotros queremos cambiar esta sociedad. No solamente

vengarnos contra un par de asesinos. Es la sociedad la que produce los asesinos. Entonces hay que cortar el mal desde la raíz. ¿O no?

Urbina ignoró lo que dijo María Teresa y se dirigió a Nano:

—Si mal no recuerdo, usted dijo que entre los que lo habían torturado estaba un tipo grandote con un mentón pronunciado, de pelo castaño y bigote, que no parecía ser milico.

—Así es—dijo Nano. —Trataba de aparentar ser un buen tipo, incluso como si fuera mi amigo, para sacarme más información. A ése en especial nunca lo voy a olvidar. Fue el que amenazó a mi mamá y a mi hermana. Yo creo que es el peor de todos.

—Durante mi investigación del homicidio de la rubia me crucé con un sujeto con esas características. Grandote, de pelo castaño y bigote. Mi teoría es de que ése pertenece al Comando Conjunto, un nuevo grupo que armaron para eliminar al PC y a ustedes de la Jota,—dijo Urbina—y que antes de eso era uno de los jefes del Patria y Libertad.

Nano guardó silencio, pero algo en sus ojos le dijo a Urbina que esta información había elevado su interés. Quiso saber más. Urbina les contó lo que le había dicho el gato Arancibia, y de sus visitas sorpresivas a los dirigentes del Patria y Libertad el pasado sábado en la tarde. Después de meditar sobre lo que dijo Urbina, Nano añadió que, curiosamente, ellos ya habían recibido información acerca de un nuevo adversario, un organismo represivo al servicio de la junta militar que integraba a ex-miembros de Patria y Libertad. En discusiones internas del Partido algunos postulaban que este grupo era el que había agarrado a Nano, y su empeño para obligar a Nano a delatar a otros dirigentes del Partido presagiaba una nueva ola de persecución. Algunos pesimistas especulaban que la tormenta que se acercaba sería peor que la que había devastado al MIR como un huracán caribeño, pero esos pesimistas estaban en la minoría dentro del Partido.

Al grandote en cuestión, el que figuró durante el rapto y la tortura de Nano, lo habían identificado tentativamente como Juan Sebastián Timmons, ex-dirigente de Patria y Libertad, un tipo que el comité de defensa del Partido seguía desde 1973 a consecuencia de su participación en el intento de golpe que fracasó en junio de ese año. Urbina estuvo de acuerdo y dijo que Timmons participó en ese incidente, que había encontrado su foto en los archivos de Investigaciones, y que lo reconoció cuando fue a interrogarlo a su domicilio. Era él.

De repente, un relámpago macabro cruzó su mente: ¿será Timmons el motociclista? ¿estará también involucrado en la muerte de Marisol Wilson? Millones de conexiones, de diminutas cargas eléctricas se extendieron por su cerebro. El impacto de la idea fue casi como un golpe físico. Pero la teoría, con tanta promesa que acarreaba, tenía que ser dejada de lado. Ahora lo más importante era salvar el pellejo. Objetivamente, las historias coincidían y correspondía decidir el *Qué Hacer*, como diría Lenin.

Acordaron que un intercambio de información sería provechoso para ambas partes. Urbina escondió que ya no tendría acceso a la inteligencia del Servicio de Investigaciones porque sus enemigos obligarían a Roncaglia a detenerlo apenas pusiera pie en el cuartel. Se preguntó si todavía seguía siendo detective primera clase, o si ya lo habrían echado del Servicio.

Nano no era tonto. Él ya había concluido que Urbina no tendría acceso a nueva información, pero si Urbina lograba eliminar a Timmons, eso sería suficiente pago por el trueque. Le dijo que el Partido no aprobaría que lo ayudaran físicamente a liquidar a sus enemigos, pero que sí podrían compartir con él lo que supieran acerca de las actividades del Comando Conjunto. Acordaron una nueva forma de ponerse en contacto, similar a la última, y Nano dijo que ya era hora de que se separaran. Las reuniones largas aumentaban el peligro de ser capturados en grupo. Le deseó suerte a Urbina.

—Los milicos nos han dejado tuertos a nosotros los detectives de homicidios—dijo Urbina para terminar. —Siempre creí que algo podía aportar si protegía mi otro ojo, mi ojo bueno, y que si lo usaba para resolver homicidios en algo estaba ayudando. Ahora, parece que mi teoría me ha fallado, y que lo que hago no tiene ningún sentido.

—Su ojo bueno ve medio borroso, en mi opinión—dijo el flaco.

—No sé si será con su ojo bueno, pero esta noche, un vistazo con cualquier ojo le vendría muy bien a mi familia,—dijo Nano. — Cuando traten de entrar a la embajada correrán peligro, por muy garantizado que venga su plan. Sería bueno que usted estuviera allí para observar la operación, y si las papas queman, dar una manito.

Urbina miró a Nano sin expresión, y después de un momento asintió con un movimiento de cabeza.

—Y ahora, ¿qué?—preguntó María Teresa. Nano y el flaco se miraron.

—¿Trajiste la pelota, flaco?—preguntó Nano.

—Por supuesto. Aquí la tengo,— y sacó una pelota de fútbol de una mochila.

—Ya. Nosotros dos nos vamos como si nos fuéramos a entrenar—dijo Nano. Le pidió a María Teresa que se quedara con Urbina y el conductor unas horas. Después, que lo llevaran de vuelta a la fuente de soda. Urbina recogería su auto y se iría en camino a la embajada de Colombia para estar allá un poco antes de las once de la noche.

Una vez que Nano y el flaco se fueron trotando por la vereda, dándose pases con la pelota, María Teresa se acercó a Urbina, se quitó el suéter y quedó solo con un sostén blanco y su falda azul marino. Se sentó a horcajadas sobre los muslos de Urbina, que la observaba seriamente pero sin presentar resistencia. Ella tomó la mano derecha de Urbina y la guió bajo su falda, entre sus piernas. En algún momento se había quitado el calzón, descubrió Urbina, y sintió una tibia humedad, con pelitos de seda acariciándole los dedos.

—¿Que no sabís Lautaro, que tener relaciones con una difunta, rubia o no, es contra la ley humana y divina?—le dijo María Teresa con una sonrisa irónica. Al oír esto Urbina retiró rápidamente su mano derecha del pubis de María Teresa y se echó para atrás en la silla. Ella lo tomó del cuello con fuerza y le dijo intensamente:

—No seas pánfilo, Lautaro. Quizás cuando nos veamos de nuevo. Hay que aprovechar los momentos ricos que nos da la vida— y empezó a mover sus caderas lentamente sobre el miembro de Urbina, como si estuviera bailando una cumbia, hasta que el miembro hizo evidente la incomodidad de la prisión en que lo tenían encerrado. María Teresa notó el desasosiego de su acompañante, lo tiró del cuello hasta que la cara de Urbina estaba entre sus senos, y con manos diestras abrió su marrueco y hurgó dentro de sus pantalones hasta que encontró lo que buscaba y lo sacó a relucir. Estaba duro como cañón, y con una movida que enorgullecería a una gimnasta, María Teresa saltó sobre el miembro recién erguido, que había salido en libertad para ser inmediatamente capturado en una deliciosa prisión. La silla crujía con los movimientos de María Teresa, quien gemía con respiración entrecortada. Urbina olió un aroma ancestral de tierra junto al mar, un olor prehistórico que lo excitó a tal punto que temió que este encuentro sería muy breve. Subió el sostén de María Teresa y a lengüetazos y chupadas endureció sus ásperos pezones, que se encontraban elegantemente centrados en un círculo rosado del tamaño de un medallón. Sus manos acapararon esas nalgas firmes que había admirado escondidas por apretadísimos pantalones. Urbina ya no pensaba, su auto control se había esfumado, y besaba el cielo, entre nubes que nunca antes había alcanzado, llegando a lugares que hasta ahora solo había divisado desde lejos. María Teresa le acariciaba la oreja con su lengua y le susurraba palabras en un idioma que Urbina entendía sin conocer las palabras.

Consumidos por su pasión erótica apenas escucharon los tres silbidos que sonaron afuera. María Teresa se paró abruptamente y se arregló la ropa. Urbina quedó sentado, sorprendido y frustrado por la fuga repentina de María Teresa. Ella apagó la única luz que alumbraba la pieza, entreabrió la puerta y miró hacia afuera. El conductor de la furgoneta se acercó corriendo.

—Dos camiones de milicos están bloqueando la cuadra. Es un operativo. Conté por lo menos cuarenta pelados—dijo con voz agitada.

—¿Vienen acá directo o es casa por casa?— preguntó María Teresa con calma.

—Parece que casa por casa—el conductor contestó apresurado. —Voy a ir a ver—y partió corriendo para ver cuán cerca estaban. Urbina no veía mucho pero no tenía duda que si los milicos lo pillaban aquí era gato muerto. Escucharon un par de disparos de arma de alto calibre. Pasó un par de minutos y el joven conductor entró a la pieza y cerró la puerta.

—Están yendo casa por casa. Tiene que haber sido este huevón que les dio el dato y les dijo que lo siguieran—y apuntó a la cabeza de Urbina con una vieja pistola calibre veintidós.

—Calma, muchacho, calma,—dijo María Teresa,—si el delator fuera él habrían venido directamente a la bodega.

El conductor estaba sumamente asustado. Escuchó lo que dijo María Teresa pero eso no lo convenció.

—Miren la casualidá. Hemos tenido este sitio seguro por seis meses y nada. Aparece este hueón y justo llegan los milicos a allanar —y se acercó a un paso de Urbina, todavía apuntándolo con la pistola.

—¿Me puedo cerrar el marrueco?—preguntó Urbina con su acostumbrada voz calmada—porque si me va a pegar un balazo prefiero que sea con el marrueco cerrado.

Sorprendido por el extraño pedido de Urbina el conductor miró a María Teresa. Urbina agarró la muñeca del brazo que sostenía la vieja pistola, y la giró con fuerza hasta que la pistola cayó al suelo. Puso su pie sobre ella y se paró.

—Yo no he delatado a nadie—dijo Urbina con tranquilidad —y creo que sería bueno que arrancáramos antes de que nos agarren. ¿Tienen un plan de fuga?—María Teresa dijo que sí con la cabeza, se puso su chaqueta de cuero y les dijo que mantuvieran silencio, y que la siguieran.

Salieron de la pieza y Urbina constató que en efecto, era un galpón cerrado, lleno de materiales de construcción y cerros de escombros. Desde la calle les llegaban gritos y el sonido de bototos en carrera sobre el pavimento. La furgoneta se encontraba estacionada frente a un portón, pero ya no podrían usarla. Siguieron a María Teresa hasta una muralla de ladrillos en la parte de trasera de la propiedad, donde detrás de un montón de escombros se apoyaba un tablero de madera. María Teresa le hizo señas al conductor, quien ahora no podía esconder sus escasos años con su gorro y su bufanda. Estaba paralizado de miedo. Urbina notó una mancha oscura en la entrepierna de los pantalones del muchacho.

—No tengas miedo—le dijo Urbina—no va a pasar nada. Nadie nos va a ayudar, pero entre los tres nos arreglamos,—prometiendo algo que él bien sabía no tenía forma de cumplir. Y se inclinó para ayudar a María Teresa a mover el tablero. Una vez que lo hicieron, quedó a la vista un hoyo de unos cincuenta centímetros por lado en la pared de ladrillos. María Teresa se agachó y desapareció gateando por el hoyo. La siguieron Urbina y el muchacho. Llegaron al patio de atrás de una casa de adobe. María Teresa señaló el techo de la casa y una vieja escalera apoyada contra su muralla. María Teresa fue la primera en subir, y cuando ya estaba en el techo les hizo señas de que también subieran, y que se mantuvieran agachados y en silencio.

El techo estaba compuesto por tejas de greda, y amplificaba los movimientos de los tres con crujidos que ellos imaginaban se escucharían a kilómetros. Urbina miró hacia atrás, hacia la calle donde se estaba conduciendo el operativo militar. No vio nada, pero se escuchaban gritos, órdenes y carreras. Siguió caminando agachado detrás de María Teresa. Llegaron al final del techo de la casa y de ahí saltaron a otro techo, el de una casa vecina. Este era de planchas de metal ondulado y sus pasos sonaban como explosiones. Después de unos quince metros caminando agachados vieron una calle ancha, con árboles, perros ladrando, autobuses, un hombre en bicicleta, taxis, y mucho de lo que es una calle suburbana en la tarde de un día de semana atareado. Nada indicaba que atrás, a menos de doscientos metros, soldados buscaban arrestar a cualquiera que les pareciera rebelde. Es como si estuviera en otra dimensión, pensó Urbina, acordándose de la famosa serie de televisión norteamericana, una de las favoritas de su mami.

Saltaron del techo a la calle y María Teresa lo abrazó.

—Desde aquí, tú y yo nos vamos caminando abrazados como cualquier pareja de enamorados—le dijo a Urbina al oído. —Doblamos en la esquina y hacemos parar al primer taxi que veamos. — Luego se dirigió al muchacho, que todavía estaba trastornado.

—Aquí tienes dos mil pesos. Ándate al próximo paradero de buses y te vas a la casa de un familiar. Si no han parado por la casa de tus padres en las próximas cuarenta y ocho horas, puedes volver donde ellos. Parece que no era a nosotros a los que andaban buscando—el muchacho partió corriendo.

—¡Espera!—le gritó María Teresa. Se acercó y le dijo al oído —tranquilo, compadre, tranquilo. Váyase caminando no más, sin correr, como estudiante aburrido que no quiere ir a clases—le dio un beso en la mejilla y se despidió diciéndole en voz baja—nosotros nos pondremos en contacto en un par de semanas—el muchacho asintió, se bajó el gorro chilote hasta las cejas, se subió la bufanda hasta la nariz y se fue caminando lentamente con piernas temblorosas.

Sonriendo, ella volvió a abrazar a Urbina, quien escudriñaba los alrededores para ver si alguien los había visto saltando del techo a la calle. Nada. Urbina encontraba difícil saber donde terminaba la actuación de María Teresa y donde empezaba la persona real. Esas sonrisas y el arrebato de pasión de hacía unos minutos lo tenían asombrado. Y después la entereza que lució enfrentando el allanamiento militar. ¿Cuántas caras tenía esta mujer? No podía quejarse mucho porque también él estaba actuando un rol. En fin...un misterio más, pero no le importaba si este se resolvía o no. Dudaba que la viera nuevamente una vez que se separaran. Aunque le doliera.

Partieron caminando abrazados y en unos minutos se encontraban sentados en el amplio asiento trasero de un viejo taxi Chevrolet del 57. Le dijeron al taxista que los llevara a Blanco Encalada con República. El taxista les dio un vistazo por el espejo retrovisor y no les prestó más atención, dedicándose a escuchar *Yo Soy Aquel* del cantante español Raphael en su radio.

En forma descarada, mirando por la ventanilla hacia la vereda como si estuviera muy aburrida, María Teresa tomó la mano derecha de Urbina y se la llevó nuevamente entre sus piernas. Urbina la miró con ojos sorprendidos. Ella le respondió la mirada y le susurró al oído:

—Pa' que veas que siempre termino lo que empiezo.— *Yo soy aquel, que estando lejos no te olvida, el que te espera, el que te sueña...* sonaba la pegajosa canción en la radio. María Teresa se agachó, y segundos más tarde besaba el pene de Urbina, que se presentaba vertical, feliz de estar nuevamente recibiendo tan esmerada atención. Ella con una mano lo friccionaba y con la otra acariciaba el saco testicular. Por su parte, Urbina le daba un delicado masaje al pubis de María Teresa tratando de reciprocar el gran placer que ella le proporcionaba. Toda la operación no tardó mucho en ser consumada, lo que fue una suerte porque el taxista había perdido su interés en el tráfico de las calles de Santiago y en el cantante español, después de ver por el espejo retrovisor la cara extasiada de Urbina. Trataba de mirar los pormenores de la actividad de la mujer pero el respaldo del asiento la escondía. No podía creer lo que estaba sucediendo. ¿En su propio taxi? ¿en el mismo con que alimentaba a su familia? ¿con el que iban de paseo los fines de semana? Sintió envidia. ¿Qué iba a decir la Martita cuando le contara? A lo mejor una vez que se le pasara lo escandalizada le bajaría la inspiración y él también sería un ganador de la lotería.

Al llegar a la fuente de soda, Urbina le pagó al taxista y se bajó. Incluyó una generosa propina. Antes de cerrar la puerta miró a María Teresa. Se contemplaron en silencio, sin emoción. Urbina cerró la puerta y vio como el taxi se alejaba con María Teresa.

Capítulo 28

Al subirse a su Fiat, Urbina se dio cuenta de inmediato que alguien había estado manoseándolo durante las horas que estuvo estacionado. Tanteó debajo del asiento para ver si todavía tenía su muy preciada radio. Solo tocó cables. Me la robaron, pensó, mi maldición continúa. Sintió vergüenza por creer en supersticiones. Pocas horas antes sobrevivió un ataque que podía haberle costado la vida, descubrió una traición más, casi había sido capturado, ¿y ahora pensaba que la maldición era porque le robaron la radio? No, no seas ridículo, se dijo, aprende a tener perspectiva, Catrileo.

Se dirigió a la misma fuente de soda desde donde había llamado a Nano el día anterior. Compró fichas y llamó por teléfono al Brasas Grill. Le contestaron que en ese momento no se encontraba Martín Wilson, pero que llegaba en cualquier momento. Pidió hablar con María Luisa Méndez. Cuando ella llegó al teléfono se identificó y dijo que pasaría por ahí entre las once y las doce de esta noche para hablar con don Martín, porque tenía información confidencial acerca del homicidio de Marisol Wilson. Escuchó la respuesta emocionada de María Luisa Méndez, quien le dijo que sin falta se lo diría y que ella misma se encargaría que don Martín lo esperara.

Faltaban algunas horas para ir a la embajada de Colombia a cumplir con la promesa que le hizo a Nano. Pidió un té y un sandwich de ave con palta en la fuente de soda. Se lo comió rápidamente y se dirigió a la Posta Central a ver a Quena. Un par de enfermeras le cerraron el paso debido a que las horas de visita ya habían terminado. Urbina les mostró su placa de detective diciéndoles que estaba investigando el ataque a Quena, lo que pareció convencerlas porque lo dejaron pasar. Minutos más tarde encontró a Quena en una pieza común, ya no en la sala de cuidado intensivo. Parecía estar en mejor condición, y hasta trató de sonreír cuando vio a Urbina acercándose. Urbina la saludó y tomándole la mano quiso hablar, pero Quena lo interrumpió.

—Tu compadre el guatón, estuvo aquí—anunció Quena, con tono preocupado. —Me informó que no se iba hasta que yo le dijera quien me había pegado, y como yo no sé el nombre del que me pegó, partió a la siga del gato Arancibia—Quena pausó y cerrando los ojos, trató de respirar profundo. Luego continuó,—Lauta, me temo que lo va a matar al gato después de sacarle a la fuerza el nombre del grandote que me pegó. Tenís que pararlo, Lauta. Una vez que empiece a tirarse contra los milicos no hay ángel que lo salve al pobre guatón.

—Veré lo que puedo hacer, Quenita, pero la verdad es que a mí también me andan persiguiendo. A balazos. Ya ni siquiera sé si todavía soy detective de Investigaciones, o si me echaron del Servicio—dijo Urbina.

—Ay, Dios. ¿Es porque el guatón te andaba espiando?—preguntó Quena. Nano lo pensó unos segundos.

—No. No lo creo. Puede que eso haya ayudado, pero pienso que es más bien porque le pisé los callos a alguien. Pero ya no hablemos más de eso. ¿Cómo te sientes? ¿Qué dicen los doctores? ¿Cuándo te dan de alta?—preguntó Urbina.

—Tantas preguntas, Lauta. A ver. Estoy como las pelotas. El doctor me dijo que tengo dos costillas quebradas y que no voy a poder trabajar por más de un mes.

—¿Y qué vas a hacer? ¿Tienes dinero?—preguntó Urbina. Quena le contestó que sí, que algo tenía ahorrado. Además el guatón Rosales le había dicho que no se preocupara, que él se pondría con todo lo necesario, que de seguro vendría de los dineros que Roncaglia le daba por espiar a Urbina. Cuando Rosales le hizo la oferta ella le dijo que no iba aceptar ni un peso de esos dineros sucios. Urbina, quien seguía tomándole la mano, le contestó que no se preocupara por tonteras, que tenía que aceptar lo que necesitaba para salir de sus dificultades.

—Pero Lauta, a mí no me gusta pa' ná lo que está pasando. No puedo, me atraganto, no debo.

—Mi querida Quena. Lo hecho, hecho está. No creo que el

guatón sea responsable en forma alguna de que me quieran eliminar, —dijo Urbina, sin estar totalmente convencido de lo que decía. — La vida sigue adelante y ahora lo que importa es tu salud. Si el guatón se puede poner con ayuda, hazme un favor, acepta su dinero.

—Lauta, no sé si sabes lo mucho que te quiero. Eres el único hombre que siempre me ha tratado con cariño y con respeto, sin importarle que sea lo que soy. Le rogaré a la Santa Virgen que te proteja.

—Gracias, Quena. Y ahora tengo que ir a reunirme con unas personas. Quizás no nos veamos por algún tiempo. Como van las cosas tendré que hacer como los submarinos y sumergirme.— Urbina se inclinó y le dio un beso en la frente a Quena, quien hacía esfuerzos por no llorar. Caminando por los pasillos de la posta se le humedecieron los ojos, pensando en lo mucho que quería a Quena, y de como la extrañaría.

Fue un triste recorrido el que hizo hasta la embajada de Colombia, recordando el sufrimiento de Quena y la perfidia de María Teresa. Por muy entendibles que fueran las razones de María Teresa, un engaño es un engaño. Pensó en la pérdida de su casa y su familia, y en el quiebre de su amistad con el compadre Rosales. Era triste todo esto pero también tenía su lado bueno: menos ataduras al momento de arrancar.

No tenía ninguna intención de ir en busca de Rosales para convencerlo de que no liquidara al gato Arancibia. Él le había advertido al gato que si algo le sucedía a la Quena durante su asado las consecuencias serían funestas. Y con respecto al guatón, vaya él, ya no se sentía responsable de lo que hiciera, de lo que le sucediera. De ahora en adelante es como cualquier ciudadano común y corriente. Que los azote la peste a él y al gato.

Llegó a la Avenida Alcántara, en el barrio más acomodado de la capital, a las diez y media de la noche. Se estacionó a media cuadra de la entrada principal de la embajada, entre dos autos que lo escondían un poco, pero que le permitían ver con facilidad la entrada principal y la entrada secundaria en una calle del costado. Ambas estaban vigiladas por un par de uniformados con fusiles de asalto. La distancia y la oscuridad le impedían distinguir si eran del ejército o de carabineros. No importa, sus balas hieren igual, pensó. El portón del costado, había dicho Feinstein. Decidió concentrarse en esa entrada. Aroma de flores le llegaba de las casas cercanas. La suerte de estos ricos, pensó, ni siquiera es primavera y ya tienen flores. Hizo ademán de prender la radio pero se acordó que ya no la tenía. Una más de mis cosas materiales que me deja, lo mismo que hacen mis relaciones personales. Sin bienes materiales ni gente a mi lado ahí sí que me convierto en fantasma, se dijo. Mejor. Una vez que sea invisible puedo espantar a los que me han jodido la vida. Miró alrededor pero no vio a nadie. Cerró los ojos.

Lo despertó el sonido del motor de un camión pesado. Miró su reloj de pulsera. Faltaba un minuto para las once. El camión se paró frente a la embajada y los guardias, haciéndose burlas y riéndose, se subieron a la parte de atrás. Un minuto más tarde el camión se alejaba por Avenida Alcántara. Un corto tiempo después vio unas formas oscuras bajándose de un taxi estacionado frente a una elegante casa residencial. Eran cuatro personas, que ahora caminaban rápidamente hacia el portón del costado. Segundos después se abrió el portón y los vio entrar a la embajada. Eso era todo.

Gracias a Feinstein el escape había resultado a la perfección. Allí se quedaría la familia asilada hasta que el gobierno militar les diera salvoconducto para salir de la embajada, irse al aeropuerto de Pudahuel y abandonar el país. No podrían volver más a Chile, pero por lo menos salvarían el pellejo. El taxi partió, dio la vuelta y pasó a un costado del Fiat, a escasos metros de Urbina. Vio claramente quien manejaba el taxi. ¡Era Nano! Parece que no pudo resistir involucrarse en la partida de su familia, pensó Urbina. Es entendible, pero ¿entonces para qué cresta me pidió a mí que viniera? Quizás para asegurarse, como aquel ciudadano que se pone cinturón y suspensores. Y de yapa, por venir acá a dejarlos, Nano se queda con el taxi de su cuñado Sergio. O más bien dicho, ganó taxi el Partido.

Miró su reloj nuevamente. Las once y quince. Estaba a corta distancia del Brasas Grill, y ahí se dirigió. Al llegar le costó encontrar estacionamiento, pero cuando daba su tercera vuelta a la manzana, vio un lujoso auto dejando un espacio libre frente a la puerta del restorán. Ando con suerte, se dijo, y ocupó el lugar con su Fiat. El restorán cobraba nueva vida en las últimas horas de la noche antes que llegara el toque de queda. Mantenían la cocina funcionando lo más tarde posible y a su amplio comedor llegaban parejas lícitas e ilícitas, jóvenes del barrio, grupos de amigos en farra, y hasta equipos de fútbol que terminado su entrenamiento llegaban en patota a tomar cerveza y a comer lomitos o pollo picante. Urbina se sentó en una de las pocas mesas desocupadas del ruidoso comedor. Cuando se acercó la mesera a pedir su orden le dijo que le avisara a don Martín que el detective Urbina lo esperaba. En un par de minutos vio a Martín Wilson caminando hacia su mesa. No parecía estar muy contento de verlo. Se acercó a Urbina pero no se sentó ni le ofreció la mano para saludarlo.

—Buenas noches. ¿Qué anda haciendo por aquí?—dijo Wilson,—no me va a decir que me vino a devolver la foto de la Mari que me pidió prestada.

—Buenas, señor Wilson. Siéntese por favor. Tengo que decirle unas cosas confidenciales que capaz que le interesen—dijo Urbina en voz baja. —¿O prefiere que hablemos en su oficina?

Wilson se encogió de hombros. Era un reflejo desanimado del hombre lleno de vida que Urbina y Rosales conocieron hace menos de una semana. La muerte de su hija lo había empequeñecido. Durante las últimas horas Urbina había decidido que le contaría lo más posible acerca de su investigación. Ya no le quedaba esperanza de poder identificar al responsable de la muerte de Marisol, y quería darle a Martín Wilson la satisfacción de saber que él por lo menos, el detective primera clase Lautaro Urbina Catrileo, se había esforzado hasta lo último para encontrar al culpable de la muerte de su hija.

—Caballeros, ¿les puedo ofrecer algo?—preguntó María Luisa Méndez. Se había acercado desapercibida. Al parecer no se quiere perder las novedades, se dijo Urbina. —¿Le traigo un Jack Daniel's con hielo, don Martín? ¿Unas papas fritas?

—Sí, te acepto un traguito—contestó Wilson, sentándose a la mesa.

—Para mí nada, gracias—dijo Urbina. María Luisa se retiró.

—No le traje la foto de su hija, don Martín. Antes que nada, quiero que sepa que me he dedicado a esta investigación como a pocas en mi carrera profesional.

—¿Y? ¿y eso a mí qué?—preguntó Wilson.

—Estoy aquí porque han tratado asesinarme dos veces estos últimos días, y estoy casi seguro que es por...—Urbina pausó y bajó aún más la voz,—... por estar investigando la muerte de su hija—Urbina miró a Wilson. Lo que le dijo había capturado su atención. Continuó en voz baja.

—Puede que no me salve del próximo intento así es que quería que supiera de los resultados que obtuve mientras se me permitió trabajar tranquilo.

Wilson lo miró con atención. Su expresión ahora era distinta de la que tenía cuando se acercó a Urbina. María Luisa llegó con el trago para Wilson, y se quedó parada al lado de su silla. Wilson la ignoró, pero Urbina no continuó hablando. Cuando Wilson le hizo ademán de que continuara, Urbina miró a María Luisa. Wilson entendió.

—No te preocupís por ella, hueón—dijo Wilson,—sin contar la Mari, es la persona que más me ha querido en mi vida. Siéntese, mijita—le dijo a María Luisa, y Urbina por fin entendió que esta relación era mucho más profunda que la de un patrón cualquiera con su empleada. Desde los días de don Alberto aprovechándose de su madre, no le caían bien las relaciones amorosas o sexuales entre patrones y empleadas, pero también era posible que ésta fuera diferente.

—Señor Wilson, ¿quiere que le cuente de lo que me enteré? Le pregunto porque algunas de estas cosas son difíciles de escuchar.

—¿Y pa' qué viene a contarle historias dolorosas a don Martín? Si ni siquiera importa lo que le diga, lo único que va a conseguir es causarle más pena—dijo María Luisa. Mientras ella hablaba, Wilson mantenía la vista fija en la mesa, inmóvil.

Urbina guardó silencio. Ella tenía razón. Quizás era mejor que la muerte de la rubia quedara en el misterio. Total, si ni siquiera su padre quería saber lo que sucedió...

—Sí,—dijo Wilson, interrumpiendo el pensamiento de Urbina,—quiero saberlo todo, aunque me duela.

—Nos duela, pos don Martín—agregó María Luisa— acuérdese que yo también la quería harto.

María Luisa le tomó la mano. Wilson no la retiró, y con su otra mano llevó el vaso de Jack Daniel's a la boca y tomó un generoso trago.

Sin entrar en detalles sobre lo violento del crimen, Urbina dijo que desde un principio pensó que éste no era un crimen político, sino que más bien el responsable era un psicópata sexual, alguien con problemas mentales agudos. Describió en grandes rasgos su racionamiento, y que su trabajo había sido permanentemente bloqueado, para terminar con los atentados contra su vida.

—¿Quién? ¿pero quién se podría atrever a hacer todo eso?— preguntó Wilson. —No veo de adonde puedan salir hueones capaces de intentar matar a un detective de Investigaciones a sangre fría.

—No lo sé. Pero sea quien sea, está o están, conectados con los militares. Hasta asesinaron a un colega detective que iba en mi auto, creyendo que era yo.

—¿Usted cree que fueron los militares los que mataron a ese detective?—preguntó María Luisa, llegando a una conclusión que hasta ese momento Urbina no había mencionado. —¿Y a ellos porqué les iba a interesar quién está investigando la muerte de Marisol? Sabiendo que ella no tenía na' que ver con la política, ni de izquierda ni de derecha.

Urbina se encogió de hombros, dejando en claro que ignoraba la respuesta a esa pregunta. Corrigió lo que dijo María Luisa:

—No dije que fueran los militares, dije que era alguien cercano a ellos—pero esta diferencia sutil no pareció causarles mayor impresión. —¿Marisol se relacionaba con alguien cercano a los militares?

—No entiendo—dijo Wilson sin contestar la pregunta, y llevó su mirada desde   Urbina a María Luisa, para terminar examinando el contenido de su vaso. En voz baja, dijo: —No es que yo sepa mucho de esto pero...¿es así como se investigan homicidios?

—Para serle sincero...no. Hay procedimientos establecidos que se siguen, pero estamos viviendo tiempos de excepción, donde todo está patas arriba. Sin ir más lejos, el domingo se descubrió una nueva víctima, otra mujer joven, y aunque no se me permitió ir a examinar la escena del crimen, por las semejanzas que existen entre los dos casos mi colega detective que estuvo ahí cree que el culpable es el mismo que mató a Marisol. Y si ya han muerto dos, es posible que haya aún más victimas.

María Luisa lloraba en silencio. Wilson se tomó el resto de su whisky de un trago.

—Una cosa quería preguntarle, don Martín. ¿Se acuerda de la foto de una pulsera que le mostré cuando vinimos aquí la primera vez? A mi colega y a mí nos dio la impresión que usted pareció reconocerla cuando le mostré la foto en su oficina.

—Sí, ahí le tengo que admitir que en ese respecto no le conté todo el cuento—admitió Wilson. — La pulsera era mía. Yo se la di a la Mari porque le gustó el símbolo, sin que ella supiera que significaba. A mí me la dieron unos viejos amigos agradecidos de la ayuda que les dí por harto tiempo, en dinero y en comidas gratis. Pero eso ya es historia, aunque todavía vienen por acá. Yo creía que venían por la Marisol pero...—Wilson bajó la vista.

—Y ahora siguen viniendo porque todavía quieren comer gratis,—agregó María Luisa.

—Es que somos todos un grupo grande de amigos, compañeros del Carlhouse, el colegio donde hicimos la secundaria.

—¿Alguno de sus viejos compañeros de escuela es un grandote de un más de un metro noventa, de pelo castaño y bigotes?

—El Juan Sebastián sería. Él es el más grande. Hay otros grandotes pero él es el único con bigote.

—¿Juan Sebastián Timmons?—preguntó Urbina.

—Sí. Nos conocemos por, puuh, más de veinte años.

—¿El tiene una moto Yamaha 400, de esas como de motocross?

—Sí, es su chiche, hay menos de media docena de ésas en Chile...

Antes de que Wilson pudiera terminar de responder se escucharon gritos provenientes de la entrada. Un grupo de hombres anunciaba su llegada con alboroto, y segundos más tarde ingresaban al comedor como si fueran los dueños del local.

—Hablando del diablo...—dijo María Luisa, señalando con la cabeza al líder del grupo, Juan Sebastián Timmons, con una mueca de desagrado que Wilson no vio. Timmons recorrió el comedor con sus ojos hasta que divisó a Wilson. Sonriendo, se acercó a la mesa donde estaban los tres, sin haber reconocido todavía a Urbina.

—¡Chi! No me imaginé que te iba a encontrar aquí tan tarde, Martinuco care' cuco—dijo Timmons, agarrando por detrás los hombros de Wilson con las dos manos. Luego agarró una silla de la mesa contigua y se sentó junto a Wilson. Su sonrisa desapareció cuando vio a Urbina, quien continuaba sentado y lo observaba impasible. Wilson se percató del intercambio de miradas y procedió a presentarlos.

—Juan Sebastián, te presento al detective Urbina de Investigaciones. Es el que está investigando el caso de la Mari.

Timmons ignoró a Wilson, concentrándose en Urbina con una cara donde se mezclaban la sorpresa y el odio. Por fin dijo:

—Síiii, si a este indio hinchapelotas lo conozco—y dirigiéndose a Urbina preguntó: —¿Qué hiciste con el gorrito, pelotudo?

—Ya no lo uso—contestó Urbina, dandole una mirada helada —quedó muy manchado con la sangre del detective Infante.

—Teníai que haber sido tú, conchetumadre—dijo Timmons y les gritó a sus tres compinches que se acercaran.

—Éste es el chucheta que nos anda calumniando y causando problemas—les dijo apuntando a Urbina con sus dos dedos índices simulando cañones de pistolas. —Hace rato que te andábamos buscando porque queríamos conversar contigo—le dijo a Urbina sonriendo. Se paró rápidamente y mientras los otros tres hombres inmovilizaban a Urbina con una ensalada de brazos, Timmons le tanteó la ropa, le quitó la billetera y continuó su búsqueda hasta que encontró la Beretta. Sonrió y la usó para apuntar a la cabeza de Urbina.

—No. Aquí no—dijo Wilson con firmeza. —Cualquier hueá que tenís con él, te la llevai pa otro lado. No te permito que me caguís el negocio, que es lo único que me queda.

—No te preocupís, Martinuco. Ya nos vamos, que tenemos mucho que hacer esta noche—y tiraron de Urbina hasta que éste se paró del asiento, todavía sujeto por los tres amigotes de Timmons.

—Don Martín, no deje que se lo lleven—María Luisa gritó, tratando de intervenir—acuérdese que él vino a ayudarnos.

—A mí qué me importa—dijo Wilson. —No es problema mío. Ya ni siquiera está investigando quien mató a la Mari. Y eso es lo único que a mí me importa.

Antes de que lograran llevárselo a empujones, Urbina se agarró del brazo de Wilson y le dijo:

—No alcancé a decirle que en el lugar donde estaba el cadáver de su hija había huellas de neumáticos de motocross...—susurró Urbina, aferrándose a Wilson. Los forcejeos lo obligaron a soltar el brazo de Wilson, y mientras lo sacaban a empujones alcanzó a gritar:

—...después encontré la misma tierra en el tapabarros de la moto de Timmons—y esas fueron las últimas palabras de Urbina que se escucharon porque Timmons le pegó un tremendo puñetazo en el vientre mientras los otros tres lo sujetaban. Urbina se desplomó, tratando desesperadamente de respirar. Timmons aprovechó que el detective estaba doblado y le pegó una combinación de puñetazos en la cara.

—Sigue con tus mentiras conchetumadre,—dijo Timmons— ya te vamos a arreglar de una vez por todas—y se llevaron a Urbina, arrastrándolo de los brazos mientras éste se ahogaba por la falta de aire.

Timmons y su grupo salieron del comedor acarreando a Urbina hacia la entrada del Brasas Grill, frente a los ojos sorprendidos de los comensales. En el último momento antes de salir del local, Timmons les dijo a sus acompañantes que continuaran y que subieran a Urbina al auto. Él los alcanzaría una vez que hablara con Martín Wilson, y volvió a entrar al comedor.

Al salir del Brasas Grill con su prisionero semi-inconsciente, el grupo se encontró con tres hombres vestidos con baratos ternos oscuros examinando el Fiat de Urbina estacionado frente a la entrada. Un cuarto hombre, un tipo blanquísimo, que parecía ser el mismo que comandaba al grupo cuando habían azotado al guatón Rosales, se apoyaba en una de las puertas de un Chevy Nova que bloqueaba la calle.

—¡Mírenlo! Por fin lo encontramos. Te arrancaste de pura cueva en el matadero anoche, pero pa' que vean, muchachos, lo que yo siempre les digo: el que la sigue la consigue—le dijo el tipo blanco a sus acompañantes, quienes estudiaban con mucho interés los hoyos de bala en la puerta del Fiat.

—Te delató tu cacharro de auto, indio culiao—continuó el tipo blanco, acercándose a los tres que arrastraban a Urbina,—un pajarito nos contó que de repente se te veía por estos lados y hoy nos ganamos la Polla Gol. Cagaste, hueón. Ahora me vai a pagar la que me debís.

Quizás en un principio los compinches de Timmons se distrajeron por las palabras del albino, pero el interés en lo que decía tuvo corta vida y ya lo ignoraban. Empezaron a jalar a Urbina hacia un Peugeot 404. Al ver lo que hacían el albino se interpuso en el camino y los compinches soltaron a Urbina, quien se desplomó en la vereda. Se recuperaba lentamente, respirando corto, todavía lejos de poder defenderse. Él era la única excepción, porque los otros siete, sin arrugarse, ya estaban listos para hundir sus colmillos en los cuellos de sus adversarios. Aún con un intenso dolor, Urbina vio la ironía: dos servicios de represión del gobierno militar se peleaban para llevarse ilegalmente a un detective de homicidios que lo único que quería era resolver un caso. Le urgía vomitar, aún sabiendo que le causaría mas dolor.

—Éste hueón es nuestro, así que háganme el favor de depositarlo en el asiento de atrás—les dijo señalándoles el asiento trasero del Chevy.

—¿Y si no nos da la gana?—contestó uno, y sonriendo se dirigió a sus socios—cachensé, mis campeones. Éste mono albino se las da de jefe.

—En momentos como éste, muchachos, lo mejor es mantener la calma. Acuérdense que somos de la DINA y aquí estamos todos empujando pa'l mismo lao'...—contestó el tipo blanco, mientras uno de sus hombres sacaba una metralleta Ingram MAC-10 del Chevy. Los otros dos habían desenfundado sus pistolas Walther y apuntaban a los que hasta hace poco agarraban a Urbina.

—Obedezcan mi orden y váyanse tranquilitos pa' su casa no más—y mientras decía eso sus subalternos rodearon a Urbina para llevárselo.

—¡Chúpamela, conchatu...—y el que hablaba no pudo terminar porque un balazo en el hombro lo tumbó.

Timmons apareció en la entrada del Brasas Grill con la Beretta de Urbina en su mano. Se escuchó un segundo disparo. El tipo que ostentaba la metralleta dejó caer su arma y se llevó las dos manos al estómago. Un huracán de balazos hizo que todos se agacharan, excepto Urbina que aprovechó el momento para alejarse trabajosamente en cuatro patas del centro del torbellino.

Tras disparar desde la entrada, Timmons corrió hacia los del Chevy sin importarle la balacera, aullando a todo pulmón gritos de combate cuyas palabras no se entendían pero que tenían un significado clarísimo: *aquí les llega una muerte violenta*. Al ver a este gigante enloquecido corriendo hacia ellos pistola en mano, los tres del Chevy todavía ilesos dudaron un segundo, tiempo que aprovecharon los del grupo de Timmons para abalanzarse sobre ellos y en un revoltijo de patadas, combos, mordiscos, codazos y rodillazos, los del Chevy perdieron sus armas, y fueron forzados a subir a su auto y a emprender la retirada, adoloridos y sangrando, pero afortunados de salir vivos del enfrentamiento. Quedó claro que no se esperaban esa respuesta, posiblemente por estar acostumbrados a secuestrar a ciudadanos desarmados desde sus hogares en medio de la noche. El tipo de la metralleta quedó tendido en la vereda, agarrándose el estómago, llorando por el dolor y asustado de su pronta muerte, que se acercaba con pasitos de gato negro.

Urbina se había escondido detrás de un auto estacionado, pero apenas partieron los del Chevy, Timmons lo buscó hasta encontrarlo.

—No se me vaya compadrito, que la fiesta recién empieza— y viendo el brazo de Urbina aferrado de la cuneta, levantó la pierna derecha y le dio un brutal pisotón al antebrazo izquierdo de Urbina, que a juzgar por el crujido que se escuchó, quedó fracturado a la altura de la muñeca.

Trueca trutruca pantruca pehuelche caleuche cullén cullén cullén...

Urbina vio estrellitas, como decía su madre. Se desmayó del dolor. Las pocas palabras que sabía en mapudungun rebotaban haciendo eco en su cabeza. Un sonido intenso y monótono que brotaba desde el centro del dolor en su brazo se mezcló con el idioma de sus antepasados. Timmons y los otros tres tipos lo subieron al Peugeot y se fueron por Avenida Lota, mientras Martín Wilson los observaba desde la entrada al restorán con su Jack Daniels's en la mano y su otro brazo alrededor de los hombros de María Luisa Méndez, quien ocultaba sus lágrimas. Ella se preguntaba por cuanto tiempo Martín Wilson pretendería no haber escuchado las palabras de Urbina: que Timmons estaba involucrado en la muerte de Marisol Wilson. ¿Era por eso que don Martín prefirió no intervenir? ¿Por una despistada lealtad a viejos compañeros de curso? Tarde o temprano la acusación de Urbina vendría a espantarlo, y el peso de rescatarlo de su depresión nuevamente caería sobre ella.

Capítulo 29

Urbina se recuperó de su desmayo en pocos minutos pero no del dolor de su antebrazo. No le habían tapado los ojos, hinchados por los puñetazos de Timmons. Muy mala noticia porque quería decir que no les importaba que Urbina supiera a donde lo llevaban. De ésta no me libro, pensó, me van a matar y mi cuerpo nunca será encontrado. Mi pobre mami quedará esperando que la llame.

Viajaban hacia el sur por Avenida Tobalaba a más de cien kilómetros por hora. Poco después de cruzar Príncipe de Gales camiones del ejército bloqueaban la avenida. Al parar se acercaron varios soldados con fusiles de asalto. Timmons, sentado adelante en el asiento del pasajero, sacó un documento de un bolsillo interior de su chaquetón y se lo mostró a los soldados. Ellos lo examinaron y uno fue a llamar a un oficial. Mientras esperaban que llegara, otro soldado se les acercó y alumbró el asiento trasero con una linterna. El foco de luz se detuvo en la cara de Urbina, sentado entre dos de sus captores. Urbina movió exageradamente los labios en silencio diciendo: ayúdeme, ayúdeme. El soldado titubeó, e iba a decirle algo a su superior, quien terminaba de revisar el salvoconducto presentado por Timmons sin encontrar problema. Ambos se reían como si la situación fuera de lo más divertida. El soldado no dijo nada, y el oficial hizo un saludo militar mientras Timmons se subía al Peugeot.

—¿Viste, detective de pacotilla? Aquí todos trabajamos para Chile, y como somos gente decente nos entendemos muy bien—le dijo un sonriente Timmons a Urbina.   —Y si vos no hubierai empezado a huevear al Patricio y a mi compadre, habríai pasado desapercibido. Pero no. Teníai que seguir y seguir hueveando.

Urbina aparentó desinterés en Timmons hasta que éste se aburrió de hablarle. Pero la mención del "compadre" había impactado a Urbina. Quien era Patricio estaba claro, ése era Patricio Grey, pero, ¿quién era el misterioso compadre? ¿uno más del

316

Carlhouse?

El Peugeot seguía veloz en su camino. Un poco más tarde salían de la ciudad. Ya no se veían luces de edificios y casi no había otros vehículos. Después de un rato dejaron el pavimento y empezaron a subir por un camino de tierra lleno de hoyos. Cada movimiento del auto al pasar por un bache aumentaba el dolor de Urbina. Olas ardientes subían por su brazo hasta llegar a la base de su cuello para luego desparramarse por el resto de su cuerpo. Hubo un momento en que creyó reconocer el camino, pero era poco lo que veía. Después de alrededor de una hora de viaje pararon frente a un portón con soldados vigilando la entrada. Ahora sí sabía donde estaba. Era el mismo recinto militar donde lo llevaron cuando la patrulla del ejército lo detuvo cerca del cadáver de Marisol Wilson. Roncaglia le había dicho que era un campo para presos políticos. ¿Y para qué me traen acá si me piensan liquidar? se preguntó Urbina.

Una vez dentro del recinto el Peugeot transitó lentamente, cruzando las casetas que Urbina vio en construcción la semana pasada. Pasaron frente a la caseta de guardia donde lo había interrogado el capitán de ejército. Una camioneta estacionada frente a la caseta tenía los focos prendidos, que casi lo encandilaron cuando la luz le dio en los ojos. Creyó ver a una silueta observándolos desde la puerta de la caseta. Había pasado solo una semana desde que estuvo aquí pero parecían ser por lo menos tres años en vida de gato. Siguieron transitando lentamente hasta que llegaron a una construcción que no había visto la última vez. Era un edificio de dos pisos, casi sin ventanas, y las pocas que tenía eran pequeñas. Lo bajaron del Peugeot y lo empujaron por pasillos de cemento hacia una celda grande, del tamaño de una de las salas de clases del Instituto. Con una cuerda ataron su mano derecha a un catre de metal cubierto con un colchón de hule delgado y salieron de la celda, cerrándola con llave. La única luz era la que entraba por una pequeña ventanilla en la puerta. Urbina miró a su alrededor. No se veía mucho pero presentía que estaba solo. Trató de dormir. Cerró los ojos pero el dolor era demasiado intenso. Un rato más tarde un hombre abrió la puerta de la celda, le tiró dos frazadas delgadas y le

317

dejó un tiesto con agua al borde del catre.

A pesar de las frazadas, el frío en la pieza y el dolor de su hueso fracturado le impedían dormir. Tomó agua del tiesto que le dejaron, luchando contra el dolor que sentía en su brazo al levantarlo. Después de un par de horas ruidos le llegaron desde el exterior. Escuchó unos pasos. Un poco más de luz entró por la ventanilla de la puerta. Alguien había prendido una luz en el pasillo. Se abrió la puerta y entró un hombre alto y fornido de unos treinta y tantos años, bordeando los cuarenta. Vestía delantal blanco, con un estetoscopio alrededor del cuello y portaba un maletín de médico.

—Muy buenas noches—dijo con una alegría que parecía ser sincera, y se sentó al borde del catre. —Me dicen que tiene una lesión en un brazo. A ver, veamos. Dígame dónde le duele—Urbina le mostró su brazo izquierdo sin decir nada.

— No me habían dicho na' de los hinchazones en la cara—dijo el doctor, mirándolo con compasión.

Usando la luz del pasillo que entraba por la puerta entreabierta, el doctor, porque eso es lo que parecía ser, tomó el brazo con delicadeza y empezó a examinarlo suavemente, tratando de establecer donde estaba la lesión. Urbina estudiaba su rostro. Tenía el pelo prematuramente blanco y ojos de un celeste muy claro. Le parecía haberlo visto en algún lado. Era un hombre que algunas mujeres describirían como buen mozo, otras como guapo, y las del barrio alto como regio. Urbina no pensaba en eso, sino que en las marcas que el doctor tenía en la cara, unas heridas que estaban a mitad de camino entre costras y cicatrices. Recordó lo que le había dicho el doctor Peña, que Marisol Wilson se había defendido de su agresor rasgándole la piel, conclusión a la que había llegado después de encontrar restos de piel en las uñas del cadáver. ¿Sería éste el que la mató y no Timmons? El doctor tocó el lugar más sensible de su antebrazo y Urbina respingó por el dolor.

—Ahí está, pues—dijo el doctor alegremente. —Sin tener radiografías es difícil estar seguro, pero me parece que tiene un hueso fracturado en la muñeca, mi amigo. Lo único que puedo hacer es vendarlo. Tener el brazo sin mover lo va a ayudar un poco, por lo menos en el corto plazo. ¿Y qué fue lo que le pasó? ¿Cómo se lo quebró?

—Me pegaron un pisotón.

—¿De veras? ¿Quién?

—Juan Sebastián Timmons. El mismo que me pegó en la cara mientras sus amigotes me sujetaban—dijo Urbina—¿Lo conoce?

—Pero claro. Es muy bruto ese Juan Sebastián. Lo conozco de toda la vida, siempre ha sido así, desde chico. Tantas historias que tengo de ese loco. Ése era su sobrenombre en el Carlhouse: el loco Timmons—se rió, y continuó:

—Hasta cierto punto su fractura es culpa mía.— El doctor hizo una mueca como diciendo, que le vamos a hacer, y continuó,— le digo porque fui yo el que le pedí al loco Timmons que me sacara de encima a un detective que andaba buscándome, así que lo menos que puedo hacer es ayudarlo con su fractura,—y se rió de nuevo.

Cuando el doctor estiró el brazo para sacar unas vendas de su maletín, Urbina vio que en su muñeca tenía una pulsera igual a la de Marisol Wilson. *Una pulsera de lapislázuli con un símbolo incrustado en plata: ↃC.*

—Qué interesante su pulsera—dijo Urbina.   —¿Qué significa?

El doctor se demoró un momento en contestar, mientras seguía vendando el brazo de Urbina.   —Bonita, ¿cierto?—pausó. —Las hicimos con un grupo de amigos. Tiene varios significados pero por ahora supongamos que es un recuerdo del Colegio Carlhouse, el colegio donde estudiamos.

—Aaahh, qué buena. Yo conocí una joven que tenía una igual. Pero también me dijeron que ese ↃC tenía un significado más político.

El doctor reaccionó en forma casi imperceptible y siguió vendando el brazo de Urbina. Pasó un momento y dijo:

—Que raro encuentro lo que me cuenta. Hicimos unas pocas pulseras nada más así que son súper exclusivas—el tono del doctor seguía siendo liviano pero ahora sonaba un poco forzado. —¿Quién es la joven? ¿Cómo se llama?

—Se llamaba. Falleció.

El doctor interrumpió su trabajo de vendaje para mirar a Urbina. Luego continuó con su trabajo.

—Ya. Estamos casi listos. Le hago un soporte para que pueda apoyar el brazo y queda como nuevo—sacó unas tijeras de su maletín y las usó para cortar las vendas. —¿Falleció? Qué pena. ¿Cómo dijo que se llamaba?—preguntó el doctor.

—No dije. Se llamaba Marisol Wilson.

—Aaaah, claaaro. La Marisol. Puchas que se echa de menos, con lo rica que era. Esa pulsera se la tiene que haber dado el Martín, su papá.

Urbina guardó silencio.

—Tanta pregunta que hace, mi amigo. Parece que el instinto de detective le va a durar hasta su triste final—dijo el doctor con una sonrisa maliciosa.

—Podría ser—dijo Urbina. —Y ahora sé quién es usted... el famoso doctor Alfaro.

—Así es, ése soy yo. ¿Pero porqué famoso?—preguntó Alfaro inocentemente.

—Famoso para mí, porque lo ando buscando desde que me mostraron una foto donde usted aparecía con Marisol Wilson.

—¿Y en dónde vio esa foto?— Urbina no contestó. Alfaro seguía sonriendo, pero sus ojos eran témpanos de hielo. Actuaba como si estuviera gozando este va y viene con Urbina, pero detrás de esos ojos se escondía un trasfondo amenazante. Urbina no tenía nada que perder, así es que se tiró en picada.

—Usted la mató. Y ella le hizo esos rasguños que tiene en la cara.

Alfaro lo miró sorprendido. Echó la cabeza para atrás y lanzó una carcajada.

—Al parecer el detective mapuche no es tan boludo como me lo habían contado—dijo, y continuó: —Pero ya no le sirve de nada, de aquí no va a salir vivo. Encuentro de lo más entretenido que por sapo termine aquí, con su humilde servidor sanándole el brazo.

En fin, a eso ya me acostumbré, a sanar a los que no deben ser sanados. Y pa' más remate, aquí estoy vendando el brazo de alguien quien pronto estará bajo tierra. Una pérdida de tiempo.

—Si no salgo vivo...que le vamos a hacer—Urbina se encogió de hombros,—lo que será, será, como dice la canción.

Alfaro parecía escucharlo a medias. Ya no estaba jovial. Bajó la cabeza y se la tomó con las dos manos como si le doliera. Seguía sentado al borde del catre y Urbina lo observaba sin poder moverse por tener el brazo derecho amarrado.

—Estoy cansado. Mi trabajo aquí no para nunca, manteniendo vivo a gente que francamente no se merece vivir porque son marxistas, enemigos del país. Día y noche trabajando. Ya no doy más. Y ahora con estos dolores de cabeza que me están matando.

Urbina recordó lo que le había contado Feinstein, de los rumores de médicos que participaban en las sesiones de tortura examinando a los detenidos para que no murieran durante los interrogatorios.

—Tantos enemigos de la patria que he tenido que mantener vivos cuando no se lo merecen.

—Y Marisol Wilson, ¿ella no merecía vivir?—preguntó Urbina con voz suave. Alfaro lo miró con sus ojos helados.

—Aahh, la Marisol. Una pena lo de la Marisol, pero hasta a las flores más bellas les llega la hora de marchitar—dijo Alfaro con tono melancólico. —Pa' serle sincero, ella hacía harto rato que me movía la cola pa' calentarme, pero cuando yo la trataba de tocar se hacía la virgencita. No fue hasta que le pedí prestada la moto al Juan Sebastián que aceptó a salir conmigo. Yo sabía que a ella le gustan la motos—dijo Alfaro guiñando un ojo. Se agachó y sacó un frasco de su maletín. Lo abrió y se tomó dos píldoras. Luego continuó:

—Si no fuera por el Desbutal me andaría cayendo de cansado—pausó un momento y se refregó los ojos. Desbutal, pensó Urbina, si no me equivoco es una anfetamina, y recordó que el examen toxicológico del doctor Peña encontró esa droga en la sangre de la bella.

—Marisol murió de accidente,—continuó Alfaro. —Cuando no me la quiso dar me emputecí y le pegué demasiado fuerte. Al principio me asusté, pero también me calentaba eso de verla sufriendo del dolor. Me hizo sentirme invencible. Y la verdad, después de los primeros golpes ya no quería parar. Demasiado rica era la Marisol.

—Usted... ¿estuvo hace poco en Tejas Verdes?—preguntó Urbina. Alfaro lo miró y levantó las cejas. Al parecer no se había enterado de que el cadáver de la joven en la playa había sido descubierto.

—Una vez no más. Fui la semana pasada haciéndole un favor al ejército. Gran favor, porque yo soy oficial de reserva en la Fuerza Aérea. Tenían unos detenidos que estaban al borde de la muerte con problemas al corazón y necesitaban ayuda. Y como yo soy cardiólogo, me llamaron. Le pedí a una lola amiga que me acompañara y ella me esperó en el bar del club de golf de Santo Domingo, mientras yo examinaba a los detenidos. Cuando salí de Tejas Verdes partí a buscarla y nos fuimos a caminar a la playa. Una cosa llevó a la otra y terminamos atracando, y yo de tan caliente que andaba, quise ver si podía darme el gustito de nuevo. Y de nuevo se me pasó la mano, pero qué le vamos a hacer—bajó la cabeza, como esperando el flash de energía de la anfetamina, pero sin dar señas de remordimiento.

Mirando por sobre el hombro del doctor, Urbina vio una silueta recortada contra la luz en la ventanilla de la puerta, que seguía entreabierta. La silueta parecía estar escuchando lo que decía el doctor, quien continuó:

—Eso de tener poder absoluto sobre la vida y la muerte es muy excitante. Como ahora, por ejemplo. Tengo control absoluto sobre la suerte del detective con cara de indio. Si yo quiero, mueres. Si se me antoja, vives. Y tenís suerte que no me gustan los hombres porque si no...ayayay.

Es un monstruo, pensó Urbina. Con razón el viejo olió azufre cerca del cadáver de la rubia, porque este hijo de puta es un verdadero diablo. Va a seguir matando y nadie lo va a parar. Y yo...

yo no puedo hacer nada.

—¿Porqué se llevaron el cadáver de Marisol Wilson?— preguntó.

—Aaahh, que buena pregunta. Buena. ¿Me vai a creer que estos milicos huevones se espantaron al ver que llegó un detective a investigar el cadáver? No fue hasta que se dieron cuenta que no tenían na' que ver con esa muerte que su capitán les ordenó que se la llevaran al médico legal. Sin tener porqué hacerlo, pero en fin. A lo hecho, pecho.

La silueta en la ventana había desaparecido. No entiendo porque este huevón me mantiene vivo, a menos que sea para verme rogar por mi vida, pensó Urbina. Lo único que se me ocurre es tratar de prolongar el momento, postergar lo inevitable. Sea como sea, no voy a dejar que esta bestia con cola me humille haciéndome sufrir. Antes de eso me mato yo mismo.

—Le voy a poner una inyección de Pentotal con un poquito de morfina pa' que se le quite el dolor, y pa' que se acuerde de decirnos la verdad—dijo Alfaro. —Se la voy a tener que poner en el cuello. Así tenemos menos problema, porque con un brazo vendado y el otro amarrado...

Cuando Alfaro se acercaba al cuello de Urbina con la jeringa en mano el detective levantó su cabeza violentamente y le propinó un frentazo en la cara al doctor, quien quedó medio aturdido. Aprovechando la leve ventaja que tenía, con su rodilla derecha Urbina le pegó en las costillas varias veces. Luego, trabajosamente, Urbina usó sus piernas para empujar la cabeza del doctor Alfaro hasta que ésta quedó entre sus rodillas. Alfaro estaba casi inconsciente y un hilo de sangre brotaba de su nariz. Urbina le pegó otro par de rodillazos, esta vez en la cabeza, y abrió sus piernas hasta que rodearon el cuello de Alfaro. Luego cruzó sus pies a la altura de los talones, haciendo palanca el uno con el otro. Años de yoga y Tai Chi entraron en juego, porque las piernas de Urbina adquirieron la fuerza y determinación de una ostra que se niega a ser abierta. Pronto la presión le cortó la respiración al doctor y su piel empezó a cambiar de color, tomando un tinte morado con dejos azules. De repente abrió los ojos, y en un intento desesperado, trató de abrir las piernas de Urbina que lentamente lo estrangulaban. Urbina cerró sus piernas con más fuerza aún y recordó el bello rostro destrozado de Marisol Wilson. Apagados murmullos guturales salían de la boca de Alfaro. El dolor de su brazo recién vendado tenía a Urbina al borde de las lágrimas pero sus piernas no aflojaban la presión alrededor de la garganta del doctor. Los murmullos cesaron. El doctor ya no respiraba. Urbina siguió presionando por varios segundos más. Luego aflojó la presión y con sus piernas empujó al doctor hasta que cayó al suelo al borde del catre. Urbina se estiró lo que más pudo hasta que alcanzó el maletín. Usando su brazo izquierdo recién vendado, mordiéndose los labios para no quejarse del dolor, buscó a ciegas hasta que su mano ubicó el maletín. Tanteó en su interior hasta que encontró las tijeras que Alfaro había usado para cortar las vendas y cortó la cuerda con la cual habían atado su mano derecha al catre de metal.

Una vez libre de su amarra, se paró lentamente y estiró sus músculos para recuperar la flexibilidad perdida durante las horas que estuvo atado. Tomó un trago de agua. Miró a Alfaro y resistió la tentación de escupir en su cara. Se agachó y puso los dedos de su mano derecha en la vena yugular de Alfaro. Todavía tenía pulso, aunque débil.

Nunca he sido muy cruel para mis cosas pero, diablo, tú te lo mereces, se dijo Urbina. Se paró con su pie derecho sobre el cuello de Alfaro usando todos y cada uno de sus sesenta y seis kilos. En casi completo silencio, Alfaro tardó un par de minutos en fallecer.

Urbina comprobó que había muerto. Luego arrastró el cadáver, lo empujó debajo del catre, y tiró sobre él la cuerda con la cual lo habían atado. Extendió una de las dos frazadas sobre el catre para que el cadáver no se viera y se acostó a esperar su suerte. Por un momento pensó en arrancar porque la puerta seguía entreabierta, pero...siempre hay un pero. Alguien había observado lo que sucedía, él había visto la silueta dibujada contra la luz. A este enredo todavía le quedaban vueltas y quizás la próxima movida no era suya, le tocaba a mover a su adversario. No le convenía salir corriendo a locas, sin saber cuántos lo vigilaban. Y la próxima vez que vinieran a verlo él escogería las condiciones de batalla.

No tuvo que esperar mucho. Menos de una hora más tarde escuchó pasos en el pasillo de cemento. La puerta de su celda se abrió completamente y vio entrar a una silueta, que en la penumbra Urbina creyó reconocer como la misma que le había dado las frazadas y agua hacía algunas horas.

La silueta se acercó al catre y preguntó:

—¿De dónde lo ataron?

—No me ataron—contestó Urbina. Le pareció reconocer la voz, ¿era el sargento Salas?

—¿No lo ataron? Qué raro. Tráigase las frazadas si quiere, mire que hace harto frío afuera.

—No gracias. Yo soy súper bueno para aguantar el frío—dijo Urbina, pensando que de ninguna manera iba a mover la frazada que escondía el cadáver del diablo Alfaro.

—Como quiera. Vamos entonces. Calladito, mire que a los del ejército no se nos permite entrar aquí. Ya, vamos.

Y ahí quedó el diablo Alfaro, su cadáver tendido bajo el mismo catre donde quizás cuantos fueron torturados. No tardarían mucho en encontrarlo, pensó Urbina, pero por lo menos ya salí de la celda. Y no estoy amarrado.

Una vez en el pasillo pudo comprobar la identidad de su acompañante: era el sargento Salas. Salitas. No dijo nada.

Cuando llegaron a la puerta que daba al exterior del edificio, Salas le dijo que mantuviera silencio. Esperaron hasta que el sargento constató que no había nadie en los alrededores y salieron corriendo hacia la caseta de guardias. Si hubiera sabido que era así de fácil, se dijo Urbina, tendría que haber arrancado. Pa' la próxima será.

Llegaron a la caseta de guardias y Urbina se llevó otra gran sorpresa. Sentado tomando café estaba el capitán de ejército que lo había interrogado cuando lo detuvieron la primera vez.

—Aah, llegaron. Miren lo que son las vueltas de la vida,— dijo el capitán como si se estuviera encontrando con un viejo amigo en el Parque Forestal. Fijó la mirada en el brazo vendado de Urbina —¿podís caminar sin problemas?

—Puedo—contestó Urbina.

—Ya. Porque aquí el sargento te va a llevar pa' abajo en la camioneta y de ahí entonces caminai un buen rato hasta llegar al terminal de buses. ¿Quedó claro?

—Clarísimo. Gracias,—dijo Urbina.

—Noooo, nada de gracias. No me debís nada. Y ahora, yo no te debo nada tampoco—dijo el capitán, notando la extrañada cara de Urbina, pero continuó—así quedamos a mano. Yo siempre pago mis deudas.

El sargento Salas se movía de una lado para otro, nervioso. Cada minuto que el prisionero Urbina estaba en la caseta de guardias el peligro aumentaba. El capitán parecía gozar con la actitud perpleja de Urbina. No parecía estar preocupado en lo absoluto, lo que agitaba al sargento Salas aún más.

—Mi capitán—dijo el sargento—si quiere me lo llevo ahora...mire que falta poco pa' que amanezca.

—Son las tres de la mañana, sargento. Faltan horas pa' que salga el sol—contestó el capitán. —Además quiero que quede todo claro con el detective. ¿Nosierto?—preguntó, mirando a Urbina.

—Por supuesto—dijo Urbina—pero la verdad es que estoy medio desubicado. Por lo que me dijo, entiendo que planean dejarme en libertad, lo que me parece muy buena idea. Lo que no entiendo es el motivo.

—¿Entonces nunca te dijeron mi nombre?—preguntó el capitán. —El chupamedias de tu jefe, ese tal Roncaglia, ¿nunca te dijo?

Urbina meneó la cabeza lentamente diciendo que no.

—Yo soy el Capitán Juan Ricardo Ruiz Aldunate, oficial condecorado del Ejército de Chile. Ahora te debiera sonar mi nombre.

Urbina pensó un par de segundos. Ruiz. Patricia Ruiz de Valencia. Roncaglia le había dicho que el primo de ella, el capitán de ejército, había quedado súper contento con el reporte. Y aquí tenía al famoso primo en frente.

—Ya,—dijo Urbina,—ahora entiendo.

—Así te pago el favor que le hiciste a mi familia ayudándole a mi prima—Urbina lo miró con sus ojos hinchados por los golpes. Las ironías del caso eran tan grandes como la cordillera. Por tratar de hacer su trabajo bien, por investigar en forma honesta el homicidio de Marisol Wilson... lo querían matar. Y por el otro lado, por producir un reporte corrupto acerca de la muerte de Valencia, lo dejaban en libertad. El mundo al revés. La teoría del ojo bueno pertenecía al tarro de la basura, pensó. Cuando la corrupción infecta a una parte del organismo, tarde o temprano todo el organismo será infectado. No es posible tener un ojo bueno. Nada ni nadie se salva, y nunca más pecaré de inocente.

—¿Nos vamos entonces?—insistió Salas.

—Váyanse no más—dijo el capitán Ríos. —Y que te quede claro, Catrileo: la advertencia que te dí la última vez hora corre más fuerte todavía. No se te ocurra aparecer de nuevo por estos lados, porque ni el diablo y Dios juntos te van a salvar. Acuérdate que estamos a mano.

—No se preocupe. Eso me quedó claro—contestó Urbina.

El sargento Salas manejaba despacio la camioneta mientras salían del recinto. Le había ordenado a Urbina que se escondiera en el suelo de la camioneta para que al cruzar el portón no lo vieran los guardias. Cruzaron sin problemas y Salas prendió la calefacción. En unos minutos la cabina alcanzó una temperatura agradable. Los focos alumbraban solo metros del desolado camino delante de la camioneta. Después de unos veinte minutos de viajar en silencio, con Salas muy concentrado en evitar hoyos que le pudieran quebrar un eje, Urbina preguntó:

—¿Fue usted el que me dejó unas frazadas y un tiesto con agua?

—Sí señor. Yo mismito.

—¿Y cómo supo que yo estaba ahí?

—Los focos de la camioneta lo alumbraron cuando el Peugeot pasó frente a la caseta de guardia. Ahí lo vi. Mi capitán Ruiz ya me había contado de la tremenda coincidencia: que el detective indio...—Salas le dio una mirada furtiva a Urbina—...eso dijo él, no se enoje conmigo...

—No se preocupe, siga no más,—dijo Urbina,—ya estoy acostumbrado.

—Bueno, me contó de la tremenda coincidencia que el detective que ayudó a su prima fue el mismo que se anduvo insolentando con él la semana pasada. Entonces fui y le dije que lo tenían al mismo detective ahí en el bunker y que el doctor de pelo blanco lo iba a liquidar.

—Aaahh, entonces usted fue el que yo vi escuchando por la ventanilla de la puerta—dijo Urbina.

—Fui yo, de puro sapo, que quiere que le diga,—contestó Salas. —Oiga, ¿y qué fue lo que le pasó?

Urbina le dijo que era una historia larga y aburrida, pero lo único que tenía claro era que el que mató a la rubia había tratado de matarlo a él también. Le urgía cambiar el tema, pues no quería que Salas le preguntara que tenía el doctor contra él...

—Base a pantera uno. Base a pantera uno—lo interrumpió la radio en la cabina de la camioneta. Salas tomó el micrófono y contestó—Pantera uno a base. Adelante..

Ya. Hasta aquí no más llegamos, pensó Urbina. Deben haber encontrado el cadáver del doctor. Pero no, era solo el capitán Ruiz preguntándole al sargento donde había dejado el diario La Tercera. Salas contestó y cortaron la comunicación.

—Me tiene loco ese capitán. No duerme nunca el hueón— dijo Salas, irritado.

Aprovechando la interrupción de la radio, Urbina preguntó, —oiga sargento, acláreme una cosa que me tiene curioso. ¿Cómo es que en el mismo recinto militar están juntos el ejército y la fuerza aérea?

—Juntos, pero no revueltos,—contestó el sargento. —La verdad es que yo mismo no lo tengo muy claro. El recinto es del ejército pero ese edificio donde lo tenían guardao es del SIFA, la inteligencia de la Fuerza Aérea. Ahí traen a sus detenidos y hacen sus interrogatorios. A los del ejército no nos dejan entrar. Nos miran en menos, esos aviadores cagones. Pájaros de un ala, digo yo.

—Entiendo.

Siguieron en silencio. Luego de una media hora de camino doblaron hacia la carretera pavimentada, y al rato se empezaron a ver unas casas, luces, luego unos pocos edificios, hasta que llegaron a lo que parecía ser el terminal de una de las líneas de buses urbanos.

—Ya. Aquí lo dejo—exclamó Salas. —Ojalá que mi capitán no me joda por haberlo traído hasta el terminal, pero ¿como lo iba a dejar caminando con el brazo vendado y todo?

—Gracias, sargento Salas—dijo Urbina. —Y ahora me voy a pasar de patudo, pero ¿no tendría un par de lucas que me preste? Mire que estos bandidos me robaron hasta la billetera.

—No faltaba más. Le sacan la chucha y le roban la plata— sonrió Salas, mientras sacaba un par de billetes del bolsillo de su pantalón. —Dudo mucho que nos volvamos a ver así es que esto es más regalo que préstamo—dijo, pasándole los billetes a Urbina.

—Regalo entonces. Pero no se preocupe. De alguna forma le pagaré mi deuda, y no estoy hablando solamente del dinero.

Se dieron un apretón de manos. Urbina se bajó de la camioneta, y se preparó para esperar a que amaneciera. Pronto llegarían los choferes de los buses tempraneros, que le permitirían alejarse aún mas del recinto militar y de Alfaro. Si llegan a descubrir el cadáver antes de que se vaya el primer bus estoy frito, pensó. Decidió esconderse en una zanja a un costado del estacionamiento de buses por si volvía la camioneta, porque esta vez no le darían ni gracia ni perdón.

Capítulo 30

Miércoles, 20 de agosto, 1975

Se bajó del bus en la Alameda esquina con Nataniel. De allí podría caminar fácilmente la docena de cuadras que le faltaban para llegar a su objetivo. Cruzando la Alameda notó como la calle y las veredas lucían pavimento nuevo por la reciente construcción de la primera línea subterrránea del Metro. Habían prometido que cuando por fin empezara a funcionar el transporte subterráneo en Santiago, sería uno de los más modernos del mundo. El gobierno militar estaba preparando una gran inauguración, y contaba con recibir los elogios por terminar un proyecto cuya construcción había comenzado dos gobiernos antes. Nadie sabe para quién trabaja, era el nombre del juego de naipes preferido de su mami. Así mismo con el Metro. Este gobierno recaudaría la gloria del trabajo de otros. Urbina recordó como en las protestas durante el gobierno de Allende, simpatizantes y opositores usaban las trincheras de la construcción para batallar, y las piedras de esas mismas zanjas eran usadas como proyectiles por ambos bandos. Un embarazo complicado tuvo el tan publicitado Metro.

Era poco antes de las siete de la mañana. Mientras caminaba por las calles de un viejo Santiago que recién empezaba a moverse, sólo pensaba en una cosa: como iba a terminar la tarea que quedó inconclusa con la muerte del doctor Alfaro. Lentamente, un plan se fue formando en su mente. Al llegar a su destino, ya sabía lo que haría, y tenía una lista mental de lo necesario.

El portón de TODOAUTO estaba entreabierto pero se escuchaban sonidos de alguien trabajando. Urbina se agachó para pasar bajo el portón y entró en el taller.

—Puchas, mi amigo. Cada vez que lo veo anda peor—le dijo Lalo cuando lo vio aparecer con el brazo vendado y los ojos hinchados—la verdad es que no me imaginé que lo iba a ver tan luego.

—Es que no me pude aguantar más tiempo. Una vez que uno se da una ducha fría con la manguera y se duerme sentado en su sillón, ¿quién se va a poder resistir esos encantos? Tuve que volver, no me quedaba otra.

Lalo lo miró con una sonrisa en los ojos, mientras se limpiaba las manos con un trapo grasiento.

—¿Nos tomamos un cafecito?—preguntó.

Cuando se encontraban sentados en la oficina de Lalo tomando café, Urbina no entró en detalles, y se limitó a decir que creía que tenía los días contados, y que antes de su fin, que según él era casi inevitable, tenía que terminar un asunto pendiente. Una deuda que estaba obligado a pagar.

—Apenas lo conozco, pero sé que usted es mi hermano—dijo Urbina con una voz triste que apenas se oía.   —Por eso estoy aquí.

Lalo no contestó, concentrado en unas marraquetas que depositó en un pequeño tostador eléctrico. De afuera de la oficina les llegaba el sonido de un martillo pegando contra metal. El delicioso aroma de pan tostado pronto invadió la pieza. Urbina pensó en quedarse aquí para siempre. De aquí no me muevo. Aprenderé la reparación de autos.   Dormiré en el sillón hasta que me encuentre una camita. Pero sabía que era imposible. Tenía un asunto pendiente.

—Lalo. Le vendo mi Fiat. Necesito dinero para pagar esa deuda que le conté.

—¿Una deuda en dinero?

Urbina no contestó.

—¿Y en cuanto me lo quiere vender?—preguntó Lalo.

—Yo no vengo a vender, vengo a re-ga-lar,—dijo Urbina recordando al vendedor ambulante que veía en la Alameda después de salir de clases en el Instituto. —Treinta mil pesos, y unas pocas cosas que le costarían menos de cinco lucas.

Lalo le dio una mirada triste.

—¿Me está agarrando pa'l hueveo, mi amigo? Ese auto vale por lo menos veinte veces más—dijo Lalo.

—No, no es hueveo. Es que ya no lo voy a necesitar. Si no le conviene comprármelo, entonces présteme las treinta lucas y las otras cosas que necesito y yo en cambio le presto el auto. Si algún día vuelvo, yo le devuelvo los treinta mil, o treinta y cinco mil, y usted me devuelve el auto. ¿Qué tal?

Lalo lo pensó un momento. Luego movió su cabeza, dando un consentimiento que le pareció un poco forzado por las circunstancias.

—Está estacionado frente al Brasas Grill en Baquedano. Aquí está la llave del motor de partida. Yo no le pongo llave a la puerta,—dijo Urbina—eso sí que le recomendaría que lo pinte y le tape los agujeros de bala para que nadie sepa que es el mío. Como le dije, yo vengo a re-ga-lar, pero el regalo tiene sus inconvenientes. Ah, antes de que me olvide, también necesita un cambio de aceite.

—Bien, hermano—dijo Lalo, después de un momento. —Le acepto su regalo—Lalo sacó su billetera y le pasó treinta mil pesos a Urbina. —Mire la coincidencia: los mismos billetes que usted me dio por el parabrisas. Menos mal que no han venido esos tramposos del dominó o de seguro ni los tendría.

Siguieron charlando unos cortos minutos, tomando café y comiendo pan tostado, hasta que Urbina dijo que le llegaba la hora de irse. Pasaron ese último rato un tanto tristes, mientras buscaban las cosas en el taller que Urbina también había dicho eran parte del trato. Se despidieron con un fuerte abrazo, y por lo menos uno de ellos pensó que esa era la última vez que se veían.

Capítulo 31

—¡Elmercuriodiarioooo! ¡laterceraelmercuriodiarioooo!

El hombrecito vendía diarios agachado, como si estuviera enfermo de la columna, y vestía un chaquetón que más parecía abrigo por lo largo que le quedaba. Cuando los autos paraban en el semáforo de la esquina de Avenida Grecia con Los Tres Antonios, el hombrecito se acercaba a las filas de autos pregonando su canto habitual. Tenía un atado de diarios en un bolso que colgaba de su hombro izquierdo, y recibía las monedas y daba el vuelto con su mano derecha. Para protegerse del frío de la mañana se cubría la cara con una bufanda. Cuando la luz pasaba en su ciclo de rojo a verde y los autos partían, el hombrecito estudiaba atentamente una casa de dos pisos con un gran portón y una reja de metal.

En una de esas pausas, aprovechando que disminuía la cantidad de autos, se dirigió al portón. Miró hacia adentro, hacia el patio de la casa, y satisfecho con lo que vio, sacó de su bolso un envase con aceite de motor de auto. Desparramó una buena cantidad frente al portón en la salida de la casa, hasta que todo el ancho de la vereda quedó cubierto por una delgada capa de aceite. Miró a su alrededor para verificar que nadie lo había visto. Satisfecho, volvió a su tarea de vendedor de diarios.

Y en eso siguió hasta que el período de tiempo en el cual la gente se dirigía a sus trabajos llegó a su final y la cantidad de vehículos empezó a decaer. Estaba por irse, listo a admitir una derrota temporal, cuando su presa abrió el portón. Segundos más tarde, escuchó las patadas del motociclista tratando de hacer partir el poderoso motor de dos tiempos de la Yamaha. El hombrecito cruzó la calle y caminó sin prisa hacia el portón, hasta que segundos más tarde el agudo ping-ping-ping del motor chillando hizo ladrar a los perros del vecindario. El motociclista salió a toda velocidad del patio, como si ya fuera atrasado a su primera cita del día.

Apenas los neumáticos rodaron sobre la capa de aceite en la

vereda el motociclista perdió el control y cayó estrepitosamente. Los neumáticos de motocross son buenos para la tierra suelta y el barro pero en pavimento patinan con facilidad, y más aún si llegan a tocar una mancha de aceite.

El hombrecito se acercó lentamente al motociclista, que trataba infructuosamente de parar la moto mientras repasaba todos los garabatos populares y otros no tanto. Se fijó en el hombrecito y lo increpó.

—¿Y vos que querís, hueón? Lárgate antes que te saque la chucha.

El hombrecito enderezó su espalda, y se abrió el largo chaquetón. Sujeto en su cinturón tenía un fierro de un medio metro de largo. Lo tomó con su mano derecha y se acercó al motociclista, quien ya no le prestaba atención y sudaba tratando de levantar su moto. La tarea era difícil porque apenas la tenía casi vertical se le resbalaba nuevamente por el aceite en la vereda. El hombrecito se acercó y lo clavó en la espalda con el fierro. El grandote dejó caer la moto, se dio vuelta, sacó una pistola de un bolsillo de su chaqueta de cuero y se abalanzó contra el hombrecito.

—Te voy a matar conchatu...—dijo pero no alcanzó a terminar.

El hombrecito lo esquivó y le pegó un fierrazo en la rodilla izquierda. El motociclista se desbarató sobre la mancha de aceite. El hombrecito le pegó un pisotón en la mano que lo hizo soltar la pistola.

—Ésa te va por matón, por los que hiciste sufrir—dijo, y al escuchar los gritos de dolor del motociclista, añadió: —¿No te gustó, Timmons Nogales? ¿viste que duele, llorón?—se bajó la bufanda para que Timmons le viera la cara. Era el detective mapuche. ¿Pero cómo? si lo habían dejado amarrado en una celda hacía unas pocas horas. Adolorido, gritó insultos y amenazas que no alcanzó a terminar porque Urbina le pegó un segundo gran fierrazo, esta vez en la rodilla derecha. —Y ése te llega por abusar de la Quena, maricón—dijo Urbina.

Timmons rugía. Urbina miró a su alrededor. Algunos

vecinos se habían asomado a sus ventanas y miraban espeluznados, pero al parecer Timmons no era muy popular en el vecindario porque nadie hacía nada por ayudarlo. Agachándose, Urbina recogió la pistola. Era su Beretta. Puso su rodilla izquierda sobre el pecho de Timmons para inmovilizarlo. Timmons seguía llorando y gritando amenazas. Urbina buscó en los bolsillos del gigante hasta que encontró una billetera. Se paró.

Apuntó la Beretta a la cabeza de Timmons.

—Y ésta, por matar al pelao Infante.— El vecindario escuchó un disparo. Los aullidos cesaron. La bala había entrado nítidamente por el ojo derecho de Timmons. Por la gracia de Dios, se dijo Urbina recordando los dichos de su madre, mire la casualidad de achuntarle justo en el ojo.

—Que no descanses en paz, hijo de puta,—sentenció Urbina, y se alejó lentamente por Avenida Grecia, dirigiéndose al paradero de buses.

Epílogo

Urbina contemplaba el cielo, feliz gozando del sol que aparecía por sobre los picos de la cordillera, después de tantos días y semanas de tiempo nublado o lluvioso. En su mano tenía una taza que ya era vieja cuando los españoles se creían los dueños de estos terrenos. Tomó un sorbo de su té y sonrió. Se sentía muy bien recibiendo esos rayos de sol. Los días de reposo de las últimas tres semanas habían contribuido a que la fractura en su muñeca continuara sanando.

Le había llevado casi todo un día recolectar hojas para fabricarse un colchón, para el cual usó los mismos sacos que cubrieron a Marisol Wilson. El viejo no desperdiciaba nada. Los dos hicieron turnos para coser los sacos con hilo de cáñamo y una aguja enorme y cuando terminaron, el colchón les quedó bastante cómodo. Urbina lo usaba para dormir en una esquina de la casucha del viejo. Como sus gastos eran mínimos, todavía le quedaba la mayor parte del dinero que recibió de Lalo por el Fiat, más el dinero que liberó de la billetera de Timmons. Lo usaban para comprar vino, cigarrillos para el viejo, cartuchos para la Regalona, y uno que otro diario que Urbina leía en voz alta a la luz de la fogata para que el viejo se divirtiera con las locuras de la ciudad. En uno de esos diarios habían leído de la reciente muerte de dos oficiales de las fuerzas armadas, asesinados por malévolas fuerzas terroristas, mientras luchaban en defensa de los valores nacionales. Dos diablos menos, había sonreído Urbina, sin que el viejo se diera cuenta. Encontró curioso que ahora digan que Timmons era oficial de las fuerzas armadas, cuando siempre se presentaba de civil. Pero también se decía que El Mercurio miente.

Las papas y las cebollas le llegaban al viejo en pago por cuidar los animales de una señora que vivía unos kilómetros más abajo, y la carne, que no era cosa de todos los días, venía de lo que cazaba el viejo. Urbina nunca había comido tal variedad de flora y fauna de la cordillera de los Andes. Todo era digerible, pero no todo tenía buen sabor. Por lo menos la mayor parte era fresca, se consolaba Urbina.

En estas semanas había aprendido a apreciar el humor del viejo, que no era de ese que causa carcajadas sino del que hace sonreír y deja pensando. En un principio le había costado convencer al viejo, pero al final, con un apretón de manos sellaron el acuerdo. El viejo le permitiría vivir en la casucha hasta que se derritieran las nieves y se abrieran los pasos hacia Argentina. Cuando ese día llegara, el viejo lo guiaría hasta una laguna cerca de la frontera, y de ahí Urbina seguiría su camino solo, quizás para volver en unos meses, o quizás para no volver nunca más.

Por su parte Urbina le enseñaría al viejo a leer y escribir. El viejo tenía una revista Condorito, y la usaron para aprender las primeras letras y palabras. Hasta entonces, el viejo había interpretado los chistes de la revista mirando los dibujos. En base a eso había inventado historias que cuando Urbina las escuchaba, invariablemente las encontraba más graciosas que lo que se leía en las páginas. Y para cada página, el viejo tenía múltiples historias. Urbina se preguntaba si esto le quitaría el interés de aprender a leer, pero no fue así. El viejo entendió rápidamente que al igual que en el hablar, no toda palabra escrita es graciosa o verdadera.

El viejo siguió aprendiendo hasta que pudo leer solo, y empezó a gozar de los horóscopos de La Tercera y de las notas sociales de El Mercurio. Urbina nunca pudo obtener una buena explicación de porqué el viejo se entretenía tanto con esas fotos posadas de los ricos del país, acompañadas por reportajes que ilustraban las nuevas alianzas de los dueños de Chile. En fin, se decía Urbina, si eso lo entretiene, quién soy yo para decirle que está perdiendo el tiempo con esos farsantes.

Todos los días el viejo salía a cazar o a cuidar de los animales de los escasos campesinos de los alrededores, y al mismo tiempo trataba de cazar algo para la cena. Urbina se quedaba cerca de la casucha, atento a las patrullas militares y preparando algo para comer para cuando volviera el viejo. También escribía cartas que pondría en el correo una vez se encontrara fuera de Chile, una para

337

su mami, una para Quena, una para el sargento Salas, una para Lalo, una para Feinstein. No había decidido si le escribiría a María Teresa. No le escribiría al guatón Rosales.

A mediados de octubre el sol empezó a pegar más fuerte. Las vertientes aumentaron su caudal, y lo que hacía algunos días era un hilo de agua, ahora corría como chorro de manguera de bombero, con agua helada y pura como el cielo del himno nacional.

Un día sábado a fines de octubre, llenaron dos bolsos con charqui, galletas, un queso para cada uno y varias marraquetas. El viejo llenó su bota con agua de una vertiente y un poquito de vino, y Urbina llenó una vieja cantimplora que el viejo le había conseguido. Alrededor de las seis de la mañana emprendieron camino, al principio subiendo lentamente por un sendero que había aparecido cuando se derritió la nieve. El viejo le dijo que si tenían suerte, mañana en la tarde ya estarían en la laguna. Urbina miró hacia abajo, hacia la capa de smog que cubría la ciudad lejana, y pensó en mandar una oración, un pedido al cielo, suplicando salvación para los que allí quedaban. No lo hizo, y se apresuró a seguir los pasos rápidos del viejo en el sendero.

Agradecimientos

El autor tuvo la buena fortuna de poder consultar los siguientes valiosos trabajos que informan aspectos de este relato. Los errores de interpretación, omisión o comisión contenidos en éste son de responsabilidad exclusiva del autor, y no de aquellos a quienes se reconoce en esta lista.

Chile: La Memoria Prohibida, Eugenio Ahumada, Javier Luis Egaña, Augusto Góngora, Carmen Quesney, Gustavo Saball, Gustavo Villalobos. Pehuén Editores, 1989.

Chile, The Legacy of Hispanic Capitalism, Brian Loveman. Oxford University Press, 1979.

Desde las Sombras: Una Historia de la Clandestinidad Comunista (1973-1980), Rolando Alvarez Vallejos. Tesis para Magister Artium en Historia, Facultad de Humanidades, Universidad de Chile, 2001.

Glosario chileno del Amor, Radomiro Spotorno. Editorial Planeta Chilena, 1995.

La Historia Oculta del Régimen Militar, Ascanio Cavallo, Manuel Salazar y Oscar Sepúlveda. Ediciones La Epoca, 1988.

Los Secretos del Comando Conjunto, Mónica González y Hector Contreras.
Las Ediciones del Ornitorrinco, 1991.

Sobre el Autor

Julio Emilio Moliné es un productor y director de documentales que reside en California. Entre sus producciones están el documental **"There But for Fortune: Joan Baez in Latin America,"** (codirector y editor), las series **"Astronomers"** (director de un episodio y Coordinador de Producción de la serie de seis episodios), **"Intimate Strangers,"** (Productor, cuatro episodios) acerca de recientes avances en microbiología, y **"North Mission Road,"** (Productor Supervisor, sesenta y cinco episodios), que presenta casos interesantes de medicina forense en Los Angeles. Durante su tiempo libre, se dedica a la pintura y a la fotografía. Esta es su primera novela.